난 움직임이 전혀 없는 황량함과
그 속에 쓰러져 가는 통나무집 풍경을 좋아한다.
지독한 외로움을 겪어 보지 못한 탓이다.
늑대가 보고 싶은 것도
사라진 야생에 대한 갈망 때문이지 않을까.

최현명

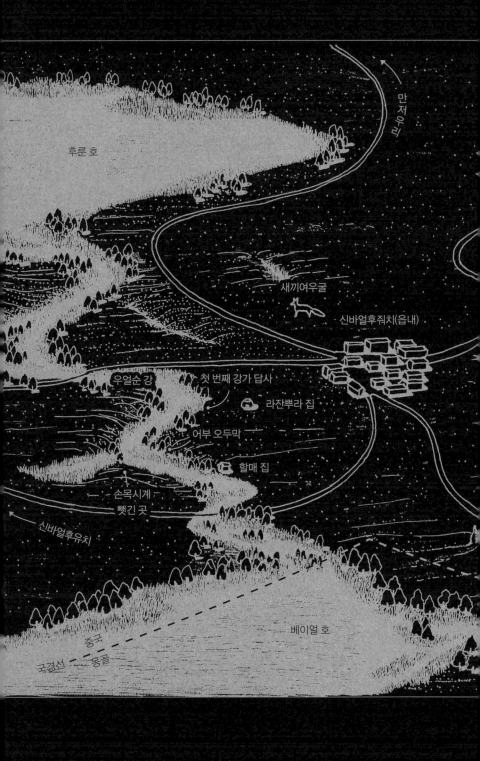

후룬호

만저우리

새끼여우굴

신바얼후줘치(읍내)

우얼순 강

첫 번째 강가 답사

라잔뿌라 집

어부 오두막

할매 집

손목시계
뺏긴 곳

신바얼후유치

베이얼 호

중국

국경선

몽골

늑대가
온다

늑대가
온다

늑대를
사랑한 남자의
야생일기

최현명 지음

여행을 시작하기 전에

내 이마에는 흉터가 하나 있다. 서너 살 때쯤 마루에서 담 구멍을 들락거리는 쥐를 보다가 생긴 상처라 한다. "엄마, 쥐 봐라! 쥐다, 쥐!" 마루 끝에 앉아 소리를 지르며 펄쩍펄쩍 뛰다가 마당에 거꾸로 떨어졌다는 것이다.

"최선생은 어쩌다가 그렇게 동물을 좋아하게 됐소?"

사람들이 가끔 그렇게 물을 때면 애써 기억을 더듬어보지만 도무지 아무것도 떠오르지 않는다. 언제부터였을까? 나는 어쩌다가 이렇게 동물에 빠지게 되었을까? 모르겠다. 그냥 좋았던 것 같다. 이유 없이 나는 무작정 동물들에 빠져들었다.

그중에서도 늑대가 제일 좋았다. 어릴 때부터 개를 너무 좋아해서 강아지와 늘 얘기를 나누곤 했는데, 어쩌면 그래서일까. 개는 '사람과 함께 어울려 사는 늑대'이니까. 그래서 자연스럽게 늑대에게 빠져들었는지도 모르겠다. 인간 사회에 섞여 사는 개와 달리, 늑대는 야생에서 자신만의 삶을 살아간다. 늑대는 수천 년 이래 인간들에게 쫓기고 죽임을 당하면서도 야생의 삶을 포기하지 않았다. 그것이 내게는 늑대만의 독특한 매력으로 다가오지 않았을까.

어렸을 적 듣고 읽은 많은 이야기들 속에는 어김없이 늑대들이 등장했다.《정글북》이나《늑대 왕 로보》에서처럼 자비롭고 의로운 늑대와 신의를 지키는 지혜로운 늑대가 있는가 하면,《늑대의 후예들》《빨간 두건》 같은 이야기들 속에서처럼 살인 늑대 혹은 악마와도 같은 늑대도 있었다. 여러 다른 모습으로 포장된 늑대의 이미지에 수없이 노출되어 있던 십대 시절, 하지만 한반도에는 야생 늑대가 없었다. 그러고도 한참 후, 나이가 들어 우리나라에 늑대가 사라진 지 오래라는 사실을 알게 되었을 때, 나는 몹시 낙담했다. 책이나 다큐멘터리, 동물원에 가야 겨우 볼 수 있는 늑대로는 채워지지 않는 갈증이었다.

야생 늑대를 볼 수 있는 방법은 하나뿐이었다. 늑대가 살고 있는 곳으로 가는 것, 그것뿐이었다. 하지만 그날그날의 일상에 묶여 있는 나에게는 상상도 못 할 꿈같은 일이었다. 한데, 시간이 얼마쯤 더 흘러 직장을 떠난 후, 기회가 왔다. 망설일 필요가 없었다. 나는 기꺼이 늑대를 쫓아갔다.

지난 2002년부터 지금까지 나는 몽골과 카자흐스탄, 타지키스탄의 파미르 고원 등 늑대들의 땅 이곳저곳을 헤매고 다녔다. 이십 년이 채 못 되는 시간 동안 마흔 번 가까이 그들의 땅을 찾았으니, 일 년에 두 차례가 넘게 늑대들을 쫓아다닌 셈이다. 그러는 사이 나는 늑대와 관련된 수많은 질문들 속으로 빠져들었다. 그동안의 모든 여행들은 서른 권이 넘는 사진과 일기로 남았다. 그것들이 곧 내 기억의 저장소이고 내 삶의 흔적들이다. 이 책은 늑대를 쫓아간 내 첫번째 여행의 기록이다. 처음인 만큼 실수투성이에 미숙하기 짝이 없지만, 그 어느 때보다 뜨거웠던 그날들은 여전히 눈앞에 생생하다. 2002년, 네이밍구를 찾았던 45일간의 여행은 내게 그런 것이었다. 그것은 마치 첫사랑처럼 평생을 두고도 잊지 못할 경험이다. 미루고 미루었던 숙제를 이제야 시작하는 기분이다. 미처 담지 못한 이야기들이 많지만, 이 첫 여행의 기록을 비켜서는, 나는 한 걸음도 더 나아갈 수 없을 것이다.

어쩔 수 없는 선택이었지만, 여행 내내 두 마리의 새끼 늑대를 데리고 다니며 키웠다. 늑대를 키우면서 늑대와 늑대굴을 찾아 헤매는 이상한 여행이었다. 두 마리 새끼 늑대는 여행 내내 여간 신경쓰이는 게 아니었다. 그렇지만 두 녀석은 나의 나태함을 내버려두지 않은 고마운 존재이기도 했다. 무엇보다 늑대에 대한 내 마음에만 충실했던 내게, 늑대들의 시선에서 보면 나는 어떤 존재일까 돌아보는 시간을 선물해주었다.

나는 늘 떠나 있었고 돌아와서도 항상 그곳을 그리워했지만, 돌아올 곳이 있었기에 떠날 수 있었다. 그리고 떠날 때의 모습 그대로 늘 기다려주는 사람이 있었기에 이 여행이 가능했다. 앞으로의 여행도 그럴 것이다. 내 기록과 여행의 절반은 그 사람에게 있다. 그 사람 아내에게 고맙다. 그리고 또 한 사람, 며느리한테 늘 미안하다시던 나의 어머니에게 이 책을 바친다.

최현명

늑대를 찾아
떠난 여행

5월 14일

한·일 월드컵 열기로 더위가 일찍 찾아온 2002년 5월 14일, 나는 중국 하얼빈으로 가는 비행기 안에 있다. 내 옆자리에는 다큐멘터리 제작자인 임완호가 앉아 있다. 우리 두 사람은 한국동물구조관리협회에서 이사로 일하고 있다. 구조센터에서는 하얼빈과 창춘 동물원에서 온 늑대 다섯 마리를 사육 중이다.

중국 네이멍구자치구內蒙古自治區 후룬베이얼멍呼倫貝爾盟 신바얼후쥐치新巴爾虎左旗가 우리의 최종 목적지. 그곳에 늑대가 많이 산다고 한다. 난 늑대를 만나러, 완호는 늑대를 동영상에 담으러 가는 길이다. 지난 5월 4일 신바얼후쥐치의 주민이 새끼가 있는 늑대굴을 발견했다는 소식을 들었다.

기대감에 비행기에 앉아 있는 내내 난 똥 마려운 강아지 같은 심정이었다. 하얼빈 공항에 내리면 박인주 선생이 마중 나와 있을 것이다. 중국 동포인 박선생은 헤이룽장성 야생동물 연구소 연구원이다. 이번 여행에 박선생도 동행하며 통역과 행정 업무를 맡는다. 박선생은 지난 2월부터 네이멍구 임업국에 줄을 대어 늑대굴을 부탁해놓았다. 공짜는 없다. 임업국에 늑대 촬영을 위한 대가로 적지 않은 돈을 지불한 상태다. 그 비용은 완호가 계약한 다큐멘터리 제작비에서 나갔다.

하얼빈 박선생의 집에서 기차 시간을 기다렸다.

점심식사 후 차를 끓이는 박선생의 표정이 어딘가 이상하다.

"그런데 실은…… 5월 6일에 새끼 늑대들을 굴에서 꺼내버렸어. 정확한 이유는 모르겠는데, 새끼 일곱 마리를 집으로 데려왔다고 하네……"

박선생이 말끝을 흐렸다.

"통화할 때 미리 얘기했어야 했는데…… 두 사람이 실망할까봐…… 하얼빈에 도착하기 전까지 또 다른 늑대굴을 찾을 수 있지 않을까 싶어 이제야 말하는 건데…… 곧 새로운 굴을 찾을 수 있을 거예요."

박선생의 말에 나도 모르게 탄식이 흘러나왔다. 하지만 오래 실망하진 않았다. 우리가 가는 곳이 어딘가. 늑대 공화국 네이멍구 아닌가. 도착하면 분명 또 다른 늑대굴이 기다리고 있을 것이다.

밤 8시, 하얼빈 역을 지나 승차장까지 뛰었으나 기차를 놓쳤다. 역 부근 닭장 같은 여관에서 잠을 설쳤다.

5월 15일

                    .

하얼빈 동물원에서 시간을 죽였다. 밤 8시 무사히 기차에 올랐다.
우리는 내일 아침 하이라얼海拉爾 역에 내릴 것이다.

5월 16일

3시 20분, 이미 동이 트고 있다.

4시, 기차는 싱안링興安嶺 역에 잠시 멈추었다. 차창 밖 사람들의 옷차림이 겨울 그대로다. 큰일이다 싶었다. 짐을 최대한 줄이려고 겨울용 외투는 물론 침낭까지 빼버린 것이었다. 일단 가보면 어떻게든 되겠지.

7시, 하이라얼 역에 도착했다. 기차에서 내리자 찬 기운에 정신이 퍼뜩 든다.

9시, 하이라얼 임업국 관계자와 아침식사 겸 신고식을 가졌다. 이런 식의 통과의례엔 관심이 없다. 어디든 마찬가지였다. 대화 내내 난 딴생각에 빠져 있었다.

9시~11시 40분, 신바얼후쥐치로 가는 버스 안에서 먼지를 뒤집어쓰고 있었다. 읍내—우리는 신바얼후쥐치를 그렇게 불렀다—의 초대소에 짐을 풀고 식당에서 만두라를 만났다. 만두라는 이곳 행정 담당 부책임자—우리는 편의상 그를 '부군수'라 이름 붙였다—로, 장쩌민江澤民 중국 공산당 총서기을 닮아 기억하기 쉬웠다.

우리가 이곳을 방문한 두번째 한국인 손님이라고 했다. 몇 년 전에 온 첫번째 한국인 손님은 문화인류학을 전공하는 대학교수였다고 한다. 식사 후 곧장 새끼 늑대를 맡아 데리고 있는 양치기

어르글러의 집으로 갔다.

양치기 집 뒷마당에 폐타이어가 놓여 있다. 우리를 뒤따르던 비쩍 마른 개 한 마리가 타이어 주변을 빙빙 돈다. 양치기가 폐타이어를 들어올리자 꽤 큰 모래구덩이 하나가 아가리를 벌리고 있다. 구덩이 안에서 낑낑거리는 소리와 함께 새끼들이 고개를 내민다.

늑대였다. 미리 듣기는 했지만, 이 사태를 어떻게 해결해야 할지 난감하다. 암놈 셋에 수놈 네 마리, 모두 일곱 마리의 새끼 늑대들은 태어난 지 한 달쯤 되었다고 한다. 5월 6일에 굴에서 꺼냈다고 하니, 사람의 손을 탄 지도 열흘이었다. 새끼 늑대들은 몹시 야윈데다 털도 거칠었다. 열흘 동안 제대로 먹지 못한 티가 역력하다. 우리는 새끼가 있는 늑대굴을 찾아만 달라고 했다. 새끼가 굴속에 있는 것만 확인하면 바로 물러나라고 신신당부를 했건만, 새끼들을 집으로 데려온 것이다. 답답한 마음에 새끼 늑대를 꺼내온 이유를 따지듯 물었다.

"늑대굴을 찾아주면 한국 사람들이 돈을 준다는 소문을 한 달 전부터 들었다. 그런데 그 이야기는 나만 아는 게 아니라 근처 주민들도 다 아는 이야기다. 5월 4일에 늑대굴을 발견했는데, 새끼가 있는 걸 확인하고 집으로 오는 길에 이웃 남자를 만났다. 그런데 그 친구도 늑대굴을 찾고 있다는 것이었다. 까딱했다가는 내가 발견한 굴을 뺏길 것 같아 어쩔 수 없이 새끼들을 꺼내왔다."

양치기가 말했다. 양치기는 통역인 박선생만 쳐다보며 이야기했다. 그 역시 화를 참고 있는 듯한 표정이었다. 양치기는 우리에게 수테차*를 따라주며 말을 이었다.

"굴을 발견하고 이틀 후 불안한 마음에 새끼 늑대를 꺼냈다. 아들과 함께 오토바이를 타고 늑대굴로 가서 새끼를 자루에 담아 집으로 왔는데, 그날 저녁 늑대 한 마리가 집 주변을 어슬렁거렸다. 어미 늑대였을 것이다. 녀석들이 밤새 우리 집 양 네 마리를 죽였다."

말을 마치며 양치기는 날 쳐다본다. 어미 늑대가 양들을 해쳤다는 이야기는 믿을 수 없었지만, 그 말의 속내는 알 것 같았다. 늑대굴을 찾아준 것과—새끼들이 그 증거다—그 때문에 죽은 양 값을 지불하라는 것이었다. 늑대굴을 찾아준 비용은 지불하겠지만, 양 값은 못 주겠다고 했다.

우리는 늑대가 새끼를 기르는 과정을 보기 위해 늑대굴을 찾은 것이다. 굴을 파헤쳐 새끼를 꺼낸 이상 굴도 새끼 늑대도 필요 없었다. 양치기는 새끼 늑대를 시장에 내다팔 거라 한다. 돈 많은 사람들 중에 자랑거리로 늑대를 키우는 사람이 있다는 것이었다. 1980년대 초반이었다면 그는 늑대 포획 장려금을 받았을 테고, 새끼 늑대는 그 자리에서 죽었을 것이다.

* 양이나 말의 젖에 찻잎을 넣어 끓이는 몽골의 전통차.

5월 17일

흥분한 내 표정을 읽었는지 운전기사가 가속페달을 밟은 발에 힘
을 준다. 덕분에 짐칸의 물건들이 널을 뛰고 먼지들이 일제히 일
어나 춤을 춘다. 우리가 도착하기 이틀 전에 비가 내린 탓에 곳곳
이 물웅덩이와 진창길이라 도무지 속도가 나지 않는다.

우리는 두번째 늑대굴을 찾아가고 있다. 지난밤 늦게 한 주민
이 찾아왔다. 나흘 전 신바얼후쭤치 동쪽 초원에서 늑대굴을 찾
았는데, 우리가 이곳에 도착한 사실을 어젯밤에 알았다고 했다.

늑대굴에 도착하니 스무 명은 됨 직한 사람들이 모여 있다. 동
북임업대 갯과 동물전문가 가오중신高中新 교수와 하이라얼 시 방
송국 사람들도 있었다. 취재팀은 별난 한국인을 촬영하러 왔다고
한다.

주민 여섯 명이 수직으로 굴을 파고 있었다. 굴 입구를 자동차
타이어로 막아놓고 보금자리로 추정되는 곳을 파는 것이었다. 긴
막대기 끝에 칼을 묶어 만든 창을 들고 있는 사람도 있었다. 남자
는 늑대 어미가 굴속에 있을 수도 있다며 굴 입구를 향해 창을 꽂
는 시늉을 해 보였다.

"늑대는 제 새끼를 훔쳐가거나 죽이면 꼭 복수를 합니다. 새끼
를 죽인 사람을 찾아가 그 집 가축을 모두 죽여버립니다. 그래서

새끼를 생포하더라도 어미는 꼭 죽여야 합니다."

그런데, 이상하다. 늑대굴 주변은 대지가 평평한데다 그늘 한 점 찾을 수 없는 짧은 수풀만 자라난 초원이다. 이런 곳이라면 한 뼘 크기의 다람쥐조차 숨을 수가 없다. 늑대가 이런 곳에서 새끼를 낳아 기른다니, 신기하면서도 의심스럽다. 주위를 둘러보니, 토끼의 턱뼈와 밭쥐의 두개골이 몇 보인다. 여우굴이 아닌가 싶지만, 주민들이 늑대굴이라 하니 일단 믿어볼 수밖에.

수직으로 파내려간 굴속에 내시경 카메라를 넣었다. 입구에서 세 갈래로 갈라지는 굴은 생각보다 길었다. 주민들은 그중 중앙부로 짐작되는 곳을 계속 파내려갔다. 흙더미에 묻힌 새끼 두 마리가 발견되었다. 녀석들은 온몸이 흙투성이가 된 채 죽어 있었다. 그중 한 마리는 뒷다리 가죽이 모두 벗겨진데다 아랫배의 털도 다 빠져 있다. 사체를 뒤집으며 흙을 털어냈다.

"어, 여우네! 늑대가 아니야."

내 말에 박선생과 완호가 뛰어왔다. 꼬리 끝의 흰 무늬, 귀 뒷바퀴의 검은 무늬, 검은 앞다리를 가리키며 여우 새끼임을 설명했지만, 모두가 랑지狼子, 그러니까 늑대 새끼라고 한다. 허탈하고 미칠 노릇이다. 가오중신 교수까지도 늑대 새끼가 확실하다고 단언을 한다. 외눈박이만 사는 나라에 혼자 떨어진 기분이다.

그 여우굴에 미련을 버리고 그만 철수할 수 있었던 것은 피디인 완호가 내 손을 들어주었기 때문이다. 우리는 늑대 새끼를 촬영하기 위해 이곳에 왔다. 다큐 촬영자가 늑대가 아니라고, 그래서 촬영하지 않겠다 하니 그제야 상황이 끝난 것이다. 우리가 읍내의 숙소로 철수하는 동안에도 주민들은 자신들이 믿는 대로 '늑대'를 잡겠다며 계속 굴을 파내려갔다.

굴속에 새끼 여우가 몇 마리나 더 있는지는 모르겠지만 모두 죽었을 것이다. 나흘 전 여우굴을 늑대굴로 착각한 주민이 굴 입구를 타이어로 막아놓았으니, 모두 굶어 죽었을 게 틀림없다. 내가 본 새끼 여우가 아마 가장 먼저 죽었을 테고, 그 사체를 굶주린 형제가 뜯었을 것이다. 무지가 낳은 비극이었다.

5월 18일

박선생이 부군수 만두라를 만나고 왔다. 만두라가 하부 행정기관에 늑대굴을 부탁해놓았다고 하니 이삼 일 더 기다려보자고 한다. 상한 우유 냄새가 진동을 하는 초대소에서 누워 있는 것도, 모래먼지가 입안에 씹히는 읍내를 돌아다니기도 뭣해서, 간단한 장비만 가지고 읍내 주변의 초원지대를 둘러보기로 했다.

가오중신 교수가 불편한 몸을 이끌고 우리 숙소까지 와주었다. 지난해 뇌졸중으로 쓰러졌던 그는 다리와 왼팔이 자유롭지 않다. 가오 교수는 자신의 제자가 여우를 연구하고 있는 현장으로 가보라고 했다. 주로 붉은여우와 코삭여우를 연구하고 있는 제자는, 지금쯤 여우굴을 파서 구조를 파악하고 있을 것이라 했다.

4층짜리 군청이 가장 높은 건물인 읍내를 벗어나면 가끔씩 보이는 송전탑이 전부인 곳. 뿌연 하늘과 메마른 대평원. 내 무릎 높이만큼도 자라지 못하는 키 작은 초원이 모래띠와 교대로 나타난다. 멀리서 보면 굴곡 없이 그대로 펼쳐진 평면 같기만 하다. 최고점과 최저점의 차이는 고작 몇 미터에 불과하다.

그중 퇴적층이 쌓인 낮은 둔덕에 여우굴 세 개가 있었다. 이십대의 가오 교수의 제자는 주민 한 사람을 고용해서 굴을 파고 있었다. 일당은 20위안. 세 개의 굴 중에서 통로 길이가 17미터나 디는 복잡한 굴은 오소리의 빈 굴을 이용한 것이라 한다. 여우가 직접 판 굴 두 개는 각각 6미터와 9미터. 6미터짜리 굴은 입구가 하나, 9미터짜리는 입구가 둘이었다. 이렇게 메마른 초원에 오소리가 산다니 신기했다. 땅청서청설모과의 설치류와 브란트밭쥐, 노랑머리할미새와 뿔종다리를 보았다.

저녁식사 중에는 만두라에게서 이 지역 늑대 이야기를 들었다.

"요즘에는 늑대에 의한 가축 피해가 거의 없습니다. 개를 풀어놓아 잘 지키니까요. 지난 이삼십 년 동안 늑대가 사람을 죽인 일도 거의 없었습니다. 네이멍구 북동쪽은 산림지대인데, 여름에는 그쪽으로 개간하러 가는 사람들이 있습니다. 그들은 보통 첫눈이 내리기 전에 그곳을 떠납니다. 혹독한 겨울이 육 개월이나 지속되니까요. 그런데 한 노부부가 땅을 파서 움막을 짓고 그곳에서 겨울을 나게 되었답니다. 눈이 많이 내린 어느 날 아침 노부부가 문을 열자, 지붕 위에 웅크리고 있던 늑대들이 다가오기에 얼른 문을 닫고 하루 종일 움막에서 나오지 않았다고 하더군요. 늑대에게 위협받았다는 이야기는 이 정도밖에 없습니다. 1987년까지만 해도 늑대 포획 장려정책이 있었지만, 이후 땅과 집 그리고 가축이 사유화되면서 그 역시 폐지되었습니다. 이제 늑대로부터 가축을 보호하는 건 개인의 책임이 되었지만 늑대에 의한 피해도 거의 사라졌습니다."

만두라는 공무원이다. 그의 이야기는 정치적이라 재미가 없다.

5월 19일

만두라가 찾아왔다. 목표를 잃어버리고 멍한 우리 표정을 읽었는
지 여행을 가자고 했다. 우리를 위로하려는 뜻이었을 것이다. 경
치 사냥이라도 할 겸 우리는 그를 따라나섰다. 모두 열네 명이 차
량 세 대에 나누어 탔다. 대개는 공무원들로 수무蘇木, 우리의 면 단위에
해당하는 행정구역. 몽골어로는 '솜'와 수무 사이의 경계지점을 표시하러 간
다고 했다.

읍내를 벗어난 차들은 동남쪽으로 향했다. 황사가 아직 다 가
시지 않아 하늘은 여전히 어둡다. 중간중간 차를 세우고 GPS를
확인하며 좌표를 적거나 땅을 파서 흙을 쌓아올렸다. 나중에 그
곳에 행정 경계 표지석을 세울 거라고 했다.

두 시간이 넘도록 끝없이 펼쳐진 초원뿐이었다. 쇠재두루미 한
쌍을 보았고, 가끔 갈대밭에 둘러싸인 작은 습지 위로 개구리매
가 포복 비행을 했다.

몽골 국경이 가까워지자 모래언덕이 늘어나고 간간이 소나무
숲이 나타났다. 며칠간 지평선만 본 탓인지 숲이 반가웠다. 산림
과 초원이 뒤섞이는 전이지대였다. 처음으로 늑대 발자국과 똥을
발견했다. 황양黃羊, 몽골영양 뼈도 여기저기 흩어져 있었다. 온전한
머리뼈가 있어 따로 챙겼다. 그곳에 좀 더 머무르고 싶었지만 바

로 차에 올라야 했다. 돌아오는 길에는 쌍안경으로 느시두루미목 느시
과의 조류 두 마리와 큰말똥가리매목 수리과의 조류를 보았다.

5월 20일

앞으로 늑대굴을 또 발견할 수 있을지 모르겠다. 그저 늑대를 보는 것과 새끼가 머물고 있는 늑대굴을 찾는 건 전혀 다른 문제다. 늑대굴 발견은 당연히, 훨씬 어렵다. 새끼 늑대를 데려와 키우고 있는 어르글러의 집으로 갔다. 일곱 마리 모두 아직 살아 있었지만, 한눈에도 성장이 더뎌 보였다. 배내털은 윤기 없이 푸석푸석하고, 커다란 눈곱을 달고 있는 녀석도 있다. 고기를 못 먹어서일 것이다. 양치기는 고기에 우유를 섞어서 먹인다고 했지만, 그럴리가 없었다. 유목민들에게도 봄은 보릿고개의 계절이다. 지난가을에 저장해둔 고기가 지금까지 남아 있는 집은 드문데다, 조금쯤 남아 있다 해도 식구들이 먹기에도 빠듯할 것이다.

　새끼 늑대들의 턱과 목덜미에 마른 밥풀이 붙어 있다. 우유에 밥을 말아 먹이고 있는 것이다. 간밤 저녁을 먹으며 우리는 긴 시간 고민하고 상의했다. 늑대굴을 마냥 기다릴 것인지 어떤지도 고민이었지만, 어르글러가 데려온 새끼 늑대를 어떻게 할 것인가도 중요한 문제였다. 일단은 당장 읍내를 벗어나 뭐라도 찾아나서자는 게 첫번째 문제에 대한 결론이었다. 그리고, 어르글러에게서 새끼 늑대 두 마리를 사서 키우기로 했다. 현재 동물구조센터에 있는 늑대는 암컷이 네 마리, 수컷은 '늑돌이' 한 마리뿐이었다. 여섯 마리 가운데 수컷 두 마리가 죽고 암컷 새끼가 태어났기 때문이다. 두 마리 모두 수컷으로 고르기로 했다. 일이 끝나면 새끼 늑대 두 마리를 한국으로 데려가 구조센터에서 계속 기를 생각이었다.

양치기 어르글러와 마지막으로 이야기를 나누었다. 어미 늑대가 새끼를 찾아오지 않았는가? 내가 물었다.

"새끼를 데려온 후 며칠간 어미 늑대가 집 주변을 어슬렁거리더니 이내 사라졌다. 그사이 아는 양치기가 이동 중 우리 동네에 머무르고 있었는데, 어제 그제 이틀 밤 늑대가 양떼를 공격했다. 양떼가 모두 흩어지는 바람에 사십여 마리는 아직도 못 찾고 있다. 오늘 아침 근처 호숫가에서 물을 마시는 늑대 한 마리를 양치기가 보았다고 하더라."

나흘 전 어르글러를 처음 만났을 때 그는 자신의 양 네 마리가 죽었다고 했었다. 박선생이 통역을 잘못 했나? 새끼 늑대를 꺼낼 때 어미 늑대를 못 본 걸까?

"새끼를 데리러 갔을 때는 낮이어서 어미가 없었다. 아마 숨어서 우리를 보고 있었을 것이다. 설사 우리를 봤다고 해도 사람이 무서워 일단은 도망쳤을 것이다. 새끼는 자루에 담아왔다. 오토바이를 타고 올 때도 곧장 집으로 오지 않고 빙 돌아왔는데, 중간에 개울이 나오면 부러 그곳을 지나왔다. 그러면 오토바이 냄새가 지워지기 때문이다. 그런데도 용케 어미 늑대가 찾아왔더라."

늑대를 어떻게 생각하나?

"유목민 입장에서는 늑대를 모두 없애야 한다고 생각한다."

늑대와 맞서 싸우는 개도 있는가?

"개들은 늑대를 무서워한다. 늑대가 나타나면 짖기만 할 뿐 공격하지 못한다. 오래전에는 늑대와 싸우는 사나운 개가 있었지만 요즘은 볼 수 없다."

가축은 어느 정도 소유하고 있는가?

"나는 양과 염소 백오십 마리, 소 열 마리, 말 서른 마리를 키우고 있다. 말의 경우 해마다 망아지 네다섯 마리가 늑대에게 잡아먹힌다. 양이나 염소는 열 마리가 넘도록 잡아먹히곤 한다. 양은 밤이면 집 앞이나 우리에 가둬두지만 말은 초원에 그대로 두기 때문에, 늑대들이 말을 곧잘 따라다닌다. 늑대는 네다섯 마리씩 무리지어 말을 잡아먹는다. 겨울철이면 특히 말이 많이 다치고 죽는다."

어르글러와 함께 새끼 늑대를 꺼낸 굴로 갔다. 그의 집에서 동남쪽으로 삼십 분쯤 가자 늑대굴이 있는 곳이 나왔다. 모래언덕이 계속해서 이어지고, 풀과 나무가 듬성듬성 자라는 지대였다. 굴 주변에 늑대 발자국이 많았지만 새 발자국은 없었다. 모두 희미하게 지워지고 있었다. 굴속의 새끼들을 모두 잃어버리고 난 후 어미도 이곳을 버린 것이다. 그렇게 우리의 희망도 함께 사라졌다. 새끼 늑대들을 이곳으로 데려와 어미를 유인해보려 했는데……

숙소로 돌아오는 길에 어르글러의 집에 다시 들렀다. 수컷 새끼 두 마리 값에 얼마를 더 얹어주었다. 이제 새끼 늑대 두 마리는 내가 데리고 다니며 키워야 한다. 막상 새끼 늑대들을 안고 차에 오르려니 약속을 뒤집고 싶어졌다. 녀석들을 키운다는 건 내 자유의 절반을, 어쩌면 전부를 포기해야 한다는 뜻이었다. 2001년 늑대 '하나'를 맡아 키우면서 그렇게도 후회를 했는데…… 두 개의 시한폭탄을 떠안은 거나 마찬가지였다.

읍내로 돌아와 차를 빌려 장을 보고 짐을 챙겨 숙소를 나왔다. 만두라가 소개한 사람을 찾아가기 위해서였다. 폐차 직전의 지프는 가는 도중 두 번이나 그 자리에 멈춰 섰다. 오토바이를 타고 앞에서 우리를 안내하는 사람은 초커바터얼이다. 그는 자신의 형 라잔뿌라의 집으로 우리를 데려갔다. 늑대굴을 찾을 때까지 베이스캠프가 될 집이었다. 초커바터얼은 자신이 늑대굴을 찾아줄 테니 걱정 말라며 호언장담을 했다. 그는 지금까지 스무 마리가 넘는 늑대를 잡았다고 했다. 그중 네다섯 마리는 제법 큰 놈들이었는데, 오토바이로 쫓아가 지치게 한 다음 총으로 쏴 잡았다고 했다. 우리는 늑대굴을 찾아주면 충분한 사례를 하기로 약속했다.

해가 지고 있었다. 읍내에서 서쪽으로 꽤 멀리 떨어져 있는 라잔뿌라의 집은 초원 위에 덩그러니 혼자였다. 주변에 그의 집 풍력발전기보다 더 높은 것은 아무것도 없었다.

집 근처에 굴이 하나 있는데, 여우인지 오소리인지는 모르겠지만, 아무튼 뭔가가 살고 있다고 초커바터얼이 말했다. 우리는 어두워지기 전에 굴 근처에 텐트를 쳤다. 텐트에 들어가 입구를 닫기 직전 굴 입구에 찍힌 발자국을 살폈다. 오소리 발자국이었다. 초커바터얼 역시 믿을 수가 없다. 굴 앞에 찍힌 발자국의 주인도 못 알아보는 사람이 늑대굴을 찾아준다고?

5월 21일

침낭을 두고 온 대가는 참담했다. 오후 6시가 조금 넘어 완호와 텐트 속에 숨었다. 박선생은 라잔뿌라의 집으로 갔다.

밤 9시, 땅과 하늘만 겨우 구분할 수 있을 때까지 교대로 밖을 살폈다. 카메라는 오소리굴 입구에 초점을 맞춰둔 채 한 번도 움직이지 않았다. 그사이 굴 밖으로 나오거나 들어오는 움직임은 전혀 없었다.

밤이 깊어지면서 텐트를 흔들던 바람이 멎고 스멀스멀 찬 기운이 몰려들었다. 날이 밝을 때까지 일단 눈을 붙이기로 했다. 침낭 하나를 펼쳐 두 사람이 덮다보니 여간 불편한 게 아니다. 까무룩 잠이 들었다가 긴 뒤척임이 이어지기가 반복되었다. 내가 침낭을 두고 왔으니 완호 쪽에서 언짢았을 테지만 아무 말도 않는다. 추위에 약한 나로선 억지로 잠을 청하는 자체가 고문이다. 완호가 잠이 들기를 기다려 자리에서 일어나 앉았다. 내 쪽의 침낭 반쪽까지 완호에게 덮어주고 자리에 앉은 채 해가 뜨기를 기다렸다.

바지 주머니에 손을 찔러넣은 채 웅크리고 있다보니 화가 치민다. 서울을 떠나오기 전, 박선생은 침낭이 필요없다고 분명히 말했다. 그는 우리가 여우를 연구하는 가오중신 교수의 제자와 함께 텐트를 쓰게 될 거라고 했다. 그 텐트에는 이불은 물론이고 야외 생활 도구가 다 갖추어져 있어서 문제가 없다는 것이었다. 그의 말에 큰 고민 없이 침낭을 포기했는데, 가오 교수의 제자는 우리와 함께 생활할 생각이 없는 듯 아예 말조차 꺼내지 않았고, 박선생은 내가 잘못 알아들었다고 했다. 정작 박선생은 문제가 없었다. 완호가 박선생 선물로 침낭을 사온 것이다. 그만 생각하자 마음먹었는데, 막상 추위가 닥치니 자꾸만 그 일을 곱씹게 된다. 읍내에 나가게 되면 뭘 준비해야 할지 고민하면서 졸다 깨기를 반복했다.

여기서는 새벽 4시만 되어도 주변의 사물을 구별할 수 있다. 그만큼 해가 일찍 뜬다. 조금만 더 조금만 더…… 게으름을 피우며 버티다가 8시쯤, 해가 중천에 뜬 뒤에야 텐트를 걷었다.

오소리 정도로 에너지를 낭비할 순 없었다. 무엇보다 몸을 좀 데워야 했다. 텐트까지 쳤으니 우리 냄새를 맡은 오소리들이 굴 밖으로 나오지 않았을까. 어쩌면 처음부터 굴속에 없었을지도 몰랐다. 아니, 애초에 뭐가 있는지 확실치도 않은 굴 앞을 지킨 우리가 멍청했다.

라잔뿌라 집의 문을 열자 우유 냄새에 시큼한 땀 냄새가 코를 찌른다. 박선생과 초커바터얼 그리고 그의 형수가 자리에서 일어나며 한마디씩 인사를 건넨다.

"자오샹하오루上好!"

몽골 사람인 초커바터얼이 중국어로 인사하는 게 어색하게 느껴졌다. 그는 읍내에 있는 자신의 집에 가지 않고 라잔뿌라의 집에서 잔 모양이었다. 형 라잔뿌라는 아침 일찍 양과 염소를 데리고 나갔다고 했다.

말린 쇠똥을 연료로 쓰는 난로에서 마른풀 냄새가 났다. 난로 위에는 수테차 주전자가 김을 뿜고 있었다. 갑자기 따뜻한 곳에 들어와서인지 눈앞에 반짝거리는 게 보이면서 그만 눕고 싶어진다. 초커바터얼의 형수가 흰 빵과 수테차를 내온다. 수테차에 빵을 찍어 먹으며 초커바터얼과 박선생이 주고받는 이야기를 듣는다.

우리가 있는 라잔뿌라의 집은 읍내에서 서남쪽으로 30킬로미터쯤 떨어져 있는 둥보먀오銅鉢廟라는 곳이다. 근처에 허물어진 담과 흙벽만 남은 커다란 건물 터가 있는데, 원래 라마교 사원이었다가 문화혁명 때 다 파괴되어 잔해만 남은 거라고 했다. 초커바터얼의 형수와 작은딸의 손목에 염주가 채워져 있었으나, 장식용일 뿐 그들에게 종교는 없다고 했다. 집의 북쪽에 있는 작은 청동 부처상 역시 불교를 믿어서가 아니라 벽이 허전해 세워놓은 것이라 했다. 부처상이 놓인 위쪽 벽에는 칭기즈칸의 그림이 걸려 있었다. 부처상과 마찬가지로 마오쩌둥 시절에는 금기시되던 것이었다. 그림이 낯설었다. 그동안 보아왔던 칭기즈칸의 그림과는 사뭇 달랐다. 흰 수염이 길게 자라 있고, 이목구비도 유럽인을 닮아 있었다.

올해로 마흔일곱이라는 초커바터얼은 작은 키에 땅딸막한 체형이다. 읍내에서 살아서인지 얼굴색도 밝은 편이었다. 막내라고 들어서 그런지 장난기가 가득한 인상이다. 형이 돌아오면 제대로 된 식사를 준비하겠다는 그의 얼굴은 호기심으로 가득 차 있다. 외국인과 마주 앉아 있는 게 처음이라니 그럴 만도 했다.

지난밤 박선생은 이 집 식구들에게 우리가 여기에 온 목적을 밤늦게까지 이야기했다고 한다. 덕분에 나와 완호는 따로 소개를 하지 않아도 되었다. 초커바터얼에게 곧장 궁금한 것들을 물어보았다.

과거에 비해 늑대 숫자가 늘어났나 아니면 줄어들었나?

"많이 줄었다. 예전에는 많았는데, 1960년대에 늑대 포획 장려정책이 시행되면서 크게 줄었다. 요즘 들어 조금씩 늘어나고는 있다. 초지의 질이 좋던 시절에는 야생동물도 흔하고 숨을 곳도 많아서 늑대도 많았지만, 지금은 가축들을 많이 키우면서 풀이 크게 자라지 않거나 아예 황무지가 된 곳도 많아졌다. 게다가 요즘에는 오토바이와 지프를 타고 다니며 사냥을 하기 때문에 늑대가 빠르게 감소했다. 늑대고기가 맛있고 몸에도 좋다고 해서 사냥을 하는 사람들도 있다."

그 사람들이란, 몽골인이 아니라 네이멍구로 이주한 중국인, 즉 한족漢族을 말하는 듯했다.

늑대는 어떤 곳에 새끼 낳는 보금자리를 마련하는가?

"나무가 있고 모래언덕이 많은 곳에 주로 자리를 잡는다. 평탄한 초원지대에는 없다. 여기서 서쪽으로 가면 시허西河*가 흐르는데, 그곳 갈대밭이나 습지 가운데 버드나무숲이 있는 섬에도 늑대굴이 있다."

시허는 읍의 서쪽에 있는 강이란 뜻으로, 원래 이름은 우얼순 강烏爾遜河이다.

이곳에 황양몽골영양은 많은가?

"황양은 겨울철 몽골에 폭설이 내리면 가끔 이곳으로 건너온다. 1970년대 초반까지만 해도 수백 마리씩 무리지어 다니는 녀석들을 사계절 내내 볼 수 있었는데, 1980년대 초반부터 사라지기 시작했다. 과도한 사냥 때문이었다. 차를 타고 다니며 자동 소총으로 수십 마리씩 잡아댔다. 몽골과 러시아, 중국이 만나는 접경지대라 이쪽엔 군인들이 많이 주둔했는데, 외진 곳이라 보급이 형편없었다. 황양은 군인들이 대부분 잡아 없앴다."

박선생이 덧붙여 설명한다.

"중국에는 삼림경찰이 있는데, 숲을 보호하고 밀렵을 단속하는 게 임무인 이들이 오히려 밀렵에 적극적이다."

* 우얼순 강은 몽골어 오르숀 강을 음역해서 부르는 이름이다. 현지 사람들은 우얼순 강을 시허라 부른다.

한타투瀨, 마못, 다람쥐과 마못속에 속하는 포유류**는 못 봤다. 이곳에 없는가?**
"이 지역에는 없다. 원래 초원에는 한타가 살지 않는다. 한타는 만 저우리나 다싱안링 산맥의 산림 경계지대로 가야 볼 수 있다. 늑 대와 여우는 한타의 굴을 차지해 새끼를 낳는 경우가 많다."

늑대를 어떻게 생각하나?
"생태학적으로는 몰라도 유목민 입장에선 멸종시켜야 한다. 흔 히 늑대는 병에 걸리거나 늙은 가축을 잡아먹는다고 하는데, 그 렇지 않다. 크고 살찐 가축을 골라 잡아먹는다."

늑대가 사람을 공격한 적은 없는가?
"없다. 그런 이야기는 들어보지 못했다."

늑대와 맞서 싸우는 개는 없는가?
"개가 늑대를 만나면 짖기만 할 뿐, 오히려 집으로 도망쳐 뛰어들 어온다. 이곳에서는 늑대가 가장 힘센 동물이다."

지금까지 본 늑대 중 흰 늑대나 검은 늑대를 본 적 있는가?
"계절별로 다르긴 하지만 흰색이나 검은색 늑대는 본 적이 없다."
    읍내에서 만난 만두라는 검은 늑대를 본 적이 있다고 했다.

점심때가 다가오자 라잔뿌라와 그의 두 아들이 돌아왔다. 인사를 마친 라잔뿌라는 귀한 손님이 오셨으니 양을 한 마리 잡자고 한다. 라잔뿌라의 작은아들이 양을 잡고, 초커바터얼이 해체를 도왔다. 원래 이 시기에는 가축을 잡지 않는다. 고기를 얻기 위한 도살은 보통 가을에 이루어진다. 특히 암컷은 새끼를 낳거나 젖을 주는 시기라 손대지 않는다. 하지만 오늘은 특별한 손님이 왔으므로 암양을 잡았다고 한다. 양의 폐와 비장, 식도, 똥을 뺀 큰창자 등 먹지 않는 부위는 비닐에 따로 담았다. 평소라면 개에게 던져주겠지만, 새끼 늑대 먹이로 남겨둔 것이었다.

오늘의 양고기 요리는 특별식이라고 했다. 원래는 삶아서 소금만 뿌려 먹지만, 오늘은 특별히 잘 달군 솥에 콩기름을 두르고 소금을 뿌린 후 잘게 썬 양고기를 넣어 볶다가 다진 마늘을 넣고 후추와 간장까지 넣은 뒤 한 시간쯤 푹 삶았다. '막센'이라고 하는 이 요리는 양고기볶음쯤이 되겠다. 먹기 전에 고춧가루를 뿌리면 더 좋은데, 지금은 고춧가루가 없다고 했다. 다싱안링 산맥 동쪽헤이룽장성과 지린성의 양은 요리했을 때 특유의 냄새가 나지만, 다싱안링 서쪽의 양은 노린내가 나지 않는다고 박선생이 덧붙인다. 배가 고파서인지 양고기는 꽤 맛이 있었다. 왠지 이런 요리는 마지막일 것 같아 평소보다 양을 늘려 먹었다. 오늘은 우리가 대접한 걸로 하고 싶어 집을 나설 때 양 값을 지불했다.

쉰일곱인 라잔뿌라는 칠남매 중 둘째였지만 형이 죽고 없기에 실질적으로는 장남이나 마찬가지였다. 하루 종일 강한 자외선에 노출되어 있는 생활이라 얼굴이 초콜릿색에 가까웠지만, 한때는 초등학교 교사를 지내기도 하고 샹창鄉長, 촌장을 맡기도 했다고 한다. 부군수 만두라와도 가까운 사이라고도 했다. 셋째와 넷째 남동생도 가축을 기르고, 막내 초커바터얼과 두 여동생은 읍내에서 산다. 기름진 식사가 끝난 후, 우리는 난로를 가운데 두고 빙 둘러앉았다.

늑대의 한 무리는 규모가 어느 정도인가?
"여름에는 보통 한두 마리가 보이는데, 가끔씩 서너 마리가 다닐 때도 있다. 겨울이면 열 마리가 넘기도 한다. 두 무리가 합칠 경우 스무 마리씩 될 때도 있다."

늑대가 사람을 잡아먹기도 하는가?
"내 나이 쉰일곱이지만 지금까지 그런 말은 들어본 적이 없다. 이 년 전 3월에도 스물네 마리의 늑대 무리를 만났는데, 말을 타고 가까이 다가가니 모두 도망치더라."
  늑대가 사람을 공격한 사례는 내 질문에서 빠진 적이 없다. 이는 나를 위한 질문이었다. 나는 늑대가 사람을 잡아먹기도 한다는 이야기는 믿지 않는다. 설사 그런 일이 있었다고 해도 "옛날 옛적에……"로 시작되는 할머니의 옛이야기쯤으로 흘려듣는다. 하지만 내 마음속 깊은 한 곳에는 작은 불안감도 없지 않았다. 혹시라도 미친 늑대 한 마리쯤 있을 수도 있으니까. 아무려나, 이 질문을 던지며 나는 내심 "그런 일은 보도 듣도 못했다"는 답을 기다리는 것이다.

늑대를 어떻게 생각하는가?
"가축을 기르는 사람으로서 양을 생각하면 밉지만, 늑대가 있으나 없으나 크게 상관없다."

전직 교사, 향장을 지낸 사람답게 모범 답안을 내놓는다. 간밤에 우리가 하는 일(동물보호단체 활동)이며 이곳에 온 목적 등에 대해 박선생에게 들었기 때문이리라.

늑대 포획 장려정책에 대해 말해달라.
"늑대 포획 정책은 지난 1987년에 끝났다. 당시 새끼 늑대 한 마리에 50위안, 큰 놈을 잡으면 양 한 마리를 주었다."

양 한 마리는 지금 가격으로 200~300위안이다.

늑대를 많이 잡아봤는가?
"많지는 않지만, 이십대 때 친구들과 말을 타고 쫓아가 몽둥이로 때려잡은 적이 몇 번 있다. 늑대는 잘 달리는데다 몹시 끈질기다. 어린 양을 잡아 등에 메고 이삼십 분은 달릴 수 있다. 꾀가 많고 교활해서 여우보다 한 수 위다. 4~5월 봄이면 바람이 심하게 부는데, 이때 마른풀들이 큰 뭉치를 이루기도 한다. 커다란 풀뭉치가 공중에 뜬 채 움직이기에 자세히 보니 늑대가 풀을 물고 달려가고 있더라는 얘기도 들은 적이 있다."

늑대가 양떼를 공격하는 걸 본 적 있는가?
"예전에는 자주 있는 일이었다. 양치기와 개가 지키고 있는데도 공격해오기도 한다. 양을 한 마리만 잡아가면 상관없는데, 녀석들은 한꺼번에 스무 마리 서른 마리를 죽이니까 문제다."

늑대에 의한 가축 피해는 어느 정도인가?
"하나의 샹촌마을에 한 해 약 이천 마리 정도 피해를 입는다. 이천오백 마리가 넘게 피해를 입은 적도 있다."
　이 숫자가 모두 늑대의 짓일까? 의심스럽기만 하다. 늑대가 없는 곳에서도 가축들은 죽어간다. 가뭄, 폭염, 질병 등으로 인한 가축들의 죽음도 늑대의 짓으로 돌리는 건 아닌지 의심스러웠지만 토를 달진 않았다.

피해가 그렇게 심하다면 늑대를 몰살시켜버리는 게 가장 좋은 방법 아닌가?

"그래서 예전부터 가능하면 모두 잡아 죽였다 군인들을 동원한 대규모 포획 작업도 자주 있었다. 하지만 영리한 놈들이라 잡기가 어려운데다, 몽골에서 계속 건너오기 때문에 완전히 없애기는 힘들다."

지금 당신의 양떼가 늑대에게 피해를 입었다면?
"그렇다면 당장 늑대를 잡을 것이다."

초커바터얼은 늑대굴 찾는 일을 돕고 싶다고 했고, 한시가 급한 우리는 곧장 그를 채용했다. 일당 20위안에 굴을 찾으면 500위안을 더 주기로 했다.

오후 4시경 초커바터얼이 말한 우얼순 강으로 출발했다. 습지와 갈대밭이 발달해 있어 늑대가 자주 나타나는데다, 물새들도 많이 볼 수 있다고 했다. 새 늑대굴을 찾기 전까지 놀고 있을 수만은 없다. 움직이는 건 뭐든 찾아서 찍어야 한다. 박선생은 집에 남아서 내일 먹을 식량을 구해놓기로 했다.

우얼순 강은 라잔뿌라의 집에서 약 20킬로미터쯤 떨어져 있었다. 라잔뿌라의 둘째아들이 수레가 달린 트랙터를 몰았다. 우리는 그 수레에 올랐고, 초커바터얼과 큰아들은 오토바이를 타고 앞장섰다. 비포장길이었지만 단조롭고 평탄해 제법 속도가 났다. 차량 통행이 드문 길이었지만, 트럭이 스치고 지나가는 바람에 황토흙을 뒤집어써야 했다.

길옆에 큰말똥가리 둥지가 보이길래 잠시 쉬기로 했다. 한 둥지에는 새끼 세 마리와 무정란 하나, 다른 한 둥지에는 갓 태어난 듯한 새끼와 부화하지 않은 알 하나가 있다. 도로 옆에서 채 50미터도 떨어지지 않은 곳에 둥지를 틀고 있었는데, 마른풀과 갈대, 마른 나뭇가지, 양의 털과 뼈, 헝겊 조각, 실과 철사 같은 잡동사니를 쌓아 마련한 것이었다. 어미가 멀리서도 쉽게 찾을 수 있을 것 같았다. 두번째 둥지 안에 브란트밭쥐를 잡아다놓았길래, 두개골 수집을 위해 그 쥐를 훔쳐냈다.

드디어 우얼순 강에 도착했지만, 실망하지 않을 수가 없었다. 강의 크기도 작았고, 갈대밭의 폭도 좁은데다 강을 따라 이어진 버드나무숲도 가로수 정도의 수준이었다. 어쨌거나 일단 강가에 텐트를 치고 촬영에 들어갔지만 아무 소득이 없었다. 텐트가 자리를 잡자 초커바터얼과 조카들은 집으로 돌아갔다. 초커바터얼은 내게 쌍안경을 빌려달라고 했다. 늑대굴을 찾으려면 꼭 필요하다는 것이었다. 내키지 않았지만 쌍안경을 건네주었다.

잠을 청해보았지만 울퉁불퉁한 바닥에, 무엇보다 추위 때문에 정신이 더 맑아져왔다. 점점 더 바람이 거칠어져 텐트가 비명을 질러댔다. 라잔뿌라의 아내에게서 이불 한 채와 군용 외투를 빌려왔지만, 이불을 덮어도 바닥은 얼음장이었고, 외투는 새끼 늑대들에게 덮어줬기에 내게는 아무 도움도 되지 않았다. 오늘도 불침번을 서야겠다.

5월 22일

새벽 5시, 추위 탓에 태아처럼 웅크렸다 애벌레처럼 꿈틀거리기를 반복한다. 가까운 곳에서 시끄러운 새소리가 난다. 기러기 소리인 것도 같다. 양은냄비라도 두드리는 듯해, 잠을 설친 탓에 짜증스럽지만, 어쨌거나 간밤을 무사히 넘긴 것이다.

비틀거리며 텐트 밖으로 기어나오자 개리기러기목 오리과의 새 십수 마리가 날아오른다. 곰 가죽 같은 군복 외투를 들어올리자, 바구니—라잔뿌라의 아내에게 빌려온 것으로, 보통 새끼 양이나 염소를 잠시 가둬놓기 위해 버드나무로 만든다—속 새끼 늑대들이 눈을 뜬다. 둘 다 아직 살아 있다. 얼른 다시 외투를 덮어준다. 아직 일어날 때가 아니다. 맑지만 몹시 차가운 날씨에 바람도 심하다.

카메라만 어깨에 멘 채 갈대밭 쪽으로 걸음을 옮긴다. 바람도 막을 겸 햇빛이 잘 드는 남쪽을 찾아 앉아, 늙은 도마뱀처럼 몸을 데운다. 멀리서 볼 때와는 달리 갈대숲은 훼손이 심하다. 소들이 거미줄처럼 길을 내거나 헤집어놓기도 했고, 생활용품이나 울타리를 만들기 위해 사람들이 베다 만 자리도 어지럽다. 갈대숲 주변은 지대가 낮은데다 습지라 몹시 질척거린다. 여름이 오면 물이 찰 것이다.

강 주변 어디에도 언덕은 보이지 않는다. 갈대숲이 끝나는 곳에서는 키가 작은 초원이 시작되었다. 눈 가는 저 끝은 모두 지평선으로 연결된다. 내가 늑대라 해도 이런 곳에 굴을 만들지는 않을 것이다. 갈대숲을 헤치며 강가로 방향을 바꾸었다. 이제 막 겨울잠에서 깼는지 산개구리 한 마리가 느리게 헤엄치고, 아직 짝을 못 찾은 북방긴발톱할미새가 날아간다. 물살이 깎아낸 강둑 밑에서 사향쥐 한 마리가 물속으로 뛰어든다. 녀석이 나를 먼저 본 모양이었다. 멀리까지 온 놈이다. 사향쥐의 원래 서식지는 북아메리카인데, 모피가 좋아 세계 여러 나라로 퍼졌다. 이곳의 사향쥐는 중국 헤이룽장성의 농장에서 탈출한 녀석들로, 물길을 거슬러 여기까지 온 것이다.

강가를 따라 다시 텐트를 향해 걸으며 새의 종류와 개체수를 수첩에 적는다. 개리, 홍머리오리, 청둥오리, 댕기물떼새, 제비갈매기……

모래톱에 늑대 발자국이 일렬로 찍혀 있다. 비교적 선명한 것이, 이틀 전쯤 서쪽에서 동쪽으로 강을 건너온 놈인 듯 보인다. 발자국은 습지 쪽으로 가면서 사라진다. 머문 흔적은 없다. 이 지역을 지나간 것이다. 강가 버드나무숲의 노랑머리솔새가 혼자 먹이를 찾는다.

새끼 늑대들에게 먹이를 줘야 할 시간이다. 외투를 들어올리자 녀석들이 밖으로 나오려 발버둥을 친다. 얼른 다시 외투로 덮어버린다. 바람은 여전히 차갑기만 하다. 아직 너무 어려 스스로 체온을 지키지 못하는 녀석들이다. 양고기를 잘라 우유에 섞어 주었다. 서로 많이 먹으려 다투더니 결국 밥그릇을 뒤엎고 만다. 한 마리씩 따로 밥을 먹인 다음 다시 바구니에 넣고 외투로 잘 덮어주었다. 같이 놀아주고 쓰다듬어줄 여유도 없지만, 정이 들어도 안 된다. 차라리 그 시간에 좀 더 주변을 돌아봐야 한다.

강물이 흐르는 방향을 따라 북동쪽으로 걸어내려갔다. 습지를 따라 늑대 발자국이 또렷하다. 아침에 본 발자국과 방향이 같다. 각각 다른 곳에서 온 두 녀석이 같은 방향으로 간 것이다. 개구리매가 갈대 끝을 스치듯 너울너울 포복비행을 한다. 바람을 거슬러 힘겹게 날아가는 모습이 걸레 조각이 펄럭이는 것 같아 피식 웃음이 난다.

습지와 초원이 맞닿아 있는 경계를 따라 걸어본다. 오소리 발자국과 똥 그리고 녀석이 파놓은 흔적이 여기저기 눈에 띈다.

오후 4시경 초커바터얼이 박선생을 데려다주고 돌아갔다. 박선생이 가져온 하루 치 식량은 얇은 밀가루전병 네 장에 수테차 한 병이 전부다. 유목민들의 식사가 아무리 소박하다지만 이건 좀 심하다 싶다. 허기는 견딜 만했으나 갈증은 참기가 힘들었다. 물은 금세 바닥이 났다. 어제 물을 상자째 가져오려다 짐을 줄이자는 완호의 말을 들은 게 잘못이다 싶다. 비닐포장된 우유가 있었지만, 난 우유를 소화시키지 못하는 체질이다. 설사가 날 게 뻔하다. 게다가 우유는 새끼 늑대들의 몫이기도 했다.

우얼순 강은 평탄한 초원을 흐르는 강이다. 때문에 물이 어느 방향으로 흐르는지 알 수 없을 정도로 유속이 느리다. 물빛은 검고 탁하다. 강변에는 젖은 모래와 진흙뿐 자갈 하나 보이지 않는다.

물병에 담긴 물 역시 작고 검은 침전물들이 섞여 있다. 침전물들이 가라앉기를 기다려 한 모금, 다시 한참을 기다려 한 모금, 그렇게 반복하며 두 병 정도를 마셨다. 식수 외의 물은 반드시 끓여 마시자 했는데, 탈이 나지 않을까 걱정이다.

완호의 작업 형태가 '잠복'이라면 내 쪽은 '수색'이다. 완호는 좋은 목을 찾아 숨어서 기다리지만, 나는 하루 종일 돌아다니며 여기저기를 뒤진다. 물도 식량도 내 쪽이 두 배로 들 수밖에 없다.

오후 6시에 초커바터얼이 박선생을 데리러 오기로 했으나 끝내 오지 않았다. 결국 박선생은 저녁도 굶은 채 우리와 함께 자야 했다.

5월 23일

배낭을 정리하다보니 뭔가 물컹한 게 만져진다. 그저께 검정 비닐에 넣어둔 브란트밭쥐의 사체다. 필요한 건 녀석의 두개골뿐이다. 대가리만 잘라 보관할까 하다가 새끼 늑대들이 떠올랐다. 가지고 다니기에 귀찮은데 잘됐다 싶었다. 어차피 아침밥도 먹여야 하고, 양고기도 아껴야 한다. 녀석들에게 쥐를 줘보았다. 작은 놈이 먼저 냄새를 맡더니 손에서 잽싸게 낚아채간다. 큰 놈이 바로 뒤쫓는다. 녀석들은 내 주변을 돌며 술래잡기를 한다.

얼른 일어나 자리를 비켜주자, 큰 놈이 잽싸게 쥐의 엉덩이를 문다. 두 녀석이 양쪽을 물고 당기자 쥐의 몸이 두 동강이 난다. 금세 쥐를 해치운 녀석들이 내게 달려들며 고기를 더 달라고 조른다. 녀석들을 다시 바구니에 넣고 우유에 양고기를 말아 주었다.

완호와 박선생과 나는 각각 마른 빵을 몇 조각씩 나눠 가진 뒤 흩어졌다. 완호의 카메라에 오소리가 찍혔다. 갈대숲 가장자리를 따라가던 오소리가 개리 두 마리를 만났다고 했다. 녀석들은 서로를 한참 쳐다보다가 결국 오소리가 먼저 자리를 떴다는 것이었다. 그게 전부였다.

박선생과 동쪽 초원의 황톳길을 쳐다보며 흙먼지가 일어나기를 기다린다. 어제저녁에 오기로 한 초커바터얼이 여전히 무소식이다.

"초커바터얼의 큰조카가 양떼를 몰고 초원으로 나갔는데, 여기서 그리 멀지 않을 거예요. 거기서 기다리면 초커바터얼을 만날 수 있을 것 같은데."

박선생이 자리에서 일어나며 말한다. 그리 멀지 않은 것 같아 말리지 않았고, 박선생은 아무 준비도 없이 그렇게 줄지어 서 있는 전봇대를 향해 걸어갔다.

장비와 새끼 늑대들 때문에 나는 텐트에서 멀리 가지 못하고 주변만 맴돈다. 초원이 끝나는 지점쯤에서 코삭여우의 잔해를 발견해서 머리뼈만 골라 비닐에 넣었다. 처음 만져보는 수집품이라 횡재한 기분이다. 초원이 시작되는 곳에서 후투티, 종다리와 뿔종다리, 큰말똥가리와 쇠재두루미를 보았고, 이 지역에서는 보기 드문 까치가 전봇대에 둥지를 틀고 있는 것도 보았다. 습지와 강변에서 본 민물가마우지, 왜가리, 흰뺨검둥오리도 수첩에 적어넣는다.

탐사지에 대해서는 언제나 좀 불만족스럽다. 상상과 일치하는 장소는 당연히 현실에는 없다. 어느 곳엘 가든 아쉬움이 남는다. 탐사지를 소개해주거나 정보를 준 사람과 나의 취향이 다르기 때문이기도 할 것이다. 세상에 내 맘대로 되는 일은 없다. 탐사지에서 잠시라도 희열을 느끼려면 빨리 포기하는 것도 방법이다. 이곳에서 늑대굴을 찾기란 벌초를 하다 산삼을 캐는 것과 같을지도 모른다. 물은 풍부하지만 늑대가 먹이로 삼을 만한 동물이 없다. 몸을 숨길 수 있는 갈대숲은 있지만 폭이 좁고, 그나마 바닥이 물기가 많아 보금자리로 삼을 수도 없다. 얼른 다른 곳을 찾아야 한다.

초원의 끝에서 초커바터얼을 만났다. 그의 오토바이 뒤에 타고 텐트에 도착하니 완호만 와 있다. 초커바터얼을 만나러 갔던 박선생과는 길이 어긋난 모양이다. 박선생은 라잔뿌라의 집까지 걸어갔을 것이다. 라잔뿌라의 집은 계속 전봇대를 따라가면 나타날 테니.

초커바터얼의 작은조카가 트랙터를 몰고 왔다. 이곳에는 다시 오지 않기로 하고 트랙터에 짐을 실었다. 트랙터와 연결된 수레 위에 올라타고 있으면 시야가 높아진다. 그만큼 더 멀리 볼 수 있다. 남쪽 저 멀리 아지랑이가 지글거리는 지평선 끝에 스무 마리 남짓 황양떼가 우리를 쳐다본다. 숫자가 많지는 않지만 몽골영양이 살아 있는 것이다. 5월인 지금 눈에 띈다는 건, 이 지역에서 새끼까지 낳는다는 걸 의미한다.

큰말똥가리 둥지도 두 개나 더 발견했다. 둥지마다 각각 다섯 마리, 네 마리의 새끼들이 어미를 기다리고 있다. 수건과 여자 속옷까지 둥지를 짓는 데 쓴 모양이다. 둥지 속엔 뜯다 만 브란트밭쥐의 사체가 들어 있다. 이곳 큰말똥가리의 주요 먹이인 모양이었다.

　라잔뿌라의 집에 도착하니 얼굴이 벌겋게 익은 박선생이 환하게 웃어 보인다. 예상은 했지만 그래도 다행이었다. 집을 찾는 데는 문제가 없었으나 목이 말라 큰 고생을 했다고 한다. 날이 어두워질 무렵 우리는 읍내 초대소에 도착했다.

5월 24일

만두라와 가오중신 교수를 만나고 온 박선생이 메모지를 내보인다. 새 안내자를 소개받았다고 한다. 차를 빌려 짐을 모두 뺐다. 오늘부터 우리는 황야에 내팽개쳐질 것이다. 시장으로 가 라면, 쌀, 마른 빵, 물과 부식 그리고 비닐에 든 싸구려 바이주白酒, 고량주 다섯 팩을 샀다. 술은 내 몫이다. 두께가 얇아 성에 차진 않았지만 담요도 한 장 샀다. 늑대들 먹이로 고기를 찾았지만 돼지고기뿐이다. 돼지고기는 보관하기가 어려워 소시지로 대신하기로 했다. 목줄을 찾아보았지만 시장 어디에도 보이지가 않는다. 하긴 이 지역에서 묶어 기르는 개를 본 적이 없긴 하다. 결국 어르글러가 그랬듯이 구덩이를 파서 가둬두기로 했다.

박선생의 메모지를 본 운전기사 토흐터는 대충 어디쯤인지 감을 잡았다는 듯 고개를 끄덕인다. 읍내에서 서북쪽 방향으로 달리다가 두 번쯤 차를 세우고 사람들에게 길을 물었다. 초원이 끝나고 모래언덕이 보이기 시작하자 저 멀리 벽돌집 한 채가 홀로 서 있다. 우리를 안내해줄 바오펑의 집이었다.

서른일곱이라는 바오펑은 술에 취해 자다가 일어났다. 그의 뒤쪽 창문으로 들어오는 역광 탓에 그을린 얼굴이 더욱 어두워 보인다. 떡 진 머리칼과 깎다 만 듯한 수염 끝에 작은 먼지들이 뭉쳐

져 있다. 길게 하품을 하는 바오펑의 입속으로 충치가 여럿 눈에
띄었다. 왠지 이 친구에게서 기대할 게 없는 듯 느껴진다. 하지만
만두라가 소개해줄 때는 그만한 이유가 있을 것이다. 바오펑이
중국어가 서툴다며 박선생이 통역의 어려움을 호소한다. 운전사
토흐터가 도와주어 그나마 얽힌 말타래가 조금씩 풀린다.

유목민 사회에서는 정보가 매우 빠르게 퍼져나간다. 바오펑은
말과 바람을 통해 퍼진 우리의 존재를 이미 알고 있었다. 그는 지
난 5월 초순 집에서 멀지 않은 곳에서 늑대굴을 찾았다고 했다.
굴이 너무 깊어 새끼를 꺼내지는 못했다니, 지금쯤 어미 늑대는
새끼를 다른 곳으로 옮겼을 것이다. 그리 긴 시간이 지난 것은 아
니니 어린 새끼들을 데리고 멀리까지 가진 못했을 것이다.

우리는 그 굴이 있는 곳으로 가기로 결정했다. 그곳에 머무르
며 늑대가 옮긴 굴을 찾을 생각이었다. 담배연기가 가득한 거실
흙벽에 거무튀튀한 고기가 걸려 있다. 말린 양고기라기에 얼른
값을 치르고 고기를 샀다. 길게 잘라서 말린 양고기가 세 덩어리
였지만 다 합쳐도 600그램이 채 안 되는 것 같다. 며칠이나 버틸
수 있을까 싶었지만, 그때가 되면 또 어떻게 해결이 되겠지, 중얼
거려본다.

대평원을 앞에 두면 가슴이 확 트이면서 절로 탄성이 터져나오
곤 한다. 그러나 그 경이로움은 며칠을 가지 못한다. 나는 좌청룡
우백호 전주작 후현무로 둘러싸인 곳에서 나고 자랐다. 기릴 곳

없고 기댈 곳 없는 초원은 왠지 불안하고 금방 질리고 만다.

오토바이를 탄 바오펑은 우리를 사구沙丘, 모래언덕, 몽골어로는 '망한' 깊숙한 곳으로 데려간다. 우리는 내 고향에서 쉽게 볼 수 있는 왕들의 봉분 또는 쌍봉낙타의 혹처럼 생긴 모래언덕 사이로 들어갔다. 눈앞의 모래언덕이 끝나는가 싶으면 곧장 또 다른 모래언덕이 이어졌다. 초원을 아예 잊게 하는 경관이었으나, 수려하거나 장엄하다기보다는 황량한 풍경에 가까웠다. 이런 곳에는 분명 늑대굴이 있을 것 같았다.

바오펑이 찾았다는 늑대굴에 도착하기 전에 잠시 차를 세웠다. 키가 작은 나무 위에 큰말똥가리 둥지가 있었다. 둥지까지의 높이는 약 2.5미터, 둥지 속에는 갓 태어난 새끼 네 마리가 꼼지락거리고 있다. 새끼들 옆으로는 아래쪽 절반만 남은 쥐 사체에 파리가 꿇고 있고, 한쪽으로는 생토끼 한 마리가 깨끗하게 죽어 있다. 하루에 두 번쯤 이 둥지를 찾으면 이 지역에서 사는 설치류들의 종류는 얼추 알 수 있을 것이다. 얼른 생토끼를 꺼내든다. 오늘 수확은 이쯤이면 되었다 싶다.

드디어 늑대굴을 둘러본다. 모래언덕 북쪽 비탈에 있는 늑대굴은 나무 그늘 아래에 감춰져 있었는데, 1.5미터 정도가 파헤쳐져 있다. 이게 뭐야, 싶다. 훼손이 심해 원래 굴의 주인이 무엇인지조차 알 수가 없다. 바오펑은 비가 그친 후에 찍힌 늑대 발자국을 추적해 발견했다고 한다. 일단 그의 말을 믿어보기로 한다. 고양이

손이라도 빌려야 할 상황이었다.

모래언덕으로 둘러싸여 마치 분화구처럼 된 곳에 텐트를 치고 짐을 내렸다. 바오펑에게 빌린 삽으로 새끼 늑대들을 넣어둘 만한 구덩이를 판다. 모래땅이라 파기도 쉬웠지만, 조금만 파냈는데도 물기를 머금은 서늘한 모래가 나왔다. 혹시 물이 나오지 않을까 기대했지만 허리 깊이까지 파내려가도 물은 스며나오지 않았다.

바오펑은 내일 다시 오기로 하고 집으로 돌아갔고, 운전사 토흐터는 31일에 우리를 데리러 오기로 했다. 이제 우리 셋뿐이었다. 나는 속으로 환호성을 질렀다. 이젠 자유롭게 찾아다닐 수 있다.

새끼 늑대를 구덩이에 넣어준 다음 나뭇가지로 입구를 덮고 그 옆에 있는 버드나무 가지에 양고기를 걸쳐놓는다. 박선생이 식사 준비를 하는 동안 완호와 나는 주변을 둘러보기로 했다. 나는 동쪽을 향해, 완호는 남쪽을 향해 걷는다.

넓게 볼 때 이곳은 해발 700미터 내외의 후룬베이얼 고원에 해당한다. 모래언덕과 모래언덕 사이에는 좁은 평지에 풀이 자라고 있는데, 마치 골프장의 그린 같아 보이기도 한다. 모래언덕의 북쪽 비탈면에는 풀과 작은 나무들이 자라고 있다. 동북쪽과 서북쪽 비탈에도 듬성듬성 풀들이 자라지만 남쪽 비탈에는 모래가 그대로 드러나 보인다. 수분 증발량이 많아 모래 속에 물기가 없어서일 것이다. 자갈은 거의 보이지 않는다.

모래언덕과 모래언덕 사이에서 여우처럼 보이는 동물이 제자리뛰기를 하고 있다. 쥐를 잡으려는 행동이다. 줌렌즈로 확대해서 보니 여우가 맞다. 쥐를 잡은 여우는 잽싸게 왼쪽 모래언덕으로 몸을 숨긴다. 얼른 여우가 사라진 방향으로 달려가 언덕 위로 올라간다. 내가 쫓는 것을 눈치챈 여우는 남쪽으로 뛰어가다가 힐끗 뒤를 보고는 다음 모래언덕 뒤로 사라진다.

살아 있는 야생 여우를 본 것은 처음이었다. 가장 전망이 좋을 것 같아 보이는 모래언덕을 골라 오르니, 멀리 말라버린 호수가 보인다. 물이 차 있어야 할 곳이 하얀 소금밭으로 변해 있다. 조금 전에 황오리 여섯 마리가 날아가는 것을 보았으니, 어딘가 근처에 물이 있긴 한 모양이다. 새홀리기와 사막딱새, 알 다섯 개를 품고 있는 종다리를 보았다. 다우리야생토끼가 굴로 도망치는 모습이 자주 눈에 띈다. 오소리가 파헤친 흔적도 흔하다.

저녁에 텐트 앞에서 불을 피웠다. 그토록 원했던 생활이었다. 마른 나뭇가지는 지천으로 널려 있다. 마른 소똥이나 말똥으로 불을 지필 각오를 했는데 여간 다행이 아니다. 이 지역에서는 봄철 야외에서 불을 피우는 게 불법이다. 초원에 불이 나면 방목한 가축들이 굶어 죽기 때문이다. 하지만 우리가 숨어 있는 곳은 밥그릇의 안쪽처럼 오목한 지형이었다. 낮에 연기를 내지만 않는다면 밤의 불꽃은 가려줄 것이었다.

자정까지 모래언덕에 앉아 주변을 살폈다. 보름에 가까운 달빛
이 모래에 반사되어 밤인데도 사물을 또렷이 분간할 수 있었다.
멀리 말떼가 크게 울부짖으며 달려가는 소리가 들렸다.

5월 25일

새벽 3시, 텐트 밖으로 나왔다. 가져온 옷들을 덧입고 새로 산 담요도 덮었지만 큰 도움이 되지 않는다. 초원보다 지대가 더 높은 까닭이다. 탐사 장소에 대한 예습과 준비에 대해서는 여전히 아마추어인 것이다. 마른 나뭇가지를 주워 불을 지핀다. 모닥불이 필요 이상으로 커진다. 몸을 데우기 위한 것이었지만, 주는 대로 나무를 집어삼키며 몸집을 키우는 불꽃이 재미있다. 재스민차를 마시며 날이 완전히 밝기를 기다린다.

모닥불 덕분에 밤이슬에 젖어 있던 모래들이 조금씩 마르기 시작한다. 모래를 한 움큼 집어들자 따뜻한 기운이 전해진다. 몸도 데워지고 뱃속도 웬만큼 따뜻해지자 서쪽 모래언덕을 향해 걷는다. 해가 뜰 무렵과 해가 질 무렵, 그러니까 빛과 어둠이 서로 섞여들 때가 가장 아까운 시간대다. 이때 동물들이 가장 활발하게 움직이기 때문에 맘껏 즐겨야 한다.

혼자 숲속을 걸을 때가 가장 행복하다. 곁을 지키는 친구라곤 그림자뿐인데다, 그는 참견하는 법이 없다. 머릿속엔 오직 한 가지 생각으로만 가득 차고, 질문도 답도 단순해진다. 타인을 배려할 필요도, 개인적인 호기심을 억누를 필요도 없다. 혼자일 때 스스로에게 가장 충실할 수 있는 것이다.

굴속으로 들어가는 생토끼와 여우의 똥을 본 게 전부다. 기대만큼 눈에 띄는 건 없다. 풀잎에 맺혀 있던 이슬 때문에 바짓가랑이가 축축하다. 비를 제외하면 이슬이 이 지역 동물들의 유일한 음료수다.

오전에는 새끼 늑대들과 놀아주며 시간을 보냈다. 두 녀석이 덩치가 꽤 차이가 나서, 그때그때 큰 놈 작은 놈 또는 큰 녀석 작은 녀석 등등으로 부를 뿐 이름은 따로 짓지 않았다. 녀석들은 평소에는 친하게 지냈지만, 먹이 앞에선 양보가 없었다. 이빨을 내보이며 서로 위협을 하기도 해서, 먹이를 줄 때면 한 놈씩 따로 줘야 했다. 아직은 덩치가 큰 녀석이 아무래도 우위에 있다.

태어난 지 이제 40일쯤, 양껏 먹이면 하루 250그램 정도의 살코기를 먹지만, 그만큼 먹일 수가 없다. 챙겨온 먹이가 언제 바닥날지 알 수 없었다. 문득 작은 녀석이 먹던 고기를 모래에 파묻어 숨기고는 내게 매달려 한참 재롱을 부리더니 갑자기 멈춘다. 그러고는, 마치 잊고 있던 것이 생각났다는 듯 다시 뛰어가 묻어둔 양고기를 파내어 모래가 잔뜩 묻은 양고기를 뜯는다. 그전에 기른 적 있는 늑대 '하나'는 53일이 지나서야 처음으로 먹이를 숨겼다. 수색을 나갔다가 돌아와서, 혹은 캠프에서 무료하거나 할 때 내가 "아우~" 하고 늑대 소리를 내면, 녀석들은 구덩이 안에서 즉각 대답을 했다. 밖에 풀어놓았을 때라면 곧장 달려와 나를 향해 달려들었다.

밤마실을 다녀온 고양이처럼 오전 내내 잠을 잤다. 자리를 옮긴 태양이 직사광선을 곧장 내리꽂을 때가 되어서야 나는 눈을 뜨고 일어났다. 오후에는 북쪽의 초지를 가로질러 걸었다. 북쪽으로 갈수록 풀과 나무가 줄어들고 모래의 비율이 늘어난다. 여우의 머리뼈 하나를 줍고 나서 북동쪽으로 방향을 틀었다. 어디선가 개 짖는 소리가 들려왔다. 그 소리가 어느 정도 더 가까워질 때쯤 멀리 집이 한 채 보인다. 다시 방향을 바꾸어 걷다보니, 키 작은 버드나무로 둘러싸인 공터에 소와 말의 뼈들이 널려 있다. 소 뼈와 말 뼈는 서로 3미터쯤 떨어져 있었는데, 머리뼈로 보아 다 자란 녀석들이다. 둘 다 비슷한 시기에 죽은 것 같았다. 늑대의 짓으로는 보이지 않았다. 병에 걸려 죽거나 굶어 죽은 것을 옮겨다놓은 것 같았다. 어떻게 죽었건 늑대와 여우, 독수리, 까마귀 들이 잔치를 벌였을 것이다.

돌아오는 길에 말을 탄 바오펑과 그의 친척 동생 그리고 박선생과 완호를 만났다. 바오펑이 여우굴을 찾았다고 했다. 우리가 부탁한 대로 바오펑은 늑대굴을 찾고 있다. 늑대를 찾는 데는 말을 타는 쪽이 편할 것 같다. 걷는 것보다 훨씬 빠르고 시선이 높아 더 멀리 볼 수도 있는데다, 자동차처럼 시끄러운 소리가 날 일도 없고 연료도 필요하지 않기 때문이다. 또 조난 같은 최악의 상황에서는 비상식량으로도 쓸 수 있다.

바오펑은 비가 내린 뒤라면 늑대 발자국 추적이 쉬울 텐데 지금은 그마저 기대할 수가 없다며, 대신 텐트 남쪽에서 새끼 여우들이 놀라 굴속으로 도망치는 걸 직접 보았다고 했다. 굴 입구와 주변 관목 가지에 새끼 여우의 배내털이 붙어 있었다. 바오펑이 여우를 확인하느라 굴 입구를 뭉개놓았다. 출입구와 부출입구, 두 개의 입구는 각각 직경이 20센티미터, 15센티미터 정도였다. 날이 저물어 여우 촬영을 내일로 미루고 베이스캠프로 철수했다. 가는 길에 굴로 돌아가는 여우 한 마리와 마주쳤다. 녀석은 그 자리에 멈추어 선 채 우리를 빤히 쳐다본다. 어제 만났던 그놈인 것 같았다.

밤늦게까지 모래언덕 꼭대기에 앉아 주변을 살폈다. 추웠다. 낮 1시쯤 나무 그늘 아래의 기온이 22도였는데, 밤 12시인 현재 6도까지 떨어졌다.

5월 26일

새벽 3시, 멀리 동쪽 하늘은 벌써 희미하게 기지개를 켜기 시작한다.

"보보보 보보보." 텐트 뒤쪽 모래언덕 꼭대기 나무에서 후투티가 짝을 찾는다. 어두컴컴하긴 해도 태양이 살짝 얼굴을 드러내는 4시쯤이면 어느 정도 사위는 구분이 된다. 겹겹이 덧입은 옷 때문에 움직임이 불편하다. 서둘러 불 피울 준비를 한다. 마른 나뭇가지를 잘게 부러뜨릴 때는, 뜨거운 차를 마실 수 있다는 생각에 잠시 설레기도 한다. 잠을 설치면서도 살며시 혼자 일어나 '불장난'을 하는 이 시간이 기다려지는 이유다. 갑자기 몰아친 바람에 이글거리는 불꽃이 나를 향해 달려든다. 작은 불똥들이 그만 옷에 구멍을 내고 말았다.

늘 그렇듯 첫 일과는 캠프 가까운 곳부터 둘러보며 모래 위에 새로운 발자국은 없는지 살피는 것으로 시작해, 내 발자국과 완호, 박선생의 발자국을 구별하는 것으로 끝난다. 새벽부터 흐리던 하늘에 점점 구름이 모이더니 바람이 더욱 거세어진다. 멀리 북동쪽에는 한바탕 비를 뿌리는지 먹구름이 지평선까지 내려와 있다. 정오 무렵 살짝 비가 내렸다. 이 정도 비는 건조한 바람에 금세 말라버려 동물들의 발자국을 기대하기가 어렵다.

캠프에서 쉬면서 새끼 늑대들과 놀고 있는데 불쑥 누군가 찾아
왔다. 중년의 어머니와 함께 온 아가씨는 어제 멀리서 보았던 양
치기 소녀였다. 부인은, 게르몽골의 이동식 전통가옥에서 말리고 있던 소
고기를 몽땅 도둑맞았다며, 혹시 낯선 사람들을 보지 못했느냐
묻는다. 이곳에서 낯선 사람은 우리뿐이다. 모녀는 우리를 의심
해서 찾아온 것이다. 모녀는 내가 데리고 있는 동물이 늑대임을
알고 있는 듯했다. 새끼 늑대를 보며 몽골어로 얘기하는 품새가,
도둑맞은 소고기와 늑대를 연결시키는 건 아닌가 불안한 마음이
든다. 두 사람은 계속 우리를 돌아보며 떠났다.

모래언덕에 올라서서 동쪽을 볼 때면, 늘 소금 테두리에 둘러
싸인 호수에 초점을 맞춘다. 그 하얀 호수를 목적지로 삼고 걷는
다. 생각보다 멀지는 않아, 한 시간이 채 안 걸린다. 짐작은 했지
만 실망스럽다. 호수 가장 깊은 밑바닥까지 물은 모두 말라 있다.
그나마 물기가 남아 있는 진흙벌도 가축들이 모두 짓이겨놓아 늑
대 발자국은 찾을 수가 없다. 호수 가장자리로 키 작은 버드나무
가 울타리처럼 둘러싸고 있어 몸을 숨기기엔 좋을 것이다. 모래
언덕에 가려 보이지 않던 유목민들의 집이 세 채 보인다. 집들은
가축들을 기르는 초지까지 포함해 철사 울타리로 나누어져 있다.
사구지대 깊숙이 들어왔다고 생각했는데 인가에서 멀지 않은 곳
이었던 것이다.

캠프에 돌아오니, 박선생이 그사이 경찰들이 왔다 갔다고 흰

다. 아침에 찾아왔던 모녀의 신고를 받고 왔다며, 외국인이 향마을에 오면 경찰에 신고부터 해야 한다면서 우리의 신상정보를 적어 갔다고 했다. 우리가 불을 피우는 걸 보고도 못 본 척했다는데, 아마도 부군수 만두라 얘기를 슬쩍 꺼낸 덕분일 거라고 했다.

여우굴 촬영을 나갔던 완호가 돌아왔다. 굴 안에 내시경 카메라를 넣어 새끼 여우를 확인했다고 한다. 오늘 밤에 여우 촬영을 하기로 했다.

멀리서 오토바이 소리가 들리는가 싶더니 소리가 점점 커지고, 마침내 한 남자가 나타난다. 박선생이 반갑게 맞이한다. 남자는 오토바이 뒷자리에서 하얀 물통을 내린다. 남자가 다가오자 슬금슬금 뒷걸음치던 새끼 늑대들이 용수철처럼 관목숲으로 뛰어든다. 내가 부르자 다시 기어나오긴 했지만, 남자가 무서운지 녀석들은 다가오지 않고 숲 가장자리만 빙빙 돈다. 녀석들은 이제 낯선 존재와 친밀한 존재, 가족과 경쟁자를 구별하기 시작한 것이다.

닌자 거북을 닮은 남자의 이름은 바둥으로, 경찰이 찾아왔을 때 함께 왔다는 이곳 주민이다. 부탁한 물을 잊지 않고 가져다준 그에게 박선생이 연신 감사 인사를 한다. 바둥은 올해 초 이 지역에서 늑대굴 두 개를 털었다고 했다. 각각 여섯 마리, 여덟 마리의 새끼가 있었는데 모두 죽였다며, 좀 더 일찍 오지 그랬냐고 아쉬워한다. 만두라의 행정력이 여기까지는 미치지 못한 모양이었다.

바둥은 다시 늑대굴을 찾아 사례금을 타보겠다고 장담을 한다. 동네에서 늑대굴을 두 개나 발견했다는 그의 말은 도무지 신뢰가 가지 않는다. 두 무리의 늑대가 한 지역을 공유하는 경우는 거의 없다. 그 말이 사실이라 해도 큰 문제다. 캠프를 중심으로 반경 10킬로미터 안에서 늑대굴을 또 발견하기란 기대하기 어렵다는 뜻이기 때문이다.

여우굴 앞에 촬영 장비를 설치했다. 굴 입구에서 20미터 거리에 잠복 텐트를 치고 그 안으로 들어갔다. 모니터에 굴속의 여우가 나타나면 녹화를 하는 것이 내 임무였다. 완호는 조금 멀리 떨어진 북쪽의 모래언덕을 병풍으로 삼고 굴을 들락거리는 어미 여우를 기다리기로 했다. 가로세로 각 90센티미터인 텐트는 쪼그려 앉아 있기에도 좁아서, 오래 앉아 있다보면 온몸이 저려온다. 그런 상황에서 모니터만 쳐다보고 있자니 답답하기가 그지없다.

밤 10시, 새끼 여우 한 마리가 나타났다. 앞다리가 검고 꼬리 끝이 하얀 붉은여우다. 태어난 지 두 달이나 되었을까, 아직 젖살이 빠지지 않아 토실토실 앙증맞다. 새끼 여우는 굴 입구에 설치한 카메라에 조심스럽게 다가가, 냄새를 맡아보고 앞발로 건드려보고 입으로 물어본다. 행동이 조금씩 거칠어지더니 기어이 카메라를 넘어뜨리고 만다. 카메라를 굴 입구에서 조금 더 멀리해서 다시 설치한다. 졸다 깨기를 몇 차례, 밤 12시가 다 되어 새끼 여우가 다시 나타난다. 말라빠진 양 다리를 물어뜯는 한 녀석 뒤에 다른 녀석이 지켜보고 있는 장면을 얼른 녹화한다.

잠복 텐트로 완호가 찾아왔다. 굴 쪽으로 다가오던 어미 여우
가 완호를 보고는 시야에서 사라져버렸다고 한다. 당연했다. 숨
어 있어도 금세 눈치챘을 텐데 길목을 지키고 있었으니…… 나는
계속 남아 새끼 여우를 녹화하기로 하고, 완호는 캠프로 먼저 돌
아갔다.

5월 27일

새벽 1시, 돌연 모니터가 꺼져버린다. 카메라나 촬영 장비에 대해 서는 아는 게 없어 난감하다. 선이 빠지거나 끊어진 게 아닌가 싶 어 일단 밖으로 나가본다. 손전등을 비추며 살펴보았지만 카메라 도 선도 이상이 없다.

다시 텐트 안으로 들어가 몸을 최대한 굽히고 옆으로 누워 잠 을 청해본다. 겁을 먹은 어미 여우가 새끼를 데리고 다른 곳으로 가버리면 어떡하지? 얼른 일어나 비디오카메라를 챙겨 길을 나 선다. 캠프로 돌아가 일단 카메라를 고친 다음 다시 와야 했다. 캠 프 방향을 북서쪽으로 잡고 한참 걷다보니 길을 잃은 것 같았다. 보름달이 밝아 이동하는 데는 문제가 없지만 멀리까지 내다볼 수 는 없었다. 낮에 본 캠프 주변의 경관을 너무 정형화해서 생각한 것이 문제였다. 머릿속의 풍경에 의지해 이리저리 방향을 바꾸다 보니 내내 갈팡질팡이다.

풍경이란 시간대에 따라, 바라보는 위치에 따라 달라지게 마련 이다. 동서남북 한참을 헤매고 다녔지만 캠프가 있는 호리병 모 양의 지형은 찾을 수가 없다. 호리병 입구에 해당하는 지점에만 가면 차 바퀴, 오토바이 바퀴 자국을 찾을 수 있을 텐데…… 이제 여우굴이 있는 잠복 텐트로도 돌아갈 수가 없다. 머릿속의 지도

가 온통 뒤죽박죽 섞여버린 것이다.

초조함에 점점 더 빨라지던 맥박이 차츰 제 박자를 찾아간다. 어차피 날이 밝기 전까지 캠프를 찾기는 어렵다. 결국 시간이 해결해줄 것이다. 하지만 가만히 앉아 있으면 추위가 몸을 파고든다. 일단 날이 밝을 때까지 걷기로 한다.

난 보름달이 뜨면 안절부절못하는 사람이다. 인간은 낮에 활동하는 동물이다. 빛이 없는 밤에는 제대로 볼 수가 없다. 어둠은 두려움을 동반한다. 하지만 둥근 달은 밤을 밝히고 두려움을 물리친다. 움직이는 대상을 볼 수 있게 하는 것이다. 내 야외활동은 항상 보름달을 중심으로 이루어진다.

달빛에 반사된 모래 때문에 남쪽 비탈이 환하다. 모래언덕의 능선을 따라 서쪽을 향해 걷는다. 지대는 점점 더 높아지고 건조해져, 초록은 사라지고 모래만 남는다. 좀 더 밝은 곳으로 가야 한다. 가끔 언덕 비탈에 서 있는 두세 그루 굵은 소나무가 보인다. 풍경은 흑백사진처럼 눈앞에 펼쳐져 있다. 달은 머리 위 밤하늘 한가운데서 환하게 비추고 있지만 마치 달 표면을 헤매고 있는 듯한 느낌이다. 사막의 밤을 감상하며 전율이 느껴진다. 정작 환한 대낮에는 엄두도 못 냈던 곳을, 길을 잃고서야 온 것이다.

손전등 불빛에 반사되는 동물의 눈은 보이지 않는다. 녀석들이 미리 피해서가 아니라, 손전등의 불빛이 약해서다. 겹겹이 껴입은 채 걷고 또 걸었더니 추위는 사라지고 어느새 땀까지 배어난다. 3시, 다리가 무거워지고 피곤이 몰려온다. 좀 쉬고 싶은데 적당한 곳이 보이지 않아 또 걷는다. 시간이 지나면서 남쪽에서 불어오는 바람이 제법 무서워진다.

모래언덕 북쪽 비탈에 작은 나무들이 빽빽하다. 그 속으로 들어가 다리를 높은 쪽으로 하고 누웠다가 금세 잠이 들었다. 한 시간쯤 지났을까. 개 짖는 소리가 희미하게 들려왔다. 동쪽으로 붉은 해가 온전히 몸을 드러내고 있다.

어느 쪽으로 걸어야 할지 아직 감이 없다. 캠프에서 북동쪽쯤인 것 같긴 한데…… 차라리 손바닥에 침을 뱉어 튀기는 게 나을 지경이다. 모래언덕 능선을 따라 남서쪽으로 방향을 잡는다. 초커바터얼에게 쌍안경을 빌려준 것이 후회스럽다. 캠프 남쪽 모래언덕에 줄기가 세 갈래로 나누어진 나무가 한 그루 있었다. 쌍안경으로 살피면 그 나무를 찾을 수 있을 텐데……

캠프로 돌아올 수 있었던 건 오히려 무지해서였다. 한 방향으로 걸으며 만나는 모래언덕은 모두 올라가본 것이다. 어느새 5시가 조금 넘어 있다. 완호와 박선생은 아직 잠들어 있다. 완호를 깨워 비디오카메라를 살펴봐달라고 하려다가 그만둔다.

불을 피워 차를 끓인다. 몸이 더워지자 그대로 몸이 녹아내려 모래 속으로 스며들 것만 같다. 좀 눕고도 싶었지만 두 사람 사이에 비좁게 끼어들기도 싫었다. 차라리 여우굴 앞의 잠복 텐트가 나을 것 같았다.

지금 시간이면 여우를 볼 수 있을지도 모른다는 생각에 엉덩이를 털고 다시 길을 나선다. 십 분이나 지났을까, 캠프 남쪽의 좁은 초지에서 늑대 두 마리가 걸어오다가 앞장선 녀석이 멈춰 선다. 녀석과 동시에 눈이 마주친 것이다. 녀석이 갑자기 멈추자 뒤따르던 녀석도 그 자리에 멈춰 선 채 날 쳐다본다. 그 자리에 엎드리려다가 어정쩡한 자세 그대로 얼른 셔터를 누른다. 경사진 초지 아래쪽에서 한 마리가 더 나타난다. 마지막 녀석까지 나를 보았는지, 세 마리가 동시에 서쪽의 고지대로 천천히 달려간다.

　캠프에 그대로 있었더라면 모닥불 앞에서 녀석들을 마주쳤을지도 모른다. 녀석들은 우리 캠프 쪽으로 이동하고 있었던 것이다. 세 녀석 모두 아직 어린 것 같았다. 동물구조센터에 있는 녀석들보다도 작아 보였다. 부모에게서 갓 독립한 형제들이거나, 서로 다른 부모에게서 떨어져나와 새로운 무리를 형성한 놈들일 것이다. 나를 보고 도망치는 것은 분명했지만, 전력질주를 하지는 않았다. 늑대들이 모래언덕을 넘어가자 난 곧장 캠프를 향해 달렸다.

　"늑대다, 늑대! 늑대가 나타났어."

　나는 소리를 지르며 텐트를 흔들어 두 사람을 깨웠다. 완호가 옷을 챙겨입고 촬영 장비를 챙기는 데 이십 분쯤 흘렀다. 삼각대에 설치했던 카메라 때문에 움직임이 더디다. 그사이 늑대들은 멀리 달아났을 것이다. 완호는 늑대들이 사라진 방향을 가로질러 가장 높은 모래언덕을 향해 뛰었다. 나는 녀석들과 맞닥뜨린 곳으로 가 발자국을 추적하기로 했다. 녀석들이 방금 지나간 탓에 발자국을 찾기는 어렵지 않았다. 양과 염소, 소와 말의 발자국들이 그려낸 어지러운 추상화 속에서도 늑대의 발자국은 확연히 눈에 띈다. 발굽이 아닌 발가락 자국이 선명하기 때문이다. 풀밭이 나타나면 발자국이 사라져 잠시 주춤하지만, 풀밭은 모래밭에 둘러싸여 있고 모래밭은 다시 풀밭에 갇혀 있다. 방향만 잘 잡으면 발자국의 퍼즐은 결국 모래밭으로 이어진다. 고맙게도 녀석들은 풀밭보다 모래의 비율이 늘어나는 서북쪽 고지대 쪽으로 도망쳤다. 시선을 바닥에 고정시킨 채 지뢰밭을 통과하듯 조심스레 따라간다.

삼십 분쯤 지났을까. 드디어 뒤처진 한 녀석을 따라잡을 수 있었다. 녀석은 모래언덕 사이에 선 채 나를 보며 망설이고 있다. 예상과 달리 녀석들은 멀리 가지 못한 것이다. 나와 처음 마주쳤을 때 잠깐 달렸을 뿐, 내가 뒤쫓지 않자 천천히 이동한 모양이었다. 어느 사이엔가 발자국과 발자국 사이의 거리가 짧아진 것을 보고 이미 짐작하고 있던 바였다. 내가 셔터를 누르며 움직이기 시작하자 녀석도 뛰기 시작한다. 원래 움직이던 방향이 아니라 그 반대쪽으로 달려가는 녀석의 꽁무니를 따라 나 역시 걸음을 빨리한다. 모래언덕의 등뼈 부분을 타고 넘어 사라졌던 녀석의 머리가 능선 뒤쪽에서 불쑥 나타난다. 내가 계속 쫓아오는지 확인차

려는 것이다. 셔터를 얼른 두 번쯤 누를 시간을 주고 녀석의 머리
는 다시 능선 뒤로 사라진다. 곧장 모래언덕 정상을 향해 뛰어올
라갔지만 어느새 늑대는 보이지 않고 남쪽으로 이어진 발자국만
남아 있다.

저 멀리 길게 이어진 모래언덕의 초지 가장자리에서 늑대 두
마리가 나를 잠깐 쳐다보다가는 곧장 언덕 아래로 내려간다. 그
걸로 끝이었다. 뒤처진 녀석도 끝내 다시 나타나지 않는다. 앞선
두 녀석과 찢어져 혼자 남쪽으로 도망친 것이다.

그렇게 보고 싶었던 야생 늑대를 드디어 보았다. 그것도 세 마
리나. 귀국 후 손짓 발짓에 침을 튀기며 적당히 양념을 친 무용담
을 늘어놓을 내 모습이 눈앞에 그려진다. 삼각대를 멘 완호가 모
래언덕을 올라오고 있다. 늑대를 기다리며 앉아 있다가 모래언덕
꼭대기로 뛰어가는 나를 보고 달려온 것이다. 녀석들은 완호 앞
으로는 지나가지 않았다고 했다.

우린 캠프를 향해 걸었다. 언덕 꼭대기에서 다시 북쪽을 돌아
본다. 끝없이 펼쳐진 깨끗한 모래밭에 늑대 발자국이 한 줄로 길
게 이어져 있다. 동쪽에서 서쪽으로 모래밭을 가로질러 건너간
모양이었다. 하지만 가까이 내려가보니 늑대 발자국이 아니다.
간밤 하염없이 헤매던 내 발자국이다. 괜히 민망해진 마음에 배
시시 웃음이 나온다.

5월 28일

새벽 2시까지 기다렸지만 새끼 여우는 모습을 나타내지 않는다. 우리가 늑대에 넋을 놓고 있는 사이 굴을 버리고 떠난 것이다. 느지막이 아침을 먹은 후 멍한 상태로 또 나가본다. 서리 맞은 호박잎처럼 축 늘어진 채 느린 걸음을 옮기며 그늘을 찾는다. 해가 지면 춥지만 한낮의 햇살은 바늘로 찌르는 듯 따갑다. 이 지역에는 나무 기둥이 굵거나 잎이 빽빽한 나무가 없어서, 옅은 그늘에 폭도 좁다. 고르고 골라 겨우 키 작은 나무 아래 몸을 누인다. 말라 빠진 내 몸 하나 가리지 못하는 그늘이다. 바닥이 비스듬히 기울어 그대로 미끄러져내려갈 것만 같다.

곁으로 덩치 큰 무언가가 다가오는 것이 느껴진다. 깜짝 놀라 일어나니 옆에서 풀을 뜯던 얼룩소가 풀쩍 뛰며 물러선다. 십수 마리의 소들이 나를 둘러싸고 있다. 사람은 보이지 않는다. 보통 소와 말에게는 목동이 따라붙지 않는다.

초승달만하던 손톱 밑의 때가 점점 커지고, 손등의 주름에도 기름때가 끼어 있다. 늑대들 먹이인 양고기를 만진 때문이다. 닷새째 씻지 못했다. 마실 물도 얼마 없는데 차라리 잘 됐다 싶다. 닦고 씻는 것도 귀찮기만 하다. 생각해보면 평소에 내가 하루에 쓰는 물이면 이곳 사람들은 열흘쯤은 사용할 것이다 그렇다면 이곳 사람들이 "돈을 물 쓰듯 한다"고 하면 자린고비를 말하는 걸까?

다시 유목민들의 집이 있는 동쪽으로 걷기 시작한다. 마치 내 발자국을 남기는 게 의무이기라도 한 것처럼. 어제까지 평범했던 풍경이 오늘은 다르게 느껴진다. 모래언덕 하나하나가 저마다 사연을 담고 있는 것 같다. 어제 늑대를 봐서일 것이다. 오소리가 파 놓은 모래구덩이, 오소리 똥, 큰말똥가리가 뱉어놓은 털과 뼈로 뭉친 펠릿먹이를 먹은 새가 소화되지 않은 뼈와 털, 씨앗 껍질 등을 뭉쳐서 토해낸 덩어리을 보았다. 표범장지뱀도마뱀과의 한 종류로 몸 전체에 표범 무늬가 있다이 생토끼 굴로 숨는다.

나무 꼬챙이로 굴속을 쑤시려고 엎드리다 돌멩이 하나를 주웠다. 이 지역에서 처음 보는 것이라 금방 눈에 띈다. 길이 8.5센티미터, 너비 4.4센티미터에 납작한데, 긴 쪽으로 삼분의 일쯤 되는 지점에 콩알만한 구멍이 뚫려 있다. 사람의 손을 탄 돌이다. 돌칼처럼 실용적 기능이 있는 건 아닌 것 같다. 돌의 구멍에 가죽 끈을 매달아 목걸이로 사용했을 것이다. 오래전 석기시대에 이곳에 들렀던 누군가가 잃어버린 것이라고 상상해본다. 부적으로 삼을 수 있을 것 같아 조끼 주머니에 집어넣는다.

배가 고프지는 않지만 일단 식사 준비를 한다. 본능인 듯 의무인 듯 하루 세끼의 식사에 나는 길들여져 있다. 배가 고플 때 먹고 배가 부를 땐 먹지 않는 것이 자연스러울 텐데…… 우주인이 먹는다는 알약이 있으면 좋겠다.

점심식사를 마치자마자 바오펑이 차를 몰고 왔다. 그가 약속시간을 지킬 거라고 생각지 않았기에 우리끼리 마주 보며 으쓱한다. 오늘은 바오펑의 차를 타고 이동할 예정이다. 늑대굴은 찾지 못했고, 우연히 마주친 늑대 무리도 놓친데다, 여우굴도 그새 비어버렸다. 다른 곳에 자리를 잡고 우리는 또 같은 일을 반복할 것이다. 나흘 전에 왔던 길로 되돌아가다가 왼쪽 버드나무가 무성한 길로 들어섰다.

유목민의 집이 나타난다. 요즘은 순수하게 유목생활만 하는 경우는 거의 없다. 한 곳에 정착용 벽돌집을 짓고 바로 옆의 넓은 초지에 철사 울타리를 쳐서 가축을 기르거나, 아내와 딸들은 벽돌집에서 생활하고 남편과 아들은 20킬로미터 이내의 초원으로 나가 게르에 머물며 양과 염소를 돌보는 식이다. 두번째 경우가 이곳 목동들의 일반적인 생활방식이다. 초지는 정부로부터 장기간 빌릴 수는 있지만 아직 개인 소유는 불가능하다.

가까운 곳에 물이 마르지 않는 호수가 있어서인지 주변에 버드나무가 빽빽이 들어차 있다. 집 앞에 사람들이 보이자 바오펑이 차를 세우고 내린다. 이 집 식구들과 잘 아는 모양이다. 뭐라고 한참 이야기를 나누는데, 몽골어를 쓰는 바람에 박선생도 무슨 말인지 모르겠다고 한다. 힐끗 돌아보며 히죽거리는 게 우리 이야기를 하는 모양이다.

지프 뒤에 앉아 새끼 늑대들이 담긴 종이상자를 끌어안고 있는
데, 바오펑과 이야기를 나누던 아주머니와 아가씨가 지프로 다가
온다. 잠깐 차 안을 들여다보던 두 사람이 새끼 늑대들을 보고는
뭐라고 말을 하며 나를 쳐다본다.

"니하오."

어색하게 인사를 하는 순간, 아주머니가 창 안으로 손을 넣어
늑대의 머리와 주둥이를 탁탁 내리친다. 손날이 맵게 느껴진다.

"에이 씨팔! 왜 때리고 지랄이야."

아주머니와 눈을 마주치지 않은 채 욕을 뱉어내자, 박선생이
낮은 목소리로 주의를 준다. 그렇다. 이곳에선 말썽을 일으켜선
안 된다. 내 말을 알아듣지는 못하겠지만, 공격적인 음성은 충분
히 느낄 것이다. 분위기가 냉랭해진다. 언제부터인가 나는 늑대
들을 내 것으로 생각하고 있었다. 늑대 '하나'에게 그랬듯 녀석들
도 내 소유로 생각한 것이다. 이곳에서 그런 생각은 어울리지 않
았다. 녀석들과 끝까지 이번 여행을 함께할 수 있을까. 먹이야 어
떻게든 마련한다 하더라도, 예방주사를 맞힐 수도 없는 노릇이었
다. 박선생의 신호에 따라 우리는 다시 길을 나선다. 그렇다. 유목
민들에게 늑대는 우리나라 농부들에게 벼멸구와 같은 해로운 동
물일 뿐이다. 쉬이 만나기 어려운 늑대를 낭만적으로 바라보는
도시인으로서 그들의 마음을 헤아릴 수는 없다.

30킬로미터쯤 이동했을까. 제대로 닦인 길이 없어 구불구불 기

다시피 했기에, 나름 한참을 왔지만 원래의 캠프에서 그리 멀지 않은 곳에 자리를 잡게 된 것이다. 늑대 세 마리를 만났던 곳과 다르지 않은 풍경이다. 캠프를 설치한 뒤 짧은 회의를 한다. 먹거리와 물이 바닥을 드러내고 있다. 무엇보다 늑대에게 줄 먹이가 없다. 부군수 만두라와 가오중신 교수를 만나 새로운 정보도 알아봐야 한다. 바오펑과 박선생이 얼른 읍내에 다녀오기로 하고 떠났다.

긴 나뭇가지 두 개를 잘라 한 끝에는 빨간색 라면 봉지를, 다른 한 끝엔 흰색 비닐봉지를 묶었다. 빨간색은 캠프 동북쪽 모래언덕에, 흰색은 남쪽 모래언덕 봉우리에 꽂았다. 이제 멀리서도 캠프의 위치를 확인할 수 있을 것이다. 동쪽으로는 또 다른 호수가 내다보인다. 가장자리의 버드나무 안쪽에는 갈대밭도 자라고 있다. 물이 차 있는 살아 있는 호수다. 캠프 주변으로 여우 발자국은 보이지만 늑대 발자국은 눈에 띄지 않는다.

저녁때, 완호가 이 지역에서 촬영한 늑대 영상을 확인한다. 늑대는 동쪽 버드나무숲에서 나와 남동쪽 모래언덕으로 사라진다. 아직 털갈이를 끝내지 못한 듯, 목덜미에서 어깨까지 덥수룩한 겨울털이 그대로다. 우윳빛에 가깝도록 환한 털이다. 모래가 많은 이곳에 녹아들어갈 색깔. 늑대가 지나가는 길이라 다행이었다.

새끼 늑대들에게 줄 먹이가 부족하다. 모래에 묻어놓았던 생토끼 사체를 파낸다. 모래 속이 서늘해 상하지는 않았다. 어차피 난 대가리만 필요하다. 칼로 머리를 베어내 다시 땅에 묻고, 몸통은 작은 녀석에게 던져주었다. 큰 녀석에게는 한 덩어리 남았던 양고기를 주었다. 이제 남은 건 우리 몫의 소시지뿐이다.

밤 10시가 넘도록 박선생이 오지 않는다. 무슨 일이 생긴 걸까. 폐차 직전으로 보였던 차가 고장났을지도 모른다. 완호와 난 불을 쬐면서 박선생을 기다린다. 불꽃이 하늘 높이 치솟는다. 바오핑이 멀리서 볼 수 있도록 일부러 불을 더 키운다.

자정이 넘었지만 차 소리는 들리지 않는다. 박선생이 꽤 많은 현금을 가지고 있다는 것도 걱정스럽다. 10,000위안(우리 돈으로 160만원)이면 양 마흔 마리 값에 해당하는 거금이다. 게다가 읍내에 나가 장을 볼 돈도 얼마간 가지고 갔다. 바오핑과 그 사촌동생의 눈빛과 행색이 아무래도 마음에 들지 않는다.

5월 29일

이곳 생활에서 유일하게 규칙적인 게 있다면, 새벽에 일어나 불을 피우고 차를 끓여 마시는 일이다. 여전히 추워서 제대로 잘 수가 없다. 하지만 시간은 내 편이다. 결국 기온은 조금씩 오를 수밖에 없다. 박선생의 침낭을 썼더라면 좀 더 편하게 잘 수도 있었겠지만, 왠지 그러기는 싫었다. 끝까지 버텨보자는 오기도 있었지만, 박선생이 워낙 아끼는 걸 본 탓이다.

푸드덕. 발 앞 덤불에서 다우리아자고새 한 쌍이 날아오른다. 정신이 번쩍 든다. 오소리나 여우가 깃들 만한 굴을 세 개 발견했지만 거미줄이 쳐져 있거나 입구에 굴속을 드나든 발자국이 없었다. 완호는 어제 늑대를 촬영했지만 난 발자국 하나 보지 못했다. 박선생을 기다리느라 멀리 나가볼 수가 없었다. 밤이슬에 바짓가랑이가 흠뻑 젖었지만 소득은 없다. 라면 봉지 깃발을 꽂아둔 모래언덕 꼭대기에 앉아 박선생을 기다린다. 혹시 모를 일이다. 눈먼 늑대 한 마리, 언덕 아래로 지나가지나 않을지.

한참을 그렇게 앉아 있었다. 점심을 먹을까 말까 고민하는 사이 동쪽에서 지프가 다가온다. 캠프가 있는 방향을 정확하게 모르는지 지프는 우왕좌왕한다. 자리에서 일어나 내려다보자 지프는 그제야 내 쪽으로 방향을 잡는다. 완호 역시 반대편 모래언덕에서 뛰어내려온다. 차에서 내린 박선생의 머리카락이 유난히 헝클어져 있다.

"이 일, 더는 못 하겠소."

인사를 꺼내기도 전에 박선생은 그대로 바닥에 털썩 주저앉는다. 단단히 화가 난 얼굴이다. 바오펑과 그의 사촌동생이 멀찍이 서서는 우리의 표정을 살핀다.

자동차와 술이 문제였다. 어제 읍내로 출발했던 바오펑의 차는 새끼 늑대들을 때렸던 여자의 집에 먼저 들렀다고 한다. 바오펑과 사촌동생은 그 집 주인과 한바탕 술을 마신 뒤—박선생은 술을 못한다—집 주인의 조카라는 아가씨를 태우고 다시 바오펑의 집으로 갔다. 읍내로 들어가기 전에 검문소가 있는데, 평소에는 비어 있던 그곳에 경찰이 근무하고 있었다. 바오펑은 급히 차를 돌렸다. 그의 차는 번호판이 없는 무등록 차였다. 단속에 걸리면 큰 벌금을 물어야 한다. 날은 이미 저물어서, 읍내에 가도 물건을 살 수는 없었다. 그들은 면 소재지쯤 되는 타르껀눠얼수무塔日根諸爾蘇木로 가서 저녁을 먹었다. 바오펑의 사촌이 졸라 또 술판이 벌어졌고, 결국 사십 도가 넘는 술을 네 병이나 비웠다. "너 한족漢族이지? 한족은 다 죽일 놈들이야." 취할 대로 취한 바오펑의 사촌은 박선생에게 행패를 부렸다. 몽골 사람들은 몽골의 절반네이멍구을 중국으로 편입시킨 중국인들을 미워했다. 바오펑의 사촌은 박선생을 중국인 중에서도 그 주류인 한족으로 오해했던 것이다.

함께 간 아가씨에게 추근거리다가 결국은 아가씨를 울리고, 급기야는 옆 손님과 시비가 붙어 몸싸움으로 번지는 바람에 술상이 엎어지기까지 했다. 결국 경찰이 출동했고, 박선생이 적극적으로 변호를 해 그나마 끌려가지는 않았다고 한다. 바오펑은 그전에 이미 인사불성이 되어 있었다. 술값을 치르고 밖으로 나왔지만 갈 곳이 없어 네 사람은 차 안에서 밤을 보냈다. 날이 밝아 읍내로 갔지만, 그곳에는 또 다른 문제가 기다리고 있었다. 가오중신 교수가 하얼빈으로 가면서 우리 짐을 자기가 묵던 방에 두고 간 것이다. 고작 짐 몇 개 때문에 닷새 치의 비싼 방 값을 치러야 했다. 초대소 책임자와 흥정이 안 되어 결국 만두라의 도움을 받아 보관비 정도만 내고 나왔다고 한다. 잔뜩 흥분한 박선생이 연변 사투리로 빠르게 쏟아낸 이야기는 여기까지였다.

박선생은 크게 놀란 것 같다. 두 번 다시 이런 일은 하지 않겠다고 연신 손사래를 친다. 바오펑과 그의 사촌은 운동화를 물어뜯다 야단맞은 강아지마냥 풀이 죽어 있다.

"이 사람들, 내가 한족이 아니라 조선족인 줄 이제 알았소."

그렇게 말하면서도 박선생은 더이상 같이 일하기는 싫다고 한다. 그동안 일한 대가를 지불하고 두 사람을 돌려보낸다. 가오중신 교수는 하얼빈의 학교로 돌아갔고, 만두라는 좀 더 기다려보라고만 했다고 한다. 박선생이 봐온 장바구니에는 술도 들어 있었다. 나를 위한 것이었다. 그런데 새끼 늑대들이 먹을 고기가 없다. 바오펑의 집에 양고기가 남아 있는 줄 알았는데 없었다고 한다. 시장에서도 구할 수가 없었다고. 우리 몫의 소시지를 먹이는 수밖에 없을 것 같다. 쥐덫을 놓고 온 것도 후회스럽다. 쥐덫 몇 개만 있으면 생토끼를 잡을 수 있을 텐데.

캠프에서 조금만 가면 집이 한 채 있다기에 박선생과 함께 그 집으로 가서 물을 좀 길어오기로 한다. 모래언덕 사이의 계곡을 지나 북쪽으로 걷는다. 관목숲을 지나 버드나무숲을 헤치고 나가자 벽돌집이 나타난다. 본채 옆으로 큰 외양간이 있고, 철사 울타리가 꽤 멀리까지 둘러쳐져 있다. 높다랗게 쌓인 건초더미 옆에서 말 한 마리가 마른풀을 씹고 있다.

인기척도, 당연히 들려야 할 개 짖는 소리도 나지 않는다. 개를 데리고 양떼가 있는 곳으로 간 모양이었다. 수동식 펌프에서 끌어올린 물은 차고 맑았다. 박선생과 번갈아가며 물통을 드는데, 조금만 걸어도 손이 아프다. 나뭇가지를 주워 물통 손잡이에 끼우고 둘이 함께 들어보지만 그것도 편하지는 않다. 모래언덕이 비스듬해 나란히 걸을 수가 없다. 그렇게 걷고 쉬기를 반복하다 보니 완호가 원망스러워 나도 모르게 욕이 튀어나온다. 박선생도 기다렸다는 듯 물 값까지 아끼는 좀생이라며 얼른 거든다. 셋이던 우리는 둘 더하기 하나로 변해가고 있다. 야생에서의 생활이 길어지면 본심이 드러나게 마련이다. 물 한 통 길어오는 데 한 시간이 훌쩍 지나간다.

밤에는 불을 피워놓고 잡담을 나눈다. 두 사람은 술을 못하기에, 술은 나 혼자 마신다. 적당히 취하자 새끼 늑대들을 데리고 캠프 뒤 모래언덕에 오른다.

"아우~"

"아우~ 아우~ 깨앵, 깨앵."

내가 먼저 늑대 울음을 흉내내자, 녀석들도 곧장 응답한다. 그러고는 가만히 귀를 기울인다. 다른 늑대들이 응답하는 소리를 기다리는 것이다. 아무 응답이 없다. 몇 번을 반복하지만 그때마다 개 짖는 소리만 돌아온다.

5월 30일

땀에 전 옷과 침낭을 펼쳐 나무에 걸어 말리고, 모래투성이 텐트도 털어낸다. 완호와 박선생은 세면도구와 간단한 빨랫감을 챙긴다. 동쪽의 호수에 가서 씻기도 하고 빨래도 할 참이다. 아무렇게나 뭉쳐놓은 양말이 떠올랐지만 일단 캠프를 지키기로 했다. 한 사람은 캠프를 지켜야 하기도 했지만, 내겐 빨래하고 씻는 것도 중노동이었다.

두 사람이 떠나자 난 새끼 늑대들을 풀어놓았다. 녀석들은 밖으로 나오자마자 내게 달려들어 입술을 핥는다. 배가 고픈 것이었다. 이제 태어난 지 육 주쯤. 아직 어미젖을 찾아 매달리지만 귀찮은 어미가 새끼들을 뿌리치는 이유기다. 이 시기 부모 늑대와 무리의 구성원들은 사냥한 고기를 삼켰다가 새끼들에게 다시 토해준다. 새끼 늑대들이 입술을 핥아 자극을 하면 뱃속의 고기를 게워내는 것이다. 어미의 뱃속에서 반쯤 소화된 먹이는 소화효소인 펩티다아제가 부족한 새끼 늑대들이 먹기에 편하고, 어미에게는 고기를 입에 물고 오는 것보다 뱃속에 넣어오는 것이 편하다.

어찌나 집요하게 달려드는지 짜증이 날 정도다. 하지만 내 뱃속에는 게워내줄 고기가 없다. 소시지 두 개를 놓아주자, 어제까지와는 전혀 다른 일이 벌어진다. 작은 녀석이 얼른 제 것을 삼키고 큰 녀석의 소시지로 돌진한다. 한바탕 격투 끝에 결국 작은 녀석이 소시지를 빼앗아 도망친다. 녀석의 목덜미를 잡아 들어올리자, 녀석은 소시지를 입에 문 채 으르렁거린다. 안 되겠다 싶어 녀석을 구덩이 안에 넣어놓고 소시지를 하나 더 꺼내어 큰 녀석에게 먹이자 작은 녀석이 구덩이 안에서도 난리법석이다. 큰 녀석에게 우유를 준 뒤 구덩이 속의 작은 녀석에게도 먹였다. 이제 큰 놈 작은 놈은 의미가 없다. 작은 놈이 깡패, 큰 놈은 어벙이가 된 것이다.

먹이 전쟁이 끝나자 깡패 녀석을 구덩이에서 꺼냈다. 배가 부르자 녀석들은 언제 그랬냐는 듯 술래잡기를 하고 레슬링을 하며 어울려 논다. 덩치가 작은 깡패 녀석이 오히려 어벙한 큰 놈을 제압한다. 꼬리를 치켜세우고 앞다리를 내밀어 어벙이의 머리를 밀쳐낸다. 이제 서열은 확실해졌다. 어제까지의 우와 열이 완전히 뒤바뀐 것이다. 덩치와는 상관이 없다. 놈들의 성격과 기질이 문제다. 아기 때 잠재되어 있던 공격적인 기질이 어느 순간 폭발하는 것이다. 반드시 그런 건 아니지만, 어릴 때 다른 형제를 압도하는 개체가 알파리더 늑대가 될 확률이 높다.

녀석들을 데리고 산책을 나서보지만 생각처럼 쉽지가 않다. 모래구덩이에서 10미터만 벗어나도 불안한 듯 덤불 속에 숨어 나만 쳐다본다.

"이리 와, 이리 와보렴."

녀석들을 부르면 마지못해 따라오다가도 제풀에 깜짝깜짝 놀라기 일쑤다. 녀석들은 아직 그만큼 멀리 나가본 적이 없다. 어쩔 수 없이 캠프 옆 나무 그늘로 돌아온다. 늑대들은 낯선 사물들, 환경들을 조심스럽게 하나씩 정복해가면서 영역을 확장해나간다. 지금처럼 모래구덩이에 갇혀 있다가 짧은 외출만 반복되는 한 호기심은 두려움을 넘어설 수가 없다. 녀석들이 그늘에서 낮잠을 잔다. 장난기가 발동했다.

"아우~ 아우~"

목청을 뽑자, 깜짝 놀란 녀석들이 반사적으로 응답을 한다. 모른 척 시침을 떼고 있자 녀석들은 내게로 달려와 안겨든다. 녀석들에게 최대한 정을 주지 말아야 한다. 녀석들에게 쓰는 시간도 최대한 줄여야 한다. 그저 심심한 참에 잠시 측은지심이 생겼을 뿐이다. 녀석들과 놀아주는 것도 내 이기심이다. 늑대굴 찾기는 이제 그만두고 내일은 읍내로 가야 한다.

햇살이 따갑긴 해도 덥지는 않다. 습도가 낮기 때문이다. 새끼 늑대들은 양의 뒷다리뼈를 핥다가 잠이 들었다. 차를 끓인다. 나른한 오전 시간이다. 씻으러 갔던 두 사람이 빨래가 담긴 비닐봉지를 들고 터덜터덜 걸어온다. 면도까지 끝낸 박선생은 얼굴이 말끔한데, 완호는 별로 달라진 게 없어 보인다. 대충 세수만 하고 양말만 빨았다고 한다. 맑고 아름다워 보이던 호수는 막상 가보니 뻘밭이었다고 한다. 무릎만큼도 안 되는 수심에, 움직일 때마다 바닥의 진흙들이 일어나 씻을 마음이 안 생겼단다. 그럼에도 박선생은 목욕까지 끝냈다며 웃어 보인다. 호수를 둘러싸고 있는 울창한 버드나무숲도 멀리서 보는 것과 달라서, 호수를 가운데 두고 목장이 세 개나 있었다고 한다. 목장이 많다는 건 곧 늑대굴은 없다는 뜻이다. 호수에선 더이상 기대할 게 없었다.

캠프 뒤 모래언덕 꼭대기에 올라 어디로 움직일지를 가늠해본다. 북방찌르레기 무리가 시끄럽다. 비둘기조롱이 한 쌍이 깜짝 놀라 날아간다. 북쪽으로 방향을 잡는다. 어제 물을 길어왔던 길을 따라 무작정 걸어나간다. 굽이진 길을 막 돌아서는데, 여우 한 마리와 마주친다. 어깨에 멘 카메라를 드는 순간 녀석은 동쪽 낮은 언덕으로 달아난다. 꼬리 끝의 흰 털만이 눈에 잡힌다. 얼른 뒤를 쫓아 언덕을 오르자, 녀석은 내 쪽을 쳐다보며 가만히 서 있는다. 거리를 좁히려 몇 발짝 나아가자 종종걸음으로 다시 도망친다. 그러기를 몇 차례, 녀석은 마치 나를 홀리기라도 하는 듯하다. 녀석 역시 겨울털을 완전히 벗지 못해 푸석푸석하다. 지금쯤이면 아직 새끼를 데리고 있을 텐데, 해 질 무렵이니 저녁거리를 사냥하러 나온 모양이었다. 후각이 예민하고 귀가 밝은 여우가 내가 다가가는 것을 몰랐다니, 무슨 심각한 고민에 빠져 있기라도 했던 걸까. 여우를 본 이상 그냥 지나칠 수는 없다. 관목이 무성한 모래언덕 북쪽 비탈을 살피며 걷는다. 굴이 있을지도 몰랐다. 그렇게 가다보니 어느새 키 작은 버드나무숲이다. 바닥이 푹푹 꺼

진다. 호수 가까이에 온 것이다. 개 짖는 소리가 들리기에 미련 없
이 돌아선다.

　나를 보고 놀란 땅청서 한 마리가 얼른 달아난다. 나는 반사적
으로 녀석을 쫓는다. 심심하기도 한 참이었다. 당황한 녀석이 제
굴 입구를 찾지 못해 갈지자로 우왕좌왕한다. 그 모습이 우스꽝
스러워 계속 쫓아가며 골탕을 먹인다. 얼마 지나지 않아 굴속으
로 쏙 들어가긴 했지만, 덕분에 한참이나 웃었다. 녀석에겐 목숨
이 걸린 일이었을 텐데. 아무려나, 녀석은 내가 여우가 아닌 것에
감사해야 할 것이다.

5월 31일

동물들은 해가 뜰 무렵과 해가 질 무렵 가장 활발하게 움직인다
고 한다. 빛과 어둠이 서로 섞여들 때 눈에 가장 잘 띄는 것이다.
경험으로 보아도 그런 것 같다. 때문에 아침과 저녁 시간은 최대
한 놓치지 않으려고 애쓴다. 물론 동물들과 마주치는 시간이 꼭
아침과 저녁 때만인 것은 아니다. 그 시간은 일정하지 않다. 그 만
남은 우연에 기대는 행운이라 더 기쁘다.

  새벽에 일어나 불을 피울 때면 마음은 조금씩 달아오른다. 차
를 마시는 동안 제대로 달뜬 마음에 걷기 시작하면 팽팽한 긴장
감이 더해진다. 그래서일까. 내 몸놀림은 잔잔한 호수에 던져진
돌멩이처럼 파문을 일으킨다. 나는 이 고요한 평원의 침입자인
것이다. 동물들을 만날 때는 오히려 긴장이 풀리고 몸에 힘이 빠
져 있을 때다. 하루를 시작할 때와 마무리할 때, 나는 너무 전투적
인 것이다. 내가 무슨 동물엔가 집중하고 있을 때 그 기운은 숲속
으로 퍼져나갈 것이다. 멀리서 누군가의 뒷모습을 지켜보고 있다
보면 그 사람은 이내 주변을 두리번거린다. 자고 있는 친구나 아
내를 들여다보고 있다보면 꼭 몸을 뒤척이거나 눈을 뜨는 것이
다. 때로는 반대의 경우도 경험하게 된다. 언젠가 산에서 고라니
사체를 지켜보고 있는데 뭔가 이상한 기분이 들어 고개를 돌려보

니 농부 한 사람이 나를 쳐다보고 있어서 깜짝 놀란 적이 있었다. 그는 내 행동이 이상해서 지켜보고 있었다고 했다.

정확하게 설명할 순 없지만 사람이나 동물은 물론이고 때론 식물들도 저마다 어떤 '기'를 내뿜는 듯하다. 잔뜩 긴장한 나의 몸놀림은 땀 냄새나 카메라 셔터 소리보다 더 동물들을 긴장하게 할 것이다. 여우 오줌 냄새를 맡은 사냥개처럼 마냥 헤집고 다니는 게 능사가 아닌 것이다.

모래언덕을 병풍 삼아 앉았다. 숨소리만 겨우 들릴 만큼 가만히 있는 게 오히려 효과적이다. 하지만 참을성이 없는 내게는 몹시 힘든 일이다. 마음을 가라앉혀야 한다. 그래야 더 많은 것을 볼 수 있다. 비 내리는 초원을 멀리서 바라보는 양치기처럼 여유롭게. 물을 채운 낙타처럼 넉넉하게.

흑부리오리 다섯 마리가 머리 위로 날아간다. 호수를 찾아가는 길인 모양이다. 덕분에 하늘을 올려다본다. 유난히 맑은 아침이다. 내 시선은 눈높이에서 좌우를 두리번거리다가 다시 땅바닥으로 내려온다. 네발 동물의 움직임을 닮아가는 것이다. 뻐꾸기 소리가 정겹다. 이 지역에서 뻐꾸기 소리는 처음이다. 그냥 듣기론 우리나라에서 듣던 소리와 다르지 않지만, 저들끼리는 저마다 다르기도 할 것이다.

오늘은 토흐터가 차를 몰고 우리를 데리러 오는 날이다. 이곳에서의 마지막 날인 것이다. 시간이 허락할 때까지는 가보자 싶어, 한 번도 가보지 않은 동남쪽을 향해 곧장 걸었다. 한 시간 동안 오소리 똥과 생토끼를 본 게 전부다. 대체 늑대는 여기서 뭘 먹고 살까. 어른 늑대는 하루에 2킬로그램의 고기는 먹어야 살 수 있다. 이 지역에서 가장 흔한 생토끼를 먹는다고 치면 열 마리는 먹어야 하는 것이다. 2킬로그램의 고기를 얻는 데 열 번씩 사냥을 해야 한다면 체력 소모가 너무 크다. 게다가 사냥을 나갈 때마다 먹잇감을 구할 수 있는 것도 아닐 것이다. 서른 번쯤 시도하면 열 마리쯤 구할 수 있을까. 이 정도면 에너지를 채우는 것보다 쓰는 것이 더 크다. 결국 굶어 죽게 될지도 모르는 것이다. 땅청서의 경우 조금 더 크지만 숫자가 적다. 덩치가 큰 초원토끼라면 하루에 한 마리면 충분하겠지만, 이 지역에선 배설물조차 본 적이 없다. 초원토끼가 있다고 해도 그 숫자가 적어 늑대의 주요 먹이는 될 수 없을 것이다. 결국 이 지역의 늑대도 사람들이 키우는 가축을 죽이거나 그 사체를 먹으며 살 수 밖에 없는 것이다.

바로 앞을 가로막고 있는 모래언덕의 꼭대기로 올라가보니 바로 아래에 울타리가 쳐져 있다. 멀리 동쪽에서 남쪽으로 길게 연결된 울타리는 그 끝이 보이지 않는다. 지금까지 우리는 커다란 울타리에 가로막혀 있었던 것이다. 그러고 보니 사흘 전 이쪽으로 이동한 후 한 번도 가축을 보지 못했다. 유목민들 쪽에서 보면 내가 서 있는 곳은 목장의 바깥이다. 애초에 주변 탐사가 부실했던 탓이었다. 광역 탐사에는 자동차가 있어야 한다. 울타리는 대략 1.4미터 높이에 철망의 간격은 15센티미터, 총 8칸이었다. 가축들은 넘나들지 못하겠지만, 늑대 같은 야생동물들이 지나다니는 데에는 문제가 없을 것이다. 중요한 건, 이 지역의 목동들에게도 자기 땅이 생겼다는 점이다.

1980년대 초반부터 시작된 개혁 개방 정책에 따라 집단농장 소유의 가축과 초지가 개인에게 분배되었다. 초지의 경우 소유권은 여전히 국가에 있으나 사용권이 허락된 것이다. 전통적인 유목사회에서는 상상할 수 없는 방식이었다. 한 개인이 일정 지역의 초지를 독점해서 사용한다는 것은 유목사회의 전통이 무너졌다는 뜻이다. 자신이 분배받거나 사용권을 가진 초지 내에서, 그 주인은 마음대로 할 수 있다. 자신의 울타리 안에 살고 있거나 그 안으로 들어오는 동물을 죽이고 살리는 것 역시 그의 손에 달린 것이다.

개혁 개방 이전에는 가축도 초지도 '우리 모두의 것'이었다. 주어진 책임만 다하면 되었다. 가축들을 관리하고 번식시키는 것도 대충 때우면 그만이었다. 기록상 가축들의 숫자는 해마다 증가했다. 집단농장에서 키우는 가축들의 숫자는 기관에 보고한 숫자보다 턱없이 부족했지만 상관없었다. 문책이 두려운 관료들이 알아서 장부를 꾸몄던 것이다. 하지만 상황은 달라졌다. 자본주의의 영향으로 각자도생의 시대가 된 것이다. 내 땅 안에서 최대한 이윤을 뽑아야 한다. 때문에 가축들도 더 열심히 보살핀다. 과다 방목으로 초지가 황폐해지면 다른 곳을 임대하거나 공용 초지로 옮기면 된다. 때문에 늑대가 울타리 안으로 들어오거나 인접한 공용 초지에 새끼를 낳으면 가만둘 수가 없다. 늑대가 살기에는 가축들을 공동으로 돌보던 시절이 더 나았던 것이다.

오후 2시, 운전기사 토흐터가 우릴 데리러 왔다. 토흐터는 바로 읍내로 가지 않고 캠프에서 멀지 않은 유목민의 집 앞에 차를 세웠다. 그는 주변을 한참 헤매다가 이 집에 들러 우리의 위치를 알아냈다고 한다. 벽돌집 마당에는 열다섯 명 정도의 남자들이 자리를 깔고 앉아 있었다. 여자들 서넛이 음식을 내놓고, 개 세 마리가 양 갈비뼈를 기다리며 엎드려 있다. 옆에 새 집과 창고를 짓고 있는데, 인부들을 접대하고 있단다. 양을 잡았다고 한사코 우리를 부른 것이다.

어차피 궁금한 것은 늑대뿐이었고, 딱히 물어볼 말도 없었다. 이미 한 잔씩 걸친 듯 질문을 던지면 한꺼번에 대답들이 쏟아졌다. 뜯다 만 내 양고기가 식어간다. 개 한 마리가 내 얼굴과 양고기를 번갈아가며 쳐다본다. 집 주인 비리거는 양과 염소 이천 마리에 말과 소 백 마리를 소유한 부자이자 지역 유지라고 박선생이 귀띔해준다.

늑대에 의한 가축 피해는 어느 정도인가.

"내가 소유한 이천 마리의 양과 염소 중 약 스무 마리 정도가 늑대에게 잡아먹힌다."

방금 옆에서 며칠 전에도 이 집 양 두 마리를 늑대가 잡아먹었다는데.
"아니다. 7~8킬로미터 남쪽에 있는 형네 양 두 마리를 잃었다."

이 부근에 늑대굴이 있을까.
"잘 찾아보면 있을 것이다. 호수 쪽에도 늑대가 자주 나타난다. 작
년 4월에도 새끼 늑대 두 마리를 잡아 팔려고 했는데, 사는 사람
이 없어서 굶어 죽었다."
　집 주인 비리거는 술에 취해 심드렁한 표정으로 드러눕는다.
옆의 손아래 동서라는 남자가 대신 대답해준다.

늑대는 언제 눈에 잘 띄나.
"겨울철 발정기 때는 낮에도 볼 수 있다. 특히 눈이 쌓여 있을 때
자주 보인다."

양떼 주변에 늑대가 숨어 있다는 게 사실인가.
"그럴 수도 있고 아닐 수도 있다. 양뿐 아니라 소나 말 뒤를 따라
다닐 수도 있다. 이 년 전 늑대가 소를 물어뜯어 죽은 걸 본 적이
있다. 가끔 죽은 지 얼마 안 된 고기를 목동들이 베어가는 경우가
있는데, 늑대는 제가 사냥한 먹이를 사람이 건드리면 다시는 오

지 않는다. 놈들은 양떼 근처에서 총이나 화약 냄새가 나면 금세 알아채서, 그럴 때는 다른 양떼를 찾는다. 워낙 영리해서 여자나 어린아이가 양을 돌볼 때를 노리기도 한다. 남자 어른이 지킬 때는 웬만하면 접근하지 않는다."

과거에 비해 늑대가 많은가 어떤가.
"늑대 포획 장려정책이 폐지된 이후 조금씩 늘어나고 있는 것 같다."

늑대는 어떻게 양을 훔쳐가나.
"늑대는 작은 양떼보다 규모가 큰 양떼 쪽에 더 잘 나타난다. 양이 많으면 더 시끄럽고 냄새도 많이 나기 때문이다. 목동이 어떻게 하느냐에 따라 그 피해가 달라진다. 늑대가 공격할 때 목동이 바로 달려가면 놈들은 곧장 도망친다. 한두 마리 죽거나 부상을 입기는 하지만 물고 달아나지는 못한다. 하지만 늦게 발견하면 수십 마리가 죽을 수도 있다. 목동들은 해가 저물면 양을 몰아 집으로 돌아오는데, 집에서 2~3킬로미터 정도로 가까워지면 양들은 알아서 집을 찾는다. 이때 피곤한 목동들이 가끔 말을 타고 먼저 집으로 돌아오기도 하는데, 늑대는 이때를 놓치지 않고 뒤처진 양들을 낚아채간다. 그럴 때는 양이 사라진 것도 알 수가 없다. 늑대는 양의 머리만 빼고 가죽은 물론 발굽까지 다 씹어 먹는다."

오후 6시가 넘어 읍내 초대소에 도착했다. 욕실에 소시지를 잔뜩 놓아준 뒤 새끼 늑대들을 넣어놓고 토흐터네 식당으로 갔다. 가게는 초대소에서 동쪽으로 200미터쯤 떨어져 있는 3층 건물의 1층에 있었다. 토흐터가 중고 지프로 택시 영업을 하는 동안 식당은 아내가 운영했다. 테이블이 다섯 개인 아담한 몽골 음식점이었는데, 요리는 중국 음식에 가까웠다. 오랜만에 맥주를 곁들여 식사다운 식사를 한다. 토흐터는 얼마 전 우얼순 강변에 있는 처가에 다녀왔다며, 그곳에 사는 어부가 숙소 뒤에서 밤마다 늑대가 울어 겁이 난다 하더라고 한다. 그곳 버드나무숲과 갈대숲은 예로부터 늑대가 많은 곳이라고도 덧붙인다. 내일 아침 부군수 만두라에게서 다른 소식이 없으면 우얼순 강으로 갈 수밖에 없다. 그곳엔 가기가 싫은데. 늑대굴이 있을 것 같지 않은 곳인데……

6월 1일

아차! 밖에서 주워온 잡동사니들을 정리하다가 생토끼 대가리를 잊은 게 그제야 생각났다. 어제 급하게 캠프를 정리하느라 모래에 묻어둔 걸 깜빡한 것이다. 우리나라에선 생토끼 두개골을 구할 수 없기에 속이 상한다. 앞으로 또 기회가 있겠지. 애써 위로하며 짐을 정리한다. 그러나 이곳을 떠날 때까지 그런 기회는 오지 않았다.

초커바터얼이 초대소로 찾아왔다. 지금껏 찾아다녔지만 늑대굴은커녕 여우굴조차 보지 못했다고 한다. 그가 게을렀거나 일을 건성으로 했다고 생각하진 않는다. 하지만 그는 아마도 늑대굴이 없는 곳만 골라 뒤졌을 것이다. 일정한 직업도 변변한 일거리도 없는 그로서는 진심으로 우리 일을 도왔겠지만, 지금껏 우연히 늑대와 마주치거나 어쩌다 사냥을 했을 뿐, 늑대를 찾아다닌 적은 없었다. 가축이 아닌 야생동물을 살핀 적이 없는 것, 그것이 그가 늑대굴을 찾지 못한 원인이다. 우린 아직 '프로'를 만나지 못한 것이다. 초커바터얼에게 그동안의 수고에 대해 사례를 하고 빌려주었던 쌍안경도 돌려받았다. 그는 계속 늑대굴을 찾아보겠다 했지만, 크게 기대가 되진 않는다.

느지막이 아침을 먹을 즈음 부군수 마두라가 합석했다. 우리와 달리 그는 늘 느긋하다. 오히려 왜 그리 조급하게 사느냐, 의아한 얼굴이다. 그는 각 수무에 재촉해놓았으니 곧 좋은 소식이 있을 거라 한다. 달리 대안이 없다. 우얼순 강으로 가는 수밖에.

시장에는 여전히 새끼 늑대들이 먹을 고기가 없다. 돼지고기뿐이다. 유목사회인 네이멍구에서 양고기 염소고기를 구할 수가 없다니. 돼지고기는 농경민족의 고기다. 이 지역에는 돼지를 키우는 집이 아주 드물다. 그런데도 돼지고기가 흔한 것은, 네이멍구에도 한족들이 많이 살기 때문에 외지에서 들여와서 파는 것이라고 한다. 소시지를 사고, 비싸지만 초대소 식당에서 양고기를 조금 산다. 처가에 가는 토흐터의 양손에 들린 선물 꾸러미가 묵직해 보인다. 대부분이 먹거리인데, 이 지역에서 귀한 야채가 많은 게 눈에 띈다. 식당에서 가져온 모양이다.

찌그러진 토흐터의 차 뒷자리에 새끼 늑대가 담긴 상자를 안고 앉았다. 차는 서쪽 초원으로 내달린다. 도로는 따로 없다. 차가 자주 지나다니는 길에는 풀이 자라지 않아 누런 모래가 그대로 드러나 있다. 말하자면 그게 도로인 셈이다. 그 길이 너무 깊게 패거나 물이 고이면 양쪽으로 새 길이 난다. 멀리서 보면 초록 바다에 누런 물뱀들이 기어가는 것 같기도 하다. 간간이 나타나는 하얀 게르와 더 드물게 보이는 벽돌집이 있을 뿐, 거리를 가늠할 수는 없는 대평원이다.

토흐터가 자기 얘기를 꺼낸다. 말수가 적은 그는 조근조근 말을 이어간다. 박선생이 우리에게 통역하지 않았으면 하는 것은 아닐까 싶기도 하다. 그는 장모와 사이가 좋지 않다고 했다. 아니, 정확하게는 장모가 자신을 싫어한다고 했다. 네 살 아래인 토흐터의 아내는 네이멍구 자치구의 구도區都인 후허하오터呼和浩特에서 4년제 대학을 나왔는데, 자신은 초등학교를 졸업한 게 전부라 처가의 반대가 심했다고 한다. 이제 서른한 살인 그에게는 막 걷기 시작한 아들이 하나 있다. 나와 비슷한 키에 날씬하고 얼굴이 흰 편인데, 전형적인 몽골인의 얼굴은 아니다. 삼 년 전 하얼빈 쑹화 강 유원지에서 양꼬치를 파는 위구르족을 본 적이 있다. 그 위구르족과 닮았다고 하자 그런 말을 자주 듣는다며 웃어 보인다.

  길을 건너는 양떼들을 기다리거나, 지나가던 여인네들을 태워주느라 잠시 멈추어 섰을 뿐, 한 시간을 내리 달렸다. 우얼순 강변 토흐터의 처가에 도착하니 정오였다. 먼지를 일으키며 검둥개들이 달려나와 우리를 맞이한다. 뒤이어 흙벽돌집에서 사람들이 나와 개들을 물린다. 토흐터가 앞서 나온 네 남자에게 우리를 소개한 후 노파에게 인사를 시킨다. 그의 장모다. 까만 피부에 깡마른 백발의 할매—이후 우리끼리는 그의 장모를 할매라 불렀다—는 우리가 민망할 정도로 토흐터와 눈을 마주치지 않는다. 우리는 컴컴한 내실로 들어갔다. 걸음을 옮길 때마다 흙먼지가 인다. 수테차를 마시며 박선생이 우리가 온 목적을 설명하자, 할매의 두 손자와 일꾼 둘이 앞다투어 늑대 이야기를 풀어놓는다.

"사흘 전부터 계속 늑대 소리를 들었다. 어스름이 내리면 울기 시작한다. 여기서 물길을 따라 내려가면 어부가 한 사람 있는데, 그는 새끼 늑대 소리도 들었다고 하더라."

일꾼 진짱의 말에 내가 물었다.

"그럼 이곳에는 늑대가 없는가?"

"여기도 나타난다. 늑대는 강을 따라 이어진 버드나무숲이나 갈대밭에 숨어 있다."

"늑대굴을 발견하면 어떻게 하나?"

"새끼를 꺼내 죽인다. 자라면 가축을 잡아먹기 때문이다. 하지만 난 늑대가 있으나 없으나 상관없다."

마지막 말은 우리를 의식한 거짓말일 것이다. 진짱의 말이 끝나자, 큰손자 보쭈가 강 건너 아는 노인이 며칠 전 늑대굴을 파헤쳤다는 소문을 들었다고 전한다. 일단 그곳으로 가보기로 한다. 그전에 새끼 늑대들을 가두어둘 곳이 필요했다. 할매에게 새끼 늑대들을 키우고 있다고 사정을 설명했다.

"늑대는 흉물이다. 새끼 늑대를 잡거나 죽이면 반드시 어미가 보복을 하더라. 사람을 공격하거나 양떼를 습격한다."

할매의 표정이 영 좋지 않다. 큰손자 보쭈와 작은손자 톄쭈가 할매를 설득하는 것 같다. 자기들끼리는 몽골어를 쓰기 때문에 박선생도 무슨 말인지 모르겠다고 한다. 저들이 딱하지 않냐 하지 않았을까. 우리 몰골만 보면 충분히 불쌍해 보이기도 했을 것이다. 세상 모든 할머니는 손자에게 지는 걸까. 할매는 결국 허락했다. 그녀의 집 앞에 빈집이 한 채 있었다. 그곳에 물만 넣어주고 새끼 늑대들을 가두어놓았다.

진짱의 오토바이에 손자 둘이 타고 앞장을 섰다. 강을 따라 남쪽으로 십여 분을 달려 나무다리를 건넜다. 거기부터는 신바얼후 유치新巴爾虎右旗였다. 이번에는 강물을 따라 북쪽으로 가다가 어느 집 앞에 멈추었다. 늑대굴을 파헤쳤다는 노인의 집이라고 한다. 하지만 집에는 아무도 없다. 다시 북쪽으로 가다가 중간중간 차를 세우고 흙이 파헤쳐진 곳을 찾는다. 할매 집 옆을 흐르는 우얼순 강은 하안단구河岸段丘 지형이다. 계단 모양의 단구 면에 풀만 자라기 때문에, 흙구덩이가 멀리서도 잘 보인다. 파헤쳐진 구덩이는 지름이 1미터에 깊이도 그 정도다. 대체 무엇 때문에 구덩이를 팠을까. 늑대굴 같아 보이진 않는다. 보쭈에게 노인이 잡았다는 새끼 늑대를 봤냐고 묻자, 다른 사람에게 그 노인 얘기를 듣기만 했다고 한다. 이미 새끼를 팔러 갔거나 죽여 없앴을 거라고, 옆에서 진짱이 거든다. 1미터면 어미 늑대 엉덩이도 제대로 못 넣는 깊이다. 게다가 지금은 한창 털갈이를 할 때인데, 주변에 늑대 털이나 새끼들의 똥, 풀이 다져진 흔적 같은 것도 없다. 보쭈가 저녁때 노인네를 찾아가 물어보자고 하길래, 소용없는 일이라고, 뭔가 잘못 알고 판 구덩이라 말해주었다.

계단 지형에서 내려와 강변의 숲으로 들어간다. 단구 면을 내

려오면 넓은 풀밭에 이어 빽빽한 버드나무숲이다. 숲을 뚫고 나
가면 갈대밭이 펼쳐지고, 갈대밭이 끝나는 곳부터 강물이 흐르
고 있다. 버드나무숲 가까이 봉긋하게 솟아오른 흙더미에서 늑대
똥을 발견한 데 이어, 북쪽 마른 개울에서 또 다른 늑대 똥을 주웠
다. 둘 다 오래되지 않은 것들이다. 늑대가 있는 게 확실하다. 우
리는 얼른 할매 집으로 돌아갔다.

할매는 토흐터가 가져온 재료로 푸짐한 점심을 준비해놓았다.
보통 끼니 수준이 아니다. 꽃빵에 양고기볶음, 야채볶음을 섞어
밀어넣다시피 해서 배를 채웠다. 늑대식 식사법이다.

이제 목적지는 어부의 오두막. 할매 집에서 북쪽으로, 강물이
흐르는 방향으로 이십 분쯤 갔을까. 강가에 짐을 내리는데, 갈대
를 베던 청년 셋이 도와준다. 할매네 식구들과 친한 사이인 듯했
다. 강폭은 가장 넓은 곳도 30미터 정도밖에 안 되었다. 진쨩이 큰
소리로 어부를 부른다. 갈대숲 사이에서 깡마른 남자가 걸어나온
다. 어부가 작은 나무배를 장대로 밀어 강가에 댄다. 짐은 많지 않
았지만, 사람이 열 명이나 되어 배를 두 번 띄워야 했다.

일단 버드나무숲과 갈대밭을 지나 시야가 트인 곳을 찾는다.
강을 따라 한참을 걷는다. 허리 높이까지 자란 풀숲을 헤치며 가
는데 앞장선 청년이 "랑, 랑狼, 狼, 늑대 늑대!" 외치며 손으로 한쪽을
가리킨다. 강가의 풀밭에 늑대 한 마리가 고개를 숙이고 있다. 얼
른 셔터를 누르고는 손으로 앉으라는 신호를 보낸다. 뒤따라오던

사람들과 완호에게 "늑대, 늑대" 소리를 낮추어 말한다.

늑대의 머리는 북쪽을 향해 있다. 완호와 나는 늑대가 눈치채지 못하도록 빙 둘러 가기 위해 허리를 한껏 낮춘다. 고개를 살짝 들어 늑대의 위치를 확인한다. 그새 늑대가 보이지 않는다. 돌아보니 완호도 없다. 어부가 널어놓은 그물에 걸려 넘어진 것이다. 한 차례 비상 상황은 그렇게 끝이 났다.

우리는 갈대로 둘러싸인 풀밭에 모였다. 멀찍이 뒤따라오던 어부도 함께였다. 박 선생이 우리가 이곳에 온 목적을 짧게 설명한다.

"해 질 무렵이나 한밤중에 '우~ 우' 울부짖곤 한다. 가끔씩 낑낑거리는 소리도 들린다."

늑대 소리가 어디서 나는지를 묻자, 어부가 버드나무숲을 가리키며 말한다. 낑낑거리는 소리는 새끼 늑대일 것이다.

"여기서 고기를 잡기 시작한 게 한 달쯤 된다. 늑대를 본 건 한 번뿐이다. 이 주 전쯤 강가를 서성이는 한 마리를 본 게 전부다. 저녁에도 울고 한밤중에도 소리가 들리는데, 기분이 나쁘다. 사람을 공격하든 그렇지 않든 아무튼 불안하다."

어부가 나를 쳐다보며 말한다. 우리는 늑대 소리가 들린다는 버드나무숲 쪽으로 간다. 높이 3~5미터의 버드나무들이 빽빽하게 자라고 있어 통과하기가 쉽지 않다. 큰 홍수가 지나갔는지 뿌리가 드러나 있고 군데군데 흙이 패어 있다. 큰손자 보쭈는 불안한 모양인지 긴 버드나무 가지를 꺾어서는 잔가지를 쳐내고 창을 만들었다. 나와 눈이 마주치자 씩 웃어 보인다. 세 명 혹은 네 명이 한 조가 되어 흩어졌다. 뿌리를 맞댄 버드나무 군집 사이로 마른 물길—우기에는 물이 흐른다—이 나 있다. 늑대 역시 버드나무숲을 지나가기가 힘들었는지 마른 물길 위에 늑대 발자국이 나타나기 시작한다. 발자국이 꽤 선명하다. 발자국을 따라가니, 굵은 버드나무 아래 얽혀 있는 뿌리 사이로 늑대굴이 나타난다. 굴이라기보다 얽힌 뿌리 아래 흙이 팬 부분을 조금 더 파고 들어간 정도이다. 거기서 새끼들을 잠깐 돌본 모양인지, 배내털이 나무 뿌리에 붙어 있다. 어미 늑대의 겨울털도 늘어진 버드나무 가지에 남아 있다.

다시 남쪽을 향해 걷는다. 키가 작은 버드나무 뿌리 근처로 새의 깃털들이 여기저기 흩어져 있다. 개리의 깃털이다. 늑대에게 잡아먹힌 것일까. 오늘 안에 늑대굴을 찾을 수는 없을 것이다. 버드나무숲을 빠져나와, 버드나무숲과 갈대밭 사이의 마른 물길 위로 걷는다. 어미 늑대와 새끼 늑대의 발자국들이 여기저기 찍혀 있다. 새끼 늑대의 똥도 눈에 띈다.

"아우~ 아우~"

완호와 함께 버드나무숲을 향해 늑대 소리를 흉내내본다. 응답이 없다. 한 번 더, 또 한 번 더 소리를 내보지만, 역시 답은 없다. 잠자던 늑대가 우리 소리를 듣고 코웃음이나 치지 않을까.

어느새 저물녘이다. 어부의 오두막으로 간다. 배를 묶어놓은 곳에서 버드나무숲으로 30미터쯤 들어가면 오두막이 숨어 있다. 작은 오솔길이 나 있지만 밖에서는 보이지 않는다. 가로세로 3미터 2미터 정도인 오두막은 한두 사람이 겨우 들어갈 수 있을 만한 크기다. 나무판자와 버드나무 가지, 갈대로 지붕을 엮고 비닐을 덮은 간이 오두막이다. 어부가 끓여준 홍차를 마시며 박선생은 할매 집에 가서 자기로 한다.

짐을 부려둔 곳에서 서쪽으로 조금만 가면 빈 갈대밭이 꽤 넓게 펼쳐져 있었다. 갈대를 베거나 불에 태운 자리 위로 이제 막 새순이 올라오고 있었다. 갈대밭 가장자리에 구덩이를 판다. 갈대뿌리 때문에 삽이 잘 들어가지 않는다. 60센티미터쯤 파들어가자 흙이 축축해진다. 1미터 깊이까지 더 파낸 다음 갈대를 꺾어 바닥에 깔아 새끼 늑대들 자리부터 만든다. 녀석들에게 말린 양고기를 먹인 뒤 구덩이 안에 넣어두고 갈대로 덮어준다. 갈대밭 가운데 서 있는 작은 버드나무 세 그루 앞으로 갈대를 베어 가림막을 쌓는다. 그 안으로 완호가 자리를 잡고 촬영할 준비를 한다. 저녁으로 마른 빵과 소시지를 들고 각자 자리로 흩어진다.

나는 어부의 오두막 앞 강가를 어슬렁거린다. 배를 묶어놓은 곳에서 북쪽으로 50미터쯤 더 가니 거기서도 늑대의 발자국이 보인다. 한 마리의 것이다. 간밤에 물을 마시러 왔던 듯하다. 해가 지고 나니 서늘한 기운에 몸이 움츠러든다. 서쪽 갈대밭 쪽에서

늘대 두 마리가 길게 운다. 하루를 시작하는 소리다. 순간 신경이
곤두선다. 야생 늘대의 콜Call 소리를 직접 들은 것은 처음이다. 어
느새 주변의 사물을 분간할 수가 없다. 손전등을 켜고 짐을 내려
둔 곳으로 돌아오니 완호가 먼저 와 있다. 완호의 비디오카메라
에는 한 쌍의 늘대가 경계를 늦추지 않은 채 고개를 들고 우는 모
습이 적외선 렌즈로 담겨 있었다. 너무 피곤해서 아무것도 하기
가 싫다. 텐트 치는 것도 포기하고 그대로 잠을 청한다.

6월 2일

얇은 텐트 하나 없다고 이렇게 추울까. 몸을 일으키려는데 몸이 말을 듣지 않는다. 기름칠 안 된 기계처럼 마디마디 삐걱거리는 소리라도 날 것만 같다. 그대로 다시 주저앉고 만다. 완호의 숨소리 말고는 아무 소리도 들리지 않는다. 모래언덕에서와 달리 여기선 불을 피울 수가 없다. 가까이 있는 버드나무는 아직 어린데다 한창 물이 올라 불이 붙지 않는다. 땔감을 구하려면 꽤 먼 곳까지 걸어나가야 한다. 새벽 2시가 조금 넘은 시간. 바람이 없어 그나마 다행이다. 구덩이의 갈대 덮개를 걷고 새끼 늑대들을 확인한다. 녀석들을 안고 있으면 따뜻할 것 같은데, 품 안에서 가만있지를 않는다. 내 입을 향해 주둥이를 내밀며 고기를 달라 하고, 놀아달라고 졸라댄다. 피곤하고 귀찮아 녀석들을 다시 구덩이 안에 가두어둔다. 좀 덜 추운 곳을 찾아 갈대밭 깊숙이 들어가본다. 갈대를 꺾어 바닥에 깔고 이불을 덮은 뒤 그 위에 다시 갈대로 덮는다. 양말을 한 켤레 더 겹쳐 신고 장갑도 낀다. 잠깐은 포근한 듯하지만 금세 잠이 깨고 만다. 쪼그리고 누운 채 한국에 돌아가면 최상급 등산복을 사야지, 남극에서도 비박이 가능할 만한 침낭을 사야지, 중얼거려본다. 해가 뜨자마자 곧장 일어나 무작정 걷는다. 풀잎에 맺힌 이슬 때문에 바짓가랑이가 다 젖는다.

어부에게 부탁해 강 건너 동쪽으로 간다. 단구 꼭대기에 올라 주변을 살핀다. 잠시 앉아 있으니 졸음이 몰려온다. 군데군데 낮은 구릉들이 있을 뿐 광활한 초원이다. 서쪽 멀리 완만하게 솟아오른 바오거더냐오라包格德鳥拉 산이 거리감을 느끼게 해준다. 저산에는 늑대가 많겠지 싶지만, 막상 가보면 또 실망스러울 게 뻔하다. 서쪽 강 건너 역시 게르 한 채와 벽돌집 한 채가 쌍안경으로 겨우 보일 뿐, 끝없는 초원이다. 북쪽 가까운 곳에 서른 마리 남짓 작은 양떼를 이끄는 목동이 보인다. 바람이 심해 초원은 더 황량해 보인다. 공처럼 뭉쳐진 마른풀들이 여기저기 굴러다닌다. 눈에 띄는 풀들 역시 억세고 질긴 것들뿐이다. 모래를 배경으로 풀들은 더욱 거칠어 보인다. 햇볕에 다 갈라진 오소리 두개골을 줍는다. 아래턱은 사라지고 없다. 뻥 뚫린 뇌함腦函에는 마른풀들이 빽빽하다. 발아래 풀숲에서 초원토끼 한 마리가 튀어나오는 바람에 정신이 번쩍 든다. 토끼는 뒤도 돌아보지 않고 곧장 도망을 간다.

양떼가 있는 쪽으로 방향을 잡는다. 몽골종다리가 풀숲에서 튀어나와 다친 척을 한다. 주변에 둥지가 있다는 신호다. 그냥 훌쩍 날아갔으면 오히려 내가 몰랐을 텐데. 둥지에는 알에서 막 깨어난 새끼 다섯 마리가 있다.

"니하오."

인사를 건네자 늙은 목동이 힐끗 쳐다보고는 다시 양떼에게 눈을 돌린다.

"지엔 커 랑 마見過狼嗎, 늑대를 본 적 있습니까?"

다시 말을 붙여보지만 대답 없이 고개만 가로젓는다. 만사가 귀찮다는 표정이다. 차라리 잘 됐다. 어차피 더 할 줄 아는 말도 없었다. 강가를 따라 어부가 건너다준 곳까지 돌아온다. 어부는 그물을 치고 있다. 수심이 제일 깊은 곳이 가슴께 정도다. 늑대가 있는 게 분명한데, 발자국은 많지가 않다. 온통 갈대밭이기 때문이다. 새들은 많지가 않다. 지금쯤은 우리나라 강가에 새들이 훨씬 많을 것이다. 왜가리, 청둥오리, 쇠재두루미 한 쌍, 꼬마물떼새, 노랑머리할미새, 물떼까치, 제비갈매기, 떠버리개개비와 북상 중인 쇠유리새 한 마리가 전부다.

우리가 자리를 잡은 곳은 5월 21일부터 사흘간 머물었던 곳에서 남동쪽으로 15킬로미터쯤 올라온 지점이다. 여기서 30킬로미터쯤 더 올라가면 몽골과 중국의 국경에 위치한 호수 베이얼 호 貝爾湖, 몽골어로 '보이르' 호가 나온다. 베이얼 호의 물은 몽골의 할힌 강에서 온 것이다. 할힌 강, 즉 중국의 우얼순 강의 최상류이자 발원지는 몽골 쪽 다싱안링大興安嶺 산맥 넘어그 자연보호구에 있다. 반대로 우얼순 강을 따라 내려가면 거대한 호수 후룬 호呼倫湖, 몽골어로 '헐런누르'를 만나는데, 후룬 호의 물은 만저우리滿洲里 시를 지나 어얼구나額爾古納, 몽골어로 '아르군' 강으로 연결된다. 어얼구나 강은 다싱안링 최북단에서 헤이룽 강黑龍江, 아무르 강으로 진입하며, 헤이룽 강은 러시아 하바롭스크를 지나 타타르 해협에서 바다와 만난다. 지금 내가 바라보고 있는 우얼순 강의 강물은 언젠가는 두만강 물과도 만날 것이다. 늑대 구덩이 바닥에 다져진 흙을 파냈다. 힘이 제법 붙은 녀석들이 자꾸 기어오르는 바람에 흙벽이 조금씩 무너지기 때문이다. 녀석들과 놀아주면서 박선생을 기다린다.

오후 3시쯤 박선생과 진짱이 도착했다. 근방에 늑대 한 쌍과 그 새끼들이 숨어 있는 게 분명했다. 문제는 늑대가 우리 곁으로 오지 않는다는 것이다. 게다가 버드나무숲과 갈대밭이 너무 넓어 늑대가 눈에 잘 띄지도 않았다. 양이나 염소를 미끼로 써서 유인해야 했다. 박선생과 나는 진짱의 오토바이를 타고 나갔다. 할매를 만나 양이 필요한 이유를 설명했지만 도무지 먹히질 않는다. 늑대에게 양을 줄 수는 없다는 것이다. 그게 버릇이 되어 다른 양을 또 잡아갈 수 있다며 말을 잘라버린다. 할매에게 눈을 맞추며 한껏 불쌍한 표정을 지었지만 소용이 없다. 하는 수 없이 막내손자 톄쮸를 데리고 할매네에서 가장 가까이에 있는 이웃으로 갔다.

젊은 목동 부부는 한눈에도 가난해 보였다. 서너 살쯤 되었을까, 양 볼에 콧물이 잔뜩 말라 있는 사내아이가 주뼛주뼛 우리를 쳐다본다. 목동 부부가 보는 데서 아이에게 초콜릿을 쥐여준다. 작전이다. 집 밖 우리에는 열서너 마리의 양과 염소가 있었다. 부부와 친하게 지내는 톄쮸에게 양을 사달라고 부탁했다. 300위안을 내밀며 양을 팔라고 하자, 아내가 얼른 돈을 받아쥔다. 옆에 있던 남편이 양을 사서 뭐하려고 하느냐고 묻더니, 톄쭈의 설명을 듣고 나서는 불같이 화를 내며 아내의 손에서 돈을 낚아채서는 바닥에 내던진다. 순진한 톄쭈가 일을 망쳐버린 것이다. 그냥 우리와 잔치를 벌일 거라고 둘러댔으면 되었을 텐데. 박선생이 톄쭈에게 설명을 부탁했다. 양을 늑대 먹이로 주려는 게 아니라 유인하려는 것이다, 촬영만 하고 양을 돌려주겠다, 돈은 양을 빌리는 데 대한 사례다…… 이리저리 둘러대보았지만 남편은 우리에게 험한 표정을 지으며 어서 가라고 손사래를 친다. 보통 때는 늑대 구경도 할 수 없는 낭만파인 우리와 늘 늑대와 함께 생활하는 현지인들의 생각이 다른 것은 당연할 것이다. 몽골족은 푸른 늑대와 흰 사슴 사이에서, 우리는 곰과 사람 사이에서 태어난 민족이다. 하지만 이제 신화는 그저 옛날이야기일 뿐이다. 웅담을 빼먹기에 바빴던 우리처럼, 이들 역시 더이상 늑대에게 관대하지 않다.

돌아가는 길에 다리 옆에 있는 구멍가게에서 담배와 술을 샀다. 우리는 어부의 오두막에서 그동안 아끼고 아껴온 매운 라면을 안주 삼아 한잔하기로 한다. 눈꼬리가 처지고 입이 큰 어부의 이름은 쑨밍, 나이는 마흔둘이다. 길에서 지갑을 주우면 열어보지도 않고 경찰서로 가져다줄 사람 같아 보인다. 그는 몽골족이 아닌 한족이다. 이혼을 하면서 아이 둘도 아내가 데려갔다고 한

다. 이혼한 게 아니라 아내가 도망갔을 거라고 박선생이 귀띔을
한다. 얼음이 완전히 녹는 4월부터 9월까지 이곳에서 물고기를
잡는데, 주로 잉어와 붕어를 잡아 읍내의 요리점에 내다판다고
했다. 할매네 손자들과 일꾼 진짱도 고기잡이를 하기 때문에 서
로 친하게 지낸다.

　오늘도 할매 집에서 자기로 한 박선생이 내게 침낭을 주고 진
짱과 함께 일어선다. 부탁한 것도 아닌데 무척 고맙다. 해가 서쪽
으로 완전히 넘어가자 버드나무숲에서 늑대가 길게 소리를 낸다.
술기운에 나도 따라 소리를 내자, 새끼 늑대들도 덩달아 새된 소
리로 응답한다. 물론 숲속의 늑대들은 우리의 소리에 아무 대꾸
가 없다. 버릇처럼 밤이 깊을 때까지 앉아 있다가 침낭 속으로 들
어간다.

6월 3일

간밤에 독한 술을 마시고 포근한 침낭에 들어가서인지, 바람 빠진 풍선처럼 늘어져서는 늦잠을 자버렸다. 완호가 급하게 흔들어 깨운다. 강가에서 오토바이를 탄 사람들이 우리를 부르는데, 늑대 이야기를 하는 것 같다고 한다. 처음 보는 얼굴들이다. 할매 집에서 보낸 모양인데, 진짱과 손자들은 일이 바빠 못 온 것 같다.

완호와 나는 강을 건너 두 대의 오토바이에 나눠 타고 동남쪽 초원을 직선으로 내달린다. 두 대의 오토바이는 서로 앞서가려 전력 질주를 한다. 뒤에 가게 되면 흙먼지를 덮어써야 한다. 망망대해 같은 초원 한가운데 봉긋하게 솟은 둔덕 앞에 오토바이는 멈춰 선다. 두 남자가 둔덕에 있는 구멍을 가리키며 늑대굴이라 말한다. 굴은 입구가 두 개였다. 한눈에도 늑대굴이 아니라 여우굴이다. 두 입구 모두 지름이 20센티미터 정도밖에 안 된다. 어미 늑대 머리만 겨우 들이밀 수 있는 정도의 크기다. 주변의 똥도 굵기가 2센티미터도 안 된다. 마른 똥을 부숴뜨리니 브란트밭쥐의 뼈가 나온다. 둔덕을 중심으로 시계 방향으로 한 바퀴 돌다가 코삭여우의 머리뼈도 하나 주웠다. 작년에 죽은 모양이었다. 강가에 숨을 곳이 얼마든지 있는데, 쉽게 들킬 게 뻔한 이런 데 늑대굴을 만들 리가 없다. 내가 한숨을 내쉬자, 한 남자가 새끼 늑대들이 굴속으로 숨는 걸 봤다고 우긴다. 전문가는 과장하길 즐기고 일 반인은 오인하기 쉽다. 이들의 말을 곧이곧대로 믿다간 아무 일 도 못 할 듯싶다. 일단 할매네 집으로 가기로 한다. 거기서 식사를 하면서 여우라도 찍는 게 나을 것 같았다.

완호와 박선생, 진쫭과 보쭈가 텐트를 가지고 여우굴이 있는 곳으로 먼저 떠나고, 난 남아서 할매네 집 옆의 강 주변을 살피기 로 했다. 할매네 집 개들 중 덩치가 가장 큰 검둥개가 죽은 동물의 고기를 먹고 있다. 가까이 다가가보니 스텝긴털족제비다. 귀한 동물이다. 살살 달래며 빼앗으려 하자 녀석은 눈을 부릅뜨며 으 르렁거린다. 녀석과 거래를 하기로 한다. 조끼 주머니에서 소시 지를 꺼내어 반을 먹고 나머지 반을 던져주자, 녀석은 곧장 소시 지를 쫓아간다. 그사이 얼른 족제비를 낚아챈다. 스텝긴털족제비 가 확실하다. 하지만 손으로 만져보니 머리뼈 부분이 이미 씹혀 부서져 있다. 소시지를 다 먹고 나를 쳐다보는 검둥개에게 다시 족제비를 던져준다. 녀석과의 거래에선 손해를 본 셈이다.

개구리매 수놈이 갈대 끝을 스치듯 날아간다. 둥우리를 만들고 있는 모양인지 발에는 갈대 줄기를 꽉 쥐고 있다. 쌍안경으로 녀 석이 앉은 자리를 확인하고 곧장 직선으로 다가갔지만, 막상 갈 대밭 속으로 들어가니 개구리매가 어디에 앉았는지 알 수가 없 다. 갈대밭이 넓기도 했지만 소와 말이 다니면서 온통 짓이겨놓 은 탓이다.

나는 할매 집으로 돌아왔다. 겨울이 길고 추워, 집은 남향이지만 폐쇄적인 구조다. 두꺼운 흙벽에 문과 창문이 각각 하나씩. 천장이 낮은 방 한 칸과 부엌 겸 거실이 전부다. 이름은 모르겠고, 다들 할매를 맹쬬씨 할머니라 불렀다. 소와 송아지가 백삼십 마리나 되는 알부자였지만, 모두 할매의 것은 아니었다. 거기에는 아들과 딸, 친척들이 맡긴 소도 포함되어 있었다. 일꾼을 두 명 부리는 것도 소가 많아서였다. 소가 많기 때문에 양과 염소는 스무 마리 남짓이 다녔고, 말이 열여섯 마리, 망아지가 다섯 마리 있었다. 다섯 마리의 개들은 집 주변을 돌아다니거나 흙벽에 기대어 낮잠을 자곤 했는데, 모두 일을 나간 낮 동안에는 녀석들도 강가의 숲이나 초원을 돌아다녔다. 식사시간이나 손님이 와야 다섯 마리 전부가 집으로 모여들었는데, 특히 자동차나 오토바이가 도착하면 마치 사체 냄새를 맡은 하이에나처럼 어디선가 금세 나타났다. 손님이 오면 곧잘 먹을 게 생기기 때문이다.

강가의 흙이 무너져 생긴 벽에는 갈색제비가 굴을 파서 둥지를 꾸몄다. 구멍은 마치 사격장의 총탄 자국 같다. 완호와 여우를 촬영하러 나갔던 사람들이 돌아왔다. 여우가 굴 밖으로 나오지 않았다고 한다. 나올 때까지 기다릴 수도 있었겠지만, 늑대가 먼저라 그만 포기하고 돌아온 것이다. 완호와 나는 다시 어부의 오두막으로 출발했다.

어부 쑨밍이 우리가 부르기 전에 먼저 수리를 친다. 거리가 먼어 제대로 들리지 않는다. 배에 올라 장대를 밀면서도 속사포처럼 말을 쏟아내는데 무슨 말인지 도무지 알 수가 없다. 가만 듣다 보니 '랑쯔狼子, 늑대 새끼'라고 하는 것도 같다. 그리고 보니 서두르는 몸짓이 새끼 늑대들이 도망을 쳤다는 것 같다. 배에서 뛰어내려 곧장 구덩이까지 내달린다. 덩치 큰 어벙이 혼자 나를 올려다보며 꼬리를 친다. 친절한 쑨밍이 손목시계를 가리키며, 목에 핏대를 세우고 상황을 설명한다. 그물을 살피러 구덩이 옆을 지나가는데 새끼 늑대 한 마리가 도망을 치더라는 것이다. 얼른 쫓아가 잡아서 구덩이에 넣었는데, 이미 작은 녀석은 도망가고 없었다. 그게 정오경이었다고 한다.

"애초에 녀석들을 데려오지 말아야 했어."

쪼그려앉으며 혼잣말을 해본다. 다 나은 줄 알았던 치통이 재발한 기분이다.

"제대로 되는 게 없구만."

지금껏 두 녀석의 성장과정을 찍어온 완호가 투덜댄다. 그도 그럴 것이, 지금껏 야생 늑대를 제대로 찍지 못해 녀석들을 주인공 삼아 영상을 찍어온 것이다. 쑨밍 말에 따르면 어벙이는 남쪽을 향해 가고 있었다고 한다. 구덩이를 다시 판다. 구덩이를 제대로 관리하지 않아서 생긴 일이다. 녀석들이 밖으로 나오려고 벽을 긁을 때 떨어진 흙 때문에 깊이가 얕아진 것이었다.

강을 따라 거슬러올라가며 늑대 울음소리를 길게 흉내내봤지만, 응답을 하는 건 구덩이 속의 어벙이뿐이었다. 곧 날이 어두워 질 것이다. 깡패 녀석은 나 혼자 찾기로 하고 배낭을 챙겼다. 완호는 늑대를 기다리기 위해 서쪽 버드나무숲으로 떠났다. 기온이 차츰 올라가자 걸음을 옮길 때마다 각다귀들이 날아올라 얼굴에 달라붙는다. 때로는 눈에 들어가거나 목구멍에 들어갈 때도 있다. 강가에 서서 녀석이 어디로 갔을까, 가늠해본다. 설마, 강물에 빠져 멀리 떠내려가버린 것은 아니겠지. 녀석들이 있던 구덩이에서 남쪽으로 20미터쯤 가면 높이 2미터 정도의 낭떠러지가 길게 이어진다. 거기서 발이라도 헛디디면 바로 강물로 떨어질 수밖에 없다. 다행히 강가의 진흙과 모래에 새끼 늑대의 발자국은 보이지 않는다. 한참 걷다가 늑대 울음소리를 내고, 잠시 귀를 기울였다가 다시 걸음을 옮기기를 수차례 반복한다.

개, 개, 개, 개객, 개객…… 갈대밭에서 들리는 개개비 소리가 귀에 거슬린다. 마치 저는 봤다며 약을 올리는 것 같기도 하다. 개개비 소리의 장단에 맞추어, 나는 못 봤다, 나는 못 봤다, 중얼거리며 계속 앞으로 나아간다. 버드나무숲과 버드나무숲 사이에는 넓은 갈대밭이 있고, 그 가장자리에는 어김없이 마른 개울이다. 우기에는 물이 흐르기 때문에 나무나 풀이 자라지는 않는다. 개울은 서로 연결되어 있어 마치 숲속의 작은 오솔길 같기도 하다. 그 마른 개울에 어미와 새끼 늑대의 발자국이 점점이 박혀 있다. 개울을 따라 북쪽으로 돌아본다. 이제 지쳐서 늑대 울음소리를 흉내낼 수도 없다. 강가에 도착해 그 자리에 털썩 주저앉는다. 도망간 깡패 녀석은 지금 어디서 무얼 하고 있을까. 겁에 질려 헤매고 있지는 않을까. 여기 사는 어미 늑대가 녀석을 받아줄까. 어미 늑대가 녀석을 받아주면 살 수 있겠지만, 그러지 못하면 굶어 죽을 수밖에 없다.

"없어지려면 둘 다 도망가든가."

걱정과 화가 섞여 큰 소리로 욕지거리가 튀어나온다. 한참을 멍하니 물수제비를 뜨는 갈색제비들을 쳐다보다가 그만 잊고 포기하자, 마음을 다잡는다. 한지에 먹물이 번져나가듯 날이 저무는데, 그 빛이 검푸르다. 어디선가 말 한 마리가 달려오더니 곧장 강물로 뛰어든다. 사위가 고요해, 물을 마시는 소리가 하수구로 급하게 빠져나가는 물소리처럼 크게 들린다. 온 종일 뙤약볕에서 풀을 뜯다 갈증을 못 이겨 뛰어온 모양이었다. 녀석은 내가 맞은 편에 앉아 있는 것도 눈치채지 못한 듯하다. 늑대들이 나타나 말과 수중전이라도 벌여주었으면, 헛된 기대를 품어보다가, 갈증을 달랜 말이 초원으로 사라지자 자리에서 일어난다. 차라리 복권이 당첨되기를 바라는 게 낫지……

캠프 쪽으로 가다가 혹시나 하는 마음에 다시 늑대들의 흔적이 많은 버드나무숲 쪽으로 방향을 튼다. 숲 가장자리 물웅덩이에 산개구리들이 바글바글하다. 짝짓기가 시작된 것이다. 긴 버드나무 막대기가 하나 눈에 띈다. 내 키보다도 한 뼘 정도가 더 길다.

막대기 끝에 곁가지가 하나 솟아 있어 흡사 날 하나가 부러진 삼지창 같다. 쏜밍이 그물을 세울 때 쓰려고 잘라둔 것일까. 목동이 오르가가축의 목에 올가미를 걸 때 쓰는 긴 나무를 만들기 위해 자른 것 같다. 창 한 자루가 생기니 마음이 든든하다.

모래언덕과 달리 이곳에선 달빛의 도움을 받지 못한다. 회랑처럼 늘어선 빽빽한 버드나무숲은 마적들의 소굴 같다. 넓은 갈대밭 역시 그 안에서 뭔가가 나를 노리고 있는 것만 같다. 어두워지고 있는데다, 시야를 가리는 게 많다보니 두려움이 커진다. 아직은 사물의 분간이 가능해 마른 물길을 따라 계속 걷는다. 양쪽의 버드나무숲 속에서 늑대가 숨어서 나를 지켜보고 있는 것만 같다. 문득문득 고개를 돌려 돌아보면 당연히 아무것도 없다. 모래가 퇴적되어 만들어진 낮은 둔덕에 커다란 버드나무가 서 있다. 나무에 기대어 앉아 배낭을 풀었다. 손전등에 건전지를 넣고 카메라에도 스트로브플래시를 달았다. 마른 빵과 소시지를 먹으며 물길이 두 갈래로 나누어지는 지점에 시선을 고정시킨다. 늑대가 다니는 길이다.

그새 더 어두워져 이제 지평선 부근만 희미하게 실루엣이 드러나고 사방은 온통 검다. 멀리 남쪽에서 늑대 한 마리가 낮고 짧게 울부짖는다. 늑대의 하루가 시작되는 것이다. 깡패 녀석이 저놈에게 죽임을 당한 게 아닐까 걱정도 된다. 숨소리까지 최대한 낮추며 기다렸지만 늑대 소리는 더이상 들리지 않는다. 완호는 늑대를 찍었을까? 더 기다려봐야 헛수고일 듯싶다. 서쪽으로 가다가 남쪽 버드나무숲 가장자리를 따라가면 완호를 만날 것이다. 멀리서도 알아볼 수 있도록 손전등을 켜고 남쪽을 향해 걷는다. 하지만 이십 분이 넘도록 아무도 나타나지 않는다. 손전등을 흔들어 신호를 보내며 완호를 불렀지만 인기척이 없다. 먼저 돌아간 모양이다.

나침반을 본다. 동쪽으로 곧장 가면 캠프가 있는 강가가 나올 것이다. 하지만 나침반이 가리키는 대로 동쪽으로 방향을 잡은 지 얼마 안 되어 너무 쉽게 생각했음을 깨닫는다. 어둠이 짙어져 거리를 가늠할 수도, 사물의 크기나 부피를 느낄 수도 없다. 버드나무숲을 뚫고 가로질러 가기로 한다. 손전등 불빛만으로는 나무가 얼마나 빽빽한지, 숲의 폭이 얼마나 되는지 알 수가 없다. 버드나무 장벽을 지나면 마른 물길이 나타나고, 그걸 건너면 키 작은 갈대와 풀밭이 나와야 한다. 하지만 한참을 가도록 갈대와 풀밭 대신 버드나무숲과 마른 물길만 반복된다. 땀과 먼지 범벅인 안경 때문에 눈앞이 뿌옇다. 제자리에서 맴돌고 있는 게 아닌가 싶어 슬슬 걱정이 된다.

결국 처음 출발했던 자리로 되돌아오고 말았다. 숲의 폭이 얼마나 되는지도 모르는 채 무작정 걷기만 한 탓이다. 길을 잃은 것보다, 폐쇄공포증이 더 힘들다. 숲에서 나오니 불안한 마음이 얼마쯤 가신다. 익숙한 길을 찾기로 한다. 소들과 말들이 주로 다니는 폭이 넓은 마른 물길을 찾아 숲의 남쪽을 향해 걷는다. 다행히 그 길은 금세 찾았다. 좀 돌아가긴 하겠지만, 이제부터 동쪽으로 가면 강을 만나게 된다. 강가를 따라 물이 흐르는 반대쪽으로 가면 쑨밍의 오두막이 나타날 것이다.

들불이 훑고 지나간 갈대밭을 지나는데, 왼쪽에서 컹컹, 개 짖는 소리가 난다. 여기서 가장 가까운 민가인 할매네 집도 직선으로 10킬로미터는 떨어져 있다. 이곳에 개가 있을 리가 없다. 늑대다. 하지만 두 번 짖고는 더이상 아무 소리도 나지 않는다. 늑대는 짖는 경우가 거의 없다. 또 개처럼 크고 길게, 요란스레 짖지도 않는다. 낮게 한 번 짖어 반응을 살핀 후 다시 짖는 정도다. 상황이 정확하게 파악되지 않는 경우, 경고의 의미로 짖는 것이다. 두려움과 위협이 뒤섞인 소리다. 무언가 느껴지긴 하지만 어떻게 해야 할지 모를 때 짖는 것이다. 지금 늑대를 짖게 만든 나에 대한 경고다. 넌 발각되었어, 우린 널 주시하고 있어, 라는. 동시에 동료들에게 수상한 대상이 나타났음을 알려 긴장을 늦추지 않도록 주의를 주는 소리다.

카메라에서 렌즈와 스트로브를 분리해 배낭에 쑤셔넣는다. 왼손에는 손전등, 오른손에는 버드나무 창을 들고 소리가 났던 쪽으로 행군하듯 나아간다. 녀석들이 어떻게 반응할까. 갈대는 허리춤까지밖에 오지 않는다. 손전등 불빛에 드러나는 건 갈대뿐, 늑대는 보이지 않는다. 하지만 사위가 고요해 갈대를 헤치고 잰

걸음으로 도망치는 소리는 또렷하다. 걸음을 멈추자 늑대도 움직임을 멈춘다. 손전등을 끄고 그 자리에 가만히 서 있는다. 조바심이 나는 건 늑대 쪽이다.

아니나 다를까, 이내 늑대가 움직인다. 얼른 소리가 나는 쪽을 향해 손전등을 켠다. 몸은 보이지 않지만 불빛에 반사된 두 개의 눈빛이 나타난다. 달이 없어 불빛은 더 멀리 나간다. 손전등 불빛을 좌우로 움직여본다. 또 다른 눈빛 두 개가 불빛에 반사된다. 두 마리다. 30미터? 40미터? 생각했던 것보다 훨씬 가까이에 있다. 상황을 파악하거나 도망을 가거나, 혹은 거기에 공격이 추가될 수도 있다. 개가 집에 사는 늑대라면, 늑대는 산과 들에 사는 개다. 등을 보이고 달아나면 개들은 장딴지를 물고 늘어진다.

손전등을 계속 비추며 빠른 걸음으로 다가가자, 두 녀석이 각각 컹, 컹, 한 마디씩 짖고는 곧장 달아난다. 내가 멈추어 서자, 녀석들도 몇 미터쯤 더 가다가 그 자리에 멈추어 선다. 다시 한 번 그렇게 멈추어 섰다가, 이내 녀석들을 쫓아 달리기 시작한다. 힘 닿는 데까지 최대한 속력을 내본다. 사각사각, 발밑에 갈대가 꺾이는 소리가 요란하다. 늑대들도 컹컹, 컹컹, 몇 마디 짖고는 속력을 내어 달린다. 갈대를 헤치며 전력 질주를 했지만, 30미터쯤이나 달렸을까. 금세 숨이 차오른다. 늑대들과의 거리는 한참 멀어진다. 그만하자. 헉헉거리며 숨을 고르는 동안 늑대들은 점점 멀리 달아난다. 멀리서 늑대 울음소리가 길게 들리더니 곧 허공으로 흩어진다.

강가에 도착해 한숨 돌린 뒤 물길의 반대방향으로 거슬러올라
간다. 멀리 남쪽에서 완호가 부르는 소리가 들리기에 손전등을
흔들며 서너 번 소리를 쳤지만 다시 대답이 없다. 불빛이 버드나
무숲에 가려져버린 것이다. 텐트에 도착하니 자정이 다 되었다.
완호가 보이지 않아 쑨밍의 오두막으로 간다. 완호는 오두막 마
루에 우두커니 앉아 있고, 쑨밍은 고단했는지 미동도 없이 잠들
어 있다.

완호는 늑대는 보지 못하고 초원토끼와 오소리, 몇 종의 새들
만 찍었다고 했다. 당연했다. 늑대는 내 앞에 있었으니까. 긴장이
풀리고 나니 허기가 몰려온다. 아궁이에 불을 피우고 라면을 끓
여 찬밥을 말았다. 쑨밍이 깰까봐 그릇을 들고 강가로 나왔다. 완
호가 밥그릇에 손전등을 비춰준다. 불빛에 각다귀와 나방, 온갖
날벌레들이 꼬여들어 밥그릇 위로 올라앉는다. 개밥이 따로 없
다. 하지만 가릴 계제가 아니다. 배가 고팠다. 그릇을 다 비울 무
렵 강 건너에서 희미하게 낑낑거리는 소리가 들려온다. 숟가락질
을 멈추고 귀를 기울인다. 다시 같은 소리가 난다. 새끼 늑대 소리
가 분명하다. 이상하다…… 완호와 나는 얼른 흙구덩이를 확인해
본다. 어벙이가 구덩이 안에서 우리를 올려다본다. 그렇다면 저
소리는 분명 깡패 녀석이다. 아우~~~ 내가 목청을 높이자 녀석
이 가냘프게 응답을 한다.

녀석이 살아 있었던 것이다. 얼른 강을 건너야 한다. 손전등 불빛이 희미해 예비 건전지를 갈아 끼운다. 쑨밍을 깨우려다가 그만둔다. 지금까지도 신세를 너무 많이 졌다. 배를 타지 않고 직접 물을 건너기로 했다. 깡패 녀석이 있는 강 건너 멀리 동쪽 언덕에서 길게 늑대 울음소리가 들려온다. 마음이 더 급해진다. 겉옷을 벗고 물속으로 들어갔다. 이를 악물고 나름 각오를 했는데, 다행히도 생각보다 물이 차지 않다. 수심은 예상대로 깊지 않았다. 쑨밍이 그물 작업을 할 때 본 대로 제일 깊은 곳이 가슴께까지 올라오는 정도였다. 손전등을 든 오른손을 치켜든 채 강을 건넌다. 물살이 세지 않아 그리 큰 힘이 들지는 않는다. 완호가 강가에서 그 과정을 모두 찍고 있었다. 서치라이트 불빛에 앞이 환하다.

강을 건너는 동안 계속해서 울음소리를 흉내내어 녀석의 위치를 파악했다. 고맙게도 녀석은 내 소리에 즉각 반응해준다. 강 건너 동쪽의 버드나무숲은 키가 크지도 않고 나무들이 빽빽하지도 않지만, 그 사이를 가로질러 가는 것은 아무래도 무리다. 숲을 돌아가며 계속해서 울음소리를 냈다. 낑낑거리는 깡패의 응답이 점점 더 크고 또렷해진다. 녀석에게 가까워지고 있는 것이다. 하지만 나만 다가갈 뿐, 녀석은 내 쪽으로 다가오지 않고 있다. 녀석은 움직이지 못하는 상황에 처한 것이다. 손전등으로 구석구석 비춰보지만 소리만 들릴 뿐 녀석의 모습은 보이지 않는다.

깡패는 구덩이에 빠져 있었다. 깊이가 60~70센티미터쯤 되었는데, 대체 무슨 용도로 판 것인지 알 수가 없다. 입구에는 버드나무 가지들이 얼기설기 덮여 있다. 구덩이 속에서 깡패는 울고 있었다. 녀석을 안아올리면서 순간 섬뜩해진다. 누가 일부러 녀석을 가두어놓은 것은 아닐까. 누구 짓일까? 쑨밍? 아니면 쑨밍의 친구? 쑨밍과 함께 있던 그 잘생긴 친구는 이곳에 어울리지 않게 흰 와이셔츠에 재킷을 걸치고 있었는데, 그는 지금 쑨밍과 함께 자고 있다. 아닐 것이다. 늑대가 싫어서 혹은 우리 일을 방해하려고 그랬다면 이렇게 어설프게 일을 처리하지는 않았을 것이다.

품에 안기자 깡패 녀석은 어쩔 줄을 모른다. 얼굴을 핥고 몸을 비벼대고 이리저리 발을 움직이는 바람에 가슴과 팔에 상처가 났다. 이제 완호의 불빛만 따라가면 된다. 녀석을 오른손에, 손전등을 왼손에 들고 만세를 부르며 강을 건넌다.

어벙이를 꺼내 녀석과 만나게 하자 녀석들은 신이 나서 난리법석이다. 한참 서로를 핥아대다 몸을 기대고 뛰어다니는 것이 이산가족 상봉보다 못할 것이 없다. 하지만 거기까지였다. 고기를 주자 깡패 녀석은 금세 악마로 돌변한다. 고기를 끌어안은 채 이빨을 드러내며 으르렁거린다. 하루 종일 굶주렸을 테니 그럴 만도 했다.

밖으로 나가고 싶었는지, 녀석들은 어제 종일 흙벽을 기어올랐다. 그 바람에 흙이 자꾸 무너지고 흘러내려 쌓이면서 구덩이 깊이가 얕아졌고, 마침내 앞발의 팔꿈치가 구덩이 입구에 걸쳐질

만큼 되자 밖으로 탈출했던 모양이다. 밖으로 나온 녀석들은 낯선 풍경에 당황했을 것이다. 우왕좌왕하던 깡패 녀석은 강가의 흙벽 아래로 떨어져 그대로 강물에 떠내려갔고, 한참을 천천히 그렇게 떠내려가다가 겨우 맞은편 강기슭에 닿은 듯했다. 물을 많이 먹은데다 기진맥진한 녀석은 우리가 찾는 소리를 듣지 못했고, 그후 정신을 차린 뒤에는 강가를 따라가다가 버드나무숲 구덩이에 빠져버린 것이다.

6월 4일

박선생과 완호는 아침 일찍 할매네 집으로 갔다. 거기 남쪽 강변의 비탈에서 미심쩍은 굴을 봤다고 한다. 나는 새끼 늑대들을 핑계로 일단 남는다. 가봐야 또 헛수고일 것이다. 새벽까지 뛰어다니느라 기운이 빠져 있기도 했다. 완호는 가능한 한 많은 영상 자료를 모아야 한다. 허탕일 것 같다면서도 혹시 또 모르니 일단 가보겠다고 한다. 이쪽으로 자리를 옮긴 후, 나만의 '불장난'을 하며 차를 끓여 마시는 즐거움을 누리지 못했다. 대신 갈증이 나면 쑨밍의 오두막으로 갔다. 거기 양철 양동이에는 강물을 퍼다가 끓여놓은 홍차가 가득하다. 뚜껑을 덮어놓지 않아 벌레와 버드나무 잎들이 둥둥 떠 있어서, 그 차를 마시려면 휘휘 저어가며 잘 떠올려야 한다. 아궁이에 불을 때며 좀 앉아 있고 싶지만, 쑨밍이 애써 주워온 땔감들을 쓰기가 미안해 그만둔다. 카메라를 멘 채 강가 흙벽 위에 한참을 멍하니 앉아 있었다. 그만 좀 쉬고 싶었다.

집 떠난 지 22일째. 무슨 일을 하든, 그 시작과 끝 사이에는 절정의 시기와 침체기가 있기 마련이다. 개인적인 바이오리듬도 때로 영향을 미치는데, 오늘은 컨디션이 영 엉망이다. 기대와 현실 사이엔 늘 거리가 있다. 단순히 현실이 실망스러운 것이 아니라, 그것이 언제나 기대와는 다르다는 것이다. 기대한 대로 되는 것은 아무것도 없다.

난 지금까지 네 가지의 이미지를 담아왔다. 보름달 아래 늑대무리의 합창, 어딜 가든 어김없이 나타나주는 늑대들, 수백 마리의 몽골영양이 뛰면서 일으키는 먼지구름, 그리고 백조의 호수. 생각해보면 꼭 현실이 내 기대와 상상력을 충족시켜줄 이유는 없다. 이곳의 현실은 수천 년 동안 변한 게 없다. 때론 내가 헛짚었고, 때론 자연 다큐멘터리 같은 것들에 오염되어 있었다. 지금까지의 시간들을 돌아보면, 어쩌면 내 운명의 시나리오에 감사해야 할지도 모른다.

시동 걸린 내연기관처럼 또 일어나 걷는다. 혹부리오리 한 쌍이 날아들며 눈앞의 풍경은 그림이 아니라고 말한다. 쑨밍의 오두막을 지나 강가에 앉는다. 이틀 전에 봤던 늑대의 발자국은 마치 인감도장이라도 찍은 듯 그대로다. 늑대 발자국 옆으로 쪼르르 내달리는 꼬마물떼새는 뭔가를 기다리고 있는 모양이다. 저 녀석은 아직도 짝을 못 찾았나, 혼잣말을 해본다. 문득 할 일이 생각났다. 빨랫감을 가져와 강물 속에 던져넣는다. 초대소에서 빨래를 했기에 아직 여분의 옷과 양말이 남아 있었지만 왠지 그러고 싶었다. 빨래와 목욕으로 오전시간을 보냈다.

깡패와 어벙이를 데리고 산책에 나섰다. 녀석들은 여전히 예민하다. 밖으로 나오고 싶어 안달이다가도 막상 나오면 안절부절못한다. 당연한 일이다. 녀석들에게 아직 밖은 낯설기만 한데다, 일

정한 장소에 제 냄새를 묻힐 만한 여유도 없기 때문이다. 늑대는 사회적 동물이다. 지금 녀석들은 바깥 구경보다 어미나 어미를 대신해주는 어른 늑대가 더 그리운 상태다. 내가 앞서가다가 걸음을 멈추고 쪼그리고 앉아 부르면, 녀석들은 불안한 듯 낑낑거리며 주변을 두리번거린다. 내가 한 번 더 재촉하면 그제야 두 녀석이 꼭 붙어서 뛰어온다. 녀석들의 몸집은 하루가 다르게 커가는데 고기가 얼마 남지 않았다. 소시지를 더 아껴 먹어야 한다.

지난밤 늑대와 만난 곳까지 거슬러올라가본다. 기억을 더듬어보지만 간밤의 그곳과 같지 않다. 어제 정말 그런 일이 있었나 싶을 정도다. 서쪽 단구면 비탈에서 늑대 똥 네 개를 주웠다. 흰 양털과 염소 털 투성이다. 양과 염소는 작고 약해서 목동이 특히나 신경써서 보호한다. 그런데도 늑대 똥에 양과 염소의 털이 섞여 있는 건 왜 그럴까. 이곳 늑대들에게 특히 가축들을 잘 훔치는 특별한 기술이라도 있는 걸까. 아니면 죽어 나가는 양과 염소가 많다는 뜻일까. 몽골에서는 직접 도살한 가축 말고는 먹지 않고 버리는 게 일반적이다. 그러니까 병이나 사고로 죽거나, 굶어 죽거나, 또 늑대 때문에 죽은 가축에는 손을 대지 않는다. 때문에 그런 가축의 사체는 개나 야생동물들의 몫이 된다. 늑대에 비하면 하루 동안 내가 움직이는 거리는 얼마 되지 않고, 그래서 죽은 가축을 보기란 쉽지 않지만, 늑대들의 행동반경 안에는 죽어 널브러진 가축들이 꽤 많을 것이다. 동물들이 죽은 시기도 각각 다를 테니, 늑대들은 그때그때 발견하는 대로 사체를 처리할 것이다. 개들도 죽은 동물들을 먹지만, 개들은 집에서 멀리까지 나가지는 않는다. 강가의 숲에서는 초원토끼와 물새들, 주변의 초원에서는 생토끼와 땅청서 그리고 가장 흔한 브란트밭쥐 정도가 이곳의 늑대들이 직접 사냥할 수 있는 먹이들일 것이다.

개 눈에는 똥만 보인다고 했던가. 연구를 할 때도 나는 편식을 하는 편이다. 젖먹이동물포유류에 가장 관심이 많고 그다음으로 새, 그리고 뱀과 개구리를 주의 깊게 관찰한다. 물고기는 먹음직스러운 것, 곤충은 메뚜기와 사마귀 정도만 구분할 수 있을 뿐이다. 산과 들을 걸을 때 눈앞으로 많은 사물들이 지나가지만, 그것들에 대해 어떤 질문이 떠오르는 일은 많지 않다. 질문이 없으면 흥분도 일어나지 않는다. 하지만 어쩌면 그 편식과 선택적인 정보 수집이 오히려 나를 버티게 해주는지도 모르겠다. 욕심이 더 많았다면 내 작은 뇌는 과부하로 폭발해버렸을지도 모르겠다. 상대적으로 그 수가 적은 젖먹이동물과 새를 편애하기에 정보의 가지치기는 심하지만 이동 속도는 빠르다.

저녁에 완호가 돌아왔다. 찾아갔던 굴은 늑대굴도 여우굴도 아니었다. 그전엔 무언가가 살고 있었겠지만 어쨌든 지금은 빈 굴이었다고 한다. 잠들기 전까지 내내 숨을 죽이고 기다렸지만 늑대 울음소리는 들리지 않았다. 간밤에 내가 너무 휘젓고 돌아다녀서 녀석들이 떠나버린 것은 아닌지 모르겠다.

6월 5일

어부 쏜밍까지 모두 할매네 집으로 간다. 점심식사 초대를 받은
것이다. 후허하오터에서 큰딸 우윤그리거가 친정 나들이를 와 있
었다. 대단한 골초인지 내내 담배를 물고 있었는데, 우리끼리는
그녀를 '고모'라고 불렀다. 올해 일흔인 할매 혼자 가축들을 다 돌
볼 수는 없었으므로, 진쫭과 루쩬궈, 두 명의 일꾼을 부리고 있었
다. 결혼해서 아들을 하나 두고 있는 스물아홉 큰손자 보쭈는 읍
내에 살고 있었고, 이제 스물다섯인 작은손자 톄쭈는 초급대학을
졸업하고 할매네 집에서 일손을 거들고 있었다. 시원하게 머리가
벗어진 노총각 진쫭은 서른아홉, 나와 동갑이다. 진쫭은 이러다
할매 눈 밖에 나지 않을까 걱정스러울 정도로 우리 일에 적극적
이었는데, 알고 보니 할매가 부러 진쫭에게 우리 일을 다 맡긴 것
이었다. 눈매가 매서운 루쩬궈는 호리호리한 체격에 구레나룻을
기르고 있었는데, 감옥에서 나온 지 얼마 안 되었다고 한다. 살인
사건에 연루되었던 듯하다고 박선생이 귀띔해준다. 그러고 보니
증권회사 직원처럼 생긴 쏜밍의 친구도 죄를 짓고 그의 오두막으
로 피신한 것인지도 모른다고 했다. 중국은 큰 나라다. 대도시에
서 일을 저지른 뒤 이런 변방에 두더지처럼 숨어 있으면 찾기가
쉽지 않을 것이다. 쏜밍의 친구가 범죄자든 그렇지 않든, 좀 이상

하긴 하다. 이런 곳에 도무지 어울리지 않는 도회지의 복장을 하고 있으니 말이다.

집 옆 강가에 있는 쓰레기장으로 가본다. 쓰레기장은 그 집의 생활을 압축해놓은 곳이다. 나를 쓰레기장으로 이끈 것은 무엇보다 뼈들이다. 쓰레기장엔 찢어진 비닐 다음으로 뼈가 많다. 지난 가을 겨우살이 준비를 위해, 혹은 읍내에 내다팔기 위해 도축한 가축들의 흔적일 것이다. 뼈들은 여기저기 흩어져 있다. 개들이 물고 뜯기를 반복하다가 포기한 머리뼈와 골반 등 굵은 뼈들이 많다. 쓰레기들 사이로 삐죽 튀어나온 오소리 가죽이 눈에 띈다. 작년 언제인가 개들이 잡아와 뜯어먹은 것이라 했다.

이 집에선 개들에게 따로 밥을 주지 않는 것 같았다. 다들 덩치가 커서 먹이가 꽤 많이 필요할 듯싶은데 말이다. 몽골에는 '딸이 태어나면 말이 좋아하고 사내아이가 태어나면 개가 좋아한다'는 속담이 있다. 여자아이는 상대적으로 가벼워 말에게는 힘이 덜 들어 좋고, 사내아이는 고기를 먹을 때 대충 뜯고 남은 뼈를 버리기에 개가 좋아한다는 것이다. 그때그때 먹다 남은 음식을 준다고는 하지만, 워낙 알뜰하게 살기 때문에 개들에게 돌아가는 건 뼈다귀뿐이다. 몽골의 개들은 청소부다. 뱃속에 넣을 수 있는 건 모두 입으로 가져간다. 사람의 똥까지도 입에 넣고 본다. 집 주변 숲을 돌아다니다가 운 좋게 토끼를 잡을 수도 있겠지만, 보통은 죽은 가축들이 개들의 주요 먹이다.

원래 할매네 집에는 덩치 큰 수컷 대장 개가 한 마리 더 있었다고 한다. 늑대가 나타나면 그 대장 개가 가장 먼저 달려가 격투를 벌였다는 것이다. 그러면 나머지 다섯 마리도 용기를 내어 공격에 가담했다고 한다. 대장 개의 용맹함은 주변 사람들도 다 알 정도였는데, 어느 날 대장 개가 사라졌단다. 소문이 나면서 누가 훔쳐갔을 거라고 진짱이 말한다. 진짜 누군가의 꾐에 빠져 납치된 것일까? 나는 제멋대로 상상을 해본다. 어느 밤 대장 개는 혼자 늑대를 쫓다가 버드나무숲 속에서 늑대 무리에 둘러싸인다. 늑대들의 공격에 혼자 상대하던 대장 개는 큰 상처를 입고 지쳐간다. 그리고 결국, 우두머리 늑대와 일대일로 붙었다가 안타까운 최후를 맞는다……

마당으로 지프 한 대가 멈춰 서더니 군복 차림의 네 사람이 내린다. 산림경찰이라고 한다. 왠지 제복을 입은 사람은 반갑지가 않다. 지나가다가 들른 거라고 하지만, 아마 우리가 이 지역을 돌아다니고 있다는 소문을 들었을 것이다. 나는 카메라를 챙겨 슬그머니 집에서 나왔다. 그들은 박선생이 알아서 접대할 것이다. 제 손님인 줄 아는지 개들이 꼬리를 흔들며 따라나선다. 좁은 개울에는 판자로 만든 다리가 놓여 있다. 개들은 다리 앞에서 잠시 망설이다가 돌아간다. 나와의 친밀감은 거기까지다.

습지 풀밭에는 말들이 쉬고 있다. 머리를 맞댄 채 둥그렇게 둘러서서 쉬고 있는 모습이 마치 경기가 시작되기 전 서로를 격려

하는 축구선수들 같다. 엉덩이를 밖으로 해서 무리지어 있으면 불시에 공격하는 늑대를 뒷발로 걷어차 방어하기가 쉬울 것이다. 긴 다리와 목만 두드러지는 망아지도 다섯 마리가 보인다. 태어난 지 얼마 안 된 녀석들인지 어미와 살을 맞대고 있다. 늑대들이 습격한다면 망아지를 목표로 할 것이다. 망아지를 보기 위해 거리를 좁혔다. 잠깐 머뭇거리며 불안한 기색을 보이던 말들은 순식간에 흩어져 사라져버린다. 내가 낯선 사람이라 그럴 것이다. 어쩌면 내 옷에서 늑대의 냄새를 맡았는지도 모른다.

갈대밭과 버드나무숲을 지나자 개울이 또 하나 나온다. 폭은 넓지만 수심이 얕아 바지만 대충 걷고 물을 건넌다. 개리 한 쌍과 깜짝도요가 날아가고, 댕기물떼새 한 마리가 머리 위에서 빙빙 돌며 시위를 한다. 주변에 둥우리가 있을 것 같아 풀숲을 뒤지다가 시간을 지체했다. 나는 강과 초원의 경계지에 해당하는 경사지를 목표로 잡았다. 강은 초원에서 약 20미터쯤 아래로 내려가 있다. 습지와 건조한 지역의 경계인데다 강의 비탈면은 동물들이 굴을 파기에도 적합하다. 비탈면을 따라 계속 걸었지만 생각과 달리 눈에 띄는 것이 없다. 늑대는 기대도 안 했지만, 여우굴이나 오소리굴 같은 것도 없다. 비탈면을 타고 올라 초원이 시작되는 지점에 서서 쌍안경을 눈에 대본다. 맨눈으로 봐서 별게 없을 땐 쌍안경을 동원해도 별다를 게 없다. 멀리 지평선에서 아지랑이가 피어오르고, 한 채뿐인 하얀 게르도 덩달아 흐물거린다.

강기슭 옆으로 펼쳐진 풀밭 위로 수십 마리의 말떼가 지나간다. 말머리를 돌려 나를 향해 달려온 목동이 씩 웃으며 눈인사를 하고는 옆에 털썩 주저앉는다. 이곳 사람들은 호기심이 많아 낯선 사람에게 말 걸기도 좋아한다. 하루하루가 여유롭지만 그만큼 심심하기도 한 것이다. 몽골인의 평균치에 못 미치는 아담한 체구의 목동은 갓 스무 살을 넘겼을까 싶다. 늑대를 본 적이 있는지, 뻔한 질문을 던져본다. "메이여우." 본 적 없다는 짧은 답이 돌아온다.

목동은 카메라를 보여달라 하더니 파인더를 들여다보며 사진을 찍는 시늉을 해 보인다. 쌍안경으로 주변을 쭉 훑어보기도 한다. 쌍안경을 돌려주면서 내 손목시계를 유심히 쳐다보더니, 한 번 차볼 수 없겠냐는 몸짓을 해 보인다. 육감이라는 게 정말 있는 모양인지 왠지 내키지가 않더니, 아니나 다를까 시계를 손목에 걸친 목동이 저에게 달라고 한다. 나는 난처한 웃음을 지어 보이며 돌려달라고 손짓을 했지만, 목동은 오히려 내 손을 밀어내며 제가 가지겠다는 듯 웃어 보인다. 내가 다시 시계에 손을 뻗자 그는 싱글거리며 내 팔을 잡아 밀쳐낸다. 그 표정이 마치 나를 시험하기라도 하는 것 같아 슬슬 화가 난다. 몇 차례 실랑이가 더 이어지자 더이상 참을 수가 없어진다. 나는 자리에서 벌떡 일어나며 할 수 있는 욕이란 욕은 다 내뱉어버렸다. 목동이 깜짝 놀라 나를 쳐다본다. 얼어붙은 그의 손목에서 시계를 풀어 내 손목에 찬 다음 배낭을 메고 자리를 떠난다.

몇 걸음 가다 살짝 돌아보니 그는 어느새 말에 오르고 있다. 곧장 말을 달려 내 옆을 지나치는가 했더니 녀석은 말머리를 휙 돌려 내 앞을 가로막고 선다. 그러고는 말을 몰아 나에게 다가오더니 오르가를 앞으로 쳐들며 내 목을 낚아채버릴 거라고 위협을 한다. 목동이 순간 강도로 돌변한 것이다. 짧은 순간 여러 생각이 스치고 지나간다. 잭나이프를 꺼낼까. 카메라와 쌍안경을 지켜야 한다. 여기서 사고를 쳐서도, 내가 다쳐서도 안 된다. 일단 이 자리를 피해야 했다. 내가 쏘아보며 시계를 벗자, 녀석도 말에서 내려 시계를 낚아챈 다음 얼른 다시 말에 올라 채찍질을 한다. 나 역시 곧장 할매네 집을 향해 걸음을 빨리한다.

분이 풀리지 않아 호흡이 거칠어진다. 씩씩거리며 걸음을 옮기다가 버드나무숲을 지나면서 굵은 나뭇가지를 찾는다. 마땅한 나무가 보이지 않는다. 마음이 급해 굵은 생나뭇가지에 매달린다. 유연한 버드나무라 휘어질 뿐 쉽게 부러지지 않는다. 억지로 휘게 한 뒤 올라타듯 무게를 싣자 가지가 부러진다. 칼등의 톱날로 잔가지를 쳐내고 부러진 면을 정리했다. 작대기가 아니라 몽둥이를 만든 것이다. 버드나무숲을 나와 물을 건너기 전에 쌍안경으로 현장을 다시 찾아본다. 말들도 녀석도 아직 있을 리가 없다.

어쩔 수 없이 다시 할매네 집으로 걸음을 옮긴다. 목동이 곰 같은 덩치에 범의 얼굴을 하고 있었어도 내가 몽둥이를 만들었을까. 녀석이 작고 만만해 보여 이성을 잃은 것이다. 여긴 내 나라가 아니다. 감정을 누르지 못해 일을 그르치면 내 목적도 이룰 수가 없다. 그까짓 싸구려 시계야 개 발목에 채워줘도 그만이다. 하지만 지금 이곳에서 시계는 꼭 필요하다. 모든 활동을 타임라인에 따라 기록하기 때문이다. 할매네 집으로 가는 내내 이 일을 그냥 묻어두고 말 것인지, 다른 이들에게도 알릴 것인지 고민스럽다.

할매네 집 식탁에는 푸짐한 밥상이 차려져 있다. 밥때를 딱 맞춰 왔다며 박선생이 환하게 웃어 보인다. 열한 명이 모두 좁은 식탁에 앉을 수 없어, 일이 바쁜 사람들이 먼저 식사를 했다고 한다. 할매의 손자들과 우리 일행 외에 처음 보는 남자가 하나 있었다. 중년의 남자는 할매 집이 있는 바인타라수무巴音塔拉蘇木의 공무원이라 했다. 면사무소 직원쯤 되는 셈이다. 근처를 지나다가 점심을 얻어먹으러 들른 것이다. 잘 됐다 싶었다. 식사가 끝나고 달달한 믹스커피를 한 잔씩 돌릴 때 손목시계 이야기를 꺼냈다. 모두들 놀란 표정이다. 큰손자 보쭈가 특히나 어이없어한다. 그 목동의 생김새를 묻더니, 내 설명을 듣고는 바로 누구인지 알겠다는 얼굴이 된다. 땅은 넓지만 워낙 인구밀도가 낮은데다 외지인이 거의 드나들지 않는 지역이기 때문이다.

나는 면사무소 직원의 오토바이 뒷자리에, 박선생은 진짱의 오토바이 뒷자리에 올랐다. 오토바이는 강을 거슬러올라, 남쪽으로 달린다. 할매네 집에 처음 왔던 날 지나간 적이 있는 나무다리를 건넌다. 다리 아래쪽으로 말들이 물을 마시고 있는데, 목동은 보이지 않는다. 오토바이는 다시 북쪽으로 한참을 가다가 강가의 아담하고 깨끗한 벽돌집 앞에 멈추어 선다.

오십대쯤으로 보이는 부부가 며느리와 함께 살고 있는 집이었다. 우리는 집 안으로 안내되었다. 집이 크진 않았지만, 바닥에는 하얀 타일이 깔려 있고 가구나 장식품들이 모두 고급스러워 보였다. 진쫭과 면사무소 직원은 이 집의 두 아들 중 하나의 짓이라 생각하는 듯하다. 아들들은 보이지 않는다. 면사무소 직원과 그 집 가장 사이에 거친 말들이 오고 간다. 두 사람이 몽골어로 싸우는 바람에 박선생도 내용을 알 수 없다고 한다. 얼굴이 벌겋게 달아오른 면사무소 직원이 집을 나오며 크게 뭐라고 소리를 지른다. 경고의 의미인 듯하다.

면사무소 직원이 오토바이의 속도를 올린다. 다시 남쪽으로 방향을 돌렸는데, 더이상 강은 보이지 않는다. 삼십 분쯤 달렸을까, 큰 마을이 하나 나타난다. 이웃 군郡 신바얼후유치新巴爾虎右旗의 베이얼수무貝爾蘇木였다. 오토바이는 마을에서 가장 큰 건물 앞에 멈추어 선다. 오성홍기五星紅旗, 중화인민공화국의 국기가 높이 걸려 있는 그 건물은 경찰서였다. 일이 커지고 있었다. 하급 직원의 안내에 따라 긴 복도를 지나 사무실로 들어간다. 네 명의 경찰이 텔레비전 앞에서 월드컵 중계를 보고 있다. 그 상황에서도 경기가 궁금해져 나도 모르게 텔레비전으로 눈길이 간다. 넷 중 상급자로 보이

는 경찰이 자리에서 일어나며 고개를 돌린다. 제복 윗옷의 단추
를 다 풀고 있어 마치 배가 흘러내릴 듯 보인다. 쥐치초旗에 신고
하지 않고 왜 여기로 왔냐며, 그는 짜증 섞인 반응을 보인다. 관할
을 따지는 건 어느 나라나 같은가보다. 이렇게 하면 외국 관광객
들이 불안해서 또 찾아오겠냐며 박선생이 쏘아붙이자, 그제야 부
하직원 두 명과 함께 앞장을 선다. 내키지 않은 기색이 역력하다.

나는 경찰 세 명과 지프에 타고, 다른 일행은 오토바이를 타고
앞장을 섰다. 우리는 경찰서에 오기 전에 들렀던 벽돌집으로 갔
다. 경찰과 집 주인, 박선생과 면사무소 직원이 집 안으로 들어갔
다가 다시 나온다. 한 남자가 뒤따라 나온다. 경찰이 내게 시계를
빼앗아간 사람이 맞느냐고 묻는다. 집 주인의 두 아들 중 형이라
고 했다. 닮긴 했지만 아니었다. 목동의 아버지는 아들이 그런 짓
을 할 리가 없다고 항변한다. 경찰은 시계를 가져간 목동의 형과
나를 지프 뒷좌석에 앉게 했다. 나 때문에 벌어진 일이지만 어쨌
거나 유쾌하지 않은 상황이다.

강을 따라 북쪽으로 달리던 차는 어느 게르 앞에 섰다. 게르 밖
에 서 있던 여자에게 몇 마디 말을 걸던 경찰이 나를 부른다. 경찰
과 함께 안으로 들어가니 젊은 남자 하나가 눈을 비비며 침대에
서 일어난다. 시계를 빼앗아간 그 목동이었다. 그가 맞느냐고, 경
찰이 묻는다. 내가 고개를 끄덕이자, 경찰이 목동의 멱살을 잡고
는 밖으로 끌어낸다. 목동의 손목에서 시계를 풀어 내밀어 보이

며 내 것이 맞느냐고 경찰은 또 묻는다. 그렇다고 대답하자, 경찰은 내게 시계를 건네주고는 곧장 목동의 뺨을 날린다. 형의 눈앞에서 목동은 바닥으로 나동그라진다. 이게 아닌데…… 그만 됐다며 내가 경찰을 막아서자, 이럴 땐 가만히 있어야 한다며 박선생이 나를 말린다. 이젠 이곳 경찰의 일이란 뜻이다. 이미 엎질러진 물이었다. 어떻게든 시계를 찾겠다고 내가 시작한 일이었다.

경찰은 목동과 그 형을 차에 태우고 할매네 집으로 갔다. 나를 대신해서 박선생이 중국어로 진술서를 쓰고, 내가 지장을 찍었다. 사건은 그렇게 일단락되었다. 모두가 있는 가운데 나는 박선생에게 통역을 부탁했다. 야생동물을 관찰해야 하기 때문에 나한테는 시계가 꼭 필요하다. 그러다보니 일이 이렇게 커졌다. 소란을 피워서 미안하다…… 그리고, 경찰에게는 시계를 찾았으니 선처해달라고 부탁했다. 할매는 괜찮다며 웃어 보였지만, 경찰은 목동이 보름은 유치장에 있어야 한다고 말한다. 이런 일에 보름씩이나…… 뭐라 더 할 말이 없었다. 경찰은 구경 잘 하고 가라며 차에 오른다. 기분이 묘해진다.

껄끄러운 일 때문에 오히려 우리 일행과 할매네 식구들이 더 친해진 느낌이다. 시계를 빼앗아간 사내의 가족과 할매네 가족은 이웃이다. 굳이 경찰까지 동원해야 했을까 싶다. 할매네 식구들 입장에서는 좋은 게 좋은 거 아니냐, 모른 척 눈감아도 상관없었을 것이다. 오늘 일로 두 가족은 사이가 멀어지게 될지도 모른다. 괜찮다며 웃어 보인 할매의 마음은 '내 집 손님'을 건드렸다는 뜻인 것 같았다. 제 손님을 소중히 하는 건 어디나 다르지 않은 모양이다. 어쩌면 한곳에 머물지 않는 유목민은 그런 생각이 더 클지도 모르겠다. 시계를 빼앗아간 목동은 다른 이웃들에게 할매네 식구들에게 서운하다 하소연하지는 못할 거라 한다. 오히려 이곳 관습을 어겼으니 당연하다고들 반응할 거라는 것이었다. 옛날 같았으면 집안끼리 칼싸움이라도 일어날 일이라는 게 박선생의 말이었다.

6월 6일

텐트를 때리는 빗소리에 잠을 깬다. 후닥닥 완호를 깨워 밖으로
나간다. 밖에 펼쳐놓았던 짐들을 텐트 안으로 던져넣는다. 얼른
늑대 구덩이로 달려가 입구에 무덤처럼 수북이 갈대를 쌓는다.
두세 시간 뒤면 날이 밝을 것이다. 우리는 일단 쑨밍의 오두막을
찾아간다. 쑨밍과 그의 친구는 판자로 만든 침대에서 자고 있다.
우리는 부엌 겸 창고에 자리를 깔고 몸을 구겨넣는다. 갈대밭 위
에 친 텐트에서는 모기가 없는데 오두막에는 모기가 많다. 오두
막이 물가에 있는 탓이다. 대신 텐트 주변에는 각다귀가 미친 듯
이 설쳐댄다. 침대 주위로 한 겹, 그리고 오두막 입구에도 모기장
이 쳐져 있지만, 우리가 누운 자리로 몇 마리가 들어와 내내 귀찮
게 한다. 모기를 잡으려다보니 잠이 아주 달아나버린다.

　빗줄기가 거세지는 않지만 지붕이 비닐이라, 빗방울이 떨어지
는 소리는 꽤 투박하다. 언제인가 장마철에 비를 만나 비닐하우
스 안에서 비 구경을 하던 때가 생각난다. 빗소리를 듣는 것도, 바
닥에서 튀어오르는 빗방울을 보는 것도 참 좋다. 빗소리는 왠지
마음을 평온하게 만든다. 때로는 생각이 많아지게 하기도 하지
만…… 그럴 땐 대개 내가 이룰 수 없는 것들에 대해 생각하게 된
다. 떠날 땐 목적이 뚜렷했지만, 어느 사이엔가 그것은 연기처럼

흩어지고 없다. 이제는 어떻게 해서라도 일단 늑대와 늑대굴을 보고 싶다는 생각뿐이다. 그렇게 빗소리에 취해 뒤척이다가 깜빡 잠이 들었다. 빗소리가 그치자 나도 모르게 눈이 떠진다. 잠에서 깨자마자 걱정이 시작된다. 새끼 늑대들이 먹을 고기가 얼마나 남았을까.

비는 그쳤지만 기온이 많이 떨어져서 불을 피우고 싶은 마음이 간절하다. 주변을 돌아다니다 바짓가랑이가 흠뻑 젖는 바람에 한기가 더 심해진다. 새끼 늑대들을 보러 간다. 비가 많이 내리지 않아 구덩이에 빗물이 차지는 않았다. 녀석들에게 까맣게 변한 고기가 껌처럼 붙어 있는 양갈비를 통째로 내주었다. 이제 고기도 소시지도 다 떨어지고 없다. 이게 녀석들 마지막 먹이다. 어떻게 되겠지. 다 잘될 거야. 먹이를 주니 언제나처럼 난장판이 된다. 새끼 늑대들에게 이 시간은 생존투쟁의 시간이다. 두 마리도 저렇게 난리법석인데 더 많았다면 어느 정도일까. 아직은 여전히 작은 놈이 우세하다. 오랫동안 씹고 핥을 수 있기 때문에 녀석들에게 신선한 뼈는 더없이 좋은 먹이다. 물어뜯을 뼈다귀가 생겨서 다행이다. 아직은 연약한 턱과 이빨로 골수까지 꺼내 먹으려면 반나절은 걸릴 것이다.

아침밥을 먹어야 할 것 같아 오두막으로 갔다. 쑨밍과 친구는 아직 자고 있다. 조심한다고 했는데 불을 피우다가 결국 깨우고 만다. 쑨밍의 친구는 금세 짜증스러운 얼굴이 된다. 수저 소리, 씹는 소리까지 최대한 줄여가며 제대로 눈칫밥을 먹었다. 그새 날이 밝아 하늘에는 구름 한 점이 수줍게 걸려 있다. 박선생과 진짱이 트랙터를 타고 왔다. 나는 그대로 남고 완호는 유목민들의 생활을 촬영하러 일어났다.

이젠 익숙해진 강가를 따라 걷는다. 많은 것들이 눈앞을 지나가지만 지금의 내게는 모두 별 의미가 없다. 청둥오리와 쇠제비갈매기 한 마리씩을 보았다. 물새는 별로 눈에 띄지 않는다. 우리나라 겨울철의 천수만 간척지가 그립다. 흰멧새나 흰올빼미 같은 몇몇 예외를 제외하면 네이멍구에는 겨울 철새가 따로 없다. 까치와 까마귀처럼 사시사철 볼 수 있는 텃새를 빼면, 지금 눈에 띄는 물새들은 모두 여름새들이다. 짧은 봄과 가을에 이 지역을 지나가는 나그네새들은 많지만, 지금은 철이 아니다. 늦어도 10월 말이면 이곳의 강과 습지는 모두 꽁꽁 얼어버린다. 물새들은 그 전에 모두 남쪽으로 날아가버린다. 겨울에도 물이 얼지 않는 천수만 같은 습지에서는 무리 지어 쉬고 있는 물새들을 많이 볼 수 있을 텐데. 겨우내 우리나라에서 무리를 지어 생활하던 물새들도 이 지역으로 오면 한 쌍씩 뿔뿔이 흩어져서 지내기 때문에, 그 흔한 청둥오리도 여기선 어쩌다 한 번 눈에 띄는 정도다.

'먼저 비우지 않으면 담을 수도 없다'라는 여행에 대한 격언도 있지만, 생각해보면 말장난 같기도 하다. 아는 게 있어야 골라 담을 수도 있는 것 아닐까. 본 것 들은 것을 모두 쓸어담는 것은 쌀

항아리에 모래를 채우는 일과 같다. 나는 이곳의 자연과 사람들에 대해 아는 것이 너무 없었다. 공부를 더 많이 하고 왔어야 했는데. 간밤에도 늑대 울음소리는 들리지 않았다. 이 지역을 완전히 떠난 듯했다. 우리가 너무 오래 머물며 휘저어놓은 것일까. 어차피 한 지역에 머물지 않는 놈들이다. 그나마 아직 잘 걷지 못하는 새끼가 있어서 사흘이나 버텼을 것이다.

"추이嘩 추이嘩!"

아침나절이 지날 무렵 강을 건너온 진짱이 나를 찾는다. 무슨 일인가 싶어 얼른 달려나가자, 누런 이를 드러내고 웃어 보이며 쪽지 하나를 내민다. '최선생, 산림경찰이 조사할 게 있다고 하니 여권을 가지고 할매네 집으로 오시오. 새끼 늑대들도 데리고 오시오. 보쭈를 보내겠습니다.' 박선생의 글씨다. 거기까지 또 가야 한다니 짜증이 났다. 왜 여권까지 보자고 하는 거지? 용돈 좀 쥐여달라는 건가? 나도 모르게 욕지거리가 튀어나온다. 그런 내 모습에 진짱이 크게 소리내어 웃는다. 내 마음을 이해하는 듯하다. 여기서도 경찰이 나서서 좋을 일은 없을 테니까.

늑대들을 품에 안고 진짱과 함께 강을 건넌다. 진짱은 거기서 오토바이를 타고 떠나고, 나는 갈대밭 가장자리에 앉아 새끼 늑대들과 함께 보쭈를 기다린다. 잠깐 늑대들을 풀어놓고 술래잡기를 하려니 녀석들은 신이 나서 어쩔 줄을 모른다. 얼마 지나지 않아 멀리서 보쭈의 트랙터 소리가 들려온다. 녀석들은 뒷다리 사이로 꼬리를 말아넣고는 갈대밭으로 숨어든다. 나는 얼른 뒤따라가 녀석들의 목덜미를 잡아올린다. 할매네 집에 가서는 녀석들을 별채의 방에 넣어두었다.

점심식사가 끝나도록 산림경찰은 오지 않는다. 밖으로 나가 개들을 부르자, 혹시나 했는지 얼른 뛰어오지만 녀석들에게 특별히 줄 만한 게 없다. 문득, 새끼 늑대들이 떠올랐다. 개들은 녀석들을 보면 어떻게 반응할까. 별채로 들어가 깡패와 어벙이를 안고 나왔다. 다섯 마리의 개들이 일제히 녀석들에게 다가가, 꼬리를 치고 입과 항문에 코를 대고 킁킁 냄새를 맡는다. 새끼 늑대들은 귀를 접고 몸을 납작하게 엎드리고는 살랑살랑 꼬리를 친다. 깡패 녀석이 먼저 벌러덩 드러누워 배를 보이자, 어벙이도 따라 한다. 복종의 표시다. 늑대들은 낯설긴 해도 겁을 먹은 것 같지는 않다. 혹시나 싶어 긴장한 채 지켜보지만 개들도 녀석들에게 친절한 듯하다. 그래도 녀석들을 개들에게 맡겨놓을 수는 없다. 늑대들을 다시 별채에 넣어놓고 문을 닫는다.

우리는 두 팀으로 나누어 늑대의 흔적을 찾아나선다. 나는 진짱과, 완호는 보쭈와 한 팀이 되어 각각 오토바이에 올랐다. 박선생은 집에 남아 주변에서 탐조 활동을 하기로 했다. 진짱은 동북쪽 대평원을 향해 내달린다. 멀리 남쪽에 높이 솟아 있는 석유 시추탑이 더이상 보이지 않을 때까지. 이런 곳에 늑대굴이 있을까 싶지만, 오토바이는 갈지자로 움직이며 계속 앞으로 나아간다.

다들 체념한 탓인지 아무도 뭐라 하지 않는다. 강가로 가서 숲속을 뒤진다 해도, 그 넓은 지역을 어디서부터 살펴볼 것인지 막막하긴 매한가지다. 오토바이는 멀리 지평선에 찍혀 있는 하얀 점을 향해 나아간다. 하얀 점이 점점 게르의 모습을 띨 때쯤 깡마른 개 세 마리가 꽤 사납게 짖어대며 달려나온다.

진쫭은 큰 소리로 개들을 쫓으며 계속 앞으로 나아간다. 개들은 오토바이 옆에 바짝 붙어 달려든다. 개 짖는 소리에 게르 안에서 한 여자가 나와 개들을 물린다. 진쫭이 여자에게 이것저것 물어본다. 두 사람의 말을 알아들을 순 없지만, 늑대나 늑대굴을 봤느냐고 묻는 것 같다. 여자의 표정과 짧은 대답은 이미 'No!'라고 말하고 있다. 늑대에 대해 이곳 여자에게 묻는 것부터가 잘못되었다. 이 지역의 여자들은 행동반경이 좁아 야생동물을 마주칠 기회가 거의 없다.

진쫭은 조금이라도 솟아오른 둔덕이 보이면 곧장 달려가 굴이 있는지 살핀다. 꼭 늑대굴이 아니더라도 붉은여우나 코삭여우의 굴이라도 찾으려는 것이었다. 두번째 게르가 나타날 때까지 그 과정은 계속되었다. 다음 게르에서도 검둥개가 먼저 마중을 나왔다. 개가 짖는 소리에 여자가 밖으로 나온다. 키가 크고 날씬한 미인이다. 진쫭과는 허물없이 지내는 사이인 듯 보인다. 나중에 알았지만 여자는 할매의 넷째딸 우윤이었다. 우윤은 수테차와 밀전병을 내놓는다. 배가 고팠지만 밀가루 냄새가 심해서 전병은 두

장밖에 먹지 못했다. 우윤의 집은 게르에서 멀리 떨어져 있다. 양과 염소에게 풀을 뜯기기 위해 질 좋은 초지를 찾아 이곳에 임시로 게르를 설치한 것이다.

어느새 오후 1시가 넘어 있었다. 멀리서 먼지가 일더니 종종거리며 양과 염소 떼가 모습을 드러낸다. 양이나 염소들이 무리지어 달려오는 것은 처음 보는 광경이다. 제일 뒤에서 말을 타고 온 남자는 진짱과 몇 마디 나누더니 곧장 펌프로 가 물을 퍼올린다. 녀석들이 달려온 이유를 알겠다. 반나절을 뙤약볕 아래서 풀을 뜯느라 갈증이 심했던 것이다. 앞다투어 물을 마시려 양과 염소들이 마구 엉키어든다. 목동은 가축들이 물을 다 마실 때까지 지켜본 다음에야 게르 안으로 들어간다.

남자는 우윤의 남편으로, 할매의 넷째사위였다. 구릿빛 피부에 이마가 약간 벗려졌지만 그 정도는 큰 흠이 되지 않을 정도로 이목구비가 뚜렷하다. 나중에 박선생에게서 들은 얘기지만 우윤의 남편은 한족이라 했다. 진짱은 남자 앞에서 길게 이야기를 늘어놓는다. 중간중간 숱이 없는 정수리를 긁기도 하고, 힐끔힐끔 나를 쳐다보며 웃어 보이기도 한다. 그 모습이 잇몸을 드러내고 웃는 말을 꼭 닮아 나도 모르게 미소가 지어졌다. 짐작건대 어제 손목시계 사건이며 우리가 하는 일들에 대해 이야기하는 듯하다. 꽤 지켜볼 만하다는 뉘앙스다. 갈증과 허기가 심했는지, 우윤의 남편은 큰 대접으로 두 잔이나 수테차를 마시더니 밀전병도 여섯

장이나 먹어치운다.

딱히 할 일도 없어 나는 게르 밖으로 나가본다. 풀들이 뿌리째 뜯겨 맨살이 드러난 땅바닥에서 표범장지뱀이 볕을 쬐고 있다. 거기서 2미터쯤 떨어져서는 브란트밭쥐가 나를 경계하는 듯 찍찍거린다. 둘 다 초원에서 흔히 눈에 띄는 것들이다. 사진을 찍으려고 표범장지뱀 가까이 다가가자, 녀석은 쪼르르 브란트밭쥐의 굴속으로 숨어버린다. 녀석들은 한 굴에서 살고 있는 것이다. 한데, 표범장지뱀은 브란트밭쥐의 굴을 이용한다지만, 브란트밭쥐에겐 무슨 이득이 있을까. 표범장지뱀이 브란트밭쥐의 털에 붙어사는 기생충이라도 잡아주는 걸까.

별 소득 없이 할매네 집으로 돌아온다. 완호와 박선생도 별다를 게 없다. 일꾼 루쩬궈가 갈대밭에서 개리 알 네 개를 주워왔다. 그대로 두었으면 촬영이라도 했을 텐데. 이삼 일만 더 있다가 그 사이에 늑대굴을 찾지 못하면 떠나기로 한다. 아마 쉽지 않을 것이다. 하지만 아무도 찾지 못할 거라고는 말하지 않았다. 트랙터를 몰고 가 쑨밍의 오두막에서 짐을 다 싣고 왔다. 새끼 늑대들에게 줄 먹이가 다 떨어졌다고 눈치를 보며 말하자, 할매는 아무 말 없이 창고에서 말린 양 다리 한 짝을 가져다준다. 할매가 드디어 마음을 연 것이다. 내가 불쌍했던 걸까, 새끼 늑대들이 가여웠던 걸까.

6월 7일

할매네 별채에서 오랜만에 편하게 잠들었더니, 아침도 거른 채 정신을 잃고 잠에 빠져 있었다. 한동안 가족들이 사용하지 않던 곳이라 사람 냄새보다 흙냄새가 편안하게 올라온다. 침상과 벽 모두 진흙으로 쌓아올린 별채엔 장판도 벽지도 바르지 않았다. 뽀송뽀송한 느낌이 좋아 자리에서 일어나기가 더 싫어진다. 잠이 덜 깬 눈을 비비며 강가로 걸어나간다.

　통발을 걷어 정리하고 있던 진짱이 나를 발견하고는 손짓을 한다. 통발에 걸린 물고기는 붕어 대여섯 마리뿐이다. 진짱이 통발 하나를 가리키기에 들여다보니 거무튀튀하고 묵직해 보이는 게 들어 있다. 사향쥐다. 물고기를 잡으려고 수달이 통발 안으로 들어가는 경우는 종종 있지만, 사향쥐가 왜 통발 안에 들어가 죽었을까. 가끔 물고기나 조개를 먹긴 하지만, 사향쥐는 주로 물풀의 뿌리나 줄기를 뜯어먹는다. 사향쥐를 만져보는 건 처음이다. 녀석들은 뒷발가락 위쪽에 물갈퀴처럼 길게 자란 털로 헤엄칠 때 추진력을 얻는다. 원래 북아메리카의 강과 습지가 주 서식지였으나 점점 유라시아 북부 전역으로 퍼져나가고 있다. 북한의 두만강 유역에 나타난 적도 있지만, 아직 남한에서는 발견된 적이 없다. 러시아와 중국 동북 3성요동, 길림, 흑룡강에는 모피동물 농장이 많은데, 거기서 탈출한 사향쥐들이 물길을 따라 퍼진 것이다. 뉴트리아설치목 뉴트리아과의 포유류와 달리 추위에 아주 강하고 번식력이 좋아 짧은 시간에 유라시아 북부 수계水界를 점령한 것이다. 우리나라에도 사향쥐 농장이 여러 곳에 있어, 머지않아 야생에서도 발견될 것으로 보인다. 사향쥐가 습지에 들어오면 뉴트리아처럼 수생식물에 피해를 줄 수 있다.*

　보쭈가 사향쥐의 가죽을 벗긴다. 말려서 장갑을 만들 거라 한다. 머리는 비닐봉지에 넣어 따로 챙긴다. 개들이 침을 흘리며 달려든다. 사향쥐 고기를 개들에게 줄까 새끼 늑대들에게 줄까, 잠깐 고민한다. 팔은 안으로 굽는 법. 살코기는 늑대들에게, 내장은 개들에게 내주었다.

　하늘은 맑고 햇살은 따갑다. 초원을 달리기에 좋은 날씨다. 멀리 지평선에 아지랑이가 일렁여 마치 동물들이 지나가는 듯 보인다. 뭐가 있든 걱정할 필요는 없다. 워낙 시력이 좋은 몽골 사람들과 함께 있으니. 오토바이 한 대에 두 명씩, 세 팀이 몽골영양을 찾아나섰다. 이제 다 옛날이야기가 되었지만, 이곳 줘치左旗와 이웃 유치右旗에는 몽골영양이 많이 살았다. 특히 유치는 둥우주무친치東烏珠穆沁旗와 함께 네이멍구 최고의 몽골영양 서식지였다.

* 뉴트리아는 현재 우리나라에서 생태계 교란 야생생물로 지정되어 관리·규제하고 있다.

1950년대 전까지는 베이징 근교인 허베이성 북부를 비롯해 만리장성 남쪽에도 넓게 분포했으며, 동쪽으로 다싱안링 산맥을 넘어 헤이룽장성 서부, 지린성 북서부, 랴오닝성 북부에서도 볼 수 있었으나, 지금은 몽골 동부와 남동부에 걸친 국경지대인 네이멍구에서만 발견된다.

몽골영양의 개체수가 이렇게 줄어든 것은, 늦겨울부터 초봄까지 이어지는 주기적인 폭설과 가뭄, 구제역과 탄저병 같은 전염병 때문이다. 이러한 원인들은 모두 수십만 년 전부터 있어왔던 자연현상의 일부다. 백 년 전 몽골과 중국, 러시아에는 수백만 마리의 몽골영양들이 마치 융단이라도 깔아놓은 듯 지나다니곤 했고, 지금도 백만 마리 내외의 몽골영양이 서식하는 것으로 추정된다. 물론 과다 추정치라 주장하는 학자들도 있지만, 몽골 동부의 개체군이 존재하는 한 멸종을 걱정할 정도는 아니다.

하지만 국지적으로 감소하거나 멸종된 지역이 늘어나고 있다는 점은 문제가 된다. 지금의 서식지는 과거 백 년 전의 25퍼센트 정도에 불과하다. 네이멍구와 이어진 간쑤성, 닝샤, 산시, 싼시성, 허베이성과 동북 3성에서는 몽골영양이 사라졌다. 이 지역 몽골영양의 감소 원인은 지속적이고 무차별적인 사냥이 그 첫번째다. 몽골영양은 단거리와 장거리에 모두 능한 달리기 선수다. 하지만 지프를 타고 기관총을 난사하는 사냥꾼들을 당해낼 수는 없다. 야생 늑대에게 몽골영양은 최고의 먹잇감이다. 초원에서 몽골영양이 사라지자 늑대들은 가축으로 눈을 돌릴 수밖에 없었던 것이다.

오후 2시, 지평선에서 아른거리는 아지랑이 뒤로 세 마리의 몽골영양이 걸어간다. 몽골영양이 살고 있는 지역이라면, 녀석들을 발견하기란 어렵지 않다. 주로 초원에서 생활하기 때문에 쌍안경만 있으면 어디서든 눈에 띈다. 출산기인 초여름에는 작은 무리로 나뉘어 흩어지기도 하는데, 몽골에서라면 여름에도 오십 마리 혹은 그 이상의 무리도 쉽게 볼 수 있다. 하지만 이제 이 지역에서도 그만한 무리는 보이지 않는다. 사람들에게 꽤 시달린 탓인지 녀석들은 좀처럼 곁을 주지 않는다. 두 팀으로 나뉘어 촬영을 위해 자리를 지키고 있는 완호의 오토바이 쪽으로 몰아보지만 어림도 없다. 125cc의 낡은 오토바이에 두 명이나 타고 있다보니 몰이꾼이 아니라, 오히려 놈들의 꽁무니를 쫓아다니는 꼴이다. 녀석들은 완호가 있는 쪽으로는 좀체 움직이지 않는다.

몽골영양이 흩어진 자리를 중심으로 그 주변을 계속해서 돌아다닌다. 중심점을 두고 우리들 세 팀은 동북쪽으로 달려가다가 서로의 점들이 한참 멀어지면 다시 모여서 회의를 했다. 무전기가 있었다면 기름을 낭비하며 모였다 흩어지는 일을 반복할 필요가 없었을 텐데. 몽골영양뿐 아니라 붉은여우의 굴이나 코삭여우의 굴, 큰말똥가리 둥지…… 그림이 될 만한 건 뭐든지 찾아야 했다. 한참이 지나서야 다섯 마리의 몽골영양을 볼 수 있었지만 역시 촬영에는 실패하고 말았다. 놈들을 쫓다 지쳐서 포기하기도 전에 녀석들은 눈앞에서 사라져버렸다. 순발력과 지구력이 모두 뛰어난 몽골영양은 시속 65킬로미터로 이십 분을 달릴 수 있다. 긴 다리에 날씬한 몸매, 부피가 큰 허파와 호흡기관, 크고 튼튼한 심장까지, 먼 거리를 전력 질주할 수 있는 신체구조를 가지고 있는 녀석들은 포식자를 피해 숨는 게 아니라 달아나는 방식으로 생존해온 것이다. 스쿠터 수준의 오토바이에 두 명이 올라타고 놈들과의 거리를 좁히기는 불가능한 일이다.

이제 세 팀은 흩어지기로 한다. 다른 두 팀이 어디 있는지 알 수가 없다. 나도 진짱도 다른 두 팀을 찾을 생각은 없다. 그들도 마찬가지일 것이다. 어차피 목표는 사라졌으니까. 죽은 지 오래된 양의 사체가 눈에 띈다. 햇빛에 노출된 뼈는 순백색을 띠고 있다. 왜 죽었는지는 알 수 없지만, 아무튼 늑대의 짓은 아니다. 뼈들은 숨이 끊어질 때의 자세 그대로 바닥에 흩어져 있다. 늑대가 죽였거나 사체를 일찍 발견했다면 머리뼈와 척추뼈 일부, 발굽 정도만 남아 있을 것이다. 사체도 일찍 발견해야 늑대의 먹잇감이 된다.

풀밭에 앉아 야생부추를 씹는다. 진짱이 옆으로 조금 비키더니 엉덩이를 드러낸 채 볼일을 본다. 태도에 전혀 거리낌이 없다. 하긴 읍내에서 제일 좋은 음식점의 화장실도 앉으면 얼굴을 겨우 가릴 정도의 칸막이가 전부고, 공중화장실은 아예 문이 없다. 워낙 초원 생활에 익숙한 유목민은 화장실 문제에 그리 예민하지 않은 편이다. 돌아가는 길에 자연스레 세 팀이 다시 합류했다. 모두 빈손이다.

할매네 집이 보일 때쯤 250cc 오토바이를 탄 건장한 체구의 젊은 남자 하나가 우리 앞에 멈춰 선다. 오토바이 뒷자리에 몽골영양 한 마리가 산 채로 묶여 있다. 뿔이 없는 암컷이다. 불룩한 배에 네 개의 젖꼭지가 잔뜩 부풀어오른 걸 보니 임신한 게 분명하다. 남자가 왜 몽골영양을 잡은 걸까 물어보니, 그냥 지나가다가 녀석이 보이기에 삼십 분쯤 추적 끝에 잡았다고 했다. 우리가 근처에서 야생동물을 촬영하고 있다는 소문은 이미 들어 알고 있었을 것이다. 그런 와중에 오늘 우연히 몽골영양을 보게 되어 잡아왔을 거라 박선생이 설명한다. 굳이 배가 부른 암컷을 잡았냐고 따질 수는 없을 것이다. 몸이 무거운 녀석이 뒤처졌을 테고, 임신한 개체는 잡아서는 안 된다는 규칙도 다 옛이야기다.

할매네 집 앞에서 풀어주니, 녀석은 한참을 멍하니 그대로 엎드려 있다가 천천히 일어나 초원 쪽으로 걸어간다. 전력 질주로 도망가야 할 몽골영양이 천천히 걷다니…… 초원 쪽으로 한참 벗어난 녀석을 남자가 오토바이로 다시 몰아온다. 녀석은 풀밭에 털썩 주저앉는다. 호흡이 거칠다. 물을 떠와 코끝과 입가를 적셔주었지만 핥지는 않는다. 남은 물을 어깨에 뿌려주었다. 시간이 지날수록 점점 호흡이 가빠지더니 어느 순간 돌연 숨을 쉬지 않는다. 허탈했다. 남자와 추격전을 벌이면서 녀석은 심장이 파열

되기 직전까지 내달렸을 것이다. 이제 어떻게 해야 할까. 진짱이 남자에게 석유 시추탑으로 가져가면 거기 인부들이 살 거라고 했지만, 남자는 우리에게 먹으라며 오토바이에 시동을 건다.

완호가 내일 읍내로 가자고 먼저 입을 연다. 어차피 이곳에선 더이상 기대할 게 없었다. 그런데 운전을 해줄 토흐터에게 연락할 방법이 없다. 박선생에게 휴대전화가 있었지만, 통신이 안 되는 지역이다. 석유 시추탑에 올라가면 통화가 될 거라는 보쭈의 말에 박선생은 진짱과 함께 시추탑으로 간다.

해가 기울 무렵, 별채에서 짐 정리를 하고 있는데 진짱이 좀 나와보라고 한다. 그는 죽은 몽골영양을 해체하고 있었는데, 뱃속에서 다 자란 새끼가 나왔던 것이다. 피 냄새를 맡은 개들이 안절부절 어쩔 줄을 모른다. 어미가 죽었을 때만 해도 그냥 난감한 기분이었는데, 양수에 젖은 채 죽어 있는 새끼를 보자 불쌍하고 미안한 마음이 든다. 무엇이 둘을 죽음으로 몰았을까. 이 죽음에 나는 책임이 없다고 발뺌을 해본다. 그들에게 부탁한 적도 일을 시킨 적도 없다. 하지만 늑대가 아니면 다른 뭐라도 촬영을 해야 한다고 은연중에 이들을 부추기지는 않았을까. 하지만 값싼 나의 동정심도 거기까지였다. 진짱이 새끼를 가져가겠느냐 묻는 바람에 정신이 번쩍 든다. 진짱은 새끼 영양과 어미의 내장을 개들에게 던져준다. 고기를 두고 개들이 다투는 소리를 들으며 별채로 돌아와 새끼 늑대들에게 양고기를 나누어준다.

저녁으로 삶은 영양 고기가 나왔다. 연하고 부드러운 고기는 누린내도 없고 기름지지 않아 담백했다. 죽은 어미 영양에 대한 감상은 사라진 지 오래였다. 딱히 고기를 즐기지는 않아 어쩌다 술안주로 먹는 정도인 내가 맛있다고 느낀 것은 왜일까. 어쩌면 그것이 몽골영양의 개체수가 급격히 줄어든 원인의 하나일 수도 있겠다. 예전부터 몽골영양은 이곳 유목민들에게 주요 사냥감이었다. 유목민들의 입장에서는 몽골영양 한 마리를 잡으면 그만큼 자신의 양이나 염소 한 마리를 버는 셈인 것이다.

몽골영양은 한곳에 머물지 않고 유랑생활을 한다. 다 자란 수 컷은 연간 최대 32,000제곱킬로미터를 돌아다닌다. 대한민국 면적의 삼분의 일에 해당하는 넓이다. 녀석들은 이동속도가 빨라 오히려 유목민들이 키우는 가축들처럼 한 지역의 초지를 황폐화시키는 일도 없다. 한 무리가 지나가고 나면 또 다른 무리가 지나가기 때문에 녀석들이 마치 계속 한곳에 머물러 있는 것처럼 보일 뿐이다. 어쨌거나 제 양이나 염소가 풀을 뜯는 자리에 몽골영양이 있으면 유목민들에게는 경쟁자이기도 한 셈이다. 활을 쓰던 시절에는 사냥은 그리 심각한 문제는 아니었다. 하지만 자동차와 자동소총이 사용되면서 사냥은 곧 학살이 되었다.

1940년대 몽골에서는 매년 십만 마리의 몽골영양이 사살되었다. 1958년 중국에서 대약진운동*이 시작되면서 쥐는 물론 참새 박멸운동까지 이어졌고, 그 결과 오히려 1959년부터 삼 년간 대 흉년이 지속되면서 이천만 혹은 삼천만 명의 사람들이 굶어 죽었다. 굶주림을 피하기 위해 사람들은 야생동물들을 잡아먹기 시작했는데, 특히 영양과 사슴, 산양 등이 주요 사냥 대상이 되었고, 베이징 같은 도시에서도 사냥단을 조직해 북부와 서부로 떠났다. 네이멍구, 신장성, 간쑤성, 산시성, 칭하이성에서 사냥한 동물들은 화물열차에 실려 동부의 여러 도시로 수송되었다. 이 시기에 만리장성 남쪽의 몽골영양이 멸종 직전에 이른 것이다. 1980년대까지 네이멍구에서만 연간 십만 마리의 몽골영양이 밀렵되었다. 몽골영양의 최대 서식지인 신바얼후줘치에서 1987년에 칠만 팔천 마리, 1988년에 팔만삼천 마리가 죽어나갔고, 1990년에는 열흘 만에 천 마리가 밀렵되었다. 이 정도 대규모의 밀렵은 국경 수비대 군인들의 짓이었다. 결국, 1991~1992년 유치에 남은 몽골영양의 개체수는 고작 오백 마리 내외였다. 지금 몇 마리씩 눈에 띄는 몽골영양도 인접 몽골의 개체군이 건재하기 때문에 가능한 일이다. 몽골영양의 숫자가 급격하게 줄어들자 늑대는 가축을 습격하기 시작했고, 때문에 늑대 포획 장려정책까지 낳게 된 것

* 마오쩌둥의 주도하에 1958년부터 1960년 초 사이에 일어난 경제성장운동으로, 노동력 집중화 산업을 추진했다.

156

이다.

식사가 끝날 무렵, 할매가 한국에도 몽골영양이 있느냐고 묻는다. 박선생이 원래부터 살지 않았다고 대답한다. 그럼 늑대는 있느냐고 할매가 다시 묻는다. 여기 온 첫날 박선생이 이미 얘기했지만 그새 잊은 모양이다. 사람을 공격하고 가축을 잡아먹어 일본인들이 다 없앴다고 박선생이 차근차근 설명한다.

"우리도 늑대가 귀찮다. 없었으면 좋겠다."

할매가 미소를 지으며 말한다. 요 며칠 동안 할매가 웃어 보인 것은 처음이다. 너희들은 진즉에 다 죽여놓고 우리더러는 그러지 말라고 하는 거냐, 그런 말을 하고 싶었던 걸까.

6월 8일

오늘은 아무 계획이 없다. 할매네 집도 그전과 같은 일상으로 돌아간다. 별채 밖으로 나가자 개들이 달려든다. 마당에는 아무도 없다. 버릇처럼 진쫭이 다니는 길을 따라 나가본다. 강가에 흙벽이 무너져 작은 벼랑이 되어버린 곳에 자리를 잡고 앉자, 개들도 따라와 나를 둘러싸고 앉거나 서서 꼬리를 흔든다. 녀석들도 심심한 모양이다. 한 마리 한 마리 머리와 턱을 쓰다듬어준다.

진쫭은 강 건너 물길 가장자리에 쳐놓은 통발을 보고 있다. 뭐가 잡혔나 보려면 쌍안경으로 봐야 할 만한 거리지만 그럴 필요는 없다. 진쫭은 통발을 들여다만 볼 뿐 양동이로 물고기를 옮겨 넣거나 하지 않는다. 물고기가 안 잡힌 건지 이제 막 통발을 놓는 건지 모르겠다. 할매네 집에서 진쫭이 가장 긴 시간 일을 한다. 일거리도 다양하지만 그중에서도 온갖 힘든 일은 모두 도맡아 하는 듯하다. 루쩬귀는 무슨 일을 하는지 도무지 잘 보이지가 않는데 식사시간이면 어디선가 꼭 나타난다. 손자 둘은 일과 휴식의 경계가 모호하다.

진쫭은 독신이다. 돈이 없어서겠지만 제 소유의 가축도 없다. 일찍 부모와 사별한 걸까. 어릴 적 고아가 되었다면 물려받을 가축도 없었을 것이다. 웃음이 헤프기 때문에 누구에게나 좋은 사

람으로 보이지만 그만큼 만만해 보이기도 한다. 할매네 집에서
일을 도와주고 얼마나 받겠는가. 그저 머슴살이 정도가 아닐까
싶다. 진짱 같은 사람이 잘 살아야 하겠지만 현실은 그렇지가 않
다. 어느 문화권에서든 마찬가지다. 안쓰럽지만 내가 해줄 수 있
는 건 담배에 불을 붙여주거나 술잔을 채워주는 정도가 전부다.

　운전기사 토흐터는 오후 4~5시나 되어야 도착할 거라 한다.
점심때까지 와줬으면 했지만 선약이 있다고 했다는 것이다. 이런
식의 기다림은 왠지 불편하고 불안하다. 약속시간까지 여유가 있
는 듯하지만 딱히 할 것도 없고, 막상 무언가 하려 해도 잘 안 되
는 시간. 완호와 박선생도 마찬가지일 것이다. 멀리 나갈 수도 없
다. 이곳 사람들의 약속은 마치 깨기 위해 있는 듯, 사정은 수시로
바뀐다. 토흐터의 선약 역시 언제 깨질지 모른다. 토흐터는 오늘
못 올 수도, 약속시간보다 훨씬 빨리 올 수도 있다. 계획은 언제나
바뀔 수 있는 것이다.

　우리는 맨눈으로도 서로의 위치를 확인할 수 있을 정도로만 나
가보기로 한다. 나는 강을 따라 북쪽으로 걷는다. 다섯 마리의 개
들은 계속해서 날 따라다닌다. 녀석들과 꽤 잘 놀아준 덕분이다.
하지만 그것도 잠시, 강가 낮은 곳으로 내려가 할매네 집이 안 보
이게 되자, 녀석들은 모두 집으로 돌아간다. 내가 주인이 아니라
서가 아니다. 아무것도 없는 외국인을 따라 밖에 나간 사이 집에
서 잔치라도 벌어질까 싶어서다. 강가에 바짝 붙어 펄과 모래밭

을 살피며 걷는다. 오리과의 발자국, 개리 발자국, 왜가리와 도요새 발자국, 스텝긴털족제비 발자국이 눈에 띄지만, 그마저도 물을 마시러 나온 말과 소, 양 들이 짓이겨놓았다.

그러고 보니 여기 머문 일주일 동안 여우를 보지 못했다. 완호도 박선생도 마찬가지다. 마주치기는커녕 발자국 하나 보지 못했다. 늑대가 새끼를 기르는 곳에서는 여우가 살지 못하는 걸까. 아니면 먼저 정착해 있다가 늑대가 들어오니 다른 곳으로 피한 것일 수도 있고, 또 어쩌면 늑대에게 죽임을 당했을 수도 있다.

강가를 떠나 초원으로 올라간다. 멀리 나온 것도 아닌데 괜히 걱정이 되어 집이 있는 쪽으로 걷는다. 왼쪽이 초원, 오른쪽이 우얼순 강이 된다. 늑대의 입장에서 강이 있는 지역이 딱히 더 좋을 것은 없다. 먹잇감이 많거나 다양한 것도 아니지만, 초원을 가로질러 흐르는 강은 버드나무숲과 갈대밭을 품고 있어서 그나마 늑대에게 숨을 곳을 제공해줄 수가 있다.

할매네 집 지붕의 서까래가 몇 개인지 다 보일 만큼 집 가까이 다다르자, 브란트밭쥐의 소리가 들린다. 초식동물인 브란트밭쥐와 땅청서, 마못과 생토끼는 모두 천적을 만나면 날카로운 소리를 지른다. 동료들에게 주의하라는 경고의 의미도 있지만, 그것이 첫째 이유는 아니다. 브란트밭쥐는 수컷 한 마리가 최대 다섯 마리의 암컷과 새끼들을 데리고 가족을 이루어 산다. 녀석들은 초원에 복잡한 굴을 파고 주변의 풀을 뜯어먹으며 사는데, 만약 여우가 풀을 뜯고 있는 브란트밭쥐를 노리고 접근한다고 해보자. 이때 천천히 거리를 좁혀가며 접근하던 여우를 발견하면, 브란트밭쥐는 곧장 찍찍, 하는 금속성의 소리를 낸다. 이 소리를 듣고 다른 가족들은 얼른 풀 뜯기를 멈추고 주변을 살핀다. 브란트밭쥐에게 들켜버린 여우는 그대로 사냥을 포기한다. 사냥의 성공 여부는 사냥감과의 거리 좁히기에 달려 있다. 유효 거리에 접근하기 전에 사냥감이 눈치를 챘으니 달려들어봤자 에너지 낭비일 뿐인 것이다. 브란트밭쥐가 여우를 발견하고 소리를 내는 것은 우선 자신이 살기 위해서다. 그 소리에 가족들이 경계를 하거나 도망가는 것은 그다음이다. 하지만 이 경계음도 쇠족제비 같은 최소형 포식자에게는 효과가 없다. 작고 날씬한 쇠족제비는 곧장 굴 속으로 쳐들어가기 때문이다.

브란트밭쥐는 번식력이 뛰어나다. 임신 기간이 21~23일 정도로 짧은데다 한 번에 여섯 마리에서 열 마리까지 새끼를 낳는다. 4~8월이 번식기로, 연간 3~4회 출산이 가능하다. 봄에 태어난 새끼가 그해 새끼를 낳을 수 있다는 얘기다. 3~4년을 주기로 개체군이 증가했다가 감소하기를 반복한다. 브란트밭쥐의 개체수가 폭증할 때는 주변 지역의 풀밭이 누렇게 맨살을 드러낼 정도로 황폐해지는데, 이때에는 양떼도 타격을 받지만 몽골영양들도 풀을 찾아 다른 곳으로 떠난다. 하지만 천적이 많아 자주 일어나는 일은 아니다. 이곳 초원에 사는 붉은여우와 코삭여우, 오소리,

쇠족제비와 큰말똥가리는 전적으로 브란트밭쥐에 의존해 산다.

별채로 가서 페트병을 가지고 브란트밭쥐 굴 앞으로 가본다. 칼로 병 입구에 칼집을 넣어 입구를 좀 넓힌 다음 위쪽에서 사분의 일 지점을 잘라 거꾸로 끼워 덫을 만든다. 페트병 안에는 빵가루를 넣고 굴의 한쪽 입구에 페트병을 끼워넣는다. 브란트밭쥐를 잡아 새끼 늑대들의 사냥 연습을 도울 생각이다. 그전에 키웠던 늑대 '하나'는 태어난 지 48일째 되던 날 햄스터를 잡아먹었다. 지금 데리고 다니는 녀석들은 이제 50일은 넘었을 것이다.

브란트밭쥐의 굴에서 10미터쯤 떨어져서 기다린다. 이 정도 거리라면 놈들은 경계는 해도 도망치지는 않을 것이다. 주변이 조용해지자 두 마리가 굴 밖으로 머리를 내민다. 하지만 페트병 덫이 있는 입구 밖으로까지는 나오지 않는다. 낯선 물체에 대한 경계심 때문일 것이다. 이제 갓 태어난 듯 보이는 작은 새끼 세 마리도 밖으로 나와 풀을 뜯는다. 그러나 경계심을 풀지는 않는다. 계속해서 나를 쳐다보며 찍찍거린다. 한참 지켜보다가 슬슬 지겨워질 무렵 개 두 마리가 나타난다. 개들이 나타나자 쥐들은 얼른 굴 속으로 들어가버린다. 쫓아내려 해보지만 녀석들은 오히려 놀자는 줄 알고 이리 뛰고 저리 뛰며 달려든다. 급기야 빵 냄새를 맡은 한 녀석이 페트병 덫을 물고는 달아나버린다. 어설펐던 내 작전에 어이가 없어 웃음이 터지고 만다.

시원한 할매네 집 부엌 탁자에 다 모여 앉았다. 이 집 식구들은 왜 말을 타지 않고 오토바이만 이용하냐 물었다. 말보다 오토바이가 더 편하다, 말은 살아 있는 생명체라 그만큼 신경을 써야 한다, 오토바이는 기름만 채우면 되지만 말은 수시로 풀을 먹여야 한다, 말을 탈 때마다 초원으로 갔다가 데려오는 것도 힘든 일이다, 멀리 가 있기라도 하면 찾는 데 시간을 다 허비한다, 발굽이 닳고 힘이 빠지면 다른 말로 또 바꾸어야 한다…… 다들 한마디씩 하며 이런저런 이유들을 쏟아낸다. 몽골 사람이라면 당연히 말과 한 몸이 되어 생활할 거라는 내 생각은 일종의 편견이었던 것이다.

오토바이가 많이 쓰이면서 네이멍구의 전통적인 유목문화도 변하고 있었다. 1970년대까지 경운기와 트랙터의 역할에 퇴비 생산까지 담당한 농가의 보물이었던 우리나라의 한우가 그 역할이 달라진 것처럼. 내 모자가 마음에 들었는지 톄쭈가 자기에게 줄 수 없냐 한다. 넓은 챙을 구겨 모자 단추에 접어넣을 수 있는 게 멋있어 보인다고 했다. 한국으로 돌아가기 전에 다시 들러 꼭 주고 가겠다 하니 보쭈가 얼른 제 동생 뒤통수를 친다. 보쭈 역시 내 모자를 탐내고 있었는데 톄쭈가 선수를 친 것이다. 다들 한바탕 크게 웃는다.

저녁식사 때가 다 되어 토흐터가 왔다. 오늘은 보쭈도 읍내 자신의 집으로 가는 날이다. 할매는 말린 유제품이 가득 찬 자루를 사위와 손자에게 쥐여주었다. 할매는 나에게도 몽골영양 뒷다리 한 짝을 주었다.

6월 9일

간밤에 늑대들에게 먹이를 너무 많이 주었는지, 깡패 녀석은 설사를 하고 어벙이의 똥도 평소보다 무르다. 읍내에 도착했다는 안도감에 남은 양고기를 모두 준데다, 잠들기 전 초대소 식당에서 얻어온 고기까지 양껏 먹였더니 결국 탈이 난 것이다. 녀석들이 밟고 다닌 화장실 바닥은 온통 똥칠이 되어버렸다. 청소를 끝내고 이참에 녀석들을 씻겨줄까 잠깐 고민에 빠진다. 늑대 사회에는 당연히 우리 같은 목욕 문화가 없다. 물을 끼얹으면 당연히 격하게 거부한다. 억지로 시키려면 불가능하진 않겠지만 욕실은 난장판이 될 테고, 녀석들이 울부짖는 소리도 초대소 밖으로 새어나갈 것이다. 목욕을 끝내도 문제다. 녀석들은 더이상 나를 믿지 않으려 할 테고, 신뢰를 회복하는 데는 시간이 걸릴 것이다. 어쩌면 밖에서 녀석들을 잃어버릴 수도 있다. 그래, 늑대는 그래도 개들에 비하면 냄새도 훨씬 덜하잖아. 괜히 혼자 중얼거리며 녀석들의 발만 닦아준다. 사실, 녀석들이 고분고분 말을 잘 듣는다 해도 두 녀석을 씻기려면 꽤나 힘이 들 것이다.

초대소 직원들이 우리를 알아보고 먼저 인사를 한다. 새끼 늑대들을 데리고 다니는 것을 들킨 지도 오래다. 처음엔 녀석들을 숨겼는데, 지난번 녀석들이 싼 똥을 치우는 걸 종업원이 보았다.

다행히 별말이 없었다. 그 뒤로도 녀석들을 데리고 방에 들어가지 말라거나 하지 않는다. 이곳 사람들은 동물들이나 그 배설물에 관대한 편이다. 공무원들 역시 어릴 때부터 가축들과 함께 자랐기 때문이다.

새끼 늑대들과 장난을 치며 놀고 있는데 부군수 만두라가 찾아왔다. 녀석들이 많이 자랐다며 어벙이를 들어올려 안아주더니, 만두라는 지금 함께 가볼 곳이 있다며 준비를 하라고 한다. 우리가 할매네 집에 머무는 동안 늑대에 대한 정보가 꽤 들어왔는데, 그중에서도 지금 가볼 곳이 가능성이 제일 많아 보인다고 했다. 거기서는 대낮에도 늑대가 돌아다니는 것을 볼 수 있다는 것이었다. 말로야 다들 그러더라 뭐, 속으로 투덜댔지만, 그들이 가자면 따라나서고 가만있으라면 가만있어야 한다. 여긴 내 영역이 아니니까.

우리가 가는 곳은 읍내에서 동남쪽, 몽골의 국경 근처다. 행정구역으로는 우뿌얼빠오리끄수무烏布爾宝力格蘇木에 속한다. 신바얼후쥐치의 11개 수무 중에서 가장 부유한 곳으로, 만두라의 고향이기도 하다. 군청에서 나온 관용차 두 대로 출발했는데, 우리 셋은 앞차 뒷좌석에 타고 뒤차에는 공무원들이 탔다. 우리가 탄 도요타 랜드크루저는 거침이 없다. 운전기사는 마치 차의 성능을 자랑이라도 하듯 모래언덕과 구릉을 치고 나간다.

어느 게르 앞에 멈출 때까지 한참을 그렇게 달렸다. 새끼 늑대들이 토하지나 않을까 내심 조마조마했으나 다행히 그런 일은 일어나지 않았다. 우리는 게르 안으로 초대되었다. 안에선 어지러운 술판이 벌어져 있다. 만취한 수무의 행정 책임자가 만두라를 격렬하게 껴안으며 반긴다. 완호와 박선생이 술을 못해 술잔은 모두 내 쪽으로 돌아온다. 맥주잔에 따른 바이주 석 잔을 연거푸 들이켰더니 속이 뜨거워진다. 게르에서 일어날 때 남자 둘과 여자 둘이 뒤차에 함께 오른다. 아홉 명이나 탄 차가 괜찮을지 괜히 걱정스럽다.

다시 한참을 달리다가 멈춘 곳은 어느 벽돌집 앞이었다. 주인이 부자인 듯 빨간 벽돌로 지은 큰 창고가 두 채나 된다. 만두라와 군청 직원이 휴대용 GPS를 보며 뭐라고 떠들어댄다. 우리를 목적지까지 데려다주는 동안, 만두라는 공무까지 해결하고 있는 것이었다. 만두라의 일이 언제 끝날지 알 수가 없다. 우리는 바로 앞에 있는 작은 호수로 걸어갔다. 초원이 움푹 꺼진 곳에 물이 고여 있고, 호수 가장자리로는 갈대가 자라고 있었다. 폭이 100미터도 안 될 것 같은 호수 근처에는 소들이 풀을 뜯고 있을 뿐, 물새 한 마리 보이지 않는다. 다시 벽돌집으로 돌아가면서 보니 여자 둘이 얘기를 나누며 풀밭에 앉아 소변을 보고 있다. 델몽골의 전통의상, 길고 품이 넓은 가운 형태다을 걸치고 있긴 했지만, 우린 고개를 돌린 채 크게 돌아서 집으로 돌아간다. 가까운 집에 화장실이 있는데도 그게 편한 모양이다.

다시 차를 타고 20킬로미터쯤 더 가다가 어느 집 앞에 멈추었다. 우리가 며칠간 머물 집이라고 한다. 주변에는 지금까지와는 좀 다른 풍경이 펼쳐져 있었다. 읍내에서 출발해 벽돌집에 도착할 때까지는 평탄하거나 구릉과 모래언덕이 낮은 초원지대였다가, 그후 동남쪽으로 이동할수록 구릉과 모래언덕이 많아지더니 지금 도착한 이곳은 모래언덕 위에 소나무가 드문드문 서 있다. 붉은 벽돌로 네모반듯하게 지은 집은 한눈에도 단단해 보인다. 건물은 모두 네 채였다. 본채 안에서 할아버지 한 분과 젊은 여자가 나왔다. 두 사람은 만두라를 시작으로 차에서 내린 모든 사람들과 차례로 인사를 나눈다. 모두 함께 별채로 가서 앉았다. 식당으로 사용되는 별채는 작은 강당처럼 넓다. 이 지역의 유지인 듯했다. 박선생이 이 집의 가장인 '할배'와 그 며느리에게 우리를 인사시키고 이곳에 온 목적을 설명한다. 만취한 채 게르에서부터 따라온 면장은 이 집 며느리의 친정아버지였다. 벌건 얼굴로 비틀대는 면장과 모범생 만두라가 두 사람에게 우리를 부탁하고는 떠났다.

일단 늑대 새끼들을 떼어놓아야 했다. 내가 안고 있는 짐승이 개가 아니라 늑대란 걸 안 할배의 눈이 매섭다. 본채 앞마당에 가로세로 2미터 정도의 천막이 쳐져 있다. 갓 태어난 양이나 염소, 송아지를 가둬두는 간이축사였는데, 안에는 태어난 지 얼마 안 되어 보이는 송아지 한 마리가 있었다. 가운데 널빤지를 놓아 분리한 뒤 새끼 늑대들을 내려놓았다. 늘씬한 개 네 마리가 간이축사 주변을 돌며 냄새를 맡는다. 새끼 늑대들의 먹이로 가지고 온 몽골영양의 뒷다리는 쌓아놓은 벽돌 꼭대기에 올려놓았다.

며느리의 안내에 따라 우리는 본채 안 거실 가장자리에 짐을 부려놓았다. 본채는 큰 방이 세 개, 넓은 거실과 부엌으로 이루어져 있었다. 두꺼운 벽과 이중 창문으로 보아 겨울 추위가 혹독한 듯싶다. 흰 타일이 깔린 거실 바닥엔 빨간 양탄자가 덮여 있다. 큰 창이 나 있는 남쪽 벽을 빼고 거실의 모든 벽에는 장식장이 서 있거나 말 그림, 칭기즈칸의 그림이 걸려 있다. 동물들의 털이 날리지도, 게르 안에서 흔히 나기 마련인 상한 우유 냄새도 없다. 왠지 부담스럽고 불편한 마음이 든다. 깨끗한 공간은 나 역시 그렇게 써야 한다는 의무감이 생기게 만든다. 그런 점에서 할매네 집은 참 편했다. 차라리 집 마당에 텐트를 치고 지내는 게 마음은 더 편할 듯싶다.

별채 식당에서 양고기가 든 칼국수로 늦은 점심을 먹었다. 별채는 방 하나에 식당 겸 부엌으로 나뉘어져 있는데, 방은 친척 부부가 사용하고 있다고 한다. 부부 중 아내는 이 집 며느리의 가사일을 돕고, 남편은 할매네 목축 노동자로 일하고 있었다.

식사를 끝낸 우리는 집 남쪽으로 조금 걷다가 나즈막한 모래언덕의 꼭대기에 올랐다. 지금까지와는 전혀 다른 풍경이 펼쳐진다. 모래언덕의 북사면에는 동북형 소나무가 드문드문 서 있다.

멀리 동쪽과 남쪽으로 높고 낮은 모래언덕이 끝없이 이어져 있고, 모래언덕의 능선은 이따금씩 소나무에 가려지기도 한다. 결국 실망하고 말지라도 새로운 장소는 언제나 설렌다. 하늘에 어두운 구름이 조금씩 모여들더니 저녁 8시, 부슬부슬 비가 내리기 시작한다. 초원에는 반가운 비겠지만 우리에겐 그렇지가 못하다. 식당에 앉아 앞으로 할 일들을 이야기하면서 일단 시간을 보낸다.

우리에게 도움을 줄 할배의 아들을 기다리다가 먼저 식사를 한다. 멀리서 온 손님이라며 초저녁부터 준비를 한다 싶더니 상차림에 입이 떡 벌어진다. 삶은 양고기, 목이버섯양고기볶음, 귀한 오이와 함께 볶은 소고기, 또 다른 볶음요리들…… 식탁 위에 빈 틈이 없다. 요리 솜씨도 남달라 읍내의 어떤 음식점보다 맛이 있다. 몽골의 전통 음식에는 원래 볶음요리가 없다. 이곳의 재료를 가지고 중국식으로 요리한 것이다. 젓가락을 이리저리 움직이다가 어느 순간 이 식사가 '최후의 만찬'일지도 모른다는 생각이 퍼뜩 들어, 음식들을 계속해서 밀어넣는다. 결과적으로, 그 예상은 적중했다.

할배의 아들 바다얼후는 밤 10시가 넘어서야 집으로 돌아왔다. 피곤한 얼굴이었지만 우리가 지금껏 기다렸다는 말에 식사도 미루고 얘기부터 들어보자 한다. 올해 서른 살인 바다얼후는 할배의 막내아들로 아들 하나를 두고 있다고 했다. 박선생이 낮에 했던 말을 또다시 반복한다. 바다얼후는 고개를 끄덕이며 적극적으로 돕겠다고 한다. 바람이 거칠어져 창틀이 심하게 흔들리고 빗방울이 계속해서 창을 때린다. 내일 아침에는 비가 그쳐야 할 텐데……

"양떼가 밤을 지새는 곳에 숨어 있으면 늑대가 꼭 나타난다. 창고형 달구지방목을 나갈 때 생활용품과 식량을 운반하는 컨테이너형 달구지 안에 숨어 있거나 양떼 사이에 들어가 자다보면 개들이 짖을 때가 있다. 그때 손전등을 비추면 늑대가 양떼 근처에서 서성거리는 모습을 볼 수 있다."

늑대는 주로 언제 양떼를 습격하나?
"늑대가 양을 공격하는 시간은 밤낮이 따로 없다. 요즘처럼 낮이 길 때는 밤 11시 전후, 새벽 2~3시쯤 많이 나타난다. 거의 매일 양떼 주변에서 기회를 엿본다고 해도 틀린 말이 아니다. 밤에는 간이철망이나 외양간으로 양을 몰아넣는다. 그러지 않을 때는 양치기나 개들이 지키게 한다. 낮에는 풀을 뜯기 위해 양들이 흩어지는데, 이때는 목동들도 방심하고 낮잠을 자거나 할 때가 있는데, 그러면 반드시 늑대가 나타난다. 늑대가 양을 물고 가도 양치기가 모르는 경우도 많다."
　양들이 풀을 뜯는 주변 숲에는 반드시 늑대가 숨어서 지켜보고 있다는 뜻이다. 언젠가 만두라가 했던 말이 생각난다. 늑대는 양치기를 부지런하게 하므로, 어쩌면 늑대가 있는 게 낫다고 했던가. 만두라는 노련한 공무원이다. 그는 외국인인 우리가 이곳에 온 목적과 우리나라 늑대의 상황을 알고 있다. 그 말은 우리에게 듣기 좋으라고 한 말일 것이다. 이곳의 양치기들에게 했다가는 욕을 먹을 게 뻔한 소리다. 결국 그 말은, 늑대는 끊임없이 양을 노리니 늑대를 막으려면 양치기는 밤낮 없이 양을 돌봐야 한다는 뜻일 것이다. 성실한 사람이 양을 잃지 않고 부자가 될 수 있다는 말이다.

최근에도 늑대가 양을 잡아간 적이 있는가.
"어젯밤에도 양 한 마리가 공격을 받았다. 다행히 상처만 입히고 물고 가지는 못했다. 개들이 짖으며 쫓아간데다, 우리도 잠에서 깼다."

양떼를 노리는 늑대는 몇 마리씩 나타나는가.
"여름에는 매번 한 마리가 접근한다. 놈을 쫓아내면 다른 방향에서 또 한 마리가 나타난다. 겨울에는 밤에 양떼를 외양간으로 몰아넣기 때문에 늑대가 양을 잡아가기는 힘들다."
아직 저녁도 못 먹은 남편이 안쓰러웠는지 바다얼후의 아내가 수테차와 보쯔몽골식 왕만두를 내온다. 바다얼후가 우리에게도 보쯔

를 권했지만 이미 과식한 탓에 만두 하나를 되새김질하듯 오래
씹는다.

개들이 있는데 늑대가 어떻게 양을 훔쳐가는가?
"개도 영리하다. 개는 늑대가 숨어 있는 쪽에 모여 자는 습성이 있
다. 양떼 옆의 가까운 숲이나 덤불 쪽에 모여 있다. 그러면 당연
히 늑대는 개가 없는 쪽으로 접근한다. 놈들이 매번 양을 잡지는
못한다. 하지만 개가 눈에 띄지 않거나 양치기가 멀리 있을 땐 반
드시 나타난다."
　바다얼후는 말을 끝내고 수테차를 한 모금 들이켠다.

지금 소유하고 있는 양은 몇 마리인가?
"양과 염소를 합쳐 천이백 마리다. 올해 태어난 새끼들을 빼고 그
쯤 된다. 일 년에 스무 마리에서 서른 마리쯤이 늑대에게 희생된
다."
　생각보다 적은 숫자다. 스무 마리라면 1.7퍼센트, 서른 마리라
고 해도 2.5퍼센트 정도다. 물론 신바얼후쭤치 전체로 보면 그 피
해가 수천 마리가 되겠지만 한 가구의 피해로는 많지 않은 숫자
다. 질병이나 자연재해에 의한 피해보다 오히려 적은 편이다.

한 번에 가장 많은 피해를 입을 때는 몇 마리가 죽는가.

"한 번 공격에 서너 마리의 양이 죽을 때도 있다"

역시 예상보다 적은 수다. 그만큼 관리를 잘하고 있다는 뜻이기도 하다.

어느 계절에 양의 피해가 많은가?

"양이 새끼를 낳은 후, 늦은 봄과 초여름 사이에 많이 공격당한다. 겨울에는 주로 말을 공격하고 가끔씩 소도 잡아먹는다."

바다얼후의 말이 끝나자마자 그 아내가 거든다.

"늑대는 어린 양은 죽이지 않고 산 채로 물고 간다."

늑대 입장에선 덩치가 작은 새끼 양을 그 자리에서 죽이려 시간 낭비할 필요가 없을 것이다. 일단 물고 뛰다보면 새끼 양은 늘어져 죽게 마련이다. 머뭇거리다간 오히려 개들의 공격을 받거나 양치기가 달려오기 십상이다. 보금자리까지 물고 갔는데도 어린 양이 살아 있다면 그땐 새끼 늑대들의 사냥 실습 대상이 될 수도 있을 것이다.

이곳 늑대는 가축 외에 어떤 동물을 먹고 사는가?

"몽골영양이나 노루를 잡아먹는다. 몽골영양은 1980년대까지는 가끔 볼 수 있었는데, 지금은 보기가 어렵다. 1990년대 초반 어느 겨울에 몽골에 폭설이 내리면서 이쪽으로 많이 이동해온 적도 있었지만 어쨌든 지금은 거의 보이지 않는다. 노루는 여기서 동쪽이나 동남쪽 산림지대에 가면 볼 수 있지만 역시 많지는 않다."

   이 지역은 굴곡이 심한 숲과 초원의 경계지대라, 몽골영양이 살기에는 적합하지가 않다. 이 지역 늑대에게 몽골영양은 생소하거나 불규칙한 사냥감이라 먹잇감으로서의 중요성은 떨어질 것이다.

여기서 초원마못을 볼 수는 없나?
"여기선 볼 수 없다. 여기서 30~40킬로미터 남쪽으로 가면 몽골 국경지대인데, 거기 산림초원지대에 가면 볼 수 있다."

늑대 사냥도 하는가?
"한다. 재작년2000년 이맘때쯤 큰 늑대 다섯 마리를 잡았다. 모두 수컷이었다. 암컷도 한 마리 잡았는데, 굴속에 있는 놈을 새끼 여섯 마리와 함께 잡았다. 늑대는 잡기가 어렵다. 지프 두 대를 동원하고 여러 명의 양치기가 말을 타고 함께 사냥을 한다. 모래언덕이 많은 곳에서는 말을 타고 추적하고, 언덕들 사이로는 지프가 쫓는다. 늑대가 지쳐 몰리게 되면 양치기가 오르가로 목을 조이고, 그때 다른 양치기들이 몽둥이로 패서 죽인다. 새끼가 있는 암컷의 경우엔 발자국을 추적한다. 굴까지 따라가서 스페어타이어로 입구를 막고 보금자리 위쪽에서부터 굴을 파내려가 어미나 새끼를 잡는다."

올해 이 지역에서 늑대굴을 파헤친 적이 있나?

"두세 개쯤 판 것 같다. 늑대 새끼가 나오면 다 죽인다."

늑대를 발견하면 쫓아가 싸우는 개도 있나?

"전에는 늑대를 잡는 덩치 큰 검둥개가 있었다. 그 개는 늑대와 싸워 쫓아낼 수도 있었다. 지금 있는 개들은 늑대를 보고 짖기만 할 뿐 잡지는 못한다."

큰 검둥개라면 방카라몽골의 티베탄 마스티프를 말하는 것 같다. 그 품종이라면 늑대 한두 마리는 능히 물리칠 수 있다.

늑대가 사람을 잡아먹는 경우도 있는가?

"그런 일은 없다. 1985년경 누가 늑대굴에서 새끼를 잡아 집으로 가져온 적이 있는데, 어미 늑대가 집까지 추적해왔다더라. 밤에 자고 있는데 밖에서 이상한 소리가 나서 문을 여는 순간 늑대가 얼굴과 머리를 물어뜯었다. 다행히 집 안에 있던 사람들이 달려나와서 늑대를 죽일 수 있었다고 한다. 늑대는 잡혀서 죽을 때까지 맞아도 결코 비명을 지르지 않는다."

그때 새끼 늑대를 집으로 데려온 것은 당시 포획 장려금이 있어서였을 것이다. 늑대가 비명을 지르지 않는다는 것은, 어떤 소리까지 비명에 넣느냐에 따라 달라질 테지만, 개들이 고통스럽게 깨갱거리는 식의 소리를 내지는 않는다.

얘기가 일단 끝나자 바다얼후가 웃으며 내일 비가 그치길 빌어
준다. 비만 내리지 않으면 늑대 발자국을 볼 수 있고, 잘 하면 추
적해서 굴을 찾을 수도 있을 거라 한다. 비만 그치면 그럴 수 있을
까?

6월 10일

퍼뜩 놀라며 몸을 일으킨다. 바다얼후가 나를 흔들어 깨운다. 완전히 곯아떨어졌던 모양인지 눈을 뜨고도 잠시 여기가 어디인가 싶다. 겨우 정신을 차리고 몸을 일으켜 창밖을 보니 여전히 비가 내리고 있다. 벽시계는 4시를 가리키고 있다. 귀찮은 마음에 한참을 망설이다가 큰 배낭 바닥에 대충 구겨넣어놓았던 비옷을 찾아 입는다. 바다얼후의 지프는 세찬 바람을 맞으며 모래언덕을 향해 기어간다. 빗줄기는 고만고만하지만 바람이 거세다. 걸어서 늑대 굴을 찾기는 어려운 날씨다. 그나마 좋은 점이라면 그전에 있던 발자국이 다 지워져 처음부터 새로 시작할 수 있다는 점이다.

한 시간 가까이 미로 같은 모래언덕 사이를 요리조리 지나다녔다. 그사이 차창에 부딪치는 빗방울은 점점 줄어들었다. 근처에서 가장 높은 모래언덕을 골라 위로 올라가본다. 여기저기 동북형 소나무가 자라고 있는 걸 빼면 지난번 캠프의 모래언덕이 있던 풍경과 크게 다르지 않다. 날씨가 흐려 멀리까지 내다볼 수는 없다. 발아래 빗물에 뭉개져가는 발자국이 눈에 띈다. 작은 발굽 동물인데, 몽골영양도 양이나 염소도 아니다. 놈들은 혼자 다니지 않는다.

"그로스, 그로스노루, 노루!" 옆에 서서 지켜보던 바다얼후가 소

177

리친다. 거기서부터 노루의 서식지가 시작되고 있었다. 올라왔던 반대편으로 모래언덕을 내려가다가 늑대 발자국을 발견했다. 몽골의 늑대는 북아메리카 늑대에 비해 덩치가 작다. 앞발의 폭이 8센티미터가 넘는 수놈이다. 암컷이라면 아무리 넓어도 7센티미터를 넘지 않는다. 빗줄기에 뭉개지지 않은 것으로 보아 우리가 도착하기 직전에 지나간 듯했다. 멀리서 다가오는 차 소리를 듣고 황급히 피했을 것이다. 성큼성큼 큰 걸음으로 발자국을 따라가본다. 내가 따라 밟고 있는 발자국은 어떤 긴 선의 한쪽 끝이다. 선의 저쪽 끝에는 여전히 이 흔적을 남긴 용의자가 움직이고 있을 것이었다. 모래 위에서 실선을 그리던 발자국은 초원이나 관목숲으로 이어지면서는 가상의 점선으로 바뀐다. 이때부터는 상상력을 가동시켜야 한다. 최대한 늑대의 입장이 되어 어느 방향으로 갈 것인지 고민해본다.

지난밤, 어둠이 깔리자 녀석은 비바람을 뚫고 먹이를 찾아나섰을 것이다. 굴속에는 먹이를 달라고 보채는 새끼들이 있을 것이다. 놈은 걸음걸음마다 저에 대한 힌트를 흘리며 나를 유혹한다. 지금까지 본 늑대 발자국과는 좀 다른 특징이 반복적으로 나타난다. 앞발자국이 유난히 깊이 찍혀 있는데다, 발가락도 마치 불가사리처럼 벌어져 있다. 젖은 모래라 발자국이 더 깊게 패어 있다. 무게중심이 어깨 쪽에 있는 대부분의 포유동물들은 앞발자국이 뒷발자국보다 깊이 박히게 마련이다. 하지만 이 경우는 그 정도가 심하다. 놈은 입에 무언가를 물고 있었던 것이다. 하지만 50미터 가까이 뒤쫓는 동안 먹잇감이 끌린 흔적이 없다. 땅청서와 생토끼는 밤에 활동하지 않는데다 비가 내리면 아예 밖으로 나오지 않는다. 젖을 먹는 새끼 양이나 염소는 목동이 따로 키우고, 늑대가 좋아하는 초원마못은 이 지역에는 살지 않는다. 그렇다면 사냥감은 초원토끼나 어린 새끼 노루일 가능성이 높다.

늑대 발자국은 모래언덕 위쪽으로 이어진다. 경사가 가팔라지고 소나무가 많아진다. 발자국의 보폭이 짧아지고 있었다. 가랑비가 다시 흩뿌리기 시작한다. 이런 날이 제일 힘들다. 탐사를 계속할 수도, 그렇다고 포기할 수도 없는 날씨.

박선생이 부르는 소리가 들린다. 다른 곳으로 가보자는 뜻이다. 늑대 발자국을 끝까지 따라가고 싶다. 준비도 다 되어 있다. 하지만 이번 여행은 개인적인 욕심과 팀워크 사이의 끊임없는 투쟁과 타협을 요구한다. 아쉬운 마음을 누르고 돌아선다.

지프는 늑대 발자국을 발견했던 곳에서 같은 방향으로 다시 4~5킬로미터 더 들어간다. 또 다른 늑대 발자국이 보인다. 초원 쪽으로 길게 이어진 발자국은 비를 맞아 희미하다. 지난밤 첫 비가 내린 후 지나간 모양인지, 새벽에 다시 내린 비에 발자국 가장자리가 뭉개져 있다. 숲 안쪽으로 좀 더 들어와서인지 노루 발자국이 자주 눈에 띈다. 숲의 가장자리이면서 초원의 가장자리이기도 한 이 지역은, 그러니까 두 식생대의 전이지대다. 숲 안으로 더 깊숙이 들어가면 백두산사슴이나 멧돼지 같은 산림동물이 나타날 것이다.

가랑비가 세찬 바람에 휩쓸려 마구 흩날린다. 비옷을 챙겨입은 나 말고는 다들 옷이 젖어 더이상 추적을 계속할 수가 없다. 집으로 돌아가는 길에 바다얼후의 양들을 풀어놓은 곳에 들른다. 풀을 뜯고 있는 양들 너머, 모래언덕 평평한 곳에서 양치기는 자고 있다. 가랑비가 계속 내리고 있지만 깔개조차 없이 군용 외투만 덮고 자다가 눈을 뜬다. 밤새 양을 돌보다가 날이 밝자 긴장이 풀려 잠깐 눈을 붙인 듯했다. 바다얼후는 양치기와 몇 마디 나눈 뒤 지프에 올랐다. 집으로 돌아가는 대로 다른 양치기가 교대를 할 거라 한다.

아침을 먹기 전 집 주변을 둘러본다. 접시 모양의 위성 안테나가 부를 과시하며 본채 문 옆에 달려 있고, 별채 옆의 대형 발전기는 땅을 흔들며 내내 시끄럽게 소리를 낸다. 아침은 양치기와 함께 밥을 먹었다. 양치기는 식사 내내 한마디도 하지 않더니 그릇을 치우자마자 곧장 말에 올랐다. 새벽에 만난 양치기와 교대를 하러 가는 것이다. 이십대 후반쯤 되어 보이는데, 군대 시절 내게 잘 해주었던 한 고참과 꼭 닮았다. 식사를 끝낸 후 우리는 못다 잔 잠을 보충했다. 점심을 먹고 나서 완호는 바다얼후의 아버지와 인터뷰 촬영을 준비한다.

여든한 살이라는 할배는 키가 큰데다 나이를 다시 물어볼 만큼 허리가 꼿꼿하다. 구릿빛 얼굴에 길게 찢어진 눈엔 여전히 힘이 있다. 어제 처음 봤을 땐 '깐깐한 영감탱이' 같았는데, 똑바로 마주 앉고 보니 건장한 몽골의 기병 같은 분위기가 풍긴다. 할배는 깨어 있는 내내 식당 창가에 앉아 밖을 내다보고 있다. 가끔씩 드나드는 사람들의 인사를 받고 안부를 묻는 게 전부다.

바다얼후는 먼저 돌아가신 어머니를 닮았는지 아버지와는 닮은 데가 하나도 없다. 아버지와 나이 차이가 많이 나는 것은 그가 막내이기 때문이다. 유목민인 몽골 사람들은 농경사회와는 다르게 막내가 부모님을 모신다. 몽골에서 아들들은 결혼과 동시에 분가를 하는데, 이때 아버지는 얼마간의 가축들을 나눠준다. 결혼과 동시에 아버지의 재산을 상속받는 것이다. 아들은 그렇게 상속받은 가축을 돌보며 경제적으로도 독립한다. 막내가 결혼할 즈음이면 나이든 부모는 자연스레 막내와 남게 되고, 그때까지 남아 있는 가축과 나머지 재산은 막내가 모두 물려받는다.

할배는 중국어가 서툴다. 생존 중국어 수준을 조금 넘는 정도라고 한다. 몽골어를 중국어로 바꾸는 데는 바다얼후의 아내인 며느리의 도움이 필요했다. 할배-며느리-박선생-나, 네 명의 릴레이가 끝나야 하나의 질문과 답이 완성되었다.

지금까지 살아오면서 당신에게 늑대는 어떤 동물인가.
"나는 평생을 늑대와 함께했다. 어려서부터 가축들과 함께 지냈는데, 늑대는 늘 우리 집 가축들을 공격했고, 나는 그런 늑대를 잡기 위해 애썼다. 늑대 역시 계속해서 우리를 피해다니며 생존해 왔다. 늑대를 잡을 때는 대개는 친구들과 함께였지만, 가끔은 혼자서 말을 타고 다니며 사냥을 하기도 했다."

할배는 유목민으로서 평생 동안 부지런히 늑대를 피해 가축을 돌보며 지금과 같은 부자가 되었던 것이다.

"늑대는 흉악해서 가끔 사람을 해치는 경우도 있다. 보복도 잘하고, 상처를 입어도 비명도 지르지 않는다. 개들은 매를 맞으면 낑낑거리며 짖어대지만 늑대는 그렇지 않다. 양치기가 막대를 휘두르며 막아도 때로는 도망치지 않고 오히려 이쪽저쪽 피해가며 양을 공격하기도 하고, 양치기가 혼자 놈들을 막아설 때 뒤에서 몰래 다른 늑대가 다가와 양을 물고 가기도 한다."

할배가 이십대쯤에는 아마 그랬을 것이다. 1950년대 초반까지 중국은 혼란의 한가운데에 있었다. 국공내전1927년 이후 중국 국민당과 중국 공산당 사이에 중국 재건을 두고 일어난 두 차례의 내전, 중·일전쟁1937년, 할힌골 전투1939년 몽골과 만주의 국경지대인 할힌골 유역에서 벌어진 일본군과 몽골·소련군 간의 대규모 전투 등이 계속되다가, 한국전쟁이 끝난 뒤에야 중국 역시 안정을 되찾았다. 1954년부터 1960년대까지 중국에서는 군인을 동원, 호랑이 등의 맹수를 사냥하는 해수구제작전이 시작되었다. 이 시기 늑대가 얼마나 사살되었는지는 알 수가 없다. 1954~1958년, 후난성에서 연평균 이백 마리, 오 년간 천여 마리의 호랑이가 잡혔고, 특히 1956년에만 오백육십 마리를 사살했다. 현재 남중국호랑이는 멸종되었다. 늑대보다도 숫자가 훨씬 적은 호랑이를 천여 마리나 죽였다면, 당시 늑대는 얼마나 사라진 걸까. 모르긴 해도 해마다 수천 마리는 죽었을 것이다. 이 시기를 지나면서 늑대는 사람들의 눈에 띄지 않는 게 최선임을 깨달았을 것이다.

할배가 내 눈을 쏘아보며 목소리에 힘을 준다.

"늑대 새끼를 키우지 마라. 늑대는 사람을 돕지 않는다. 반드시 배반한다. 예전에 개와 늑대를 함께 키우는 남자가 있었는데, 어느 날 그 둘을 데리고 사냥을 나갔다가 숲속에서 야영을 하게 되었다. 개는 남자의 머리맡에, 늑대는 발치에서 잠들었는데, 남자가 깊이 잠들자 늑대가 기어올라와 목을 물려고 하는 걸 옆에 있던 개가 막아서 공격했다. 잠에서 깬 남자가 개와 함께 늑대를 죽였다."

이 이야기는 아마도 양치기들에게 주의를 주기 위해서 혹은 늑대를 죽여야 하는 이데올로기를 만들기 위해 지어낸 이야기일 것이다. 늑대를 키우려면 그전에 어미 늑대를 죽이거나, 어미가 없을 때 굴에서 몰래 훔쳐왔을 테고, 그렇다면 늑대가 사람을 공격하는 것은 거기에 대한 복수였을 것이다. 개는 머리맡에, 늑대는 발치에 둔 것 역시 선과 악, 귀한 것과 그렇지 못한 것을 이분법으로 나눈 설정일 것이다. 결국 할배의 이야기는, 양치기라면 어떤 상황에서도 늑대에게 동정을 베풀어서는 안 된다는 뜻이다. 개는 충직한 심부름꾼이 되겠지만 늑대는 키워봤자 개처럼 부릴 수 있는 것도 아니고 오히려 양들을 탐낼 수도 있으니까.

"언젠가 여러 사람이 함께 늑대를 잡은 적이 있다. 개들이 몰아넣은 녀석을 몽둥이로 때려죽였다. 한 남자가 밤에 게르에서 자고 있는데 무슨 소리가 나서 불을 켰더니 늑대가 들어와 그 사람을 노려보고 있었다. 죽은 줄 알았던 그 늑대가 살아 있었던 것이다. 깜짝 놀라 부지깽이를 집어들자 늑대가 달려들었고, 그 소리에 잠을 깬 다른 사람과 합세해 놈을 죽였다. 늑대는 앙심을 품으면 꼭 보복을 한다."

지금까지 살면서 몇 마리의 늑대를 잡았나, 또 사냥은 어떻게 하나.

"새끼를 빼도 백 마리는 훨씬 넘는다. 여럿이 함께 말을 타고 추적해서 지치게 한 다음 놈의 목에 오르가를 건다. 그렇게 붙들고 있으면 다른 사람들이 얼른 다가와 몽둥이나 채찍으로 때려죽였다. 십여 년 전까지만 해도 군인들이 차나 오토바이를 타고 놈들을 쫓아 총으로 쏘아 죽였다. 국경수비대와 지역 주민들이 합세해 늑대 소탕 작전을 벌였는데, 매년 초봄 두 차례 정도 그렇게 했다."

그렇게 잡았는데 늑대는 왜 사라지지 않는가.

"늑대는 교활하고 영리하다. 또 소나 말, 양은 한 마리씩 새끼를 낳지만 늑대는 한 번에 여러 마리를 낳는다. 처음부터 워낙 숫자가 많았기도 했고, 요즘은 야생동물을 보호한다고 총을 소지하지 못하게 해서 늑대가 더 늘어났다."

그렇다면 예전보다 늑대가 더 늘어났다는 뜻인가.
"그렇다. 1960년대 이전에는 늑대가 아주 많았다. 1960년대에 늑대 포획 장려정책이 실시되면서 그 수가 크게 줄었지만, 근래 정책이 폐지되면서 다시 늘고 있다."
　중국 당국에서는 늑대와 승냥이를 '1급 보호동물'로 지정하려 했으나 유목민들의 반발로 보류되고 있다고 박선생이 덧붙인다. 1급 보호동물에는 호랑이와 판다, 양쯔강돌고래 들이 있다. 늑대가 1급 보호동물로 지정되면 어떤 경우에도 잡을 수가 없다.

개들이 계속 지키고 있는데 늑대가 어떻게 양을 잡아가나.
"개가 여러 마리 있으면 늑대도 양을 훔치지 못한다. 옛날에는 늑대도 여러 마리가 함께 몰려왔다. 그러면 개와 늑대가 패싸움을 벌였다. 늑대와 크고 힘센 개는 서로 힘이 비슷하다. 그 경우라면 개도 늑대에게 물려 죽을 수 있고, 반대로 늑대가 개에게 물려 죽을 수도 있다.
　오래전 크고 싸움 잘하는 개가 있었는데, 한번은 놈이 멀리까지 늑대를 쫓아갔다. 나도 얼른 따라갔지만 끝까지 뒤쫓을 수가 없었다. 한나절이 다 지나 개가 돌아왔는데, 얼굴이 온통 상처투성이가 되어 있었다. 노련한 늑대는 힘센 개도 잡지 못한다. 또, 늑대의 침에는 독이 있어 개가 죽을 수도 있다."

늑대의 침에 세균들은 많겠지만, 독이 있는 건 아니다. 혹 광견병에 걸린 늑대가 있었을 수는 있겠지만.

"1930~1940년대 일본 관동군이 주둔하고 있을 즈음에는 겨울에 스무 마리 혹은 서른 마리의 늑대 무리도 볼 수 있었지만, 요즘은 수가 많이 줄어 그런 큰 무리는 볼 수가 없다. 하지만 요즘도 겨울이면 늑대가 여러 마리씩 무리지어 다니기 때문에 양치기 혼자서는 늑대를 막지 못한다. 가구마다 기르는 양의 수도 늘어나서, 두 명 이상의 양치기에 개도 여러 마리가 있어야 안심할 수가 있다."

늑대에 의한 피해는 어느 정도인가.
"양과 염소가 천 마리쯤이면 대략 스무 마리 정도가 늑대에게 물려간다. 신경만 좀 더 쓰면 열 마리 정도로 줄일 수도 있다. 다들 비슷할 것이다. 지난겨울, 우리 집 소 오십 마리 중 다섯 마리가 잡아먹혔다."

가축이 질병으로 죽는 경우는 어떤가.
"병들어 죽기도 하지만 굶어 죽는 경우가 더 많다. 늦겨울이나 초봄, 눈이 아직 많이 쌓여 있을 때 특히 많이 죽는다."

죽은 가축은 어떻게 하는가.
"그냥 버린다. 가난한 사람들은 죽은 가축을 먹기도 하지만, 우리
는 죽은 가축은 먹지 않는다. 병에 걸릴 수도 있다. 죽은 가축은
늑대나 개, 여우 들이 먹는다."

오늘 동남쪽에서 선명한 늑대 발자국을 봤다. 그쪽에 늑대굴이 있을까.
"발자국 하나만 보고 굴이 있다고 할 수는 없다. 늑대굴 근처에는
발자국이 많다."
　할배는 잠깐 기다리라 하고는 자리에서 일어나 창고로 가더니,
둘둘 말아놓은 붉은여우 가죽을 들고 온다. 지난겨울에 잡은 것
이라 한다. 펼쳐보니 머리끝에서 꼬리 끝까지가 사람 키만하다.
　다시 의자에 앉은 할배가 나에게 눈을 맞추며 말을 잇는다. 할
배의 표정이 어딘가 심각하다. 며느리가 나에게 웃어 보이며 박
선생에게 중국어로 통역을 해준다.
　"다시 말하지만, 늑대를 키우지 마라. 늑대는 흉악한 짐승이
다."
　박선생이 나와 완호를 번갈아 쳐다보며 할배의 말을 전한다.
우리는 뭐라 대답을 못하고 대충 웃어 보인다. 할배의 며느리가
우리 셋의 나이를 묻더니 나이에 비해 젊어 보인다 한다.

"소독약 탄 물에 방부제 섞인 음식만 먹어서 그래요."

내 말을 듣던 할배가 갑자기 내가 일본 사람을 닮았다고 한다. 뜬금없었지만, 할배는 일본 사람에게 호감을 가지고 있었다. 내게 일본 사람을 닮았다고 한 것은 할배의 마음에 들었다는 뜻이다. 하지만 어색한 내 표정을 눈치챘는지 할배가 얼른 다시 말을 잇는다.

"솔롱고스홍한국사람도 좋아해."

몽골은 고려를 지배한 적이 있으니, 아마 그 때문일 것이다. 할배가 일본 사람을 좋아한다는 말은, 반대로 싫어하는 민족도 있다는 뜻이다.

"1930~1940년대 일본 관동군이 점령하고 있을 때 우리는 중국인들의 학정에서 벗어났다. 일본 군인들은 질서정연하고 군기가 잡혀 있었다. 그들은 민폐를 끼치거나 강도짓을 하지 않았다. 항상 우리에게 친절했다."

칭기즈칸 시대의 악몽 때문에 청나라는 몽골족을 심하게 탄압했다. 몽골족의 사상을 개조하기 위해 라마교를 권장했고, 인구가 늘어나는 것을 막기 위해 장남을 제외한 아들들은 모두 라마승으로 보낼 것을 강권했고, 결혼을 금지하는 라마승과 사원에게 특혜를 주었다. 그 결과, 고비사막 이남의 네이멍구에서는 30퍼센트가 라마승이었고, 그 비율이 50퍼센트가 넘는 지역까지 있었다. 사원과 승려들을 먹여 살리기 위해 가혹한 세금에 시달려야 했던 유목민 사회는 점점 더 살기가 어려워졌다.

만주족의 청나라가 망한 뒤에도 네이멍구는 독립하지 못하고 중국에 귀속되었다. 소수민족 문제에 예민한 중국은, 지금도 알게 모르게 한족의 네이멍구 이주정책을 계속 펼치고 있고, 네이멍구 전체 인구에서 한족의 숫자가 몽골족을 넘어선 지는 이미 오래다. 티베트나 신장, 네이멍구 같은 지역들을 생각하면 중국에 대한 몽골인의 감정은, 일본에 대한 우리의 감정과 비슷할 것이다.

이슬비가 잠시 그쳤다. 그저께 들렀던 집에서 가장 가까운 모래언덕으로 가본다. 초지에는 흰 페인트를 칠한 콘크리트 표지석이 서 있다. 행정구역을 나누는 경계석이다. 그 뒤로 개인 소유의 간이철망이 만리장성처럼 뻗어 있다. 낮은 모래언덕 위의 관목숲은 양들과 염소들이 휩쓸고 지나가 앙상한 가지만 드러내고 있다. 초원과 모래언덕이 만나는 지점쯤에 무너져가는 오소리굴이 보이더니, 그 옆으로 지워져가는 늑대 발자국이 바다얼후의 집 쪽으로 나 있다. 늑대는 어디에나 있지만 어디서도 보기가 어렵다. 돌아오는 길, 집에서 가까운 풀밭에 새끼 양과 새끼 염소가 서로에게 몸을 기대고 앉아 있다. 내가 다가가자 양이 벌떡 일어나 도망친다. 하지만 염소는 눈을 반쯤 감고 엎드린 채 반응이 없다. 어디가 아픈 것일까. 곧 죽을 것 같다. 문득 녀석이 죽으면 새끼 늑대들에게 줄 먹이로 달라고 해야겠다는 생각이 든다. 이젠 나도 내가 좀 겁이 난다.

6월 11일

잠에서 깼을 때 내리던 이슬비는 그새 그쳤지만 언제 또 시작될지 모르겠다. 목마른 초원은 애타게 폭우를 기다리겠지만, 나는 이글거리는 태양이 그립다. 아침식사 후 비옷을 입고 배낭도 챙겼다. 오늘은 우리 일행 셋에 바다얼후 그리고 양치기 한 사람까지 동행하기로 했다. 바다얼후의 차는 남쪽으로 향한다. 집을 나서면서부터 보이던 철망 울타리와 행정구역 표지석을 지나자 소나무들이 점점 더 늘어난다. 평탄한 초원 가장자리로 소나무숲이 울타리처럼 둘러서 있다. 소나무숲을 지나면 다시 초원, 다시 소나무숲, 또다시 초원…… 마치 누가 일부러 만들어놓은 듯한 풍경이다. 비슷한 지형이 왜 어떤 곳은 초원이, 어떤 곳은 소나무숲이 되는 걸까, 신기하기만 하다. 햇빛을 받는 방향이나 토양의 수분 등 여러 가지가 영향을 미치겠지만, 사람들의 영향도 있을 것이다. 소나무숲 군데군데 불에 타 허연 재가 된 채 서 있거나 바닥에 쓰러져 있는 소나무들이 눈에 띈다. 원인을 알 수 없는 산불도 있겠지만, 초지를 늘리기 위해 일부러 불을 지른 곳들도 많을 것이다. 간간이 목재로 쓰기 위해 베어진 나무들도 보인다.

나침반으로 계속 방향을 확인하며 이동을 했다. 딱히 이유가 있었던 건 아닌데, 결과적으로는 나중에 큰 도움이 되었다. 차는 계속 남쪽으로 이동해갔다. 소나무숲과 소나무숲 사이, 넓은 들판 위로 한창 공사 중인 도로가 나타난다. 동남쪽으로 길게 이어진 원래의 흙길 옆으로 포장도로를 만들고 있었다. 모래땅은 잘 내려앉기 때문에, 도로 지반을 내 키보다도 높게 쌓아올리고 있다. 흙으로 쌓은 도로 비탈면으로 늑대 발자국이 나 있다. 주변보다 높은 낯선 인공 조형물이 궁금했던 걸까. 우리 앞쪽으로 나 있는 길은 신바얼후줘치와 아얼산 시를 연결하는 구간이다. 공사가 끝나면 아얼산 시를 지나 이름도 멋진 하얀늑대마을白狼鎭을 거쳐 멀리 지린성의 창춘長春까지 곧장 갈 수 있다. 그렇게 되면 여우와 오소리, 노루, 백두산사슴이 차에 치여 죽는 일이 빈발할 것이다. 늑대도 마찬가지다. 이 지역에서 숲을 지나 남서쪽으로 곧장 10킬로미터만 더 가면 국경을 넘어 몽골로 들어갈 수 있다. 그냥 이대로 몽골로 넘어가고 싶은 마음이 굴뚝같다. 이쪽보다 몽골에 야생동물이 훨씬 많다고 들었다.

바다얼후는 공사 중인 도로를 따라 동남쪽으로 방향을 잡는다. 듬성듬성 이어지던 소나무숲이 점점 더 빽빽해진다. 숲이 깊어질수록 사람과 가축의 흔적은 줄어든다. 가끔씩 숲의 가장자리나 숲속 빈터에 작은 무리의 양떼가 보이기도 한다. 양치기를 만날 때면 차를 세우고 늑대에 대해 물어본다. 대답은 거의 비슷하다. 늑대를 본 적은 있지만 새끼는 보지 못했다는 것이다. 바다얼후는 자신의 경험과 지식, 주위에서 들은 이야기들을 토대로 최선을 다하고 있다. 소나무가 듬성듬성 서 있고, 그 앞에 불탄 소나무가 얼기설기 쓰러져 장애물을 만들고 있는 곳, 그 틈을 관목들이 메우고 있는 곳이면 바다얼후는 어김없이 차를 세운다.

차에서 내린 우리는 새가 꽁지깃을 펼치듯 양옆으로 나뉘어져 각자 앞으로 나아간다. 빗방울은 모든 기록들, 모든 발자국을 지워놓았다. 남아 있는 거라곤, 도장을 찍듯 단정하게 새겨진 노루의 발자국 하나가 전부다. 늑대굴이 있다고 해도 찾기가 쉽지 않을 듯하다. 늑대가 몸을 숨기기에 그만인 곳이다. 산림지대라 가리는 게 많아 시야 확보가 어렵다. 늑대가 뒤에서 우리의 행동을 지켜보기에 안성맞춤인 곳이다. 늑대보다 모든 감각이 뒤지는 우리에게는 절대 불리한 환경이다. 다시 이슬비가 흩뿌리기 시작한다. 바람까지 더해 마치 분무기로 앞에서 물을 뿌려대는 것만 같다. 그만두어야 하나, 싶으면 비는 또 멈추어서 신경이 곤두서고 머리가 몹시 피곤해진다.

빗줄기가 거세지는 않아 일단 숲속으로 더 깊이 들어가본다. 차는 숲과 숲 사이, 나무와 나무 사이 풀밭을 골라 낮게 포복하듯 천천히 앞으로 나아간다. 조금씩 지대가 높아지고 있다. 다싱안링 산맥이 시작되는 곳이었다. 이제부터 사람과 가축의 흔적은 찾기가 어려울 것이다. 모래언덕을 등지고 있는 작은 움막 한 채가 눈에 띈다. 허리를 구십 도로 굽혀야 들어갈 수 있을 정도로 지붕이 낮다. 개 한 마리가 지키고 있을 뿐, 주변에는 양도 염소도 소도 없다. 이동수단이 되어줄 오토바이는커녕 말라빠진 말 한 마리 보이지 않는다. 마치 초인종처럼, 개 짖는 소리에 오십대쯤 되어 보이는 부부가 고개를 내민다. 차림새가 거지나 다름없다. 바다얼후와 박선생이 먼저 움막 안으로 들어갔지만 금세 밖으로 나온다. 별 정보가 없는지 두 사람 다 말이 없다. 다시 차에 올라 이동을 하면서 부부를 떠올린다. 바다얼후의 말로는 유목민 세계 에도 극빈층이 존재한다고 한다. 무슨 이유인지는 모르겠지만, 아마 자식도 가축도 다 잃고 숨어 사는 부부일 거라 한다. 어쩌면 어떤 금기를 어겨 공동체에서 추방당한 것일지도 모르겠다. 지금 은 주변이 온통 초록이지만, 겨울이 오면 어떻게 버틸까 싶다.

한참을 달리다가, 야트막한 산으로 둘러싸인 초지 가장자리에 차를 세운다. 비는 그쳤지만 바람이 더욱 거세지고 있었다. 내 왼 쪽으로 양치기, 오른쪽으로 완호와 박선생, 바다얼후가 학익진을 펴고 수색해나간다. 소나무가 일렬로 서 있는 언덕을 넘어 숲속 의 다른 공터로 내려간다. 다시 소나무숲이 시작되는 곳에서 누 런 뭔가가 너풀너풀 춤을 추듯 뛰어가며 사라진다. 워낙 순간이 라 큰 새인가 싶었는데, 다들 아무 말이 없는 게 나 혼자만 본 모 양이었다. 눈앞에서 사라진 그것이 무엇이었는지 확인할 수 있을 까 싶어 오른쪽 언덕 꼭대기에 올랐다.

왼쪽 아래를 내려다보니 양치기가 한쪽 무릎을 꿇고 앉아 있 다. 50미터쯤 될까, 그가 주시하는 앞쪽으로 붉은여우가 멈추어서 있었다. 깜짝 놀라 그대로 바닥에 앉아 쌍안경을 눈으로 가져간다. 입에 뭔가를 물고 있는 여우는 두려움에 망설이고 있었다. 잠시 주저하던 여우는 내가 있는 쪽으로 종종걸음으로 올라온다. 그 모습을 놓치지 않고 카메라에 담는다. 양치기가 따라오는지 어떤지 뒤를 돌아 확인할 뿐, 여우는 정작 나의 존재는 눈치채지 못하고 있다. 여우가 있는 쪽에서 나를 향해 불어오는 맞바람도 한몫했을 것이다. 내 바로 앞을 지나쳐가던 녀석은 셔터 소리를 듣고야 나를 발견한다. 녀석은 그 자리에 그대로 멈추어 선다. 동그랗게 눈이 커지는 모습이 렌즈를 통해 고스란히 내 눈 안에 들어온다. 녀석의 영혼이 그대로 필름 안에 새겨진다. 나는 카메라를 이용해 사냥을 한 것이다. 마지막 셔터 소리와 함께 녀석은 재빨리 달아난다. 멍청한 놈, 절로 웃음이 터져나온다. 겨울털과 새로 난 여름털이 뒤섞여 단정하지 못한 생김새. 입에 문 사냥감은 새는 분명한데 무슨 새인지 알 수가 없다. 주로 땅에서 생활하는 다우리아자고새나 멧닭의 새끼가 아닐까 싶다. 새끼에게 가져다주려고 운반 중이었을 테니, 멀지 않은 곳에 녀석의 굴이 있다는 뜻이다. 여우는 적을 만나면 굴이 있는 반대쪽으로 달아난다. 그렇다면 양치기가 온 방향의 왼쪽 어디쯤에 굴이 있을 것이다. 엉성하기 짝이 없는 추리지만, 여우의 꽁무니를 쫓는 것보단 나을 것이다. 나는 차를 세워둔 곳으로 돌아갔다.

양치기가 가던 길을 따라 걷다가 왼쪽으로 방향을 틀었다. 원래 여우가 가려던 곳이 그쪽일 거라 생각했다. 낮은 언덕의 북쪽 비탈과 숲 가장자리의 관목들을 들추며 갈지자로 조금씩 앞으로 나아간다. 그렇게 1킬로미터쯤 갔을까. 나는 다른 사람들과 반대 방향으로 가고 있다. 눈앞의 소나무숲을 통과하기로 한다. 숲속 은 어두컴컴하지만 바닥에 풀이 적어 걷기가 훨씬 편하다. 예상 대로 다시 넓은 풀밭이 나타난다. 산불이 지나간 듯 나무들이 쓰 러져 있거나 죽은 채 서 있다. 산불이 한 차례만 지나간 게 아닌 지, 최근에 불에 타 검게 그을린 채 서 있는 나무도 있지만 오래전 에 불탄 듯 나무껍질이 다 벗겨져 잿빛 속살을 드러낸 채 누워 있 는 나무도 있었다. 눈앞으로 봉긋 솟아 있는 작은 언덕을 목표로 걷는다. 불에 그을려 거무스레한 노루 뿔 하나를 주웠다.

언덕 남쪽 비탈면에 생긴 지 얼마 안 되어 보이는 늑대 발자국 이 보인다. 본능적으로 발자국을 따라가다가 금세 방향을 잃고 말았다. 발자국이 풀밭으로 들어가버린 탓이다. 거기까지였다. 시야가 흐려진다 했더니 어느새 비옷이 흠뻑 젖어 있는 걸 그제 야 깨달았다. 그사이 천천히 안개비가 내려앉고 있는 걸 전혀 눈 치채지 못하고 있었던 것이다. 얼마나 온 것일까. 오전 10시. 아직 점심시간 전이었다. 조금만 더 가보자 싶어 걸음을 더 빨리해본 다. 작은 언덕을 넘고 드문드문 소나무가 서 있는 풀밭을 지난다. 바닥의 흙에는 모래가 많이 섞여 있다. 바람 때문에 분화구처럼 움푹 팬 넓은 구덩이 안쪽으로 내려간다. 구덩이 가장자리로 점점이 늑대 발자국이 박혀 있다. 한 마리지만 지금까지 본 것 중 발자국 수는 가장 많다. 흥분한 만큼 초조함도 커져간다. 바람을 탄 안개비가 조금씩 굵어져 부슬비가 되어 있었다. 빗방울이 간간이 안경알에 부딪혀온다. 카메라와 렌즈도 어느새 흠뻑 젖어 있었다. 카메라와 렌즈의 물기를 닦고 렌즈 뚜껑까지 닫은 후 전원을 껐다. 이젠 돌아가야 한다. 방금 전의 발자국만 보지 않았더라도 그대로 돌아갔을 것이다.

진짜 마지막이라는 생각으로 좀 더 숲속 깊숙한 곳으로 들어가 본다. 숲이 이제 끝나는구나 싶었을 때, 숲 가장자리 관목 뒤에서 늑대 한 마리가 걸어나온다. 몸을 가려줄 아무것도 없었지만, 나는 반사적으로 그 자리에 주저앉는다. 움직임을 느낀 늑대가 그 자리에 멈춰 선 채 내 쪽을 쳐다본다. 그제야 아차 싶다. 그대로 꼼짝 않고 서 있을걸…… 어깨에 멨던 카메라를 다시 열어 파인더에 눈을 가져다댄다. 급한 마음에 렌즈 뚜껑을 열지 않아 눈앞이 캄캄하다. 쿵쾅거리는 심장박동 소리가 내 귀에까지 들릴 정도다. 조심스레, 천천히 렌즈 뚜껑을 연다. 그때까지도 녀석은 꼼짝 않고 그 자리에 선 채 나만 쳐다보고 있다. 하지만 카메라가 작동하지 않는다. 영문을 몰라 이리저리 카메라를 살피다가 전원을 꺼둔 걸 나중에야 알아챈다. 얼른 전원을 켜고 카메라를 다시 눈앞으로 들어올리는 순간, 놈이 뒤돌아서서 달리기 시작한다. 엉겁결에 되는대로 셔터를 눌렀지만, 당연하게도 실패다. 놈을 필름에 담지 못했다. 곧장 늑대가 사라진 관목 쪽으로 달려갔지만, 녀석은 이미 사라진 뒤다. 이리저리 목을 빼고 돌아봤지만, 보일 리가 없었다.

녀석과 나 사이의 거리가 20미터는 되었을까. 생긴 지 얼마 안 된 놈들의 발자국을 두 번이나 보면서, 어쩌면 늑대를 만날 수 있을지도 모르겠다 기대한 나와는 달리, 늑대는 방심하고 있었을 것이다. 비가 계속 흩뿌리는 궂은 날씨에 이렇게 깊은 숲속까지 사람이 들어온 적은 없었을 테니. 나중에 알았지만 비슷한 시간에 완호 역시 늑대를 만났다고 한다. 나를 뺀 나머지 네 사람은 계속 함께 다녔다고 한다. 완호가 앞장서서 가고 있는데 멀리서 늑대 한 마리가 천천히 뛰어오더라고 했다. 완호가 얼른 관목 뒤로 몸을 숨기고 카메라를 꺼내드는데 박선생이 무슨 일이냐고 말을 걸며 다가왔고, 완호가 얼른 손짓을 하며 숨으라 했지만 늑대가 알아차리고 도망을 갔다고 한다. 어쩌면 완호가 봤다는 늑대는 내가 만났던 녀석일지도 모르겠다.

빗줄기는 점점 더 굵어진다. 비를 피해 잠시 쉴 만한 곳을 찾는다. 모래가 드러난 곳에서는 노루 발자국이 자주 눈에 띈다. 불에 탄 후 베어진 나무 그루터기에는 오래된 늑대 똥도 보인다. 늑대 똥에는 역시 양의 털만 섞여 있다. 양치기는 숲속 깊은 곳까지 양을 몰고 가지는 않는다. 아마 멀리 초원에서 양을 사냥했을 것이다. 숲 가장자리, 가지를 넓게 편 소나무 아래에서 잠깐 쉬기로 한다. 눈앞에는 점점 더 안개 속으로 파묻혀가는 나무의 바다가 펼쳐져 있다. 가까운 곳에 늑대굴이 있다 해도 이 넓은 곳에서 대체 어떻게 찾는단 말인가. 갑자기 허탈해진다. 이제는 정말 돌아가야 한다. 다른 사람들은 지금 어디쯤에 있을까, 괜히 소리를 내어 혼잣말을 해본다. 하지만 정작 문제는, 동료들보다도 지금 내가 어디에 있는가 하는 것이었다. 도무지 짐작할 수조차 없다. 일행 중 나는 제일 왼쪽에서, 가장 멀리까지 걸어왔다. 오른쪽, 그러니까 동쪽으로 직진하다가 남쪽으로 가면 될까. 일단 그렇게 단순하게만 생각하고 무작정 걷기 시작한다. 시간은 어느새 오후 1시가 넘어가고 있다.

숲과 풀밭을 몇 번이나 지나갔지만 비슷한 풍경이 반복될 뿐이다. 이상한 건 동쪽으로 갈수록 지대가 높아지고 있었다. 눈앞의 언덕만 넘으면 평지가 나타날 줄 알았는데, 안개와 비에 속아, 나는 다싱안링 산맥의 능선을 오르고 있었다. 남쪽의 내리막으로 방향을 틀었다. 산불이 지나간 흔적은 간간이 눈에 띄었지만 사람이 머물다 간 흔적은 전혀 보이지 않았다. 한참을 그렇게 내려가서야 길을 만났다. 숲에서 베어낸 나무를 실어나르기 위해 임시로 뚫은 길이었다. 중간중간 이어진 자동차 바퀴 자국이 희미하다. 그래도 길을 따라가는 쪽이 바다얼후의 차를 만날 확률이 높을 것이다. 보통때라면 야생동물을 만날 가능성이 높은 곳을 찾아 사람들이 다니지 않는 길을 고르겠지만, 지금은 어떻게라도 사람들의 흔적을 찾아야 한다. 갈림길이 나타난다. 두 길 모두 등고선을 따라 평행으로 갈라진다. 내리막길을 찾아야 하는데 어느 쪽일지 도무지 가늠할 수가 없다. 왼쪽은 동쪽, 오른쪽이 서쪽이다. 왔다 갔다, 한참 고민을 하다가 결국 서쪽으로 향한 오른쪽 길을 택한다. 내 선택이 탁월했으리라 믿으며. 길은 구불구불 아래쪽으로 이어진다. 그렇게 내려가다보니 온통 그루터기만 남은 숲속 빈터가 나타난다. 한때 벌목장이었던 곳이다. 막상 내려와보니 위쪽에서 만났던 갈림길은 결국 벌목장에서 만나게 되어 있다. 어느 길을 선택하든 한곳으로 이어지게 되어 있었던 것이다.

호리병처럼 생긴 벌목장 입구를 따라 계속해서 걷는다. 한참을 그렇게 걷다보니, 오전에 마주쳤던 지역과 비슷한 풍경이 나타난다. 아침에 지나쳐온 곳이라면 자동차 바퀴 자국이 남아 있을 것이다. 하지만 길에는 키 작은 풀들만 무성할 뿐, 모래가 드러난 곳에도 바퀴 자국은 없다. 내가 착각한 것이다. 하지만 어차피 길은 하나뿐이다. 어느 길로 가야 할지 고민할 필요가 없어 차라리 맘이 편하다. 잠깐씩 멈추어 쌍안경으로 주위를 둘러봐도 일행뿐 아니라 풍경 외에 다른 어떤 것도 보이지 않는다. 계속 남쪽을 향해 걷다가 꽤 넓은 분지 안으로 들어선다. 그사이 바람을 탄 빗줄기는 더욱 굵어져 있다. 이제는 늑대가 눈앞에서 부동자세를 취하고 있어도 제대로 알아볼 수 없을 것 같다. 촬영은 이제 불가능하다. 카메라 전원을 끄고 손수건으로 카메라를 감싸 묶는다. 허기와 갈증이 몰려들었지만 방법이 없다. 남쪽으로 향한 가장 높은 언덕의 꼭대기를 찾아 오른다. 그 위에선 아래 풍경들이 다 보일 것 같았다.

높이가 50미터쯤 될까, 위로 올라갈수록 비바람이 거세어진다. 꼭대기에 올라서니, 남서쪽으로 반가운 시설물이 보인다. 공사 중인 도로였다. 길의 끝은 안개에 가려져 있다. 흠뻑 젖은 쌍안경을 연신 닦아가며 도로 주변을 살폈지만 차도 사람도 보이지 않는다. 그나마 목표가 생겼다는 게 다행이라면 다행이었다. 갈 길이 멀었다. 달리듯 산비탈을 내려간다. 갈증이 점점 더 심해져 온다. 세포 하나하나가 물을 달라고 아우성이다. 갈증을 처음 느낀 이후 지금껏 호수나 강은 물론이고 작은 냇물조차 만나지 못했다. 계곡이나 물이 고여 있을 만한 풀숲을 뒤졌지만 찾을 수 없었다. 이 지역의 땅은 모래가 대부분이다. 일부 구덩이에 진흙이 만들어져 있기도 하지만, 폭우가 내리지 않는 이상 물을 가두어 두지는 못한다. 소나무 둥치에 기대어 잠시 숨을 돌린다.

배낭을 차에 놓고 내린 게 내내 후회스럽다. 배낭 속에는 작은 생수 두 병과 마른 빵 한 봉지, 소시지 네 개에 초콜릿, 여분의 담배와 손전등도 들어 있다. 비옷과 조끼 주머니에 있는 것을 죄다 꺼내보았다. 나침반과 칼, 줄자, 비닐봉지, 수첩과 볼펜, 필름 세 통, 라이터와 담배 몇 개비가 전부다. 갈증을 달래줄 만한 건 없다. 그나마 비옷을 입고 있어 다행이었다. 종일 가랑비를 맞았지만, 젖은 곳이 없었고, 그다지 춥지도 않았다. 어느새 늑대는 머릿속에서 지워지고 없었다. 일행을 찾아야 한다는 생각이 전부였다. 우선 숲을 벗어나 탁 트인 도로를 찾아야 한다. 땅이 평평해진다 싶을 즈음 큰길이 나타났다. 산림지대 군데군데 나 있는 샛길이었다. 망설이지 않고 곧장 길을 따라 걷는다. 촘촘히 서 있는 소나무들 사이로 저 멀리 들판을 가로지르는 도로가 보인다.

숲의 가장자리까지 나가자 불안감이 절반쯤 녹아내린다. 깊은 숲속에 갇혀 폐쇄공포증에 시달린 탓이다. 도로는 남동쪽에서 북서쪽으로 이어지고 있다. 오른쪽, 북서쪽을 향해 걷기 시작한다. 읍내인 쥐치로 가는 길이다. 바다얼후의 집도 같은 방향에 있다. 하늘엔 여전히 먹구름이 가득하지만, 그사이 비는 그친 상태다. 아주 드물게, 비포장도로에 고인 물을 튀기며 자동차가 지나간다. 낡은 자동차가 내뿜는 매연 냄새가 반갑기만 하다. 고민은 걸으면서 하기로 한다. 시간이 얼마나 걸리든 도로를 따라 계속 가다보면 읍내가 나올 것이다. 읍내에 도착해서 토흐터나 만두라를 찾아가면 된다. 하지만 너무 멀다. 100킬로미터는 족히 될 것이다. 바다얼후가 길을 따라 차를 몰고 온다면 가장 이상적인 시나리오가 되겠지만, 가망 없는 바람일 뿐이다. 지금쯤 나를 찾느라 난리가 났을 것이다. 일단 물부터 찾아야 했다. 갈증이 점점 더 심해진다. 공사 중인 도로의 경사면을 따라 걷는다. 발자국을 남겨두기 위해서다.

이 지역은 운전자들에겐 무척 편한 곳이다. 도로가 공사 중이어도 그 옆으로 지나가면 그것이 또 새로운 길이 된다. 평탄한 들판이라 가능한 일이다. 결코 숲을 가로질러 가는 법은 없다. 길은 오직 들판과 들판을 따라 이어져 있다. 돌아보니 도로 비탈면으로 내 발자국이 길게 이어져 있다. 비가 그치고 공사가 시작되면 내 발자국을 발견한 인부들이 욕을 내뱉을 것이다. 비탈진 길을 걷는 건 당연히 쉽지가 않다. 결국 얼마 못 가 새로 생긴 길 위로 올라간다. 그사이 자동차 두 대가 지나갔지만 내게는 아무 관심이 없다. 다음에 오는 차를 세워 읍내까지 태워달라고 부탁을 해볼까 하다가 금세 포기하고 만다. 아직은 아니다. 지금 내가 읍내로 가버리면 다른 일행들은 혼란에 빠질 것이다. 차가 오면 물이나 좀 부탁해봐야겠다. 도로는 들판을 좌우로 나누며 멀리 하나의 점이 되어 사라진다. 양쪽으로 길을 따라 소나무숲이 병풍처럼 둘러서 있다. 풀밭이 풍성하고 건강해 보이는데도, 그사이 양 떼는 물론이고 게르 한 채 보지 못했다.

도로가 살짝 내리막으로 이어지다가 다시 오르막길이 되는 곳에서 마침내 물을 만났다. 들판으로 나온 뒤 작은 물길이나 움푹 팬 곳마다 모두 확인했지만 그동안 물은 한 방울도 볼 수 없었다. 중장비들이 흙을 파고 짓이겨놓은 곳에 얕은 물웅덩이가 만들어져 있었다. 양손으로 물을 떠내자 누런 흙먼지가 일어난다. 원숭이처럼 얼른 입을 대고 물을 마신다. 물이 목구멍을 타고 내려가자 세포 하나하나가 깨어나는 기분이 된다. 그렇게 한참을 마시고 또 마시다가 잠시 숨을 고르는데, 앞으로 또 언제 물을 마실 수 있을지 모르겠다는 생각이 든다. 갈증은 이미 가셨지만 저장이라도 해두듯 다시 물을 마신다. 물이 목구멍까지 차오른 느낌이다. 사막 횡단을 떠나기 전 낙타도 지금의 나 같을까.

갈증이 가시니 조금 정신이 든다. 쌓아놓은 모래 뒤편에 앉아 이제 어떻게 할까 생각한다. 중학교 때 붉은배새매 둥지를 찾으러 갔다가 처음 길을 잃었던 그날부터 지금까지, 길을 잃고 헤매던 날들을 되짚어보지만, 지난 실수의 원인들만 확인할 뿐, 그 경험들이 지금의 문제를 해결해주지는 못한다. 매번 이유도, 상황도 다르니까. 가장 두려울 때가, 앞으로 나아갈지 뒤로 돌아갈지를 결정하지 못하고 고민을 계속할 때다. 숨어 있는 것보다는 노출되어 있는 쪽이 낫겠다 판단하고 다시 걷기 시작한다. 바다얼후가 나를 발견하든, 내가 집을 찾든 둘 중 하나는 되겠지 싶다. 어차피 지금 내가 할 수 있는 일은 바다얼후의 집을 찾는 것뿐이다. 늘 들여다보던 네이멍구 도로지도책을 머릿속에 펼쳐든다. 일단 계속 북서쪽으로 가다가 북쪽으로 방향을 바꾸면 될 듯싶다. 직선으로 이어지던 도로가 소나무숲을 따라 크게 휘어진다. 나 역시 소나무숲을 왼쪽으로 두고 길을 따라 돈다.

숲에 가려 보이지 않던 건물이 눈앞에 나타난다. 100여 미터쯤될까. 비닐하우스와 컨테이너 박스, 덤프트럭과 중장비들이 여기저기 늘어서 있다. 공사 중인 도로의 현장사무소 겸 인부들의 숙소였다. 비 때문에 공사가 중단되어 장비들이 다 모여 있는 것이다. 밖에 나와 있는 사람은 보이지 않는다. 평소엔 소심하기 짝이 없는 성격이지만 이번엔 달리 도리가 없었다. 나는 주저 않고 곧장 달려가 비닐하우스로 만든 숙소의 문을 열었다. 가운데 통로를 중심으로 양쪽으로 이층침대가 나란히 놓여 있었다. 숙소의 한가운데에 있는 난로 덕분에 내부는 덥고 습하다. 인부들이 모두 모여 있는지 숙소 안은 발 디딜 틈이 없다. 깜짝 놀란 인부들이 동시에 나를 쳐다본다. 웬일인지 나보다 더 놀란 얼굴이다.

나는 제일 가까이에 있는 사람에게 중국어로, "워스한궈런 워미루라 我是韓國人 我迷路了, 난 한국인인데, 길을 잃었다"고 말한다. 내가 할 수 있는 중국어의 전부였다. 누군가가 따뜻한 차 한 잔을 내준다. 물로 배를 채운 뒤였지만 기꺼이 차를 마신다. 어떻게든 내 흔적을 남겨야 한다. 내가 종이를 찾자 편지지 한 묶음을 가져다준다. 나는 편지지에 '巴達爾湖바다얼후, 滿都拉만두라'라고 쓴 뒤 이들을 아느냐고 묻는다. 다들 고개를 젓는다. 당연했다. 인부들은 이 지역 사람이 아니었다. 나중에야 알았지만 이들은 모두 네이멍구 자치구의 수도인 후허하오터에서 온 사람들이었다. 다시 편지지에 말도 안 되는 한자를 쓰고 그림을 그려가며 나는 설명을 이어간다. 늑대 사진을 찍기 위해 한국에서 여기까지 왔다고. 스무 명이 넘는 사람들이 나를 둘러싸고 선 채 자기들끼리 웃기도 하고 무슨 말

인가 주고받는다. 심심하던 차에 재밌는 일이 생긴 것이다. 나는
다시 한 번 편지지에 한국인 한 사람과 조선족 한 사람, 바다얼후
가 이쪽으로 올 것이며, 나는 도로를 따라갈 거라고 그림을 그려
놓았다. 나중에야 깨달았지만, 어설픈 한자와 그림을 동원할 게
아니라, 내가 지금 어떤 상황에 처해 있는지, 이제 어디로 갈 것인
지 한글로 정확하게 써놓았어야 했다. 내가 떠나온 몇 시간 뒤에
일행이 이 숙소에 들렀던 것이다. 하지만 그때는 한글로 편지를
남겨야 한다고는 미처 생각하지 못했다.

시간이 꽤 많이 흘러 있었다. 나는 물 한 병을 얻어 주머니에 넣
고는 다시 길을 나섰다. 인부들이 모두들 밖으로 따라 나온다. 하
늘을 가리키며, 비가 이렇게 오는데도 정말 떠날 거냐, 말하는 이
도 있다. 잠깐 뒤돌아보니 인부들은 걱정스러운 표정으로 내내
나를 지켜보고 있다. 일단 갈 데까지 가보자 싶었다. 비는 길을 멈
추게 할 만큼은 아니었다. 걸음이 점점 빨라진다. 단조롭게 이어
지는 풍경을 지나보내며 얼마나 걸었을까. 허기 때문에 이제 머
릿속은 온통 음식 생각뿐이었다. 인부들의 숙소에서 나온 뒤 잠
시도 쉬지 않고 계속 걸었다. 날이 저물고 있었지만 얼마나 더 가
야 할지 알 수가 없었다.

멀리 커다란 불도저 한 대가 길옆에 서 있었다. 불도저 운전석
에 들어가 잠시 쉬기로 했다. 운전석이 비어 있을 거라 생각했는
데, 기사가 잠들어 있다. 깜짝 놀라 돌아서려는데, 잠들어 있는 기

사 옆에 있던 라면이 눈에 띈다. 차 문을 두드리니 중년의 기사가 깜짝 놀라며 눈을 뜬다. 경계심을 늦추지 않고 기사가 문을 연다. "워스한궈런 워미루라 我是韓國人 我迷路了, 난 한국인인데, 길을 잃었다", 달달 외운 중국어를 다시 앵무새처럼 반복하며 손가락으로 라면을 가리켰다. 기사는 별말 없이 라면을 내민다. 나는 얼른 라면을 받아들고 앉을 만한 곳을 찾는다. 마른 개울 위, 막 공사를 끝낸 다리가 보인다. 다리가 있는 쪽으로 가면서도 불도저 기사가 라면을 돌려달라 하지 않을까, 괜히 뒤통수가 간질간질하다. 다리 아래에 쪼그리고 앉아 라면 봉지를 뜯는다. 중국 라면은 한국 라면보다 훨씬 푸짐하다. 한 봉지에 두툼한 라면 두 개가 들어 있다. 생라면 두 개를 금세 부수어 먹고 그 자리에서 물도 한 병 다 비운다. 갈증도 허기도 어느 정도 해결이 되었고, 그사이 비도 멎었다. 이제 바다얼후의 집만 찾으면 된다.

어느새 4시, 엉덩이를 털고 다시 일어난다. 풍경을 둘러볼 여유도, 의심스러운 곳을 살펴볼 여유도, 발자국을 살필 여유도 없다. 빠른 걸음으로 곧장 앞으로 나아간다. 멀리 다시 공사를 시작한 사람들이 보인다. 이번엔 공사 현장에서 멀리 떨어져 들판 한가운데를 지나서 움직인다. 오른쪽 풀밭으로 불쑥 솟아오른 뭔가가 눈에 띈다. 표지석이다. 바다얼후의 집 남쪽 초원에 서 있던 것과 모양이 같다. 표지석과 표지석 사이의 거리는 50미터 정도로, 전봇대 사이의 거리와 비슷하다. 이제 이 표지석을 따라 북쪽으로 가면 바다얼후의 집을 찾을 수 있을 것이다. 얽혀 있던 실타래가 풀리는 듯한 기분이다. 비는 그쳤지만 여전히 먹구름이 가득해 일찍 어두워지고 있었다. 어쩌면 늑대를 만날 수 있을지도 모르겠다. 카메라를 열어 어두운 곳에서도 촬영이 가능한 고감도 필름으로 갈아 끼운다. 늑대를 찾아 부러 숲 가장자리를 따라가거나, 덤불숲을 뒤지지는 않는다. 오직 표지석만 따라 똑바로 이동한다.

6시, 주변에 낮은 모래언덕들이 나타나기 시작한다. 바다얼후의 집 남쪽에서 보았던 풍경이다. 바다얼후의 집과 지금 내가 서 있는 지점은 각각 모래언덕의 양쪽 끝이라 믿는다. 멀리 왼쪽 모래언덕 꼭대기에 말을 탄 양치기가 서 있다. 슬며시 걱정이 되어 쌍안경으로 자세히 들여다본다. 양치기도 나를 쳐다보고 있다. 손목시계 사건 이후, 이곳 사람들을 믿을 수가 없게 되었다. 낯선 사람이라면 일단 의심하고 긴장하게 된다. 언제든 꺼내들 수 있도록 조끼 주머니 안에 있던 칼을 비옷 주머니로 옮겨놓는다. 다시 한 번 쌍안경을 들어 양치기와 그 주변을 살핀다. 양치기는 여전히 나를 쳐다보고 있다. 다행히 그는 혼자다. 한 사람만 더 있었어도 피해갔을 것이다. 날이 저물고 있었다. 양치기는 모래언덕 아래 양들을 몰아놓고 야영 준비를 하다가 나를 보았을 것이다. 양치기가 이 지역 사람이라면 바다얼후도 알 것이다. 어차피 그 역시 나를 보고 있었다. 망설일 틈이 없었다. 그가 있는 쪽으로 곧장 걸어올라간다.

거리가 꽤 가까워졌지만 모자를 눌러쓴 탓에 그의 표정이 보이지 않는다. 멈추지 않고 계속 언덕을 오른다. 내가 거침없이 다가가자 양치기도 긴장한 모양인지, 꼼짝 않고 그 자리에 서서 내 쪽을 주시하고 있다. 이제 그의 눈과 코가 선명하게 눈에 들어온다. 아, 세상에! 아는 얼굴이다. 어제 아침 함께 밥을 먹었던 그 양치기다. 군대 시절 고참과 닮았던 그 사람이다. 그 역시 나를 알아보았는지 말에서 내려선다. 나도 모르게 와락 양치기의 두 손을 잡는다. 웃음이 터져나온다. 아! 여기까지 왔구나, 반갑다! 그는 알아듣지 못하겠지만 크게 소리내어 호들갑을 떤다. 양치기는 내 손을 뿌리치지 못하고 어색하게 웃어 보인다. 바다얼후의 집을 묻자 양치기는 손으로 북쪽을 가리키며 표지석을 따라가면 된다고 한다.

양치기와 헤어져서 표지석을 북극성 삼아 걷는다. 이제 조금만 더 가면 집에 도착한다는 생각에 걸음이 빨라진다. 마음이 급해질 틈이 없다. 하지만 금방 나타날 줄 알았던 집은 쉬이 나타나지 않는다. 갑자기 피곤이 몰려온다. 그만 풀밭에 드러눕고만 싶지만 지친 몸을 겨우 달래며 걸음을 옮겨본다. 쓰러지더라도 집에 도착해서 쓰러지자. 날은 이제 어둠이 내려앉아 하늘과 땅만 겨우 구분할 수 있을 정도다. 여전히 구름이 가득한 하늘엔 별빛 하나 보이지 않는다. 다행히 표지석을 찾는 것은 어렵지가 않다. 그래서 표지석을 흰 페인트로 칠한 모양이다. 다리가 아파온다 싶더니 금세 통증이 심해진다. 오른쪽 허벅지 안쪽이 찢어지는 듯 아프다. 걷는 속도가 눈에 띄게 줄어든다.

한참 만에 다시 반가운 지형물이 나타났다. 철망 울타리가 시작되고 있었다. 바다얼후의 집 남쪽 초원에 쳐진 울타리가 여기까지 연결된 것이었다. 불빛은 여전히 보이지 않는다. 울타리만 있을 뿐 주변에 유목민의 주택이나 게르는 없다. 울타리 옆의 표지석에 기대어 앉는다. 어둠 속에서 나침반의 야광 자침이 북쪽을 가리킨다. 이제 나침반은 굳이 보지 않아도 된다. 울타리만 따라가면 된다. 마지막으로 힘을 더 내보자, 중얼거리며 다시 일어선다. 그사이 주변은 온통 어둠뿐이다. 어렴풋하게 실루엣으로만 겨우 사물을 분간할 수 있을 정도다. 모래언덕 위 소나무 아래에서 늑대들이 지켜보고 있는 것은 아닐까. 나를 사냥감으로 생각한다면 지금이 기회일 것이다. 지금 나는 혼자인데다 무방비의 절름발이다. 늑대가 그다지 겁나지 않는 것은 어떤 믿음 덕분이다.

이 지역에서 늑대가 사람을 잡아먹은 사례는 보고된 적이 없는데다, 이야기 속의 늑대는 포악하지만 실제로 늑대는 사람을 무서워한다. 멀리 지평선에 좁쌀만한 불빛 하나가 나타난다. 움직이지 않는 걸 보니 집이 분명하다. 실루엣조차 희미해져가는 어둠 속, 유일한 불빛은 마치 등대의 조명이라도 되는 듯 더없이 또

렷하다. 완호와 박선생을 포함해서 모두들 걱정하며 나를 기다리
고 있을 것이다. 결승선을 눈앞에 둔 마라톤 선수처럼 속도를 높
인다. 오른쪽 허벅지의 고통이 더욱 심해진다.

불빛은 조금씩 커져간다. 바다얼후의 집은 마을에서 가장 외진
곳에 있었다. 지금 바라보이는 불빛 역시 숲 쪽에서 첫번째이자
마을의 끝 집이다. 쌍안경을 들어 불빛을 찾는다. 빨간 벽돌과 양
철 지붕, 본채와 별채와 창고. 본채 앞 비행접시를 닮은 위성 안테
나가 불빛에 반사되어 유난히 희게 빛난다. 바다얼후의 집이다.
나지막이 개 짖는 소리가 들려온다. 개들의 레이더에 내가 잡힌
것이다. 야생동물을 찾아다닐 때라면 그 소리가 짜증스럽기도 해
서 더욱 개들이 있는 쪽으로 가지 않겠지만, 지금은 더없이 반가
운 소리다. 개 짖는 소리가 조금씩 점점 더 커진다. 녀석들이 나를
향해 달려오고 있었다.

몽골의 개들은 낯선 사람을 거칠게 맞이한다. 놈들을 막아낼
만한 막대기 하나 없으므로 뛰어서는 안 된다. 당당하게, 천천히
걷는다. 녀석들은 나를 에워싼 채 계속 짖어대며 집까지 따라온
다. 희미한 전등 빛에 벽돌 한 장 한 장이 다 드러나 보인다. 바다
얼후의 집에 드디어 도착한 것이다. 나도 모르게 큰 한숨이 새어
나온다. 하지만 마당이 비어 있다. 마땅히 서 있어야 할 차가 보이
지 않는다. 일행들이 아직까지 나를 찾고 있는 것이다. 낭패였다.
발전기 소리가 요란한 별채 식당으로 들어서자 바다얼후의 아내

와 할배가 깜짝 놀라며 다가온다. 당연했다. 나 혼자였으니.

말이 통하지 않아 본채로 들어가 노트를 꺼내왔다. 이미 밤 9시를 넘어서고 있었다. 식당에서 바다얼후의 아내에게 혼자 돌아온 이유를 설명했다. 내 손짓 발짓과 그림을 본 바다얼후의 아내는 알겠다며 고개를 끄덕여 보이고는 할배에게도 상황을 설명한다. 나를 쳐다보는 할배의 눈빛에 노기가 서려 있다. 할배는 며느리의 말이 채 끝나기도 전에 큰 소리로 내게 호통을 친다. 무슨 말인지 알아들을 수는 없지만 할배는 분명 크게 혼을 내고 있다. 칭찬을 받을 일도 없지만, 이렇게 혼이 날 일인가 싶어 어리둥절하다.

어쩔 줄을 몰라 가만히 앉아 있자, 불편한 분위기를 걷어내려는 듯 바다얼후의 아내가 수테차를 따라준다. 수테차를 단숨에 들이켜 비우자, 바로 국수 한 그릇을 내놓는다. 누가 쫓아오기라도 하는 듯 나는 허겁지겁 국수를 넘긴다. 그런 나를 계속 지켜보며 할배가 쯧쯧 혀를 찬다. 동료들을 내팽개치고 혼자 집에 온 걸 나무라는 것일까. 국수 한 그릇을 다 비울 때까지 할배는 계속해서 낮게 나를 꾸짖는다. 바다얼후의 아내가 갑자기 할배에게 버럭 큰 소리를 낸다. 이제 그만하라는 뜻인 모양이었다. 탱자나무에 걸린 연처럼 갈팡질팡 눈치를 보다가 그만 방으로 들어와버린다.

10시가 다 되어서야 밖에서 차 소리가 들려온다. 나는 용수철처럼 밖으로 튀어나간다. 나를 본 일행이 모두 깜짝 놀란 얼굴이 된다. 하지만 반가웠던 얼굴은 금세 원망으로 변한다. 바다얼후가 크게 한숨을 내쉬며 문턱에 털썩 주저앉는다. 할배와 바다얼후의 아내가 뒤따라 들어온다. 다들 모인 자리에서 모두에게 정식으로 사과하자, 바다얼후가 무사해서 다행이라며 애써 미소를 지어 보인다. 할배는 여전히 내가 못마땅하다는 듯 혀를 차며 밖으로 나가버린다. 잠자리에 들기 전 많은 이야기를 나누었지만, 기억나는 건 결국 늑대굴을 찾지 못했다는 얘기뿐이다. 나는 완전히 방전상태였던 것이다.

6월 12일

분위기가 한없이 가라앉아 있다. 어쨌거나 나 때문이라, 절인 배
추처럼 몸이 무거웠지만 일찍 눈을 뜬다. 자고 나면 괜찮을 줄 알
았던 오른쪽 다리의 통증이 더 심해져 있다. 바람은 그쳤지만 여
전히 어둡고 무거운 하늘은 비까지 뿌린다. 절뚝거리며 새끼 늑
대들이 있는 창고로 가본다. 문을 열자마자 달려드는 녀석들 때
문에 뒤로 넘어지고 만다. 한쪽 다리에 힘이 들어가지 않은 탓이
다. 녀석들이 다시 달려들어 입술과 얼굴을 핥아댄다. 새끼 늑대
들은 대체로 조용하다. 강아지들은 집에 혼자 있으면 주인을 찾
아 길게 목을 빼고 울지만, 새끼 늑대들은 내가 없어도 가만히 있
는다. 녀석들에게 줄 고기가 떨어졌다. 그저께 봤던, 죽어가는 새
끼 염소가 떠올랐다. 염소는 멀리 있지 않았다. 한쪽에 쌓아놓은
벽돌 위, 하얀 주검이 비를 맞고 있었다. 나는 슬며시 본채 뒤쪽으
로 가서 처마 밑에 쪼그리고 앉는다. 먼저 와 있던 검둥개가 내 눈
치를 보더니 힐끔힐끔 돌아보며 자리를 뜬다. 죽은 새끼 염소를
달라고 어떻게 말을 해야 할까⋯⋯ 할배는 새끼 늑대들을 흉물로
여기고 있다. 게다가 어제 길을 잃는 바람에 나 역시 점수를 크게
잃었다. 멍하니 처마 끝에서 떨어지는 빗방울을 쳐다보다가, 다
시 바닥에 찍힌 개 발자국으로 시선을 옮긴다. 가는 빗줄기에 천

천히 발자국이 지워질 때까지 그렇게 한참을 앉아 있는다.

주뼛거리며 식당으로 들어가니 모두 거기 모여 시간을 보내고 있다. 할배는 나를 본 척도 않더니 인사조차 받지 않는다. 아침을 먹으면서도 내내 뭐라고 중얼거리며 혀를 찬다. 시선은 내게 고정되어 있다. "허르히, 허르히." 가엾다 혹은 불쌍하다는 뜻의 이 말은 16세기 이후 몽골이 라마교를 받아들이며 생겨난 말이다. 흔히 노인들이 안쓰러운 대상을 볼 때 습관적으로 내뱉는 말이지만, 내 귀에는 그 소리가 계속 "저 바보 같은 놈" 정도로 들린다. 식사를 먼저 끝낸 박선생이 헤이룽장성의 동물도감을 가져온다. 할배의 기분을 풀어주려는 듯, 그림을 보여주며 박선생이 말을 붙이자, 할배는 신나게 동물 이야기를 늘어놓는다. 여기서 동남쪽으로 100킬로미터쯤 가면 국경 산림지대가 나온다. 그쪽에 동물이 많은데, 늑대는 물론이고 스라소니, 불곰, 백두산사슴에 무스moose까지 볼 수 있다고 한다. 몽골의 동쪽 끝 '넘러그 자연보호구'와 맞닿은 곳이라 종 다양성이 풍부한 것이다.

그사이 할배의 기분이 많이 누그러졌다. 한참 동물 이야기를 끝내고 마당으로 나오자 바다얼후의 네 살 난 아들이 놀고 있다. 난 감정을 표현하는 데 몹시 서툴다. 아이를 번쩍 들어올리며 잘생겼다고 호들갑을 떨어야겠지만 어떻게 해야 할지를 몰라 멀뚱히 쳐다보기만 한다. 그런 점에서 박선생은 베테랑이다. 박선생은 나오자마자 아이와 돌 던지기를 하며 놀아준다. 아이가 작은 돌멩이를 던져 벽돌을 맞히면 요란한 칭찬과 함께 박수를 쳐주며 아이의 사기를 잔뜩 올려준다. 아이의 돌 던지기 실력은 금세 늘어, 벽돌 과녁이 재미없어지자 박선생을 목표로 삼아 돌을 던지기 시작한다. 박선생이 과장된 몸짓으로 아이의 돌멩이를 피하자, 그게 재밌는지 아이는 더 큰 돌멩이를 찾는다. 할배가 미안해하며 아이를 말려도 도무지 들으려 하지 않는다.

지금이 기회였다. 할배가 손자를 말리며 안아올릴 때 박선생에게 죽은 새끼 염소 이야기를 해달라고 부탁했다. 박선생이 할배에게 새끼 염소를 늑대 먹이로 줄 수 없겠느냐 조심히 묻자, 내키지 않아하면서도 박선생의 부탁이니 들어준다는 듯 고개를 끄덕인다. 할배는 능숙하게 염소의 가죽을 벗겨낸다. 내장은 개들에게 던져주고, 고기는 부위별로 토막을 낸다. 염소의 뒷다리 한쪽을 나누어 새끼 늑대들에게 던져주었다. 이렇게 또 한 고비를 넘긴다.

어느새 비가 그쳐 있었다. 나는 완호와 함께 집 남쪽의 모래언덕 쪽으로 나가본다. 빈 오소리굴 옆, 생토끼를 가만히 지켜본다. 녀석은 굴속으로 도망가지 않고 꼼짝 않고 앉아 나를 빤히 쳐다본다. 토끼굴에서 30미터쯤 옆으로는 땅청서가 살고 있다. 땅청서는 생토끼보다 훨씬 예민하다. 우리를 보자마자 땅청서는 얼른 굴속으로 숨어들어간다. 날씨가 흐려서 그런지 하늘에는 큰말똥가리 한 마리 보이지 않는다.

죽은 양 두 마리의 사체가 눈에 띈다. 늑대가 한 짓은 아니다. 병들거나 굶어 죽은 것이리라. 양과 염소 때문에 초원은 급속히 황폐해지고 있다. 식생이 빈약한 남쪽 모래언덕 쪽으로는 특히 푸른 잎이 거의 남아 있지 않다. 이 지역의 사막화는 다른 곳보다 더 심각해 보인다.

선명한 늑대 발자국이 보인다. 아마 비가 그치기 직전 우리가 점심을 먹을 때쯤 지나간 듯하다. 한 마리가 아니라 두 마리. 늑대는 몸을 숨기기 쉬운 모래언덕을 따라 움직인 듯하다. 올망졸망한 모래언덕은 높지는 않지만 평탄한 초원을 감시하기에는 충분하다. 늑대의 발자국 뒤로 여우의 흔적도 보인다. 늑대를 쫓아간 것으로 보아 늑대가 먹다 남긴 고기를 기대한 것이었으리라.

여전히 절름거리며, 모래언덕을 따라 남쪽으로 계속 내려가본다. 초원보다 지형 변화가 다양한 모래언덕 때문에 더 부지런해질 수밖에 없다. 숨을 곳이 많다는 것은, 지금이라도 무슨 동물인가를 마주칠 확률이 높다는 뜻이기도 하다. 모래언덕으로 둘러싸여 오목하게 분지를 이룬 지대 위로 굴 하나가 보인다. 굴 입구에는 늑대의 발자국이 어지럽게 찍혀 있다. 손전등을 꺼내 굴 안쪽을 비춰본다. 굴속에는 놀랍게도 여우가 죽어 있다. 손을 넣어 꺼내보니 여우의 사체는 이미 심하게 부패되어 있어 왜 죽었는지를 알 수가 없다.

여우가 왜 굴속에서 죽어 있을까. 늙어서 혹은 병에 걸려 보금자리에서 조용히 죽음을 맞은 것일까. 아니면 늑대나 개의 공격을 받거나 총에 맞아 심한 부상을 입고 죽은 것일까. 굴 입구에 늑대 발자국이 많았던 것은 여우 사체에서 나는 냄새가 늑대를 끌어들여서였을 것이다. 굴은 모래언덕과 초원이 만나는 곳에 있다. 굴 입구는 남향으로 나 있고, 모래언덕 꼭대기에 올라가면 사방이 한눈에 들어온다. 두 마리의 늑대가 이곳을 지나쳐갔다. 그렇다면 늑대의 보금자리는 어디쯤에 있을까. 혹시 저 멀리 바다 얼후의 집 뒤쪽 소나무로 덮인 모래언덕 위에 있지는 않을까. 계속 이렇게 집에 머물러 있다가는 아무것도 할 수가 없다. 내일은 길을 나서야 한다.

6월 13일

한 남자가 찾아왔다. 아침 6시. 아직 이불 속에서 꿈지럭거리고 있을 때였다. 남자는 어제저녁 굴을 파헤쳐 새끼 늑대를 잡았다고 했다. 여기 와서 처음 들은 반가운 소식이 '발견'이 아니라 '생포'라니…… 하지만 한숨이나 쉬며 앉아 있을 때가 아니었다. 잠자리 정리는 완호에게 맡기고 박선생과 함께 바다얼후의 차에 올랐다. 북서쪽으로 이십 분쯤 가던 차가 멈춰 선 곳은 어느 벽돌집 앞이었다. 벽돌집의 축사 겸 창고 안으로 들어가니, 어린 양이나 송아지를 가두어두는 우리 속 나무상자 안에 새끼 늑대가 있었다. 우리를 본 새끼 늑대들은 상자 한쪽으로 몰려가 서로에게 머리를 파묻는다. 맨 위에 있는 녀석의 목덜미를 잡아올렸다. 겁에 질린 녀석이 주르륵 물똥을 싼다. 손을 대려 하자 이빨을 드러내며 위협하는 녀석도 있다. 한눈에도 내가 데리고 있는 녀석들보다 좀 더 커 보인다. 적어도 보름은 일찍 태어난 놈들일 것이다.

새끼 늑대는 생후 12~15일이 되어야 눈을 뜬다. 하지만 그때도 사물을 완전하게 볼 수는 없다. 늑대의 감각은 후각→청각→시각 순으로 발달한다. 눈을 뜨고도 시간이 더 지나야 사물을 또렷이 볼 수 있게 되는 것이다. 적어도 생후 한 달이 되기 전에 굴에서 꺼내야 각인이 되며, 돌봐주는 이를 어미처럼 따른다. 늑대는 암컷 세 마리에 수컷 두 마리로 모두 다섯 마리다. 태어난 지 삼 개월은 된 듯하다. 이제는 녀석들을 길들일 수 없다. 결론은 쉽게 났다. 간밤에 굴에서 꺼낸 녀석들이니, 아직 부모가 새끼들을 포기하지 않았을 것이다. 당장 새끼들을 다시 굴속에 넣어두고 녀석들의 부모를 기다리기로 한다.

새끼 늑대들을 자루에 담아 창고를 나서는데, 큰 개 두 마리가 문 앞에 서 있다. 몽골리안 방카르인 티베탄 마스티프다. 여름털로 털갈이를 마친 뒤라 늘씬한 녀석들은 낯선 사람을 보고 짖지도 않고 내 손길도 순순히 허락한다. 형제처럼 보이는 녀석들은 늑대와 맞닥뜨리더라도 덩치로 충분히 이길 수 있을 듯하다.

만두라가 우리의 탐사에 대해 정확하게 이해하지 못한 걸까. 어떻게 계속 같은 실수가 반복되는지 모르겠다. 만두라가 분명 새끼는 가만히 두고 굴의 위치만 알려달라고 부탁했는데도 유목민들에게 전달되는 과정에서 새끼를 잡으라 한 것으로 바뀌어버린 것일까. 서둘러 움직이기로 했다. 깡패와 어벙이 녀석도 일단 두고 꼭 필요한 장비만 챙겨 늑대굴이 있는 곳으로 출발했다.

새끼 늑대를 꺼내온 양치기가 오토바이를 타고 앞장을 선다. 바다얼후의 집에서 동쪽으로 삼십 분쯤 가니 산림초원지대가 나온다. 비교적 완만한 지형이다. 늑대굴은 생각보다 허술한 곳에 있었다. 소나무숲과 소나무숲 사이 넓은 풀밭 가운데 솟아 있는 분화구형 모래언덕, 거기에 늑대굴이 있었다. 굴 입구는 서쪽을 보고 있다. 훼손이 심해 굴 입구의 원래 모습을 상상하기가 어렵다. 모래언덕에 올라 굴 입구를 바라보면 멀리 뒤쪽으로 게르 한 채가 보인다. 새끼들을 꺼낸 양치기가 어제 설치한 게르였다. 거기에서 동남쪽으로 500미터도 안 되는 지점에 또 다른 게르가 서 있다. 일주일 전에 그곳에 온 다른 양치기의 게르였다. 그는 이곳에 늑대굴이 있는 줄은 몰랐다고 한다. 그사이 양과 염소가 늑대에게 물려간 적도 없다는 것이었다.

갑자기 양떼가 제 굴 근처에 자리를 잡자 당황한 어미 늑대가 양치기의 눈에 띈 모양이었다. 낮에 늑대를 본 양치기는 말을 타고 주변을 둘러보다가 놀란 새끼들이 굴속으로 도망치는 것을 보았고, 그길로 동남쪽에 먼저 와 있던 양치기를 찾아갔다. 두 사람은 저녁 6시쯤부터 세 시간 가까이 굴을 파헤쳐 새끼 늑대들을 꺼냈다. 그들은 한국에서 온 사람들이 새끼 늑대를 찾고 있다는 소문을 들었다고 했다. 늑대굴이 있는 곳만 알려달라고 했다는 얘기는 듣지 못했다는 것이었다. 양치기들이 이쪽에 자리를 잡지 않았다면 늑대굴이 들킬 일은 없었을 것이다. 늑대 부부가 보금자리를 마련할 때, 녀석들은 이곳이 안전한 곳이라 판단했을 것이다. 당연히, 녀석들이 유목민들의 이동경로까지 예측할 수는 없는 것이다.

볕이 따가울 정도로 날씨는 화창하다. 왠지 모든 일이 잘될 것만 같다. 밤사이에 혹시 늑대에게 잃어버린 양이나 염소가 없냐고 양치기에게 물었다. 어제 막 왔기 때문에 아직은 아무 일도 없었다고 한다. 새끼를 기르는 늑대는 굴 근처에 있는 가축은 건드리지 않는다는 속설도 있긴 하다. 근처에 가축이 아무리 많더라도 웬만하면 먼 곳에 있는 가축을 훔치는데, 아마 굴 가까이 있는 가축들을 건드렸다가는 양치기에게 금세 새끼들이 있는 보금자리가 발각될 위험이 크기 때문일 것이다.

바다얼후에게 맞는 말인지 묻자, 아버지 같은 어른 세대들은 그렇게 말하긴 하지만 자신은 모르는 이야기라고 한다. 하지만 사람들이 굴을 파서 새끼들을 꺼내갔으니 지금 어미 늑대는 새끼를 찾아 돌아다닐 테고, 새끼를 찾지 못하면 양떼를 공격해올 거라 덧붙인다. 그의 말이 맞다면 오늘 밤에 늑대가 나타날 것이다.

나는 늑대굴 앞에 구덩이를 판 다음 다섯 마리의 새끼 늑대를 넣었다. 녀석들은 서로에게 머리를 파묻고 죽은 듯 엎드려 있다. 늑대굴 맞은편 모래언덕에는 역시 구덩이를 파서 참호를 만든다. 전투를 준비하는 군인처럼 신중해진다. 참호 가장자리에는 땅버들을 꺾어, 세 개 다섯 개 일곱 개…… 홀수로 나누어 꽂는다. 왠지 그래야 자연스러울 것 같다. 날이 저물면 완호는 참호로 들어가서 촬영을 시작하고 박선생과 나는 양치기의 게르에서 머물기로 했다.

양치기의 게르에서 점심을 먹은 후 바다얼후는 집으로 돌아가고, 새끼 늑대를 꺼냈던 양치기들도 사례비를 챙겨 각자 양들을 살피러 간다. 지난 사흘은 날씨를 포함해서 특히나 힘든 시간이었다. 높은 하늘과 강하게 내리쬐는 햇살을 대하니 막상 어쩔 줄을 몰라 늑대굴 앞만 왔다 갔다 한다. 늑대굴은 길이가 1.5미터밖에 안 된다. 절반쯤은 양치기가 이미 파헤쳤기 때문에 정확하게 잰다는 게 의미가 없다. 어제까지 비가 왔기 때문에 굴 주변에는 새끼들의 것을 포함해 늑대들의 발자국이 무수히 찍혀 있다. 직경이 30미터쯤 되는 분화구 지형 밖으로는 새끼들의 발자국이 없다. 새끼들은 오목한 분화구 지형 안에서만 놀면서 모래언덕 능선에 올라 부모를 기다렸을 것이다.

늑대굴 뒤쪽에 있는 게르에는 양치기 부부와 아들이 산다. 열여덟 살이라는 아들은 깡마른 체형에 한쪽 다리를 절면서 걷는데, 어릴 때 크게 다쳐서 다른 일은 할 수가 없다고 한다. 눈이 마주칠 때마다 헤헤, 웃는다.

오후 6시. 양떼와 염소떼가 마치 소풍이라도 다녀오는 아이들처럼 메~에~~ 서로 울음소리를 주고받으며 돌아온다. 양치기들이 일과를 마무리하는 시간이다. 갑자기 박선생이 바빠진다. 양치기의 아내에게서 밀가루를 얻어 박선생은 손수 전을 부친다. 급하게 오느라 음식을 따로 준비하지 못한 탓이다. 미세하게 간만 되어 있을 뿐이라, 입안에서도 전은 계속 밀가루 냄새가 난다. 밀가루전을 완호의 참호에 가져다준 후 게르로 돌아오면서 상황을 다시 정리해본다. 늑대굴에서 게르까지는 약 1킬로미터. 게르에서 동남쪽의 다른 게르까지는 그 절반인 500미터쯤 된다. 늑대들은 어느 쪽으로 갈까? 늑대는 양을 공격하는 데 큰 에너지를 쓰지는 않을 것이다. 일단 새끼들의 흔적을 찾으려 할 것이다. 녀석들은 간밤에 양치기들이 새끼들을 모두 데려갔다는 사실을 이미 알고 있다. 하지만 하룻밤에 지나지 않았으니 아직 새끼들을 포기하지는 않았을 것이다.

밤이 왔다. 양들이 엎드려 쉬고 있는 한가운데, 장대에 등불이 켜진다. 낮 동안 소형 풍력발전기를 돌려 전기를 갈무리해놓고 밤새 백열등을 켜놓는 것이다. 덕분에 양들이 되새김질을 하거나 자세를 바꾸는 모습이 하나하나 또렷하게 보인다.

동남쪽 게르에도 불이 들어온다. 이 상태라면 늑대는 접근을 망설일 것이다. 늑대굴 앞 구덩이에 새끼들이 있지만, 녀석들은 소리를 내지 않는다. 새끼들보다도, 완호가 숨어서 기다리고 있다는 것을 늑대들은 먼저 알아차릴 것이다. 아무리 참호를 잘 꾸몄다 해도, 완호가 아무리 숨을 죽인다 해도, 어제까지만 해도 아무것도 없던 땅 위에 땅버들이 서 있는 것을, 사람의 숨소리를, 늑대가 눈치채지 못할 리가 없다. 다만 새끼를 잃은 늑대가 이성을 잃고 과감하게 접근해주기만을 바랄 뿐이다.

박선생은 일찍 게르 안으로 들어간다. 나는 양떼의 서쪽 끝, 불빛이 희미하게 비쳐드는 수레 옆에 자리를 잡고 앉는다. 카메라에 플래시를 장착하고 손전등도 확인한다. 사위가 고요하다. 가

끔씩 양들과 염소들이 내는 낮은 소리나 몸을 움직이는 소리뿐이
다. 하지만 그것도 잠시, 개 짖는 소리가 들려온다. 양치기가 데려
온 검둥개가 내가 움직일 때마다 큰 소리로 짖어댄다. 어쩔 수 없
이 자리에서 일어나 아예 불빛이 미치지 못하는 어둠 속으로 좀
더 멀리 이동한다.

　양떼가 있는 곳에서 서남쪽으로 100미터쯤 나오니 소나무숲
이 시작되고 있었다. 모래언덕을 병풍처럼 뒤에 두고 나무 그늘
아래에 앉는다. 거리가 꽤 되지만 불빛에 비친 양떼와, 양치기가
왔다 갔다 하는 모습들이 다 잘 보인다. 사냥감을 기다리며 똬리
를 틀고 있는 독사처럼, 나는 최대한 숨을 죽인다.

　밤 12시. 아직 늑대는 나타나지 않고 있다. 가만히 귀를 기울여
보지만, 멀리서 울부짖는 낮은 소리조차 들리지 않는다. 어쩌면
늑대가 뒤쪽 모래언덕 위에서 나를 내려다보고 있는 것은 아닐
까. 바람은 멎었지만 공기는 여전히 차갑다. 추위를 이기려 팔굽
혀펴기를 한다는 게 개를 자극한 모양이다. 녀석이 맹렬히 짖어
대며 나를 향해 달려온다. 얼른 마른 나뭇가지를 주워들고 개가
달려오는 쪽으로 다가간다. 내 앞에 멈춰 선 녀석은 잠깐 주춤하
더니 물러서지 않고 더 크게 짖어댄다. 마치 양치기에게 고자질
이라도 하는 듯.

　이런 상황이라면 늑대가 나타날 리가 없었다. 포기하기로 마음
먹고 게르의 문을 열었다. 박선생은 침낭 속에 들어가 깊이 잠들

어 있다. 박선생 옆에 몸을 뉘었지만 잠이 올 리가 없다. 몇 번 뒤 척이다 다시 밖으로 나와 양떼들 옆으로 가 앉았다. 양 몇 마리가 깜짝 놀라며 옆으로 자리를 옮긴다. 양치기의 아내가 게르 밖으로 나왔다가는 창고 안으로 들어간다. 내가 잠을 못 이루는 것을 알고 일부러 자리를 피해주는 듯하다.

개는 게르와 양들 주변을 계속 돌아다니며 이따금씩 짖어댄다. 꼭 나 때문은 아닐 것이다. 나는 느끼지 못하지만 개만 느낄 수 있는 예민한 감각으로 수상한 낌새를 눈치채면 그때마다 짖는 것이다. 유목민들은 긴 세월, 잘 짖는 개들을 중심으로 번식시켜왔겠지만, 늑대로서는 짖기만 잘하는 개를 두려워할 리가 없다. 개들이 짖어대면 늑대들에겐 오히려 녀석들의 위치와 숫자만 알려주는 셈이다. 개와 늑대가 처음 만났을 때라면 개들이 짖는 소리에 놀라기도 했겠지만, 긴 시간이 지나는 동안 그것이 큰 위협이 되지 않다는 걸 늑대들은 알았을 것이다.

양들은 한곳에 모여 서로서로 몸을 기대고 밤을 지새운다. 가끔씩 일어나 배설을 하거나 몸을 한 번 털고는 다시 엎드리기도 한다. 이따금 메에~~ 소리를 내기도 하는데 마치 서로 안부를 묻는 것도 같다. 양치기의 가족들은 개가 거칠게 짖어대도 곧장 나와 양떼를 살펴보지 않는데, 개들이 습관적으로 짖는다는 것을 알기 때문일 것이다. 늑대가 나타났을 때 개들은 거의 비명을 지를 듯 격렬하게 짖어댄다. 그때 나와보면 되는 것이다. 개들이 내는 소리에 일일이 반응하다가는 제대로 잘 수가 없다. 양들을 게르 바로 앞에다 몰아두고 등불까지 켜놓았으니 오늘 밤은 좀 더 안심할 수 있을 것이다. 게다가 개 한 마리 외에 나까지 이렇게 눈을 부릅뜨고 지키고 있으니.

6월 14일

내게는 아직 봄이지만 유목민들에겐 이미 한여름이다. 요즘 같은 날씨에 유목민들은 음식을 만들 때만 난로에 불을 피운다. 게르 안이라 해도 이불을 덮지 않으면 새벽의 차가운 공기를 당할 수가 없다. 웅크린 채 억지로 잠을 청하다가 결국 일어나고 말았다. 5시, 양치기는 벌써 양들을 몰고 나갈 준비를 하고 있다. 날이 밝아 완호가 있는 곳으로 가다가 너무 이른 것 같아 발길을 돌린다. 게르 뒤쪽 숲에서 좀 더 시간을 보내다가 참호로 가보기로 한다.

한창 움직일 때는 오른쪽 허벅지의 통증이 한결 덜하다. 잠에서 깨어 처음으로 바닥에 발을 디딜 때가 가장 아프다. 근육이 찢어진 것일까. 아직 추운 날씨에, 절뚝거리면서도 최대한 걸음을 빨리 옮긴다. 추위와 허벅지의 통증만 아니면 더없이 좋은 날씨다. 하늘은 맑고 햇살은 반짝인다. 볼에 와 닿는 바람도 부드럽기만 하다.

밖에서 보면 소나무숲은 평평한 땅 위에 서 있는 것 같지만, 숲 안으로 들어가면 겉보기와는 다른 풍경이 나타난다. 바닥은 모래로 되어 있고, 그늘이 짙어 풀도 잘 자라지 않는다. 바람 때문에 꼭대기가 분화구처럼 패어 있는 모래언덕들이 길게 이어진다. 높이가 20미터 가까이 되는, 꽤 높은 언덕도 있다. 그쯤 되면 비탈면이 가파르다. 소나무들은 몇 그루씩 무리를 지어 여러 군데 흩어져서 서 있고, 북쪽과 서쪽의 비탈면에는 내 키만한 버드나무와 관목들이 자라고 있다. 언덕 하나를 오르면 다음 분화구가 나타나고, 그 언덕을 오르면 또 다른 분화구가 나타난다. 우리나라 서해의 신두리 해안사구와도 닮은 모양이다.

모래가 드러나 있는 곳에는 늑대의 발자국이 꽤 많이 눈에 띈다. 지금까지 만난 가장 큰 모래언덕의 분화구 안으로 내려가니, 바닥에 작은 봉분처럼 봉긋 솟아 있다. 작은 모래언덕 북쪽 비탈면에 자라고 있는 관목 사이로 커다란 구멍이 뚫려 있는 게 보인다. 크기가 한눈에 봐도 늑대굴이다. 굴 입구에는 선명한 발자국들이 찍혀 있다. 주변을 보면 이 굴에서 늑대가 살지는 않은 것 같다. 입구는 가로세로 각각 40센티미터 정도로 크지만, 깊이는 1.2미터 정도밖에 안 되는 걸로 보아 파다가 만 듯하다. 선명한 발자국들이 찍혀 있는데, 아마 늑대가 최근에 지다가다가 잠깐 들른 모양이다. 늑대들은 사람들이 제 새끼들을 데려간 것은 알고 있을까?

새끼들이 제 발로 굴 밖으로 나간 거라면 녀석들의 냄새가 남아 있어야 하는데 그렇지는 않다. 굴이 크게 훼손된데다 사람 냄새도 진동을 할 테니, 사람들이 새끼를 데려간 거라 짐작할 수 있을까? 하지만 직접 본 것은 아니니 확신할 순 없을 것이다. 어쩌면 굴과 양치기의 게르 사이 어딘가에 새끼들이 감춰져 있을 거라 생각할지도 모르겠다. 녀석들은 아마 지난밤부터 지금까지 계속해서 새끼들을 찾아다니고 있을 것이다.

소나무숲이 끝나는 지점에 길게 방화띠*가 패어 있다. 완호의 참호가 있는 쪽으로 뒤돌아 걷는다. 관목숲에서 이자벨린때까지 둥지를 보았다. 부화되지 않은 알이 여섯 개 들어 있다. 오랜만에 보는 새둥지가 반갑다.

완호는 지난밤 10시쯤, 멀리 북쪽에서 늑대가 길게 우는 소리를 두 번 들었다고 한다. 꽤 먼 곳이었는지 소리가 작고 가늘었는데, 그러고는 다시 듣지 못했다고 한다. 구덩이의 새끼들이 그 소리에 반응하거나 응답을 하지도 않았다고 한다. 늑대들은 제 보금자리에 사람들이 몰려든 것을 알고도 떠나지 않았다. 새끼들을 찾아야 하니까.

게르에서 간단한 식사를 끝내고 밖으로 나왔다. 간밤에 나를 향해 계속 짖어대던 검둥개는 자고 있다. 개들과 친하고 잘 다루는 편이기도 해, 좀 쓰다듬어주려고 녀석 앞쪽으로 앉으며 머리 위로 손을 가져갔다. 녀석이 눈을 뜨는가 했더니 어느새 누런 송곳니가 보였다. 녀석은 내게 곧장 달려들었다. 얼른 뒤로 한 발짝 물러났지만, 녀석은 물러서지 않고 다시 달려들었다. 양치기의

---

* 산불이 확산되는 걸 막기 위해, 초지에 트랙터로 길게 땅을 갈아엎어놓은 띠. 폭이 20미터 정도 된다.

아내와 아들이 달려나와 녀석을 진정시켰다. 자기가 기르는 개가 아니면 조심해야 한다는 사실을 깜빡 잊고 있었다. 특히 자고 있는 개를 건드리는 건 몹시 위험하다. 그건 개뿐 아니라 늑대도 마찬가지다.

9시, 바다얼후가 찾아왔다. 양떼를 둘러보고 집으로 돌아가는 길에 들른 거라 했다. 그에게 읍내에 있는 토흐터에게 전화를 해줄 것을 부탁했다. 먹거리도 필요했고, 바다얼후의 집에 있는 이불과 새끼 늑대들을 좀 챙겨와달라고 했다. 늑대굴을 중심으로 그 주변을 좀 더 둘러본다. 발자국은 많지만, 미세한 움직임 하나 없는 완벽한 침묵의 세계다.

햇살이 따갑게 내리꽂는 풀밭을 지나는데, 몽골두꺼비 한 마리가 눈에 띈다. 근처에서 고인 물을 본 적이 없는데, 모래밖에 없는 마른 땅에서 녀석이 어떻게 살고 있을까. 이렇게 뜨거운 한낮에 왜 밖에 나와 있는 걸까. 몽골두꺼비는 원래 눅눅한 밤에 움직인다. 아마 녀석은 애타게 폭우를 기다리고 있을 것이다. 잠깐이라도 폭우가 내리면 물웅덩이가 만들어진다. 놈들은 거기서 짝짓기를 하고 곧장 알을 낳을 것이다.

오후 2시, 토흐터가 왔다. 바다얼후가 자세히 알려주긴 했겠지만, 지도나 이정표는 물론이고 적절한 랜드마크 하나 없는 여기까지 찾아온 게 신기할 정도다. 물어보니, 다른 자동차들의 바퀴 자국을 따라오는 게 요령이라고 한다. 중간에 양치기를 만나면 다시 물어보기도 하면서. 라면과 빵, 소시지와 술까지 챙겨왔지만, 새끼 늑대들에게 줄 고기는 역시 구하지 못했다고 한다. 녀석들은 그 사실도 모르고 꼬리를 치며 매달린다.

겨우 이틀 떨어져 있었는데, 녀석들은 그새 많이 자라 있다. 특히 주둥이가 꽤 길어졌다. 녀석들을 양치기가 데려온 새끼 늑대들이 있는 구덩이에 넣어주었다. 두 녀석은 죽은 듯 머리를 맞대고 있는 다른 녀석들 위로 올라가 펄쩍펄쩍 뛰어대더니, 뒤이어 꼬리를 흔들며 친해지자는 듯 다른 녀석들의 주둥이를 핥아댄다. 두 녀석이 계속해서 요란을 떠는데도 다른 녀석들은 꼼짝도 하지 않는다. 구덩이에서 조금 떨어져서 늑대 울음소리를 흉내내자, 깡패와 어벙이 두 녀석이 곧장 응답을 한다. 하지만 다른 다섯 녀석은 역시 조용하기만 하다. 낯선 사람이 옆에 있는 걸 아는 한 그 어떤 행동도 하지 않을 것이다.

늑대굴에서 북동쪽으로 300미터쯤 되는 숲속 모래언덕 안에 텐트를 치고 라면을 끓여 먹었다. 차를 마시며 이런저런 이야기를 나누는데 사람들이 다가온다. 남루한 옷차림의 다섯 사람은 양치기는 아닌 듯했다. 그들을 본 박선생의 얼굴이 굳어진다. 남자들은 텐트 위치가 낮아 비가 내리면 큰일이라는 둥, 말을 걸며 옆에 앉는다. 그들이 떠난 뒤 박선생이 숨을 크게 내쉰다. 무리지어 다니는 낯선 남자들은 좀 두렵다고 한다. 치안이 미치지 않는 외지라, 어떤 일이 벌어질지 모른다는 것이었다. 혹시 도벌꾼일 수도 있겠다 했는데, 그러고 보니 오전에 숲속을 돌아다닐 때 멀리서 기계톱 소리를 듣기도 했었다. 도벌꾼이나 밀렵꾼이나 매한가지다. 일단 불법을 저지르면 다른 불법을 저지르기는 어렵지 않다. 이곳에선 늑대를 만나면 반가운 일이지만 낯선 사람을 만나는 것은 오히려 비상사태가 될 수도 있는 것이다.

박선생을 텐트에 남겨두고 완호와 나는 늑대굴이 있는 곳으로 향한다. 둘이 한곳에 숨어 늑대를 기다리기로 한다. 완호는 원래 있던 참호 안으로 들어가고, 나는 그 옆에 모래를 평평하게 다지고 이불을 깔았다. 어미 늑대가 끝내 오지 않아 촬영을 못 하더라도 오늘 밤엔 새끼들을 풀어주기로 했다. 지금으로선 그게 최선이었다. 우리가 있는 한 어미 늑대는 가까이 오지 않을 것이고, 그렇다면 굴속에서 꺼낸 다섯 마리까지 모두 일곱 마리를 키울 수도 없다.

새끼 늑대 다섯 마리를 굴속으로 옮겨넣고, 입구는 모래자루로 막아놓았다. 날이 저물면서 풍경들이 차츰 지워져간다. 난 엎드려서 또 쪼그려앉아서 늑대굴에만 집중한다. 이제 구별이 가능한 풍경은 불에 타 껍질이 벗겨진 채 죽은 허연 소나무들뿐이다. 늑대 울음소리를 흉내내자, 구덩이 속에 남겨놓은 깡패와 어벙이가 동시에 응답을 한다. 하지만 녀석들의 울음소리에도 다른 늑대의 응답은 없다. 세 번쯤 시도하다가 그만두고 만다.

밤 10시, 북서쪽에서 굵고 짧은 소리가 난다. 늑대였다. 마치 기침을 내뱉는 듯 컹컹, 짖는. 소리는 금세 서쪽으로 움직인다. 늑대가 빠른 걸음으로 움직이고 있었다. 달빛이 없어 쌍안경도 완호의 야시경夜視鏡도 소용이 없다. 우리가 있는 곳에서 100여 미터정도 떨어져 있는 듯하다. 녀석들은 소나무숲 너머에서 늑대굴 주변을 크게 돌고 있다. 하지만 소리는 곧 멈춘다. 대여섯 번, 다시 짖더니 더이상 아무 소리도 들리지 않는다. 녀석들은 낮에도 내내 새끼를 찾아 돌아다녔을 것이다. 하지만 우리가 지키고 있는 굴 근처에는 접근할 엄두를 못 냈던 것이리라. 날이 저물자 용기를 내어 와보았지만 인기척을 느끼고 숨어서 지켜보고만 있는 것이다. 늑대는 결코 우리의 시야 안으로는 들어오지 않을 것이다. 그만 새끼들을 놓아주어야 했다.

나는 굴 입구를 막아두었던 모래자루를 치우고 다시 자리로 돌아왔다. 십 분쯤 지났을까, 새끼 한 마리가 굴 밖으로 고개를 내밀더니 밖으로 나와서는 곧장 바로 옆에 있던 땅버들 속으로 숨어든다. 다섯 마리 모두 같은 방식으로 굴 밖으로 나와 몸을 숨겼다. 새끼들의 모습이 더이상 보이지 않았지만 우리는 계속해서 자리를 지키고 있었다. 새끼들이 어미를 찾거나, 반대로 어미가 새끼를 부르는 소리를 기대했지만 아무 소리도 들리지 않는다. 땅버들 덤불 속으로 사라진 새끼 늑대들은 아마 작은 나무들을 징검다리 삼아 서쪽의 소나무숲으로 도망쳤을 것이다. 결국, 이번에도 늑대의 모습을 카메라에 담지 못한 채 탐색을 끝내야 한다.

6월 15일

피로가 쌓인데다 더이상 기대할 것이 없다는 상실감이 늦잠으로 이어진다. 바다얼후가 빌려준 두꺼운 이불도 한몫을 했다.

양치기의 게르를 찾아갔지만, 역시 특별한 일은 없었다고 한다. 사람들이 갑자기 몰려들었으니 어쩌면 당연한 일이었다. 우리가 양치기 개의 역할을 한 셈이었다. 오히려 늑대들의 접근을 막은 것이다. 양치기에게 간밤에 새끼 늑대들을 풀어주었다고 얘기해주었다. 싫은 내색을 할 줄 알았는데 별다른 표정의 변화가 없다. 어차피 늑대는 늘 양떼 주변을 맴돌기 마련이고, 새끼 늑대를 죽이든 말든 달라지는 건 없다는 뜻일까?

늑대들은 어쩌면 국경을 지나 몽골로 넘어가고 있는지도 모르겠다. 어느 정도는 예상한 일이었기에 특별히 허탈할 것도 없지만, 달리 방법이 없다는 게 문제였다. 바다얼후가 다시 올 때까지 일단 각자 자유시간을 갖기로 한다.

늑대굴 근처에 깡패와 어벙이를 풀어놓고 술래잡기를 한다. 한참 나를 쫓던 녀석들이 굴을 발견하고는 얼른 굴속으로 들어간다. 본능이다. 두 녀석은 굴 바닥과 벽에 코를 대고 한참을 킁킁거린다. 다른 늑대의 체취에서 뭔가를 찾으려는 것이다. 굴 안쪽으로 계속 그렇게 킁킁거리며 들어가다가는 막다른 곳에 다다르자 그 자리에 그대로 엎드려버린다. 녀석들을 부르자 곧장 밖으로 나와 매달리다가는 다시 굴속으로 들어가 엎드려서 졸기 시작한다. 햇볕에 달구어진 모래가 뜨거운데다, 소시지로 든든히 배를 채운 탓이었다. 잘됐다 싶었다. 녀석들을 두고 살며시 뒷걸음질로 그 자리를 떠난다.

늑대굴은 모래언덕으로 둘러싸여 분화구처럼 움푹 들어간 곳에 있다. 모래언덕은 소나무숲과 소나무숲 사이의 초지에 솟아 있고, 굴 입구는 서쪽을 보고 있었다. 우리가 숨어 있던 참호는 굴에서 곧장 일직선상에 있었다. 참호는 모래언덕에서 가장 높은 곳에 있어, 그 안에서 보면 주변이 한눈에 들어온다. 늑대들은 낮 동안 이쯤에서 엎드려 쉬며 새끼들을 지켜보고, 날이 어두워져 어미가 먹이를 찾아 떠나면 새끼들이 그 자리에서 어미를 기다렸을 것이다. 모래언덕 위, 눕거나 앉았던 흔적이 그렇게 말해주고 있었다. 여기서 새끼를 낳고 지금까지 머물렀다면 털뭉치나 먹다 남은 뼈, 소화를 못 시킨 토사물 등등이 있어야 하지만, 굴 주변과 모래언덕 모두 깨끗하다. 발자국을 빼면 똥만 조금 있을 뿐이다. 새끼들이 삼 개월쯤 되었으니, 여기서 태어나 지금까지 살았다면 오래되어 하얗고 푸석푸석한 똥부터 기름기가 많고 새까만 최근의 것까지 있어야 하는데, 그렇지도 않다. 새끼들을 처음 낳은 굴에서 이곳으로 옮겨온 지 얼마 되지 않은 듯하다.

간밤, 새끼 늑대들이 살얼음 위를 걷듯 조심스레 움직인 방향을 따라 걸어본다. 희미한 발자국이 풀밭 속으로 들어가버리자 주저 없이 돌아선다. 녀석들을 찾으면 뭘 하나. 어차피 시간 낭비다. 새끼들은 오늘 새벽 무사히 부모와 만났을 것이다. 생후 삼 개월이면 어미를 따라 어디든지 갈 수 있다. 무엇보다 어미가 새끼들을 찾고 있었다. 새끼 늑대들은 이번 일로 큰 교훈을 얻었을 것이다. 사냥보다 사람의 눈에 띄지 않는 법을 먼저 배워야 한다는 것을.

북쪽 숲에서 서쪽 숲 가장자리를 따라 천천히 걷는다. 좀 이상한 느낌을 주는 곳이다. 풍경은 근사한데 움직이는 생물이 아무것도 보이지 않는다. 그전에는 생토끼나 땅청서가 자주 눈에 띄었고, 가끔씩 초원토끼도 보였는데, 이 근처에서는 본 적이 없다. 그래서인지 하늘을 날아다니는 맹금류도 본 적이 없다. 그 흔한 까마귀나 까치 한 마리 만나지 못했다. 그러고 보니 여우나 오소리의 흔적도 보이지 않았다. 먹잇감이 되어줄 작은 설치류가 없으니 어쩌면 당연한 일이었다. 소나무숲 어디서나 볼 수 있었던 노루 발자국 하나 없었는데, 늑대가 이쪽으로 오면서 다 잡아먹은 것일 수도 있겠다. 늑대는 새끼들의 안전을 위해, 멀기도 하고 풀도 많지 않아 양치기가 잘 오지 않는 이곳에 보금자리를 마련하고 먹이는 양이나 염소도 많고 설치류도 많은 초원으로 나가서 구했을 것이다.

질 좋은 초원은 수백 년 전부터 유목민들이 자리를 잡아왔겠지만, 이쪽은 외진데다 초지가 좁아 유목민 간의 경쟁도 덜할 것이다. 자기 소유의 초지가 없는 양치기들에게는 몽골과의 국경 산림지대인 이쪽이 그나마 편할 것이다. 바다얼후처럼 부유한 유목민이 양들을 이쪽으로 데려오는 것은 제 소유의 초지를 좀 쉬게 하려는 이유다. 가축이 많다보면 초지가 아무리 넓어도 부족하기 마련이고, 한곳에서 계속 방목을 하다보면 그 땅은 금세 황폐해지고 말 것이다. 그래서 제 소유의 초지는 반년 혹은 한 해 정도를 쉬게 해주는 것이다.

늑대굴에서 동쪽으로 2킬로미터쯤 가면 우물이 있다. 마치 운석이라도 떨어진 것처럼, 모래언덕 안쪽 가장 낮은 곳에 만들어진 우물은 양치기가 파놓은 것으로, 가로세로 각각 60센티미터에 통나무로 벽을 세워놓았다. 탁한 물 위에 검은 부유물들이 잔뜩 떠 있었다. 말라 죽기 직전이 아닌 이상 내가 마실 일은 없을 것이다. 어두워지면 늑대가 와서 이 물을 마실까. 어쩌면 늑대가 이쪽에 굴을 만든 것도 가까이에 우물이 있어서일지도 모른다. 하지만 우물 근처에 늑대 발자국은 보이지 않는다. 양들이 하도 짓밟아 바닥이 단단해진데다, 희미하게 남아 있는 발자국도 양과 염소의 것뿐이다. 문득 깡패와 어벙이가 생각나 다시 늑대굴 쪽으로 걸음을 옮긴다.

그 순간 푸르르, 말이 입술을 떠는 소리가 나 뒤돌아보니 말을 탄 젊은 양치기가 모래언덕을 올라오고 있다. 괜히 머리칼이 주

237

뻣 서는 느낌이다. "니하오." 억지로 웃어 보이며 먼저 인사를 하자 양치기는 씨익 웃으며 답례를 하고는 다시 사라진다. 모래언덕이 보일 때쯤 고슴도치의 사체가 눈에 띈다. 머리 없는 몸통에, 밤송이 같은 껍데기만 남아 있다. 이자벨린때까치를 제외하면 오늘 본 유일한 동물이다.

실눈을 뜨고 지는 해를 바라보고 있을 때, 바다얼후가 도착했다. 그는 양떼와 함께 움직여야 늑대를 볼 수 있다며 제 양떼가 있는 곳으로 가자고 한다. 이제 이곳에선 더 기대할 게 없다는 것을 알고 있지만 왠지 떠나고 싶지가 않다. 긴장이 풀려서인지 몹시 피곤하다. 오늘은 일단 여기서 자고 내일 일찍 출발하자 하고 싶지만, 바다얼후가 언제까지 우리 일을 도와줄 수 있을지도 알 수가 없다. 그가 가자면 가야 한다. 이곳에서 우리 뜻대로 할 수 있는 일은 숨을 쉬는 것뿐이다.

바다얼후의 차는 왔던 길을 되짚어 가다가 북동쪽으로 빠진다. 소나무가 자라는 모래언덕만 계속 이어질 뿐, 더이상 초원은 보이지 않는다. 며칠 전 길을 잃고 헤맬 때 보았던 풍경과도 비슷하다. 갑자기 바다얼후가 차를 세우고는, 재작년에 새끼 늑대를 꺼냈던 굴이라며 손가락으로 가리킨다. 지금까지 봤던 것들과는 달리 모래언덕과 모래언덕 사이 좁은 초지에 만든 굴이다. 굴은 깊고 꽤 넓어 보인다. 사람들이 파헤쳐서도 그렇지만, 늑대들이 대를 이어 이곳에서 새끼를 낳았기 때문이라고 한다.

오후 8시, 양떼가 있는 곳에 도착했다. 이십대와 사십대의 양치기 두 사람이 양떼를 한곳으로 모으고 있었다. 처음 보는 얼굴들이다. 바다얼후를 보자 네 마리의 개가 달려들며 뛰어오른다. 잠시라도 한눈을 팔았다간 녀석들이 새끼 늑대들에게 달려들 것 같다. 박선생과 완호가 짐을 내리는 동안 나는 100미터쯤 떨어져서 구덩이를 판다. 허리춤 정도 깊이로 구덩이를 파내려갈 때 완호가 다가온다. 여기서 더 가야 한다는 것이다. 짜증과 화가 폭발해 냅다 삽을 내던졌다. 바다얼후도 부군수 만두라의 부탁으로 어쩔 수 없이 하는 일이라며 완호가 달랜다. 물론 나도 안다. 그래도 화가 나는 건 어쩔 수가 없다. 삽을 끌며 어기적어기적 걸음을 옮긴다. 가까운 곳에 바다얼후의 이웃이 기르는 양떼가 쉬고 있는데, 그쪽으로 양떼를 몰고 가면 늑대를 볼 확률이 더 높다고 한다. 양떼가 두 그룹이면 아무래도 늑대가 더 주목할 것이다. 다시 짐을 꾸려 트랙터와 연결된 수레에 싣는다. 바다얼후는 양치기 둘에게 뭔가 지시를 하고는 집으로 돌아간다. 개 네 마리가 바다얼후의 차 꽁무니를 쫓아간다. 개들이 없어진 건 다행한 일이다. 개들이 있으면 늑대가 양떼에게 쉽게 접근하지 못할 것이다.

털털거리는 수레에 앉아 새끼 늑대들을 안고 널뛰기하기를 이십 분쯤, 트랙터 엔진이 멈춘다. 바다얼후 이웃의 양떼가 있다는 곳에 도착한 것이다. 그사이 날은 어두워졌고, 그만큼 몸도 지쳐 있었다. 네 명의 양치기들이 식사 준비를 한다. 한쪽에서 쪼그려

앉아 구경을 하다가 그들이 만든 밀가루전으로 저녁을 해결한다.

주인이 다른 두 무리의 양떼는 서로 멀찍이 떨어져 쉬고 있다. 촬영 준비를 끝낸 후, 수레의 바퀴에 기대어 앉아 가끔씩 양떼 주변을 손전등으로 비추어본다. 양치기들도 풀밭에 이부자리를 깔고 누워 잡담을 나누다가는 가끔씩 양떼 주변을 돌며 손전등을 비춘다. 늑대에게 사람이 있음을 알리는 것이다. 가끔 무리에서 이탈하는 양이나 염소가 있으면 한곳으로 몰아넣기도 한다. 그렇게 양과 염소는 서로에게 몸을 기댄다. 그래야 양치기들이 감시하고 통제하기가 쉽고, 늑대 쪽에서는 목표 사냥감을 정하기가 어렵게 된다. 밤에 양들이 흩어져 있으면 한두 마리쯤 늑대가 물어가도 금방 알아챌 수가 없다. 혹시 양들이 흩어져 있을 때 여러 마리가 함께 공격하면 속수무책이다. 날이 밝으면 그제야 수십 마리의 양들이 피를 흘린 채 널브러져 있는 것을 보게 될 수도 있는 것이다. 소득 없이 기계적으로 손전등을 들어 확인하는 일은 금방 싫증이 났다. 나는 그대로 드러누워 머리끝까지 이불을 덮어써버린다.

6월 16일

아침 6시가 조금 넘었을 뿐인데 해는 벌써 높이 떠 동남쪽으로 향하고 있다. 나를 빼고는 모두들 분주하게 움직이고 있다. 양과 염소는 풀을 뜯으며 이동 중이다. 몇 마리는 여태껏 누워 있는 나를 쳐다보며 옆에 서 있다. 제가 뜯을 풀을 깔고 누워 있다고 뭐라고 하는 걸까. 벌써부터 얼굴 위로 내리꽂히는 햇살과 시끄럽게 울어대는 양들 때문에 억지로 몸을 일으켜보지만, 자리에서 일어나서도 눈을 감은 해 한참을 그렇게 가만히 앉아 있는다.

아침은 대충 먹는 시늉만 하고 서둘러 움직인다. 양치기들이 각각 제 양떼를 이끈다. 한 명은 말을 타고 양떼를 초지로 몰아가고, 다른 한 명은 짐수레가 연결된 트랙터를 몰고 약속된 장소로 먼저 출발한다. 트랙터 뒤의 짐수레에는 물과 식량, 취사도구와 이부자리 등이 실려 있다. 말을 타거나 트랙터를 모는 것은 가끔씩 교대로 역할을 바꾼다. 두 팀의 양치기는 양떼가 서로 섞이지 않도록 멀찍이 떨어져서 움직이지만 이동 방향과 밤을 보내는 곳은 같다. 양쪽의 양과 염소가 각각 천 마리가 넘지만 개는 데리고 다니지 않는다. 양치기가 기르는 개라면 몰라도, 주인의 개는 잠시 일을 돕는 양치기를 따르지 않기 때문이다.

나는 바다얼후의 양치기가 모는 트랙터의 짐수레 위에 올라탄

다. 완호와 박선생은 다른 짐수레에 올라 양떼가 움직이는 장면을 카메라에 담는다. 뒤가 뚫린 짐수레 한켠에 앉아 멍하니 점점 멀어지는 풍경을 바라본다. 배가 고픈지 덜컹거리는 수레 위에서도 이 구석 저 구석을 뒤지고 다니던 새끼 늑대들이 기어이 검은 봉지 하나를 물어뜯기 시작한다. 얼른 녀석들의 목덜미를 낚아채지만, 녀석들은 입에 물린 비닐봉지를 놓지 않는다. 오히려 대장인 내게 으르렁거리며 반항하던 녀석들은 결국 콧잔등을 한 대씩 맞고 나서야 포기를 한다. 두 겹으로 싼 비닐봉지를 열어보니, 말린 고기가 들어 있다. 녀석들이 끝내 봉지를 놓지 않은 이유가 있었던 것이다. 어른 가운뎃손가락 길이로 썰어 말렸는데, 소고기 같아 보인다. 잠깐 고민을 하다가 에라 모르겠다, 녀석들에게 하나씩 나누어준다. 놈들은 제대로 씹지도 않고 곧장 삼켜버리고는 다시 내게로 달려든다. 녀석들과 눈이 마주치자 결국 또 내가 지고 만다. 한 점씩 더 던져주고 봉지 안을 들여다보니 고기는 한줌 정도밖에 안 된다. 녀석들은 그새 다시 애처로운 눈빛을 보낸다. 그래, 이게 마지막이다. 더이상은 안 돼. 나는 선심을 쓰듯 고기를 물려준다. 양치기가 눈치를 채면…… 뭐 그때 가서 어떻게 되겠지.

　멀리 눈에 익은 풍경이 길게 펼쳐진다. 공사 중인 도로다. 도로를 따라 동남쪽으로 계속 가다가 수로를 만들기 위해 길이 끊긴 지점을 통과한 후 다시 남서쪽, 몽골과의 국경 쪽으로 나아간다.

사실 풍경은 어디나 비슷하다. 좁은 초지와 초지를 둘러싼 동북형 소나무숲, 그리고 봉긋 솟아오른 모래언덕들. 이 지역의 초지는 애초에 소나무숲이었거나, 듬성듬성 소나무가 서 있는 좁은 풀밭이었을 것이다. 산불과 도벌이 반복되면서 초지가 넓어진 것이다. 유목민들에게는 당연히 산림보다 초지가 나을 텐데, 사흘 전 이곳에 도착한 이후 소나 말은 한 번도 보지 못했다. 마을도 벽돌집도 없었다. 아마 국경지대인데다 근처 마을과도 너무 멀어서일 것이다. 양과 염소는 양치기가 모는 대로 움직이지만, 소와 말은 방목의 형태로 키운다. 국경 너머 몽골로 넘어가버리면 데려올 방법이 없다. 특히 말은 워낙 멀리 움직이는 편이라 어디로 갈지 알 수가 없다.

오전 10시, 트랙터는 소나무숲 그늘에 잠시 멈추어 선다. 양떼가 풀을 뜯고 돌아올 때까지 기다릴 거라 한다. 좀 편하게 움직이려면 또 새끼 늑대들을 위한 구덩이를 파야 한다. 개 목걸이라도 있으면 좋으련만. 투덜거리며 삽질을 한다. 배낭에 물을 한 병 더 챙겨넣은 후 일단 가장 가까이에 있는 숲속으로 들어간다. 그새 하늘에 구름이 덮여 한결 시원해졌다. 어제까지만 해도 통증이 심했던 다리가 한결 편해져서, 오른쪽 다리를 들 때 살짝 신경이 쓰이는 정도다. 숲속 바닥이 평평해 걸음에 속도가 붙는다.

첫번째 소나무숲을 지나자 모래언덕이 이어지는 넓은 공터가 나타난다. 나를 본 여우 한 마리가 모래언덕 너머로 얼른 도망을 친다. 여우한테 속아 넘어가서는 안 된다 생각하면서도 나는 어느새 여우가 사라진 방향을 쫓아가고 있다. 언덕 비탈, 관목 덤불의 아래쪽을 살피며 걷는다. 6월 중순, 이맘때면 새끼 여우들은 두 달쯤이 된다. 호기심만 왕성할 뿐 바깥세상에 대해서는 아무것도 모를 때라, 굴 밖으로 나와 놀다가 사람들 눈에 잘 띈다. 모래언덕에 여우굴은 보이지 않는다. 낮은 언덕을 오르자 관목 덤불에서 풀쩍, 용수철이 튕기듯 노루가 튀어나와 도망을 간다. 노루는 불에 타 쓰러진 나무들 사이에 잠시 멈추어 돌아본다. 저를 놀래킨 것이 무엇인지 확인하려는 것이다. 나와 잠깐 눈싸움을 하던 노루는 이내 몸을 돌려 숲속으로 사라진다. 사라진 놈은 암컷이다. 혹시 새끼가 주변에 숨어 있지나 않은지 주변을 샅샅이 뒤지다가 노루가 달아난 쪽으로 걷는다.

나지막한 언덕들이 물결처럼 이어지고, 그 위로 소나무들이 빽빽하게 서 있다. 트랙터가 지나다닌 듯한 길을 빼면 사람의 흔적은 없다. 숲속 공터의 풀밭을 지나가는데 발아래에서 푸드덕, 멧닭이 날아오른다. 물벼락이라도 맞은 듯 깜짝 놀라, 그 바람에 나른해지던 정신이 돌아온다. 몇 발짝 더 나아가는데 또 서너 마리가 날아오른다. 모두 새까만 수컷이다. 보통 꿩과 크기가 비슷한 멧닭은 이 지역에서 볼 수 있는 가장 큰 새다. 땅에서 먹이를 구하기 때문에, 검은담비가 자주 노리는 사냥감이기도 하다. 멧닭의 똥은 섬유질로 가득 차 있다. 나무와 풀의 새싹을 뜯어먹은 탓이

다. 카메라를 가슴 앞으로 해서 잡고 지뢰밭을 통과하듯 조심스
레 발을 옮긴다. 몇 걸음 못 가 또 바로 앞에서 암놈 세 마리가 거
친 날갯짓과 함께 날아오른다. 역시 놓치고 말았다. 보호색 때문
에 놈들을 알아보지 못한 것이다.

모래언덕 남쪽 비탈에는 노루 발자국이 열십자로 나 있다. 늑
대굴에서 그리 멀리 떨어지지 않았는데도 다른 동물들이 나타나
기 시작한 것이다. 오른쪽 가장 높은 모래언덕 위에 올라 털썩 주
저앉는다. 그새 다시 구름이 걷혀 따가운 햇살이 목덜미에 와 닿
는다. 해를 등지고 앉아 쌍안경으로 한 그루 한 그루 나무를 세듯
자세히 들여다보지만, 별다른 것은 눈에 띄지 않는다. 소나무 그
늘 밑으로 들어가 빵과 물로 대충 끼니를 때우고 그 자리에 드러
눕는다. 피곤한 몸이 천천히 녹아내려 모래알갱이 틈으로 스며드
는 듯한 기분이다.

얼마나 잤을까? 얼굴이 따갑다. 해가 방향을 바꾸면서 얼굴 위
로 곧장 햇살을 내리꽂는 바람에 잠에서 깬다. 누가 나를 지켜보
는 듯한 기분에 벌떡 일어나 뒤를 돌아본다. 모래언덕의 능선을
따라 천천히 한 바퀴 둘러보지만 특별히 눈에 띄는 것은 없다. 카
메라와 렌즈에 쌓인 모래먼지를 닦아내며 정신을 좀 차린다. 그
만 양치기와 트랙터가 있는 곳으로 돌아가야 한다.

서쪽에 피라미드처럼 우뚝 솟은 모래언덕 위로 올라간다. 언덕
꼭대기는 평평하고 소나무가 빽빽하게 자라고 있어 어둡다. 남쪽

비탈을 내려오다가 커다란 동북형 소나무 아래서 잠시 걸음을 멈춘다. 수령이 이백 년은 더 될 듯하다. 산불과 도벌꾼의 톱날을 피해 용케도 지금까지 살아남은 것이다. 커다란 나무등치에서 뻗어나간 가지들이 넓게 펼쳐져 커다란 우산을 펼친 듯 근사하지만, 목재용으로는 적당하지 않은 수형이다. 덕분에 도벌꾼들의 톱날을 피할 수 있었을 것이다.

다시 걸음을 옮겨 아래로 내려오는데, 늑대 발자국이 눈에 띈다. 비탈면이 끝나는 지점에는 노루 발자국이 선명하다. 어지럽게 널려 있는 노루 발자국은 북쪽 잔솔밭 쪽으로 이어지고 있다. 노루 발자국을 쫓아 들어가보지만, 빽빽하게 들어찬 나뭇잎 때문에 앞으로 나아가기가 어려워 곧장 돌아나온다. 다시 늑대 발자국이 있던 자리로 올라간다. 한 마리다. 나흘 전 이 지역에 마지막 비가 내렸으니, 그 비가 그친 후 지나간 것이다. 거대한 저 소나무는 발자국을 남기며 걸어가는 늑대를 보았겠지. 소나무는 지금까지 수천 번 수만 번, 발자국을 남긴 늑대의 까마득한 할아버지 늑대부터 모두 봐왔을 것이다.

망설일 것이 없었다. 늑대 발자국을 뒤쫓는다. 낮은 모래언덕의 잔솔밭에서 노루 앞다리 하나를 주웠다. 주변을 살폈지만 노루의 나머지 잔해는 보이지 않는다. 방금 본 노루 발자국과는 상관이 없을 것이다. 노루를 사냥한 것은 늑대지만, 다리를 여기까지 가져다놓은 것은 여우일 것이다. 늑대가 먹고 남은 노루의 앞다리를 물고 와 살점을 뜯어먹고 버린 것이다. 깡패와 어벙이가 생각나 뼈밖에 남지 않았지만 노루 다리를 배낭에 챙겨넣는다.

소나무숲을 지나고 풀밭을 지나고 다시 또 소나무숲을 지났다. 이쯤이면 나타나야 할 양치기의 트랙터가 보이지 않는다. 숲의 가장자리를 따라 북쪽으로 걸었다. 분명히 이 길이 맞는데…… 출발 지점부터 갔던 길을 되짚어본다. 멀리 공사 중인 도로가 보인다. 북쪽으로 너무 멀리까지 나왔나보다. 다시 뒤돌아 걷다가, 넓은 초지를 가로지르며 주변을 둘러봤지만 역시 아무것도 보이지 않는다. 숲속을 지나 남쪽으로 내려가기로 한다. 모래언덕에 늑대 발자국이 눈에 띄었지만 그냥 지나친다. 쉬고 있던 노루가 비탈을 너머 풀쩍풀쩍 뛰어간다. 얼른 뒤따라가보지만, 소나무에 가려 더이상 보이지 않는다. 가쁜 숨을 몰아쉬며 걸어가는데, 어느새 앞에서 또 노루가 뛰어가고 있다. 방금 그 녀석이 분명했다. 넓은 풀밭으로 나가는 게 두려운지, 노루는 숲 가장자리를 따라 빙 돌아 달아난다. 숲 안쪽이 꽤 큰데다, 크고 작은 모래언덕들도 곳곳에 솟아 있다. 바위는커녕 돌멩이 하나 눈에 띄지 않는다. 어딜 가나 똑같은 풍경들…… 랜드마크로 삼을 만한 것이 아무것도 없어 헤매기에 딱 좋다.

이번엔 여우다. 여우는 앙큼한 표정을 짓더니 얼른 뒤돌아 모래언덕 아래로 뛰어 내려간다. 얼른 여우를 뒤따라 뛴다. 잠깐만 멈추어서 돌아봐주렴. 여우는 모래언덕 꼭대기의 분화구 밑바닥

에 앉아 나를 쳐다보고 있다. 혹시 오전에 마주쳤던 녀석일까. 그
렇다면 일행이 있는 곳과 멀지 않다는 뜻이기도 할 것이다. 여우
는 꼼짝도 하지 않고 나를 쳐다보고 있다. 나는 사진을 찍으며 조
금씩 거리를 좁혀간다. 부러 고개를 돌려 가자미눈을 한 채 휘파
람 소리를 내본다. 녀석에게 곧장 다가가지 않고, 오른쪽으로 넓
게 돌아 살금살금 걸음을 옮긴다. 열 걸음 정도 다가가 카메라를
드는데 녀석이 잽싸게 도망을 친다. 혼자인데도 괜히 멋쩍어 헛
웃음이 나온다. 녀석에게 나는 얼마나 한심해 보였을까.

숲을 벗어나 풀밭 한가운데로 걷는다. 내 쪽에서도 일행 쪽에
서도 서로를 알아보기 쉬울 것이다. 얼마 안 가 양떼를 몰고 있는
양치기가 보인다. 얼른 쌍안경을 들었으나, 내가 아는 양치기가
아니다. 하지만 우리 일행이 있는 곳을 알고 있을지도 모른다. 가
까이 다가가자 양치기가 말에서 내린다. 짙은 구릿빛 피부에 흙
먼지에 가려져 있지만 십대 후반이나 되었을까, 어린 얼굴이다.
손짓 발짓을 해가며 서툰 중국어로 내 상황을 설명해보지만 양
치기는 수줍은 듯 웃기만 한다. 내 말을 못 알아듣는 것이다. 다시
한번 같은 설명을 하고는 그 자리에 털썩 주저앉아버린다.

멀리 북쪽에서 오토바이 한 대가 달려오더니, 길게 머리를 기
른 청년 하나가 오토바이에서 내린다. 청바지에 청재킷을 걸친
청년은 얼핏 보기에도 부잣집 도련님 같다. 새것처럼 보이는 오
토바이도 250cc 급이다. 양치기가 청년에게 뭐라고 보고를 하는

듯하다. 내 이야기였는지 청년이 다가와 말을 건다. 한데 그의 입 밖으로 나온 말은 중국어도 몽골어도 아닌 일본어다. 나를 일본 인이라 생각한 모양이었다. 나는 일본인이 아니라 한국인이다, 길을 잃었다, 바다얼후의 양떼를 찾고 있다, 중국어로 더듬더듬 말하자, 청년이 알겠다는 듯 웃어 보이며 오토바이 뒤에 타라고 한다. 요리조리 숲속 나무들을 피해 이십 분쯤 달렸을까, 멀리 이 동 중인 트랙터 두 대가 보인다. 청년은 곧장 트랙터 앞을 가로막 고 선다. 일행이었다.

지금 생각해도 아주 근사한 순간이었다. 트랙터 엔진이 꺼지 고 다들 청년을 둘러싸고 모였다. 네이멍구는 몹시 넓은 지역이 지만, 인구밀도가 낮아 지역 주민이면 서로 다 안다고 한다. 청년 이 내게 일본인이냐고 물었던 것은, 이 지역을 방문하는 외국인 은 거의가 일본인인데다, 마침 일본어를 배워 할 줄 알기 때문이 라고 했다. 예상대로 청년은 부잣집 아들로, 아버지 소유의 양떼 를 감독하러 나온 것이라고 했다. 청년이 오토바이에 시동을 걸 고 숲 저쪽으로 사라져 보이지 않을 때까지 나는 그의 뒷모습을 지켜보았다. 내가 일행을 찾지 못했던 건, 양떼가 다른 유목민 소 유의 목초지에 들어가는 바람에 트랙터가 이동했기 때문이었다.

다시 길을 떠난다. 어디로 가는지는 알 수가 없다. 안다고 해도 달라질 것은 없다. 어차피 모르는 곳이다. 양떼 무리는 먼저 출발 한 뒤다. 지원팀인 트랙터는 한참 동안 나를 기다리다가 어쩔 수 없이 이동하는 중이었다고 한다.

수레에 오르자마자 곧장 드러누워버린다. 어벙이와 깡패가 가슴 위에 올라타고는 꼬리를 치며 얼굴을 핥아댄다. 소용없는 짓이다. 어미들처럼 뱃속에서 게워내줄 고기가 내겐 없으니까. 어쩔 수 없이 일어나 앉지만, 녀석들은 멈추지 않고 달려들어 핥아댄다. 손을 내저으며 뿌리쳐보지만 녀석들의 움직임은 더욱 격렬해진다. 깡패 녀석이 달려들어 내 아랫입술을 문다. 찔끔, 눈물이 돈다. 꽤 아프다. 손등으로 입술을 훔치자 피가 묻어난다. 나도 모르게 손이 올라가 녀석의 콧잔등을 때린다. 켁, 녀석은 얼른 사타구니에 꼬리를 말아넣으며 도망을 간다. 어벙이 녀석은 납작 엎드린 채 곁눈질로 힐끔거리기만 한다. 그 모습을 보자 안쓰러운 마음이 든다.

녀석들은 내 눈치를 보며 짐들을 쌓아놓은 쪽으로 가서는 코를 쑤셔박고 또 여기저기 뒤진다. 녀석들은 수레를 덮을 때 쓰는 천막 한쪽 옆으로 말아놓은 깔개용 염소 가죽을 끌어내서는 잘근잘근 끄트머리를 씹어댄다. 아직 젖니라 제대로 물어뜯지는 못하기에 못 본 척 내버려두다가, 더 두었다가는 금세 눈에 띄겠다 싶을 즈음 염소 가죽을 빼앗아 짐들 사이에 끼워넣는다. 깜빡 잊고 있었던 노루 앞다리를 꺼내주니 녀석들은 얼른 달려들어 뼈에 붙어 있는 살점들을 뜯는다. 잠시지만 급한 허기는 달랠 수 있을 것이다.

삼십 분쯤 갔을까, 트랙터는 공사 중인 도로 근처에서 멈추어 선다. 앞서간 양떼 무리가 거기 있었다. 깡패와 어벙이에게 남은 소시지를 밥과 섞어 물에 말아주었다. 역시 허겁지겁 먹어치운다. 늑대들에게 밥을 먹여 키울 수는 없다. 바다얼후가 오면 또 부탁을 해야 한다.

오늘 밤은 공사 중인 도로 옆에서 보내야 한다. 늑대가 숨어 있을지도 모르는 소나무숲에서 멀리 떨어진 곳을 찾다보니 그렇게 된 것이다. 두 대의 트랙터와 수레를 중앙에 두고 두 무리의 양떼가 우리를 둘러싸고 있다.

밤 10시쯤, 동쪽 하늘에서 갑자기 천둥과 벼락이 친다. 짐들은 수레에 올리고, 그 아래로 이부자리를 옮긴다. 다행히 우리가 있는 곳까지 비가 오진 않는다. 손전등을 켠 양치기들이 교대로 양떼 주변을 감시하고 있다. 새벽 1시쯤, 양치기가 와서 늑대 한 마리가 멀리 소나무숲 앞에서 어슬렁거리는 것을 보았다고 전한다. 반신반의하면서도 얼른 소나무숲으로 가서 손전등을 비춰보지만 아무것도 보이지 않는다. 잠깐 잡담을 하다가 언제인지도 모르게 스르르 다시 잠이 든다.

6월 17일

등이 서늘해 일어나 앉았다가 다시 누울까, 한참을 망설인다. 겨우 눈을 뜨고 보니 공사장 인부들이 벌써 나와 있다. 일렬로 길게 늘어서서 단체로 오줌을 누는 모습이 재미있다. 중장비들이 큰 소리를 내며 움직이기 시작하고, 이런저런 작업을 지시하는 소리가 들리자 출근 시간 서울의 지하철역이 떠오른다. 더 지체할 핑계가 없다. 나뿐 아니라 모두들 늦잠을 잔 모양인지, 양들이 어서 풀밭으로 데려가달라며 시끄럽게 보채고 있다.

나를 본 깡패와 어벙이가 구덩이 속에서 뛰어오르며 밖으로 나오려 한다. "랑쯔, 랑쯔狼子 狼子, 새끼 늑대, 새끼 늑대!" 언제 왔는지 인부 두 사람이 등 뒤에서 소리친다. 인부들은 구덩이 앞에 다가와 앉아 새끼 늑대들과 나를 번갈아 쳐다본다. 한 사람은 생라면을 부숴 먹고 있었는데, 그 때문에 흥분한 늑대들이 더욱 요란하게 뛰어오른다. 다른 한 인부가 콩돌을 주워 늑대들에게 던진다. 나는 억지로 웃어 보이며 그러지 말라고 손을 내젓는다. 네이멍구에서 늑대는 누구에게나 귀찮은 동물, 없어졌으면 하는 동물이 되어버렸다.

해를 등지고 양치기가 하얀 양 한 마리를 메고 온다. 깜짝 놀란 우리 앞에 그는 양을 내던지듯 내려놓는다. 가까이에서 보니 양이 아니라 염소다. 목에서 흐른 피가 흰 털을 적셔 더욱 붉게 보인다. 오늘 새벽 늑대가 물어 죽인 염소라 했다. 새벽 1시쯤 양떼 주위를 어슬렁거리는 늑대를 보고 네 명의 양치기는 평소보다 더 자주 순찰을 돌았다. 우린 잠깐 나갔다가 금세 다시 잠들었지만, 양치기들은 밤새 양떼를 지키다가 동이 터올 무렵 잠깐 눈을 붙인 게 다였다.

동쪽에서 북쪽까지 소나무숲은 길게 이어져 있다. 양떼가 있는 곳에서 소나무숲까지는 100미터가 채 안 되는데다가 지난밤은 먹구름이 잔뜩 끼어 유난히 어두웠으니, 늑대는 숲속에서 내내 기회를 엿보고 있었을 것이다. 양치기는 늑대를 막지 못했다. 그렇지만 늑대가 염소를 훔치는 데 성공한 것도 아니다. 늑대는 동쪽 가장자리에 있던 염소를 노렸다. 숲에서 가장 가깝고 양치기의 이부자리에서 가장 먼 곳이었다. 염소의 목을 낚아챈 늑대는 곧장 숲 쪽으로 끌고 갔지만, 염소는 바로 죽지 않고 발버둥을 쳤다. 염소의 숨을 확실히 끊기 위해 늑대는 염소의 목을 더욱 조이며 세차게 흔들었을 것이다. 목뼈가 부러지면 곧장 숨이 끊어질 테니까. 늑대의 송곳니는 염소의 목을 찢고 동맥을 끊었고, 염소는 곧 죽었다. 죽은 염소를 끌고 숲으로 들어가기만 하면 사냥은 그대로 성공했을 것이다. 하지만 그때 누군가 잠을 깬 것일까. 그냥 잠꼬대를 하거나, 단순히 오줌을 누려고 일어났을 수도 있을 것이다. 그 바람에 늑대는 염소를 둔 채 숲속으로 후퇴할 수밖에 없었을 것이다. 어쨌거나 분명한 건, 늑대가 염소를 채가는 걸 아무도 눈치채지 못했다는 사실이다. 동이 트고야 볼일을 보러 급하게 숲속으로 걸음을 옮기던 양치기에게 죽어 있는 염소가 눈에 띈 것이다.

'너의 불행은 나의 행복'이라 했던가. 양치기가 염소를 바닥에 내려놓는 순간, 깡패와 어벙이가 먼저 떠올랐다. 고기다, 고기가 생겼다! 녀석들을 데리고 와 죽은 염소 옆에 놓아주니, 피 냄새를 맡은 녀석들은 금세 본능을 드러낸다. 녀석들은 곧장 염소의 목으로 달려든다. 굶주린 만큼 무섭게 달려들지만, 아직 약한 젖니로 염소 가죽을 찢기란 쉽지가 않다. 자리싸움에 밀린 어벙이는 가장 부드러운 귀를 공격한다. 나쁘지 않은 선택이었다. 녀석의 앞니에 귀 끄트머리가 조금씩 떨어져나간다.

두 대의 트랙터 중 한 대의 수레에는 아주 어린 새끼 양도 함께 태우고 다녔는데, 이동 중에 태어난 새끼 양은 어미보다 양치기를 더 잘 따랐다. 메에, 울며 깡충깡충 다가온 새끼 양이 우리 주위를 맴돈다. 좋은 자리를 차지하고도 염소의 목에서 고기는커녕 털만 뜯고 있던 깡패가 새끼 양 쪽으로 고개를 돌리더니, 순식간에 달려들어 새끼 양의 뒷다리를 물고 늘어진다. 새끼 양은 자지러질 듯 비명을 질러댄다. 얼른 깡패 녀석의 목덜미를 낚아채자, 녀석은 송곳니를 드러내 보이며 번들거리는 눈으로 나를 쳐다본다. 녀석의 목덜미를 더 세게 잡아당겨보지만, 놈은 양의 뒷다리를 놓지 않고 으르렁거릴 뿐이다.

녀석은 내게 반항하고 있다. 우두머리 늑대, 알파 늑대인 나에게. 내 명령에 순종하지 않으면 벌을 받아야 한다. 녀석의 콧등을 손바닥으로 두 차례 때리자, 깡패 녀석은 그제야 억울하다는 듯 눈을 흘기며 사냥감을 포기한다. 양치기들에게 피해를 끼치면 이들과 함께 생활할 수가 없다. 양치기들은 고용인의 지시로 어쩔 수 없이 우리를 받아주고 있을 뿐, 아무리 새끼 늑대라도 달가울 리가 없다.

고참 양치기가 빨리 죽은 염소를 해체해야 한다며 서두른다. 염소 한 마리가 늑대에게 물려 죽었다고 바다얼후가 양치기를 해고하거나 하지는 않겠지만, 어쨌거나 양치기가 좀 더 긴장하지 못했다는 증거는 될 것이다. 어차피 양과 염소는 계속 태어나고 또 죽는다. 양과 염소가 이천 마리쯤 된다고는 하지만 누구도 정확한 숫자는 알지 못한다. 가장 나이 어린 양치기가 염소의 가죽을 벗겨낸다. 염소의 위장을 들어내어 내용물을 비운 다음 뭉텅뭉텅 크게 자르고, 간도 함께 썰어낸다. 위와 간을 섞어 새끼 늑대들을 배불리 먹였다. 심장과 창자는 나중을 위해 따로 챙겨두었다. 살코기는 정성껏 토막 내고 저민다. 양치기 자신들의 몫이다. 금세 또 고기 걱정을 하게 되겠지만, 지금은 밀린 빚이라도 갚은 기분이다.

수테차를 마신 다음 양치기 두 사람은 말에 올라 각자의 양떼를 몰고 먼저 길을 나서고, 남은 양치기 두 사람과 우리는 라면을 나눠 먹고 쉬엄쉬엄 출발한다. 트랙터가 늘 양떼 뒤를 따라가는 건 아니다. 점심과 저녁, 식사 때에는 앞서가서 기다리는 게 원칙이다. 물론 양떼가 먼저 가서 기다릴 때도 있는데, 모든 건 초지의 상태가 결정한다. 풀 상태가 나쁘면 더 자주, 더 멀리 이동해야 한다. 그렇다고 하염없이 떠도는 것은 아니어서, 일 년 동안 집을 중심으로 반경 30킬로미터 안에서 이동하는 게 보통이다. 부농인 바다얼후는 트랙터가 두 대나 있어 기동성이 뛰어나지만, 대부분의 유목민들은 말이나 소가 끄는 수레에 짐을 싣고 양떼를 뒤따르는 게 보통이다.

트랙터는 곡예하듯 소나무 사이를 요리조리 피하며 한 시간 넘게 달린다. 한참 만에 숲을 빠져나온 트랙터는 근처에서 가장 높은 언덕 위로 올라간다. 오랜만에 시야가 탁 트인다. 높은 곳에 올라서니 소나무숲으로 둘러싸인 분지가 내려다보인다. 멀리 소나무숲이 지평선을 이루고 있다. 북쪽 침엽수림이 끝나는 지점에서 대평원이 시작될 것이다. 언덕 바로 아래에서 양떼가 풀을 뜯고 있고, 양치기는 그 옆 소나무 그늘 아래에서 쉬고 있다. 쌍안경의 렌즈 안에서, 양치기는 졸고 있다. 양떼를 지키느라 밤에 제대로 자지 못하기 때문에 늑대가 특별히 활동하지 않는 낮에 때때로 토막잠을 자두는 것이다.

점심을 준비하며, 박선생이 내게 염소고기를 썰어달라 한다.

중국 남자들은 대체로 요리하기를 즐긴다. 박선생 역시 요리를 잘한다. 염소고기를 프라이팬에 올린 뒤 소금을 뿌리며 볶아내니 꽤 맛이 있다. 한 끼 식사로 이렇게 행복해질 수 있다니. 소나무 그늘 아래 널브러져, 다들 모처럼 느긋한 마음이 된다. 남동쪽, 가까운 산꼭대기에 우뚝 솟아 있는 국경 초소 전망대 위로 오성홍기가 춤을 추고 있다. 국경 너머 몽골에는 늑대가 흔할 텐데, 국경으로 가서 양 다리를 벌리고 서 있으면 두 나라에 동시에 서 있는 셈이겠네, 염소고기가 다 떨어지면 늑대가 또 양 한 마리를 죽여주면 좋겠다…… 낄낄거리며 실없는 농담도 주고받아본다.

농담도 시들해질 무렵, 멀리서 자동차 소리가 들려온다. 양치기들이 얼른 일어나 나무에 매어둔 말고삐를 풀기 시작한다. 바다얼후다. 지친 얼굴의 바다얼후는 박선생에게 자신이 우리를 위해 얼마나 애를 쓰고 있는지 하소연하듯 늘어놓더니, 그늘에 누워 이내 코를 곤다. 잠깐 그렇게 눈을 붙이고 일어난 바다얼후는 잠시 고민을 하더니 다른 곳으로 가보자고 한다. 그길로 우리는 양치기들과 헤어졌고, 짧은 유목생활도 그렇게 끝이 났다.

차는 북동쪽으로 이동한다. 시간이 지날수록 풀밭보다 모래밭이 많아지고, 소나무 역시 점점 줄어들었다. 우리는 반사막지대로 들어가고 있었다. 어느 유목민의 집 앞에 차를 세우고 이것저것 물어보지만 대답은 신통치 않다. 낮은 모래언덕이 물결치는 곳, 이곳은 뉴먼한부르더수무諸問汗布日德蘇木, 과거에 노몬한이

257

라 불렸던 지역이다. 바다얼후는 이 지역 사람들이 가장 가난하고 또 멍청하다며 살짝 비웃고는, 자신이 사는 곳이 신바얼후줘치 전체에서 가장 부유하고 똑똑하다며 자랑도 덧붙인다. 이 지역 사람들이 멍청한지 어떤지는 알 수 없으나 가난한 것만은 사실인 듯하다. 창밖으로 지나가는 집들의 모양새며 사람들의 차림새로 알 수가 있다. 그 지역의 소득 수준은 초지 상태가 결정한다. 기름진 풀밭은 가축들을 살찌우고, 잘 먹은 가축들은 새끼도 잘 낳는다. 그런 지역은 처음부터 서로 차지하려 경쟁이 치열하겠지만, 일단 주인이 정해지면 쉽게 바뀌지 않는다. 그러다보니 이런 반사막지대는 좋은 초지를 차지하지 못하는 사람들의 몫으로 대물림되는 것이다.

지평선 저 멀리 집 네 채가 볼록 솟아 있다. 바다얼후는 곧장 그쪽으로 달려간다. 열 명쯤 되는 사람들이 한집에 모여 양털을 깎고 있었다. 네 다리를 묶인 양의 털을 깎는 사람은 남자들이고, 여자들은 깎은 털에서 불순물들을 골라낸다. 바다얼후의 질문에 청년 하나가 일어나며 사흘 전 멀지 않은 곳에서 새끼 늑대를 몇 마리 봤다고 대답한다. 갓 스물이나 되었을까, 순한 얼굴의 청년을 조수석에 태우고 늑대를 봤다는 곳으로 출발한다.

차가 풀 반 모래 반인 평원을 지나 지형이 좀 복잡해지는 지대로 들어서자, 청년이 차를 세우고 모래언덕 꼭대기에 올라 주변을 살핀다. 감을 잡았는지 청년이 다시 차에 올라 길을 안내한다. 차는 좁은 모래언덕 사이를 따라, 모래늪을 피해 뱀처럼 기어 간다.

다시 차를 세우고, 늑대의 흔적을 찾는다. 모래언덕 꼭대기에서 시커먼 늑대 똥 하나를 발견한다. 얼마 안 된 것이다. 아직도 냄새가 난다. 늑대를 보거나 굴을 찾지는 못했지만 예감이 나쁘지 않다. 선명한 발자국들이 언덕 능선을 따라 길게 이어져 있다. 발자국은 다음 모래언덕으로, 또 다음 모래언덕으로 계속 이어지고 있는데다, 오래전 발자국과 방금 찍힌 듯 선명한 발자국이 겹쳐져 있었다. 막 지나간 듯한 발자국을 보고 있으면 마치 그 동물을 눈앞에서 보는 듯한 기분이 든다. 지나칠 수 없는 단서이다. 하지만 청년은 이 근처에 늑대굴이 있다고는 확신하지 못하는 눈치다. 이제 서너 시간이면 어두워질 것이다. 어차피 오늘 밤 텐트를 칠 만한 곳도 찾아야 한다. 나는 근처에 캠프를 만들자고 한다. 선명한 늑대의 흔적이 있었다. 청년은 금세 늑대굴을 찾을 수 있을 것이다. 하지만 여기서 떠들썩하게 찾아다니면 오히려 늑대를 쫓아버릴 수도 있었다. 일단 물러나기로 했다. 우리는 모래언덕이 끝나고 초지가 시작되는 동쪽으로 움직였다.

모래언덕으로 둘러싸여 오목한 평지에 짐을 내리고 텐트를 친 후, 나무 그늘에 모여 앉아 차를 끓인다. 청년의 이름은 원화文化라 했다. 어리숙한 듯 순한 얼굴과 어눌한 말투의 원화는 자꾸 내 눈을 피하는 듯했는데, 짐작대로 사팔눈이었다. 원화는 반드시 늑대굴을 찾을 수 있을 거라 장담을 한다.

박선생과 바다얼후는 먹거리를 사러 뉴먼한부르더수무로 떠나고, 나와 완호와 원화는 늑대굴을 찾아 나섰다. 원화를 중심으로 그 좌우로 완호와 내가 흩어져 수색을 해나간다. 원화는 주변보다 지대가 높고 모래언덕이 복잡하게 이어져 있는 쪽으로 이동한다. 서쪽으로 갈수록 발자국이 많아지고 늑대 똥도 더 자주 눈에 띈다. 오래되어 색이 바랜 것과 얼마 안 된 것들이 함께 보인다. 문득 둘러보니 원화가 보이지 않는다. 책임감을 느끼는지 사냥개처럼 이곳저곳을 살피더니 어느새 더 멀리 나아간 모양이었다. 북쪽과 서쪽 비탈에 관목이 꽤 무성하게 우거져 있어, 나는 그쪽을 집중적으로 살핀다.

오래지 않아 멀리서 원화가 손짓을 하며 달려온다. 늑대굴을 찾았다고 했다. 거친 숨을 몰아쉬며 도착한 곳에는 커다란 굴이 입을 벌리고 있고, 주변으로는 짓밟힌 풀들이 누렇게 말라가고 있었다. 굴에서 5~6미터 거리에는 작은 똥들이 흩어져 있는데, 배설물 냄새가 꽤 역하게 올라온다. 굴 앞쪽으로 앙상한 양의 다리뼈 하나가 뒹굴고 있고, 옆의 나뭇가지에 흰 양털이 걸려 있는 것도 눈에 띈다. 쿵쾅거리는 심장 소리가 밖으로까지 들릴 것만 같다. 늑대굴이었다. 틀림없었다. 새끼 늑대들이 안에 있을 것이다. 굴속에서 비릿한 비린내가 올라오고 있었다. 분명했다.

배낭을 옆에 내려두고 굴 바로 앞에 앉는다. 굴 입구 위쪽으로 드러난 풀뿌리에 새끼 늑대의 배내털이 걸려 있다. 좋은 징조였다. 손전등을 켜고 비좁은 굴속으로 기어들어갔다. 머리와 등 위로 흙이 부서져 떨어졌다. 새끼 늑대들은 굴 제일 깊은 안쪽에 있었다. 두려움과 호기심이 반반씩 섞인 표정들이다. 확신을 하고 들어갔음에도 옹기종기 모여 있는 새끼 늑대들을 보고는 놀라지 않을 수가 없었다. 얼른 굴에서 나가야 했다. 굴이 좁아 뒤로 나가려니 더욱 힘이 든다. 결국 완호와 원화가 다리를 잡아 끌어내주어 겨우 밖으로 나올 수 있었다. 근처에 부모 늑대들이 숨어 있을지도 몰랐다. 우리는 도망치듯 재빨리 굴에서 떨어져나왔다.

굴 입구에서 50미터쯤 떨어진 곳에 자리를 잡고 앉았다. 잠복 텐트를 어디쯤 설치해야 할까 한참 상의를 하는데 어느 사이엔가 새끼 늑대 한 마리가 얼굴을 내밀더니, 한 마리 또 한 마리…… 일곱 마리 모두 차례대로 굴 밖으로 나온다. 녀석들은 두려워하는 기색 없이 우리를 빤히 쳐다본다. 어리둥절한 표정이다. 꼼짝 않고 앉아 카메라 렌즈만 들여다보고 있자니, 녀석들은 굴 왼쪽에 서 있는 버드나무 아래로 몰려가서는 서로 장난을 치며 힐끔힐끔 우리를 쳐다본다. 깡패와 어벙이보다 덩치가 크다. 녀석들보다 열흘이나 보름 정도 일찍 태어났을 듯한데, 어미가 배불리 먹여서 덩치가 큰 것일 수도 있을 것이다.

꼭 필요한 이야기만 아주 낮게 주고받으며 가만히 녀석들을 지켜보는데, 굴 뒤쪽 높은 모래언덕 아래 풀밭에서 밝은 회색의 어

261

른 늑대 한 마리가 불쑥 모습을 드러낸다. 서 있는 자세가 누워 있다가 벌떡 일어나 이쪽을 보고 있는 듯하다. 이제야 우리의 존재를 눈치챈 것을 보면 깊은 잠에 빠져 있었던 모양이었다. 금세 풀숲으로 사라졌던 녀석은 어느새 나무가 우거진 언덕을 기어오르고 있었다. 언덕 위의 나무 사이에 몸을 숨기고 우리를 지켜보고 있는 듯했다. 녀석의 불안한 표정이 쌍안경의 렌즈 안으로 들어온다. 다시 언덕을 오르던 녀석이 또 한 번 돌아보고는 천천히 언덕 너머로 사라진다.

늑대굴 근처에 잠복 텐트를 설치하기로 하고, 서둘러 움직인다. 셋이 번갈아가며 삽질을 해서 참호를 판 다음 그 위로 텐트를 씌우고는 야영지로 돌아와 겨우 한숨을 돌린다. 내가 건네준 물병을 받아든 원화가 깜짝 놀라며 물을 뱉어낸다. 빈 물병에 술을 넣어둔 것을 깜빡했던 것이다. 덕분에 모처럼 크게 웃을 수 있었다. 새끼 늑대가 있는 늑대굴을 찾지 못했더라면 아마 그렇게 맘편하게 웃지는 못했을 것이다. 완호는 원화에게 500위안의 사례금을 건네고는 서둘러 잠복 텐트로 돌아가고, 나는 깡패와 어병이에게 염소고기를 나누어준 다음 짐을 정리했다.

원화에게 뭔가 사례를 하고 싶은데 마땅한 게 없었다. 한참 나침반을 만지작거리다가 다시 주머니에 넣는다. 아직 남은 시간 동안 써야 할 물건이었다. 큰 배낭을 뒤지다보니 온·습도계가 눈에 띈다. 이곳 사람들에게 쓸모가 있을지 어떨지는 모르겠지만 그래도 기념은 되겠지 싶어 원화에게 건넨다. 무슨 물건인지는 아는 눈치다. 원화는 고맙다고 인사하고는 그만 집에 가야겠다고 한다. 바다얼후가 곧 올 테니 차를 타고 가라고 했지만 괜찮다며 착한 웃음을 보인다. 잰걸음으로 돌아가던 원화가 돌아서서 손을 흔들고는 곧 모래 계곡 사이로 사라진다.

해가 서쪽 지평선 너머로 사라진 뒤에야 완호는 야영지로 돌아왔다. 저녁을 먹은 뒤에는 야시경으로 야간촬영을 시작할 것이다. 지금까지 새끼 늑대들이 노는 모습을 촬영했는데, 그사이 어른 늑대는 나타나지 않았다고 한다. 식사를 끝낸 후 모닥불을 피워놓고 박선생과 바다얼후를 기다린다. 사위는 이제 완전히 어두워진 뒤다. 새끼들이 머물고 있는 늑대굴을 찾았다는 안도에 피로가 몰려왔는지 완호는 금세 잠이 들었다. 늑대굴 쪽에서 녀석들이 우는 소리가 들려온다. 꽤 먼 거리라 소리가 크진 않지만 꼬리가 긴 울음소리다. 완호를 깨우고 모닥불에 모래를 끼얹어 불을 끈다. 조용히 앉아 기다려보지만 소리는 다시 나지 않는다. 모닥불에 다시 불을 붙이고, 완호 역시 다시 자리에 눕는다.

박선생과 바다얼후는 10시가 넘어서야 돌아왔다. 얼큰하게 취한 바다얼후가 비틀거리며 차에서 내린다. 음주운전인데도 다행히 별탈 없이 여기까지 온 것이다. 바다얼후가 라면을 잃어버려 미안하다고 한다. 식당에서 술을 마시는 사이에 화물칸에 올려둔 라면 한 상자가 없어졌다는 것이었다. 박선생이 내가 라면을 좋

아한다고 말한 모양이었다. 바다얼후가 그만 집에 가야겠다며 돈
을 좀 달라고 한다. 완호에게서 돈을 받아쥔 바다얼후가 신나게
차에 오른다. 딴 데로 가지 말고 곧장 집으로 가라고, 박선생이 신
신당부를 한다. 오랜만에 마음 편한 하루가 그렇게 가고 있었다.

6월 18일

새벽, 어렴풋이 사물의 실루엣이 드러날 무렵 완호는 참호로 돌아갔다. 잠을 쫓는 데는 불장난이 최고지만, 부모 늑대가 새끼들을 포기하고 도망을 가버릴까봐 모닥불 피우기는 그만둔다. 멀리 동이 터온다. 가는 시간이 아깝기만 하다. 하지만 오늘만큼은 얌전히 야영지에 머물기로 하고 텐트로 들어가 눕는다.

텐트 안이 찜통처럼 달아올라 어쩔 수 없이 눈을 뜬다. 늦잠이었다. 일단 깡패와 어벙이의 밥부터 챙긴다. 금방 썩어버리는 창자부터 바닥에 쏟아놓는다. 염소 창자에는 내용물들이 그대로 들어 있었다. 예상과 달리 녀석들은 작은창자의 냄새만 맡고는 먹지 않는다. 역한 냄새라도 나는 건지 녀석들은 곧장 큰창자로 달려든다. 앞니로 조심스레 찢어 물고는 좌우로 흔들어 안에 든 내용물을 털어낸다. 두 녀석 모두 큰창자는 맛있게 먹는다. 워낙 먹성이 좋은데다 둘이서 경쟁을 하다보니 큰창자는 금세 사라지고 만다. 죽은 염소의 찌꺼기들은 이틀도 못 가 바닥이 났다. 이제 우리 몫의 살코기도 녀석들의 입속으로 들어갈 것이다.

늑대굴에서 최대한 멀리 떨어져서 주변을 둘러보기로 한다. 야영지에서 남쪽으로 가다가 낮은 모래언덕을 하나 넘자, 반으로 나누어진 밥그릇 모양을 한 지형이 나타난다. 햇빛에 반사된 흰 모래바닥에 검은 점 하나가 눈에 띄기에 다가가보니 커다란 굴이 뚫려 있다. 굴 입구에는 커다란 늑대 발자국이 찍혀 있고, 굴 안쪽으로 들어가는 발자국도 보인다. 손전등으로 안쪽을 비춰본다. 길이는 채 1미터도 안 될 것 같다. 주변이 깨끗한데다 굴속이 꽤 높고 넓은 것으로 보아 늑대가 파다가 만 굴인 듯하다. 아니면 만약을 위해 예비로 만들어둔 것일 수도 있다. 어미는 근처를 돌아다니다가 이 앞을 지날 때마다 한 번씩 냄새를 확인하고, 또 배설물로 영역 표시도 했을 것이다. 서북쪽으로 돌아 모래언덕 능선을 따라 걷는다. 이제 새끼들이 지내고 있는 늑대굴을 찾으려 미친 듯 돌아다닐 필요가 없었다.

햇빛이 곧장 아래로 내리꽂히는 남쪽 비탈은 메마른 모래바닥뿐이지만 북쪽 비탈은 그늘 덕분에 수분 증발량이 적어 식생이 풍부하다. 그다음은 서쪽, 그다음 동쪽 순으로 식생의 밀도가 낮아진다. 여기 와서 처음으로 늑대 세 마리를 만났던 곳과 비슷한 풍경이다. 북쪽 비탈면을 구석구석 둘러본다. 양들 외에 늑대의 먹이가 되는 초원토끼, 생토끼, 땅청서, 초원마못 같은 야생동물들이 있을 것이다. 초원토끼 말고는 모두 낮에 활동하므로 어렵지 않게 볼 수 있을 것이다. 늑대굴 뒤쪽 소나무 언덕에서 이어지는 낮은 모래언덕까지 걸어가본다. 언덕 북쪽 비탈에 네댓 그루의 소나무가 서 있다. 나무 그늘 아래에서 간단하게 점심을 때운다. 지금까지는 생토끼굴 두 개밖에 보지 못했다. 초원토끼나 땅청서는 흔적조차 없다. 노루가 있을 법도 한데, 역시 발자국 하나 보이지 않는다. 겨울철 초원에 폭설이 내리지 않는 한 이런 지대로는 들어오지 않기 때문에 몽골영양은 기대도 않는다.

불쑥, 반대편 비탈로 양비둘기 한 마리가 내려앉는다. 녀석이 다시 날아오를 때쯤, 나도 자리에서 일어난다. 늑대굴에서 최대한 멀리 떨어져서 크게 한 바퀴 돌기로 한다. 모래언덕 능선에서 늑대 똥 세 개를 주웠다. 똥마다 흰 털이 섞여 있다. 이 지역에서 흰 털을 가진 동물은 유목민이 기르는 가축들뿐이다. 양과 염소가 대부분이고, 간혹 얼룩소나 흰 말도 있다.

멀리 북동쪽 하늘에 먹구름이 모여들더니 천둥과 함께 빗방울이 떨어진다. 바람에 실려 물비린내가 코끝을 건드린다. 비구름이 머리 위로 몰려와 소나기라도 시원하게 뿌려주었으면…… 비를 핑계 삼아 텐트 안에 들어가 빗소리나 들으며 좀 쉬고 싶다.

3시쯤 야영지로 돌아와보니 완호가 촬영을 잠시 멈추고 점심을 먹으러 와 있다. 오전 내내 굴 밖으로 나온 것은 새끼 늑대 한 마리뿐이었다고 한다. 웬일인지 녀석은 안절부절 어쩔 줄을 몰라 하더라 한다. 혹시 간밤에 다른 녀석들은 어미를 따라 굴을 떠나고 혼자만 남은 것일까. 하지만 확실하지도 않은 상태에서 굴을 뒤져볼 수는 없다. 일단은 더 지켜보기로 한다.

완호는 참호로 돌아가고, 나는 비가 내린 북동쪽으로 가보기로 한다. 언제나처럼 일단 모래언덕 꼭대기에 올라가 어디로 갈지

방향을 정한다. 풀과 나무가 많은 북쪽 비탈을 쭉 따라 내려간다. 푸드덕, 덤불숲에서 다우리아자고새가 날아오른다. 소나무숲엔 멧닭이, 반사막의 모래언덕에는 보통 다우리아자고새가 산다. 두 종 모두 땅 위에서 먹이를 찾는 새들이라, 사냥감으로 인기가 많다. 양쪽 낮은 모래언덕 사이로 좁은 초지가 북동쪽으로 길게 이어져 있다. 그 끝 높은 모래언덕 위에 작은 소나무숲이 마치 오아시스처럼 서 있다. 그 너머로는 더이상 모래언덕은 없다. 반사막 혹은 모래초원이 시작되는 그곳을 목적지로 삼고 걷는다.

소나무숲은 세 개의 분화구 안에 만들어져 있다. 분화구처럼 생긴 분지마다 십여 그루의 굵은 소나무들이 모여 서 있었다. 정오쯤 내린 소나기가 이곳은 지나가지 않은 듯 모래바닥이 뜨겁다. 굴곡이 심한 모래 지형은 이제 끝이 난다. 북쪽으로는 모래초원의 완만한 언덕이 곡선을 그리며 지평선을 이룬다. 멀리 지평선 위로 검은 점처럼 집 한 채가 서 있다. 쌍안경으로 들여다보았지만 사람도 가축도 보이지 않는다. 양떼를 몰고 풀을 찾아 떠난 것일까. 저기에 사는 사람들은 삭풍이 부는 겨울을 어떻게 날까. 외로움은 어떻게 달랠까.

야영지에서 여기까지 오는 동안 양떼는 물론이고 소나 말의 흔적 역시 찾을 수 없었다. 생토끼, 땅청서, 브란트밭쥐도 마찬가지였다. 혹시라도 이곳에 버려지면 나는 단 한 끼도 해결하지 못하고 말라 죽을 것이다. 소나무숲에서 까치 둥지 네 개를 찾았다. 어

268

떤 것은 오래되어 허물어져가고 또 어떤 것은 방금 새로 지은 것이었다. 새끼들이 다 독립을 한 것인지, 둥지에 까치는 없다. 비둘기조롱이 여섯 마리가 나무 사이를 날아다닌다. 까치가 버리고 간 둥지에서 부화한 것일까. 어미 새가 이곳을 떠나라는 듯 내 머리 위를 스치듯 맴돈다. 순간 어디선가 작은 새가 날아와 비둘기조롱이의 꽁무니를 공격한다. 물때까치다. 물때까치가 집요하게 매달리자 비둘기조롱이는 새끼들이 날아간 쪽으로 움직인다.

비둘기조롱이가 없어지자 물때까치가 주위를 돌며 울어댄다. 근처 어디엔가 녀석의 보금자리가 있다는 뜻이다. 쌍안경을 들자마자 낮은 소나무 가지에 앉아 있는 새끼 물때까치가 눈에 들어온다. 녀석은 채 2미터도 날지 못한다. 둥지를 떠난 새끼들 중 가장 어린 녀석일 것이다. 물때까치는 우리나라에서는 겨울철에만 볼 수 있는 새다. 강변이나 습지대에서 주로 발견되기 때문에 물때까치란 이름이 붙었지만, 이 지역에서는 왠지 그 이름이 어색하다. 아침 이슬 말고는 물기라곤 없는 곳이니까.

저녁을 먹은 후 완호와 함께 늑대굴에서 북동쪽으로 100미터쯤 떨어진 모래언덕 꼭대기에 올랐다. 멀리서라도 늑대를 볼 수 있지 않을까 해서였다. 완호 말로는 오후에도 새끼 늑대 한 마리만 보였다고 한다. 늑대도 숫자를 셀 수 있을까. 셀 수 있다면 몇까지나 셀 수 있을까. 어쨌거나 혼자 뒤처진 녀석을 찾으러 곧 돌아오지 않을까.

날이 흐리다. 비가 올 것 같다 했더니 7시쯤 가랑비가 흩뿌린다. 비는 금세 이슬비가 되었다가, 그마저 내리다 그치기를 반복한다. 야영지로 돌아가 비옷을 입고, 커다란 비닐을 챙겨와 이부자리를 덮는다. 밤이 늦도록 기다렸지만 늑대는 나타나지 않는다. 늑대 소리조차 듣지 못한 채 그렇게 까무룩 잠이 들었다.

270

6월 19일

눈을 떴지만 차가워진 공기에 일어날까 말까, 발가락만 꼼지락거린다. 몸을 덮고 있는 비닐 위에 송골송골 물방울이 맺혀 있다. 느끼지 못했는데, 새벽에 안개비라도 내린 모양이다. 억지로 몸을 일으켜본다. 물방울이 굴러떨어져 바닥에 자국을 남긴다. 살짝 뿌린 비는 흰 모래를 갈색으로 바꾸어놓았다. 하늘은 여전히 잿빛이지만 다행히 구름은 멀리 물러가고 있었다. 찬 기운에 뜨거운 차가 생각난다. 혹시, 늑대가 왔다 가진 않았을까? 늑대굴 쪽으로 시선을 옮겨보지만 굳이 확인할 것도 없다. 장비를 챙겨 야영지로 돌아간다.

장비를 정리하는 소리에 잠을 깬 박선생이 텐트 밖으로 얼굴을 내민다. 잠만 자고 왔다는 대답에 박선생도 더 묻지 않는다. 말소리가 들리자 깡패와 어벙이가 낑낑거리기 시작한다. 뭐라도 먹을 것을 달라는 것이다. 나는 못 들은 척 나뭇가지를 꺾어 불을 피운다. 재스민차에 몸이 따뜻해지자 다시 졸음이 몰려온다.

하늘이 눈부시게 맑다. 잠깐 자는 사이 물기가 모두 말라 하얗게 모래가 반짝거린다. 간단한 채비를 마치고 완호와 늑대굴로 갔다. 굴 주변은 달라진 게 없다. 굴에서 북쪽, 그러니까 간밤에 우리가 늑대를 기다리던 모래언덕에서 양과 염소가 천천히 동쪽으로 이동하고 있었다. 근처에서 처음 보는 가축들이다. 말을 탄 양치기가 우리 쪽을 잠시 돌아보다가 다시 양떼를 뒤따라간다. 양치기들은 대개 낯선 사람들을 만나면 지나치지 않고 다가와서 이것저것 물어보는 편인데, 조금 특이한 사람인 걸까. 양치기가 멀어지자 작업을 시작한다. 내시경 카메라를 굴속으로 밀어넣었다. 굴속은 깨끗하다. 어제까지 남아 있던 한 마리까지 모두 굴을 떠난 것이다. 예상한 일이었기에 서운하거나 하지는 않았다. 굴 주변에는 새끼 늑대들이 머물렀던 흔적들이 여기저기 흩어져 있다. 굴 입구와 마른풀에는 배내털이 걸려 있고, 양털과 뼈도 군데군데 널려 있다.

   굴을 떠난 새끼 늑대들을 찾아보기로 했다. 일단 예비굴로 가 보는 것이다. 굴 입구를 돌며 발자국을 살폈다. 간밤에 살짝 뿌린 비가 오히려 큰 도움이 되었다. 비가 내리기 전과 그후의 흔적이 분명하게 구별이 된다. 큰 행운이었다.

   늑대 가족은 서쪽으로 이동했다. 시작은 어렵지 않았지만 굴에서 멀어지자 어른 늑대의 발자국이 여러 방향으로 나뉘었다. 특히 한 마리는 가족에서 멀리 벗어났다가 다시 합류하기를 여러 차례 반복하고 있었다. 그리고 그런 발자국의 주인이 교대로 바뀌기도 했다. 비가 내리기 전의 발자국은 굴 쪽으로 향해 있는 것이 압도적으로 많았다. 굴에서 가까운 길목이라 사냥에서 돌아오는 발자국이 굴을 중심으로 부챗살처럼 펼쳐져 있었다. 굴에서

30미터쯤 멀어지자 비가 그친 뒤에 찍힌 새끼 발자국만 보인다. 거기까지는 새끼들의 놀이터가 아니었기에, 지금 보이는 발자국은 어제와 오늘 새벽의 이동경로일 것이다. 어른 늑대의 발자국 역시 한 방향이었다. 목적지가 정해져 있다는 뜻이었다.

새끼들의 발자국은 어지럽게 뒤엉켜 술래잡기를 하듯 빙글빙글 돌기도 하고, 무리에서 벗어나 달려나갔다가 다시 돌아오기도 했다. 바닥에 몸을 뒹굴며 장난친 듯한 흔적도 보인다. 늑대에게 집중해야 했기에 다른 동물들의 흔적은 완전히 무시하기로 했다. 두 시간이 넘도록 내가 본 것은 무심하게 날아가는 갈까마귀와, 물때까치가 나뭇가지에 꿰어놓은 표범장지뱀이 전부였다. 새끼들이 잠깐씩 무리에서 벗어난 것을 제외하면 늑대 가족은 계속해서 서쪽으로 움직이고 있었다.

나무가 아닌 숲을 보아야 한다. 발자국 하나하나를 쫓기보다 발자국의 전체적인 방향을 보며 속도를 높였다. 이곳은 모래언덕이 커다란 파도처럼 이어지고 있었다. 어느 쪽으로 방향을 잡아도 언덕을 올랐다가 평지로 내려왔다가 다시 언덕을 올라야 한다. 늑대들도 마찬가지다. 언덕을 올랐다가 다시 평평한 초지를 지나야 한다. 풀밭에서는 발자국이 보이지 않는다. 그럴 때는 다음 언덕에 올라 동쪽이나 남쪽의 모래비탈로 가보면 다시 발자국이 나타났다. 일종의 조각그림맞추기였다. 문제는 시간을 어떻게든 단축해야 한다는 것이었다. 해가 지면 일단 멈추었다가 내일 다시 시작해야 했다. 발걸음이 빨라질 수밖에 없었다.

　지금껏 올랐던 언덕들 중에서 가장 높은 언덕이 마치 커다란 낙타 등처럼 눈앞을 가로막고 있었다. 북동 비탈면인 내 앞의 경사면에는 키 작은 나무들과 풀숲이 꽤 우거져 있었다. 곧장 중심 뼈대인 능선을 올랐다. 능선은 왼쪽의 정상에서 두 갈래로 나뉘어져 있었다. 내가 서 있는 앞쪽으로는 낮은 계곡을 이루고, 건너편은 다음 언덕의 경사면이었다. 모래바닥에는 어미 늑대와 새끼 늑대의 발자국이 마치 도장이라도 찍어놓은 듯 선명하다. 목표가 가까이에 있는 것이다.

　풀숲을 헤치며 아래로 내려가는데, 계곡 건너 비탈면에서 나를 쳐다보고 있는 새끼 늑대 한 마리가 눈에 들어왔다. 나는 가만히 그 자리에 앉았다. 오후 5시 30분. 시간은 충분했다. 녀석이 있는 곳에서 몇 미터 아래에 두 마리가 붙어 서 있다. 녀석들 뒤쪽으로 시커먼 굴의 입구가 보인다. 나머지 새끼들은 굴속에 있을 것이다. 좀 더 가까이 다가가려 앞에 있는 키 작은 나무 쪽으로 조심스레 기어가는데, 왼쪽 언덕 정상에서 어른 늑대가 나를 지켜보고 있는 게 보인다. 근처에서 내 냄새를 맡고 온 것이다. 어른 늑대는 이내 언덕 너머로 사라졌다. 일단 새끼 늑대들에게 집중해야 했다. 굴 앞의 새끼들은 불안한 듯 어딘가 안절부절못하는 모습이더니, 한 마리가 제자리에서 몇 번 돌다가 오른쪽의 비탈로 올라가자 다른 두 마리가 따라 오르고, 곧이어 굴속에 있던 나머지 네 마리까지 밖으로 나와 그 뒤를 따른다.

　굴에서 10미터쯤 떨어졌을까, 새끼 늑대들은 언덕 위의 풀밭에 모여 햇볕을 쬐며 서로 장난을 치고 논다. 신기하게도 한 번도 짖거나 낑낑거리며 소리를 내지 않는다. 쌍안경의 렌즈 안으로 들어온 일곱 마리 중 유독 한 마리만 꼬리를 치켜세우고 있다. 형제들 중 가장 힘이 센 놈일 것이다. 아마 나중에도 녀석이 알파 늑대가 될 것이다. 대체로 새끼일 때 우위를 차지하는 개체가 성장 후에도 리더가 될 확률이 높다. 어미가 처음에 몇 마리나 낳았는지는 알 수 없지만, 일곱 마리는 모두 건강해 보인다.

　해가 서쪽으로 천천히 기울기 시작한다. 어른 늑대 한 마리가 날 보았으니, 지금의 예비굴도 사람에게 들켰다는 것을 짐작했을 것이다. 곧 해가 완전히 기울어 어두워지고, 내가 이곳을 떠나면 녀석은 새끼들을 데리고 떠날 것이다. 그렇게 되면 다시 새끼들을 찾을 수 있을지 어떨지 알 수가 없게 된다. 새끼 늑대들을 굴속으로 몰아넣기로 했다. 계곡을 지나 곧장 언덕으로 올랐다. 나를 보고 겁을 먹은 녀석들은 곧장 굴속으로 들어갈 것이다. 새끼 늑대들에게 다가가자, 잠깐 눈치를 보더니 세 마리가 먼저 천천히 굴이 있는 쪽으로 내려갔다. 좀 더 다가가자 나머지 네 마리 중 세 마리는 달려서 내려간다. 마지막 녀석은 5미터 앞까지 다가가도록 딴전을 피우더니 내가 발을 구르며 소리를 내자 그제야 깜짝 놀라 잽싸게 굴 쪽으로 도망을 간다.

새끼 늑대들이 굴 쪽으로 도망을 간 후 나는 어른 늑대가 서서 나를 지켜보던 언덕 위로 올라간다. 꼭대기에서 동쪽으로 조금 내려서는데, 바로 앞 작은 나무숲 속에서 어른 늑대가 튀어오르 듯 달려나간다. 나는 반사적으로 카메라 셔터를 눌렀다. 깜짝 놀란 늑대가 뒤를 돌아보며 잠깐 비틀거리다가 남쪽으로 전력 질주해 달아난다. 그 모습까지 찍은 뒤 얼른 늑대를 뒤쫓았지만 어림없는 일이었다. 녀석은 작은 콩알만해질 때까지 잠시도 쉬지 않고 곧장 내달렸다. 넓은 풀밭에 도착한 뒤에야 녀석은 잠시 뒤돌아 나를 쳐다보다가 천천히 언덕 뒤로 사라졌다. 이틀 전과 마찬가지로 어른 늑대는 한 마리뿐이다. 다른 한 마리는 어디에 있는 걸까? 어쩌면 이 부근에 숨어 있는 것은 아닐까? 녀석이 깜짝 놀라 튀어나왔던 자리로 돌아가 이리저리 살펴보지만 같은 행운이 또 찾아와주지는 않았다.

낮 동안 부부 늑대는 서로 다른 곳에서 쉰다. 어미는 보통 새끼가 있는 굴 근처에서 휴식을 취한다. 대략 생후 한 달쯤, 새끼들이 스스로 체온을 유지하고 사물을 알아볼 수 있는 시기가 되면 녀석들은 더이상 굴속에 들어가지 않는다. 젖조차 밖에서 물리는 경우가 많다. 수컷은 좀 더 먼 곳에 자리를 잡고 있다가 사냥터로 나가 먹이를 찾거나 가축들이 있는 근처에 숨어서 때를 노린다. 부부 늑대는 사물의 경계가 무너져 어둠과 하나가 되는 저녁부터 다음 날 동이 틀 무렵까지 먹이를 찾아다니고, 그동안 새끼들은 굴에서 부모를 기다리며 저희들끼리 술래잡기를 하거나 힘겨루기를 하며 시간을 보낸다.

이틀 전에 본 녀석과 오늘 본 녀석이 같은 늑대일까, 그렇다면 녀석은 새끼들의 어미일까, 아비일까. 어쩌면 새끼들보다 먼저 태어나 아직 부모 곁에 머물고 있는 형이나 누나일 수도, 또 삼촌이나 이모일 수도 있었고, 전혀 혈연관계가 없을 수도 있었다. 녀석이 새끼들과 어떤 관계인지는 전혀 알 수가 없다. 하지만 녀석이 새끼들을 보호하고 있다는 것만은 확실했다.

늑대는 새끼들이 멀지 않은 곳에 있는데도, 나를 보자 위협하거나 저항하지 않고 곧장 도망을 쳤다. 늑대는 영리했다. 사람을 만나면 어떻게 해야 하는지 짧은 시간에 터득한 것이다. 물론 그 과정에서 수많은 늑대들이 죽어갔을 것이다. 돌도끼가 최고의 무기였던 시대만 해도 사람과 늑대는 먹이사슬의 제일 꼭대기에 함께 있었다. 화살이 늑대의 심장을 꿰뚫는 시대에도 늑대는 사람을 두려워하지 않았다. 그런 일은 이웃 무리의 다른 늑대들에게 물려 죽는 경우보다 드물었기 때문이다. 하지만 총이 나타나면서 상황은 급변했다. 그전까지는 어느 정도 안전했던 거리에서 바로 옆에 있던 동료들이 쓰러졌다. 사람들과 엉켜 싸우다가 도끼나 몽둥이에 맞아 죽는 것도, 화살이나 창을 맞고 죽어가는 것도 아니었다. 여전히 사람들은 멀리 있었으나, 어느 순간 천둥소리 같은 것이 들리더니 갑자기 옆에 있던 동료들이 그 자리에서 쓰러져버리는 것이었다. 그런 일이 수차례 반복되면서 늑대들은 사람들의 출현 자체를 죽음과 연결시키게 되었을 것이다. 특히 군인들을 동원한 소탕 작전이 이어지면서 사람의 냄새는 곧 공포로, 죽음으로 연결되었을 것이다.

이제 사람을 보면 일단 도망치거나 숨는 게 최선이었다. 몽골의 늑대는 비교적 짧은 시간 안에 이를 터득했다. 늑대로서는 제가 마주친 사람이 양치기인지 사냥꾼인지 혹은 나 같은 별난 관광객인지 구분할 수 없다. 또 그 사람이 혼자인지 주변에 다른 사람이 더 있는지도 알 수가 없다. 사냥꾼을 만날 확률이 높지 않다 해도 그 대가는 치명적이다. 사람은 일단 피하는 게 최선이었다. 사람이 생활하지 않는 지역에 사는 북극늑대나 티베트늑대는 사람을 두려워하지도 공격하지도 않는다. 녀석들은 사람에 대한 경험 자체가 없기 때문이다.

새끼를 지키기 위해서는 사람과 맞서기보다 달아나야 한다. 사람은 도망치는 늑대를 따라잡을 수 없다. 게다가, 사람의 관심을 자기에게 집중시킴으로써 새끼가 발각될 가능성도 줄일 수 있다. 설사 새끼가 모두 잡힌다 해도 어미가 무사하면 다시 새끼들을 낳아 번식할 수도 있다. 하지만 어미가 죽어버리면 새끼도 굶어 죽을 수밖에 없다. 새끼를 지키려고 싸우다가 사람을 죽이거나 부상을 입히게 되면 오히려 즉각 보복을 당할 수도 있다. 무리 전체가 위험해질 수도 있는 것이다. 사람들 곁에 머물되 사람을 피할 줄 아는 것, 그것이 이 지역 늑대들이 익힌 살아가는 방식이다.

하지만 이것만으로는 부족하다. 이 지역 사람들의 무관심과 적당한 관용이 무엇보다 필요하다. 늑대를 대하는 유목민들의 생각이 일치하지 않는 건 늑대들의 입장에서는 다행스러운 일이다. 늑대 사냥에는 시간과 비용이 많이 들지만 소득이 별로 없다. 유목민들은 늑대들이 가축들 주변을 돌아다니는 걸 알고 있지만 굳이 잡아서 죽이려 하지 않는다. 거기에 정신이 팔렸다가는 오히려 가축들을 제대로 돌볼 수 없기 때문이다.

새끼를 처음 발견했던 위치로 돌아간다. 새끼 늑대 세 마리가 굴 입구에 나와 졸다가 나를 쳐다본다. 나머지 녀석들은 굴속에 있을 것이다. 그림자가 점점 길어지고 있었다. 시곗바늘이 어느새 7시를 가리키고 있다. 야영지로 돌아갈 시간이었다. 하지만, 돌아가서 완호와 함께 장비를 챙겨오는 동안 어미가 와서 새끼들을 데리고 가면 어떻게 하지? 최대한 빨리 다녀와야 한다.

몸을 가볍게 해야 한다는 생각에 배낭은 한쪽에 숨겨두고 카메라만 든 채 걸음을 옮긴다. 날이 어두워지고 있었다. 서둘러야 한다는 생각에 정신없이 달리다보니 나뭇가지에 걸려 옷 옆구리가 찢겨나간다. 모래언덕과 언덕 사이에 난 좁고 긴 초지만 따라가면 본래의 늑대굴 뒤쪽이다.

야영지에는 우리 일행 외에도 원화와 또 한 남자가 와 있었다. 원화와 남자는 돌아가려던 참이었는지 막 자리에서 일어나 엉덩이를 털고 있다. 원화가 반가워하며 뭘 좀 찾았냐고 묻는다. 나는 다른 늑대굴을 찾았다고 말하지 않고 재밌게 놀다 왔다고 얼버무린다. 원화가 또 놀러 오겠다며 남자의 오토바이 뒷자리에 오른다. 커다란 엔진 소리가 채 사라지기도 전에 완호와 나는 짐을 챙겼다.

두번째 늑대굴에 도착했을 때 사위는 이미 어둑어둑해져 있다. 새끼 늑대들은 낮에 나와 있던 언덕 위쪽 풀밭에 다시 나와 놀고 있다. 잠깐 동안 녀석들을 지켜보며 촬영을 한다. 새끼들을 다시 굴속으로 몰아넣기로 한다. 하지만 순서대로 굴속으로 들어가던 아까와 달리 녀석들은 사방으로 흩어져 도망치기 시작한다. 완호와 나는 양쪽으로 흩어져서 새끼들을 굴 쪽으로 몰았다. 여섯 마리는 굴 쪽으로 달려갔지만, 한 마리는 우리의 포위망을 벗어나 도망을 간다. 손전등을 켜고 굴속으로 기어들어간다. 굴이 좁아 여섯 마리 모두 확인할 수가 없다. 혹 빠져나간 녀석이 있다 해도 날이 어두워 굴 밖에 있는 새끼를 찾을 방법이 없다.

배낭의 물건을 쏟아내고 그 안에 모래를 채운 다음, 굴 입구에 쑤셔넣고 발로 차서 입구를 눌러 막았다. 완호는 굴 입구 건너편 언덕에 자리를 잡고 잠복에 들어가고, 나는 야영지로 돌아가 밥과 고추장, 오이장아찌를 비닐팩에 넣어 완호에게 가져다주었다. 곧장 다시 돌아나와 야영지를 향해 천천히 걷는다. 공기가 차가웠지만 별들이 총총한 상쾌한 밤이다. 적당히 취해 기분 좋은 사람처럼, 나는 느리게, 그렇게 걸었다.

6월 20일

이른 새벽, 야영지로 돌아온 완호가 텐트 안으로 들어오다가 다리를 밟는 바람에 잠에서 깼다. 멀리서 망설이는 어미 늑대를 짧게 찍었을 뿐, 별다른 건 없었다고 한다. 완호의 그 말을 듣자마자 나는 다시 곯아떨어졌다.

한참 만에야 겨우 다시 일어나 엉금엉금 텐트 밖으로 기어나와서는, 마른 나뭇가지를 주워 불을 피우고 차를 끓인다. 불을 붙이고 차를 준비하는 일은 그 자체로 즐겁기도 하지만 잠을 쫓기에도 더없이 좋다. 날이 밝고 모닥불에 몸도 데웠으니 그만 일어서야 했다. 어제 찾은 늑대굴 쪽으로 걸어가본다. 혹시라도 어미 늑대와 마주치지 않을까.

늑대굴이 바로 내려다보이는 모래언덕 꼭대기에 올라 자리를 잡고 앉는다. 따뜻한 햇살에 눈앞에서 날리는 먼지들마저도 반짝거린다. 다시 잠이 쏟아진다. 늑대굴 앞 계곡이 시작되는 풀밭에서 황오리 한 쌍이 먹이를 찾고 있다. 여린 풀잎을 뜯거나 풀밭 여기저기를 뛰어다니는 풀무치를 찾는 것이다. 근처에는 호수는커녕 작은 샘물 하나 없지만, 날개를 가졌으니 어디라도 날아가지 못할까. 여기서 남서쪽으로 20킬로미터만 가면 할힌 강이니, 어쩌면 황오리는 거기서 날아온 것일지도 모른다. 아니, 강은 너무 멀다. 근처 어딘가에 내 시야에까지 들어오지 못한 작은 호수가 있을 것이다. 물새들의 터전이 되어줄 그곳에서 늑대가 목을 축이기도 할 것이다. 늑대가 이곳에 보금자리를 마련했다는 것은, 근처 수 킬로미터 안에 물이 있다는 뜻이기도 하다.

비틀거리며 늑대굴 쪽으로 내려간다. 굴 입구는 여전히 배낭으로 꽉 막혀 있다. 완호가 텐트를 접은 후에도 부모 늑대는 이쪽으로 오지 않았다. 굴 앞에는 굴에서 파낸 모래가 쌓여 있다. 모래 위에는 간밤에 찍힌 내 등산화 자국뿐이다. 어미 늑대가 왔다면 분명 입구를 막아놓은 배낭을 빼냈을 것이다. 어두운 밤부터 새벽까지, 늑대는 오지 않았다. 우리의 냄새가 진하게 배어 있어서일 것이다. 사람에 대한 공포가 새끼를 구할 엄두를 내지 못하게 한 것이다. 일단 배낭을 그대로 둔 채 부모 늑대를 찾아 다시 주변을 둘러본다. 늑대와 마주치는 행운은 찾아와주지 않는다.

야영지로 돌아와 식은 밥을 물에 말아 먹었다. 박선생에게 깡패와 어벙이를 부탁하고 완호와 함께 다시 늑대굴을 찾는다. 완호 말로는 새벽 1시쯤 멀리서 늑대 한 마리가 천천히 굴 쪽으로 다가왔다고 한다. 잠복 텐트에서 100미터쯤 떨어진 곳까지 접근하던 늑대는 순간 걸음을 멈추었고, 잠시 텐트를 노려보다가 오른쪽 덤불 속으로 들어가버렸다는 것이다. 한 시간 정도 더 기다려보았지만 끝내 다시 나타나지 않았던 늑대는, 완호가 텐트를 접으려 가방을 챙기는데 멀리 남서쪽에서 한 차례 길게 소리를 질렀다. 새끼들에게 보내는 신호였을 것이다. 완호는 굴 입구가 내려다보이는 언덕 능선에 앉아 무엇이든 지나가는 동물을 기다리겠다고 했고, 나는 야영지로 돌아왔다.

거울이 없어서 내 모습을 볼 수가 없지만, 박선생의 얼굴을 보니 내 몰골이 어떨지 짐작이 간다. 기름때에 모래먼지가 덕지덕지 붙어 있을 것이다.

"지금이라도 깡통 들고 하얼빈 역 앞에 나가 앉아 있으면 돈 좀 벌겠습니다."

"그래도 안경은 벗어야겠지?"

낄낄거리며 농담을 하자, 박선생도 웃으며 되받는다. 돈을 아끼는 것 자체야 뭐라 할 수 없지만, 물이나 먹거리 같은 데까지 돈을 안 쓰는 지독한 인간이라며 박선생이 덧붙인다. 완호를 두고 하는 말이다. 박선생 말이 맞다며 나도 얼른 맞장구를 쳐준다. 하얼빈 시내 같은 곳에서 단순 통역을 하는 정도라면 박선생에게 지금 정도의 급여만으로도 적지는 않을 것이다. 하지만 여기서 그는 통역뿐 아니라 스물네 시간 풍찬노숙風餐露宿을 하며 막일까지 하고 있었다. 처음 일을 제안하고 기획할 때 예상했던 것 이상으로 힘들 것이다. 노동과 업무량에 비해 수입이 적다고 느낄 만했다. 하지만 박선생은 보수가 적다고는 말하지 않는다. 일을 시작하기 전에 이미 계약한 내용이고, 이제 와서 굳이 문제를 만들고 싶지는 않을 것이다. 그럼에도 불구하고, 먹고 마시는 데 드는 비용을 아끼려 하니 그게 불만인 것이다. 박선생의 푸념은 계속된다.

"임완호 감독은 제 입만 만족시키면 되는 사람이다. 물과 부식을 살 때는 인색하지만 담배와 봉지커피를 사는 건 빠뜨리지 않는다."

담배와 커피는 나도 좋아하는데…… 나야 완호가 어떤 사람인지 잘 알고 있지만, 박선생은 완호와 처음 일을 해본다. 그런데 전혀 예상하지 못했던 문제가 실망으로 변하고, 그것이 쌓이니 작은 분노가 된 것이다. 나는 박선생 말이 다 옳다며 편을 들어준다. 완호에 대해서는 한마디도 변호하지 않는다. 나 역시 완호에게 비슷한 불만이 있다. 일단 입을 열었다가는 흥분해서 욕지거리가 튀어나올 게 뻔하다. 한국으로 돌아갈 때까지 나는 완벽한 박쥐가 되어야 한다.

문득 뒤쪽에서 오토바이 소리가 난다. 엔진 힘이 딸리는지 억지로 쥐어짜는 듯한 소리와 함께 원화가 오토바이에서 내린다. 함께 온 사십대 남자의 오토바이 짐칸에 물통이 묶여 있어 더욱 반갑다. 작은 병으로 네 개밖에 남지 않아 걱정을 하던 참이었는데, 어제 박선생이 부탁을 했다고 한다. 한데 물통이 크지가 않다. 아껴 써야 오늘 하루를 버틸 수 있을 정도밖에 안 되는 듯하다. 다른 사람들보다 물을 많이 마시는 편이라 물 문제에는 예민해진다. 뙤약볕 아래에서 헤매고 다니는 시간이 많아서다. 원화와 함께 온 남자는 어제저녁에 왔던 사람인데, 얼마 전까지 초등학교 교사였다고 한다. 마른 몸에 원화만큼 순한 인상이다. 두 사람 모두 특별한 일이 없어 심심하던 차에 들른 것이었다. 손님 접대는 박선생의 몫이다. 이야기를 나누는 세 사람을 두고 나는 남서쪽으로 방향을 잡고 길을 나선다.

모래언덕에 오르면 일단 쌍안경으로 소나무 아래나 덤불을 살핀다. 햇빛이 너무 밝고 뜨거워 다들 쉬고 있는지 아무런 움직임이 없다. 그늘 아래에서, 굴속에서 아마 모두들 졸고 있을 것이다. 방향을 틀어 서쪽에 있는 다음 모래언덕 위로 올라가서 내려다보니, 오른쪽 모래언덕 맨 아래쪽에서 조금 올라간 위치에 커다란 굴이 있는 게 보인다. 비탈 아래로 곧장 미끄러져 내려간다. 돌이나 바위들이 거의 없는 지역이라 자연스럽게 굴이 생길 리는 없다. 이곳의 굴은 모두 동물들이 파놓은 것이다.

굴 주변의 풀들이 납작하게 밟혀 있는데, 그 범위가 꽤 넓다. 가죽이 벗겨진 양의 앞다리 하나가 뒹굴고 있고, 작은 똥들이 여기저기 흩어져 있다. 몸을 최대한 엎드리고 굴속으로 들어간다. 넓은 입구에 비해 길이는 생각보다 짧다. 굴속 제일 안쪽은 방처럼 넓어지고, 바닥에는 마른풀들이 깔려 있다. 갑자기 목덜미에 무언가가 후드득, 떨어진다. 작은 벌레 같은 그것들은 목덜미를 돌아다니다가 머리카락 속으로, 옷 속으로 기어들어간다. 얼른 굴에서 빠져나와 목덜미를 쏠어내리니, 손에 뭔가가 잡힌다. 개벼

룩이다. 이런! 깜짝 놀라 머리를 흔들어 벌레들을 털어낸다. 안 되
겠다 싶어 옷을 모두 벗고 하나하나 털어냈다.

　늑대굴이 맞을 것이다. 사흘 전 처음 새끼 늑대들을 발견했던
굴에서 직선거리로 300~400미터쯤 될까. 어미 늑대는 이 굴에
서 새끼를 낳고 얼마쯤 머물렀을 것이다. 어쩌면 새끼들을 데리
고 떠난 지 며칠 안 되었을 수도 있다. 굴 앞쪽으로 솟아 있는 모
래언덕 위로 올라간다. 오래된 것부터 최근 것까지, 역시 늑대 발
자국이 찍혀 있다. 지대가 높아 사방이 다 열려 있어 전망이 꽤 좋
다. 첫번째 굴 뒤쪽 소나무가 서 있는 언덕과 어제 발견한 두번째
굴의 언덕도 보인다. 늑대는 여기 이 언덕 위에서 보초를 섰을 것
이다.

　완호가 잠복하고 있는 두번째 늑대굴의 언덕이 가까워진다. 그
쪽을 빙 돌아 어제 마주쳤던 늑대가 사라진 쪽으로 방향을 잡는
다. 모래언덕 사이 넓은 풀밭에 유목민이 머물렀던 흔적이 있다.
풀들이 듬성듬성한 둥근 게르의 터와, 양떼를 가두어두었던 울타
리의 흔적도 보인다. 양떼가 머물며 밤을 보낸 자리는 양과 염소
가 싸놓은 똥오줌이 켜켜이 쌓이고, 그 위를 가축들이 밟고 다녀
두껍게 다져진다. 그렇게 압착된 가축들의 배설물은 크게 조각을
내어 잘라 쌓아놓는다. 이것들이 요리를 할 때 불을 피우거나 난
방을 하는 땔감으로 사용되는 것이다. 배설물의 두께를 보니 꽤
오래 이곳에서 머물렀던 듯하다.

근처에 가축이 보이지 않았던 이유가 거기에 있었다. 바로 얼마 전까지 이곳에서 가축을 돌보다가 새로운 목초지를 찾아 떠난 것이다. 일종의 휴경지인 셈이다. 그 사실을 아는 다른 양치기들도 이 지역에 머무르지 않고 지나칠 테고, 늑대 입장에서도 이런 곳에 보금자리를 마련하는 편이 안전할 것이다.

서쪽과 서남쪽을 왔다 갔다 하며 조금씩 앞으로 나아간다. 모래바닥에 드문드문 늑대 발자국이 찍혀 있고, 언덕 꼭대기에는 어김없이 늑대가 올라와 주변을 살핀 듯한 발자국이 있다. 높고 긴 모래언덕 아래, 듬성듬성 서 있는 소나무 사이사이 관목 덤불이 빽빽한 북쪽 비탈에 다다랐다. 열 마리쯤 될까, 물까치떼가 머리 위를 스치듯 낮게 날아다닌다. 여기서 물까치를 만나게 될 줄이야. 녀석들은 온대림에서 사는 새들이다. 물까치가 있다는 것은, 이 지역이 다싱안링 산맥의 서쪽 가장자리라는 뜻이다. 산림과 초원이 서로 바뀌는 전이지대인 것이다. 적응력이 뛰어난 까치도 이 지역에서는 볼 수가 없는데, 사람들이 살지 않기 때문이다. 사막에서도 살 수 있는 새가 까치지만, 제비처럼 사람이 머무는 곳에서만 볼 수 있다. 모래언덕으로 둘러싸인 오목한 분지에 어린 소나무들이 자라고 있다. 소나무숲 밖과는 완벽하게 차단되는 곳이다. 아늑한 소나무 그늘 아래로 기어들어가 눕는다. 나도 이제 꼭꼭 숨은 것이다. 때맞추어 솔바람이 얼굴을 간질이며 지나간다. 순식간에 온 몸에 힘이 빠지고 잠이 들어버린다.

선득한 기운에 정신을 차린다. 햇살 한 조각 바람 한 줌이 나를 재우고 또 깨운다. 햇살은 따갑지만 바람이 통하는 그늘은 선선하다 못해 춥기까지 하다. 그만 돌아가야 한다. 걸어왔던 길을 피해 걷는다. 늑대의 먹잇감이 될 만한 것들은 보이지 않는다. 생토끼굴이 그나마 눈에 띄었는데, 그조차 많지가 않다. 이 지역을 포함해서, 지금까지 새끼 늑대를 발견한 곳은 네 군데였다. 늑대가 새끼를 돌보고 있는 곳에서는 우리 중 누구도 여우나 오소리를 보지 못했다. 촬영은커녕 발자국이나 배설물조차 눈에 띄지 않았다. 먹이가 적어서도 그렇겠지만 무엇보다 늑대 때문일 것이다. 늑대가 새끼를 낳기 위해 보금자리를 마련했다면 최소한 5~6개월은 머물러 있을 텐데, 만약 여우나 오소리가 정착해서 사는 곳에 늑대가 새끼를 낳게 되면 어떻게 될까. 새끼를 낳아 기르는 지역은 늑대가 활동하는 영역의 중심이자 핵심이 된다. 그렇다면 여우나 오소리는 조심스레 늑대를 피해 다니며 버티거나 그곳을 떠나야 한다. 하지만 5~6개월이나 늑대의 눈과 코를 속일 수는 없다. 떠나지 않으면 죽임을 당하고 말 것이다.

  겨울이 긴 이곳 온대 초원에서 여우와 오소리가 새끼를 기르는 시기는 늑대와 비슷하다. 운이 좋아 어미는 늑대를 피한다 해도 새끼들까지 늑대의 송곳니를 피할 수는 없다. 마찬가지로, 여우와 오소리의 흔적이 있는 곳에서는 새끼가 있는 늑대굴을 보기가 어렵다. 두 번쯤 여우와 오소리를 만난 지역에서 늑대를 본 적이 있는데, 아마 그때 늑대는 제 영역의 가장자리를 지나가는 중이었을 것이다. 그러니까, 늑대가 새끼를 돌보고 있는 굴 주변에 사는 여우나 오소리는 없다. 반대로 여우나 오소리가 보이는 곳에는 늑대굴이 없으며, 늑대가 자주 눈에 띄는 곳에는 여우굴과 오소리굴이 없다. 동북아시아의 호랑이와 늑대, 호랑이와 표범, 늑대와 스라소니, 북미의 늑대와 코요테도 같은 관계다.

해 질 무렵 늦은 저녁을 먹고 완호와 다시 늑대굴로 갔다. 낮에 내가 다른 곳을 돌아다니는 동안, 완호는 딱히 찍은 게 없다고 했다. 우리는 늑대굴이 바로 보이는 앞쪽 능선의 잡목숲에 숨었다. 자정이 되어도 늑대는 나타나지 않는다. 어쩌면 몰래 우리를 지켜보고 있는 것은 아닐까. 이제 그만두어야 할 때였다. 나는 늑대굴에서 배낭을 빼내 모래를 털었다. 더이상 아쉬울 것도 없었다. 우리는 곧장 야영지를 향해 걷는다.

6월 21일

아침 일찍 바다얼후가 왔다. 양떼를 둘러보러 가는 길인데, 마침 부군수 만두라가 걱정을 하면서 한번 가보라고 부탁을 해서 겸사 겸사 들렀다고 한다. 그러고 보니 읍내를 떠난 지 오늘로 13일째다. 완호가 늑대굴에 대한 다른 소식은 없는지 물어본다.

"메이요없다."

바닥에 비스듬히 기대어 누우며 바다얼후가 대답한다. 풀줄기를 씹는 표정이나 자세가 왠지 떨떠름하다. 당연했다. 아무 대가가 없으니 의욕이 없어진 것이다. 얼른 분위기를 파악한 박선생이 중국어로 말을 걸며 화제를 바꾼다. 작업을 마무리할 때가 다가오고 있었다. 완호가 자리에서 일어나는 바다얼후에게 부탁을 한다. 운전사 토흐터에게 전화를 해서 오늘 우리를 좀 데리러 와달라 전해달라고.

남은 시간 동안 밀린 숙제를 하기로 했다. 야영지에서 가까운 첫번째 늑대굴로 간다. 무릎을 꿇고 줄자와 메모지, 연필을 바닥에 내려놓는다. 괜히 진지해지는 기분이다. 줄자로 입구부터 굴의 크기를 재나간다. 굴의 입구는 동북쪽으로 56도 방향에 있다. 출구는 따로 없으며, 입구의 높이는 38센티미터에 폭이 48센티미터로 꽤 큰 편이지만 통로는 더 좁다. 마른 편인 내 몸이 꽉 들어찬다. 높이 28~30센티미터에 폭 46센티미터, 굴속은 움직일 때마다 천장에서 흙이 부서져 떨어진다. 굴의 전체 길이는 170센티미터, 그중 110센티미터가 통로에 해당하고 통로가 끝나는 지점부터는 꽤 넓은 방이 된다. 높이 45센티미터에 길이 60센티미터, 폭 50~60센티미터 정도에 바닥에는 마른풀이 깔려 있다. 서늘하고 쾌적한 편이지만 어미와 새끼들이 모두 함께 지내기에는 너무 좁다. 새끼들만 지내는 굴이다. 들어갈 때보다 나올 때가 더 힘들다. 밖으로 나오니 머리카락은 물론이고 온몸이 흙투성이가 되어 있다.

굴 주위에 널려 있는 늑대의 똥에는 모두 흰 털이 섞여 있다. 허옇게 빛이 바랜 양이나 염소의 뼈도 여기저기 흩어져 있는데, 아비가 여기까지 가져다주었을 것이다. 새끼들이 뒹굴며 논 자리는 어김없이 풀들이 납작하게 누워 있고, 군데군데 배내털도 떨어져 있다. 누구라도 늑대가 머물었던 흔적임을 알아볼 수 있을 것이다.

어미가 새끼를 옮겨간 두번째 굴로 다시 걸음을 옮긴다. 첫번째 굴에서 얼마나 떨어져 있는지 거리를 측정하면서 가기로 한다. 두번째 굴은 첫번째 굴에서 서쪽으로 260도 방향에 있다. 3미터짜리 줄자를 길게 펼쳐 2미터 단위로 금을 그으며 걷는다. 처음 얼마 동안은 괜찮았지만 금세 힘이 빠진다. 속도가 더딘데다 자꾸만 엉뚱한 방향으로 빗나간다. 얼마 못 가 정확한 측정은 포기하고 대략적인 거리만 재기로 한다. 천천히, 내 보폭을 여러 번 확인하며 걷는다.

평균 보폭은 50센티미터, 일단 보폭과 걸음 수로 거리를 셈해본다. 첫번째 굴에서 두번째 굴까지는 모두 2,075걸음이다. 2,075×50=103,750센티미터, 대략 1킬로미터 정도다. 두번째 굴의 입구는 350도 북향으로, 역시 입구 외에 출구는 따로 없다. 입구의 높이와 폭은 각각 40센티미터, 통로는 높이와 폭이 각각 34~37센티미터, 굴의 전체 길이는 330센티미터로 지금까지 본 것들 중 가장 길다. 입구에서 100센티미터쯤 들어가면 폭이 60센티미터로 넓어지는 첫번째 방이 나온다. 처음에 어미 늑대는 여기까지만 굴을 팠을 것이다. 통로의 끝에 있는 두번째 방은 높이가 55센티미터에 폭이 60센티미터였다. 두번째 굴이 이렇게 길어진 것은, 아마 이틀 밤을 가둬둔 탓에 새끼들이 안쪽으로 계속 파들어가서일 것이다. 굴 바닥에 쌓여 있는 흙더미를 보아도 알 수가 있다.

북향인 굴 입구 주변은 키 작은 나무들이 빽빽하게 자라고 있다. 양과 염소의 흰 털들이 흩어져 있는 가운데 골반뼈도 눈에 띈다. 첫번째 굴에서 새끼 늑대가 사라졌던 17일이나 18일 밤 혹은 새벽에 먹은 것이다. 굴 뒤쪽 언덕의 능선으로 올라서니, 사방이 트여 전망이 좋다. 주변 풍경을 돌아보며 첫번째 굴 쪽으로 천천히 걸어간다. 삼십 분이 걸린다. 우리를 피해 꽤 멀리 간 듯하지만 어른 늑대의 입장에서 보면 바로 옆이나 다름없다.

야영지로 돌아와 깡패와 어벙이를 풀어놓고 박선생과 수다를 떨며 시간을 보낸다. 박선생이 모아놓은 나뭇가지들이 피라미드처럼 쌓여 있었지만, 또 땔감을 주우러 나간다. 깡패와 어벙이가 바짝 따라붙어 자꾸만 발뒤꿈치에 차인다. 언덕을 오르는데 맨발이 모래 속으로 파고든다. 습기 때문에 모래 속이 서늘하다. 발가락을 꼼지락거리면 마치 강아지가 핥는 듯한 기분이다. 신이 난 두 녀석도 혀를 빼물고 모래언덕을 뛰어오른다. 그새 주둥이도 길어지고 다리도 쭉 뻗어 제법 늑대 티가 난다. 불을 피우고 냄비를 올린다. 커피를 마시려는 것이었지만 불꽃이 이는 그 과정이 더 즐겁다. 깡패와 어벙이는 불을 겁내지 않는다. 자꾸만 냄비 쪽으로 달려들어 부지깽이를 들어 쫓아낸다. 컵 바닥에 얼룩진 찌꺼기를 들여다본다. 남아 있는 마지막 당분이다.

이제 네이멍구에 머물 날도 며칠 남지 않았다. 어느 사이엔가 녀석들이 벗어놓은 등산화를 물어뜯고 있다. 문득 녀석들과 노닥거리며 여유 부릴 때가 아니라는 생각이 든다. 등산화를 빼앗아 신고 박선생에게 녀석들을 부탁한다. 토흐터는 저녁 무렵에나 올 것이다. 얼른 한 바퀴 더 돌아볼 셈으로 배낭을 짊어지는데 녀석들이 매달린다. 나는 아랑곳 않고 곧장 성큼성큼 걸음을 옮긴다. 박선생이 휘파람을 불어 녀석들을 부르자, 가운데서 갈팡질팡하던 녀석들은 어느새 멀어지는 나를 두고 박선생에게로 달려간다.

다행히 녀석들은 우리 셋을 다 잘 따른다. 물론 녀석들이 가장 의지하고 신뢰하는 것은 형제지간인 서로이다.

아침부터 흐리던 하늘은 점점 더 어두워지고 있다. 거칠어진 바람이 구름을 모으고 있었다. 지금까지 한 번도 가보지 않았던 남쪽을 향해 걷는다. 구름에 가려 약해지긴 했지만 최대한 볕을 쪼이려 표범장지뱀이 몸을 내맡기고 있다. 마른풀들이 거친 바람에 상모돌리기를 하듯 공중에서 원을 그린다. 꼭 무언가 찾겠다는 마음은 아니었다. 일단은 혼자이고 싶어 길을 나섰지만, 혹시나 하는 마음은 여전하다.

녹슨 철모가 눈에 띈다. 오른쪽 측면에 구멍이 나 있다. 기관총의 탄환인지 포탄의 파편인지는 알 수 없지만, 철모의 주인은 그 자리에서 즉사했을 것이다. 육십여 년 전 이곳 신바얼후쥐치에서 대량 살육전이 있었다. 1939년 5월에서 8월까지 할힌 강을 사이에 두고 소련 전체주의와 일본 군국주의 사이에 전투가 벌어진 것이다. 노몬한 사건이라고도 알려진 할힌골 전투가 그것이다. 1930년대가 시작되면서 일본 제국주의는 그 정점을 찍고 있었다. 1932년, 일본은 중국 동북지방과 네이멍구 동부를 합병해 만주국이라는 꼭두각시 정부를 세웠고, 이후 1937년 7월에는 중·일 전쟁을 일으켜 중국 본토를 갉아먹기 시작했다. 제1차 세계대전 때처럼 눈치를 보거나 명분을 찾지도 않았으며 잠깐의 고민도 하지 않는 듯했다. 마치 칭기즈칸의 정복전쟁을 흉내내듯 군홧발이 닿는 곳마다 잔인한 살육이 이어졌다. 하지만 1939년, 몽골 할힌 강에서 일본의 폭주는 커다란 벽을 맞닥뜨리게 된다. 일본 관동 군과 만주군이 소련·몽골 연합군에게 궤멸된 것이다. 일본은 자 신들이 패배한 이 전투를 국경의 사소한 다툼쯤으로 축소해 '노 몬한 사건'으로 부르지만, 실제로는 전차와 전투기를 총동원한 대규모 전면전이었다. 할힌골 전투에서 패배한 일본은 소련을 함 부로 할 수 없게 되었다.

당시 소련군의 철모는 귀 부분과 목덜미 부분이 아래로 좀 더 내려와 있었다. 하지만 이 철모는 그런 부분 없이 둘레가 반듯하 다. 일본군의 철모다. 철모의 주인은 관동군 신병이었을까. 아무 의심도 없이 그저 "천황폐하, 만세!"를 외치며 적을 향해 돌격하 다가 그렇게 죽음을 맞이한 걸까. 이 전투로 양쪽 진영에서 모두 이만오천 명 이상이 사망하거나 실종되었다. 당시에 죽음을 맞이 한 병사들의 시신은 모두 제 나라의 국립묘지에 묻혔을까. 직급 이 높은 장교나 장군이라면 몰라도 아마 일반 병사들에겐 어림없 는 소리일 것이다.

전투가 끝나고 모두가 철수한 9월부터 이 지역에서는 동물들 의 성대한 잔치가 벌어졌다. 파리와 송장벌레, 까마귀와 까치, 독 수리…… 대자연의 장의사들이 하나둘 몰려들었다. 까마귀와 까 치를 시작으로, 폭음에 놀라 잠시 이 지역을 떠나 있던 여우와 늑 대도 돌아왔다. 유목민들과 함께 개들도 뒤늦은 장례식에 참가했다. 전투 기간 중 몽골군이 물자를 수송하는 데 이용했던 낙타와 군용 말도 사천 마리나 죽었는데, 자연의 장의사들은 사람의 주검보다 말과 낙타의 사체를 더 반겼다.

사망하거나 실종된 군인과 죽은 말과 낙타의 생체량을 모두 합치면 2,700톤이 된다. 이는 다 자란 양과 염소 육만칠천오백 마리에 해당하는 양이다. 이 모든 주검들을 늑대가 먹는다면 이천칠백 마리의 늑대가 일 년 내내 배불리 먹을 수 있는 양에 해당된다.

전투가 끝난 그다음 해인 1940년 봄, 할힌 강 유역의 까마귀와 까치, 늑대와 여우는 폭발적으로 증가했을 것이다. 그만큼 잘 먹어서일 것이다. 역사는 한편으로는 전쟁과 살육의 기록이기도 하다. 유라시아의 전쟁터에는 항상 늑대와 까마귀가 기웃거리며 뒷정리를 했다.

멀리 야영지의 텐트가 보인다. 박선생과 이야기를 나누던 원화가 자리에서 일어서며 웃어 보인다. 꽤나 심심했던 모양인지 혼자 걸어서 여기까지 왔다고 한다. 그러잖아도 궁금한 게 많았던 참에 잘 되었다 싶다. 박선생이 끓인 차를 마시며 질문 보따리를 풀어놓는다.

지난 19일 한 양치기가 이곳 늑대굴 가까이 왔다. 양치기는 늑대굴이 있는 걸 알고도 양떼를 몰고 왔는가.

"양치기는 이곳에 늑대굴이 있는지 몰랐을 것이다. 풀을 찾아 여러 곳을 다니기 때문에 어디에 늑대굴이 있는지 알 수가 없다. 설사 알아도 크게 걱정하지 않는다. 사람을 보면 늑대가 먼저 도망치기 때문이다."

어미 늑대는 새끼가 있어도 도망치는가.
"새끼가 있어도 도망친다. 사람이 새끼를 잡아가도 그냥 도망친다."

늑대가 양떼를 공격할 수도 있지 않나.
"밤이면 몰라도 양치기가 지키는 낮에 양을 공격하는 경우는 드물다."

양치기가 늑대굴을 발견하면 곧바로 새끼를 꺼내는가?
"그런 양치기는 없다. 대개는 그냥 지나친다. 한눈을 팔았다가 양떼가 흩어지면 그게 더 골치 아프기 때문이다. 보통은 저녁때 집으로 돌아와 식구들이나 다른 양치기에게 늑대 새끼 이야기를 한다. 그리고 다음 날 같이 늑대 새끼를 꺼내러 오는 것이다. 어미 늑대가 덤빌 것을 염려해 보통 두세 명이 함께 간다."

너는 왜 늑대 새끼를 꺼내지 않았나.
"그때는 양과 염소 털 깎기에 바빴고, 다른 사람들도 마찬가지였

다. 또 애써 잡아봤자 쓸 데도 없다. 나뿐만 아니라, 새끼가 있는
늑대굴이라도 그냥 두는 사람이 대부분일 것이다."

그냥 두었다가는 새끼 늑대가 커서 또 양을 훔쳐갈 것이 아닌가.
"그렇긴 하지만, 우리 집은 가축이 적어 피해도 거의 없다. 또 이
지역에는 늑대가 많은 편이라 하나쯤 굴을 털어봤자 크게 달라질
것도 없다."

늑대 포획 장려정책이 아직 실시되고 있다면 아마 대답은 달라
졌을 것이다. 늑대굴을 찾아주면 사례를 하는 한국인들이 왔다는
소문은 여기까지는 도착하지 못한 모양이었다. 신바얼후쭤치에
서도 변두리 지역이라 만두라의 지시도 이곳까지는 미치지 못한
것이다.

늑대는 가축 말고는 뭘 잡아먹는가.
"노루도 잡아먹고 황양몽골영양도 잡아먹는다. 몽골영양은 이쪽엔
없다. 서쪽이나 북쪽 초원에 살지만 보기는 힘들다. 노루는 이곳
에도 살지만 저쪽, 동남쪽 산림지대의 숲속에 더 많이 산다."

이 지역에서는 며칠 동안 노루 똥 하나 보지 못했다. 이곳에 보
금자리를 마련한 후 늑대는 아마 최대한 노루를 사냥했을 테고,
그 바람에 일부는 다른 지역으로 이동했을 것이다. 산림지대에
노루가 많다는 얘기도 믿기지 않는다. 어쩌다 가끔 눈에 띌 뿐, 흔

적도 많지가 않았다.

집에 있는 가축은 몇 마리나 되나.
"양과 염소가 삼백 마리 정도, 소가 스무 마리, 말이 열 마리쯤 된다."

원화는 잠깐 생각하더니 더듬거리며 대답한다. 통역을 하던 박 선생이 슬며시 웃으며 나를 쳐다본다. 숫자를 부풀린 것이다. 유목민에게 가축의 수를 묻는 건 큰 실례다. 가난해 보이는 게 싫어 원화는 숫자를 크게 부풀렸을 것이다.

늑대에게 잡아먹히는 가축이 일 년에 몇 마리나 되나.
"양이나 염소는 서너 마리, 많을 땐 열 마리쯤 피해를 본다. 소는 한두 마리쯤 잡아먹히는데, 갓난 송아지나 어린 소가 피해를 본다. 말도 비슷하다."

집은 여기서 먼가.
"가깝다. 오토바이로 삼십 분, 천천히 걸어도 두 시간이 안 걸린다."

며칠 동안 꽤 멀리까지 걸어다녔다고 생각했는데, 그동안 사람이 사는 집을 본 적이 없었다. 그리고 보면 사실은 야영지 주변만 빙글빙글 맴돌았던 모양이다.

여기 사는 늑대가 네가 사는 동네에서도 가축을 훔치는가.

"그건 모르겠다. 아마 그럴 수도 있을 것이다. 우리 동네 주변에도 늑대는 자주 나타난다. 그 늑대가 여기 사는 늑대인지는 알 수 없지만."

동네에 나타나는 늑대는 몇 마리씩 눈에 띄나.

"보통 한 마리 혹은 두 마리가 보이는데, 겨울에는 여러 마리가 몰려다니기도 한다."

겨울에는 새끼들이 다 자라 어른 늑대와 함께 다니기 때문에 여러 마리가 보이는 것이다.

근처에 호수는 없나.

"이 부근에는 없다. 하지만 우리 동네 옆에도 작은 호수가 있고, 동네에서 북쪽으로 이삼십 분쯤 더 가면 큰 호수가 있다. 지금은 물이 적지만 7월에 비가 내리고 나면 물이 가득 찬다. 호수 주변에 숨어 있으면 저녁이나 새벽녘에 물 마시러 나오는 늑대를 볼 수 있다. 여기서도 낮은 지대를 골라 깊이 파면 물이 나온다. 유목민들은 우물을 파거나 펌프를 박아 물을 끌어올린다."

늑대가 사람을 공격하는 경우도 있는가.

"가끔씩 있는 모양이다. 작년 가을 한 남자가 자기 집 근처에서 늑대의 공격을 받았다는 얘기를 들었다. 옷이 다 찢어지고 얼굴에도 상처를 입었다고 하더라."

그럼 늑대가 사람을 잡아먹은 경우는 없는가.
"그런 소문은 못 들어봤다. 늑대는 몽골 사람은 잡아먹지 않는다. 한족漢族만 잡아먹는다."
원화가 낄낄거리며 말을 마치자 박선생이 맞받아친다.
"늑대는 조선족도 안 먹는다."
원화가 박수를 치며 연신 맞는 말이라며 되받는다.

늑대를 어떻게 생각하는가.
"늑대는 우리가 힘들여 키운 가축을 잡아먹는다. 늑대가 없으면 우리가 좀 더 편히 지낼 수 있을 것이다. 반면 늑대 덕을 보는 건 하나도 없다."
간결하고 명쾌한 대답이다. 초원의 생태계가 더 건강하게 유지되기 위해서는 늑대가 있어야 한다는 둥의 이야기는 꺼내지 않는다. 원화에게 그런 이야기는 너무 먼 이야기다.

저녁때가 다 되도록 토흐터는 나타나지 않는다. 연락책인 바다얼후도 아무 소식이 없다. 토흐터가 오면 원화와 간단하게라도 한 잔 나눌 생각이었는데 아쉽기만 하다. 그만 집에 가야겠다며 원

화가 자리에서 일어난다. 올 때처럼 걸어서 가야 할 것이다. 오토
바이를 빌려 타고 오든가 말이라도 타고 왔으면 덜 안쓰러웠을
텐데, 괜히 미안한 마음이 든다. 원화는 손을 흔들며 모래언덕 사
이로 사라져간다. 그게 원화의 마지막 모습이었다. 밤늦게까지
모닥불을 크게 피우고 기다렸지만 토흐터도 바다얼후도 끝내 나
타나지 않는다.

6월 22일

식사를 마치고 물을 마시다가 녀석들 생각이 나서 밥그릇에 물을 부어 깡패와 어벙이 앞으로 밀어주었다. 공식적으로는 이곳에서의 마지막 물이지만, 걱정은 없다. 배낭 속에 물을 한 병 숨겨두기도 했고, 오늘은 토흐터도 올 것이다. 혹시라도 토흐터가 오지 않는다면…… 그러면 그때 가서 다시 고민해보지 뭐.

이 시간이면 중천에 떠 있어야 할 태양이 보이지 않는다. 구름이 잔뜩 끼어 있다. 덕분에 날씨가 선선해서 나쁘지 않다. 가만히만 있으면 한동안은 목이 마를 일도 없을 것이다. 초원생활을 가장 힘들게 하는 것이 바로 갈증과 부족한 물이다. 좋은 점도 없지는 않은데, 모기도 없고 다른 성가신 벌레도 많지 않다는 점이다. 하루가 다르게 한여름을 향해 달려가고 있었다. 지금쯤 우얼순 강변에는 모기가 극성일 것이다. 토흐터가 올 때까지 가만히 기다리려 했지만 그새를 못 참고 또 자리에서 일어나고 만다. 문득 할 일이 떠올랐다.

목덜미로 개벼룩들이 떨어졌던 늑대굴로 간다. 어제 이 굴을 측정하는 것을 깜빡한 것이다. 원화가 발견한 첫번째 굴에서 남서쪽으로 220도, 671걸음, 335미터 정도 떨어져 있는 굴은, 역시 하나뿐인 출입구가 남서쪽을 향해 입을 벌리고 있었다. 전체 길이가 150센티미터로 몹시 짧아, 통로가 따로 없이 굴 자체가 하나의 방인 셈이었다. 입구의 높이는 50센티미터인데, 폭은 70센티미터로 훨씬 넓다. 굴은 중간쯤에서 조금 좁아지다가 다시 높이와 폭이 각각 60센티미터 정도로 넓어졌다. 첫번째 굴과 마찬가지로 바닥에는 마른 풀이 깔려 있다. 개벼룩이 옮을까 후닥닥 일을 끝낸다. 다행히 이번에는 개벼룩을 만나지 않았다.

바위와 돌로 이루어진 알타이 산맥이나 영구동토대永久凍土帶*인 시베리아 툰드라에서는 하나의 굴을 반복해서 사용하는 경우가 많다. 하지만 이 지역은 축축한 모래바닥이라 굴을 파기 쉽다. 늑대는 굴을 잘 파는 편이다. 이 정도 굴이라면 한두 시간이면 될 것이다. 구조센터의 늑대 '늑순이'도 딱딱하게 다져진 흙바닥을 한나절 만에 2미터나 판 적이 있다. 늑대굴은 흔히 생각하는 가정집 같은 것이 아니다. 새의 둥지가 인큐베이터라면 늑대의 굴은 요람과 놀이방을 합친 정도의 기능을 한다. 새끼 늑대가 어미를 따라 이동생활을 하기 시작하는 늦여름이나 초가을 전까지만 필요한 것이다.

혹시나 해서 야영지로 돌아간다. 지금까지 자동차 소리를 듣지 못했다. 멀리서 텐트 쪽을 내다보지만 차는 보이지 않는다. 야영

---

* 월평균 기온이 영하인 달이 반년 이상 계속되어 땅속이 일 년 내내 언 상태로 있는 지대.

지 근처에서 가장 높은 모래언덕 위로 올라가 앉는다. 시간을 정하지 않은 약속은 고문과 같다. 언제까지가 될지도 모르는 채 자리를 지키고 있어야 하는 것이다. 그럴 리는 없겠지만 오늘도 토흐터가 오지 않는다면 어떻게든 결단을 내려야 한다.

늑대굴 쪽을 쳐다본다. 혹시라도 어벙이와 깡패를 늑대 가족에게 입양시킬 수 있었을까. 그렇다면 어떻게 되었을까. 부모 늑대는 녀석들을 식구로 맞아줄까. 부모 늑대는 아마 녀석들을 받아들였을 것이다. 특히 새끼를 기르는 암컷은 모성애가 유별나다. 부모보다 원래 있던 일곱 마리의 형제들과 어울리는 게 더 문제일 것이다.

무엇보다 깡패와 어벙이는 사람의 손에 키워졌다. 처음 눈을 뜨고 사물을 알아보기 시작할 때 늑대가 아닌 사람을 각인하게 되었고, 태어나서 두 달이 넘도록 늑대들의 신호체계를 배우지 못했다. 녀석들은 늑대 가족 내에서 저희들의 위치와 순위를 이해하지 못할 것이다. 지금까지는 흙구덩이 안에 갇혀 있다가 필요할 때만 잠깐 우리들이 놀아준 게 사회생활의 전부다. 그것은 사람과 개 사이의 놀이인데다 일방적인 관계다. 낯선 두 녀석이 늑대 가족에 합류하게 되면 일곱 마리 새끼 늑대들에겐 좋은 장난감이 될 것이다. 덩치에 밀린 깡패와 어벙이는 계속해서 괴롭힘에 시달리게 될지도 모른다. 괴롭히고 따돌리는 것은 견딘다 해도 먹이경쟁은 어떻게 극복할 것인가.

일곱 마리 새끼 늑대가 토실토실 살이 오른 것을 보면 신기할 정도다. 하지만 앞으로가 문제다. 새끼들은 하루가 다르게 덩치가 커진다. 점점 더 많은 고기를 찾을 것이다. 생후 두 달이면 적어도 하루에 400그램은 먹어야 한다. 양껏 먹으면 그 두 배까지도 먹을 수 있다. 태어나서 지금까지, 아마 일곱 마리가 아쉬움 없이 배를 채운 날은 하루도 없었을 것이다. 한두 마리 힘센 녀석은 어떨지 모르겠지만, 나머지 녀석들은 늘 어느 정도 배가 고픈 상태일 것이다. 부모 늑대는 새끼들의 먹이경쟁에 끼어들지 않는다. 그저 뱃속에 담아둔 고기를 게워내줄 뿐이다.

덩치에 밀리고 싸우는 요령도 없는 두 녀석은 내내 굶주릴 것이 뻔하다. 특히 순해빠진 어벙이는 며칠 못 가 굶어 죽을지도 모르는 일이다. 새끼 늑대의 죽음은 대개가 굶주림이 원인이다. 한 살이 될 때까지 일곱 마리의 새끼 늑대들 중 절반만 살아남아도 종으로서는 성공적인 번식이라 할 수 있다.

원시시대의 인류도 마찬가지였다. 사냥과 채집이 순조롭지 못할 때는 가장 어린 아이가 먼저 죽어야 했다. 이는 농경과 목축이 어느 정도 정상적인 궤도에 오른 뒤에도 크게 달라지지 않았다. 기근이 들면 막내가 가장 먼저 희생되고 만다. 지금도 아프리카의 절대빈곤 지역에서 해마다 되풀이되고 있는 일이다.

야영지 주변을 맴돌며 보이는 대로 아무거나 사진을 찍으며 시간을 보낸다. 토흐터는 오후 6시가 다 되어서야 도착했다. 길을 찾느라 힘들었다고 했다. 근처에서 아무도 만나지 못해 몇 시간을 헤맸다는 것이다.

초대소에 도착하자 종업원들이 마치 식구처럼 우리를 맞아준다. 새끼 늑대들을 안고 가는데, 깡패 녀석이 불편했는지 버둥거리더니 결국 현관 바닥에 떨어진다. 얼른 녀석의 목덜미를 낚아챘다. 그 모습을 본 여자 종업원 하나가 얼른 달려와 깡패 녀석을 받아안는다. 그녀는 아기를 보듬듯 깡패를 안고 얼굴을 쓰다듬으며 계단을 오른다. 어느새 깡패와 어벙이는 숨겨야 하는 대상에서 관심의 대상이 되어 있었다.

날이 어두워질 무렵 텔레비전을 켜니 월드컵 중계를 하고 있다. 우리나라 선수들이다.

"재방송이구먼…… 그런데, 한국이 4강에 진출했다던데요."

눈은 텔레비전에 고정시킨 채 박선생 말에 깜짝 놀라 입이 떡 벌어진다.

6월 23일

아침 일찍 만두라와 길게 통화를 한 박선생이 식사를 같이 하자
고 한다. 다 함께 토흐터의 식당으로 갔다. 우리는 어제 뒤늦게 텔
레비전으로 본 한국과 스페인의 승부차기 얘기를 하며 유쾌하게
식사를 시작했다. 오랜만에 만난 탓에 양고기를 비롯해 이것저것
음식을 주문한다. 양고기 맛이 어떠냐고 만두라가 묻는다. 사실
나는 고기 맛을 잘 모른다. 그냥 맛있다, 며 웃어 보이고 만다. 다
행히 박선생이 고기의 향과 육질은 물론 부위마다 다른 맛의 차
이를 설명하며 칭찬을 한다. 이 지역의 공무원답게 부군수 만두
라는 이 고장의 고기와 양젖은 네이멍구에서도 알아준다며 으쓱
한다.

　늑대에 의한 가축 피해는 일상적인 일이며 예측 가능한 위협이
다. 진짜 두려운 것은 살아 움직이는 야생동물이 아니다. 가장 무
서운 것은 형태도 소리도 없이 순식간에 덮쳐오는 자연재해다.
이제 유목민들에게 늑대는 조금 성가시거나 괘씸한 존재일 뿐,
두려움의 대상은 아니다. 단순한 두려움을 넘어 유목민들을 공포
에 떨게 하는 것은 '강gan'과 '조드dzud'다. 고대 몽골 땅의 흉노나
돌궐이 만리장성을 넘어 중원의 농경지대로 약탈 원정을 벌인 여
러 이유 중의 하나도 이 '강'과 '조드'였다.

'강'은 이상 고온에 따른 집중적 가뭄을 말한다. 여름에 비가 적게 내리면 풀이 제대로 자라지 못하고, 이는 곧 가축들의 굶주림으로 연결된다. 여름 동안 제대로 먹지 못한 가축들은 첫눈이 내릴 때쯤 집단으로 굶어 죽는다.

'조드'는 영하 사오십 도의 혹한이 지속되는 기상재해로, '차강조드'와 '하르조드'로 나누어지는데, 그중 '차강조드Tsagaan Dzud, 하얀 재앙'는 폭설을 동반한 한파를 말한다. 겨울에 눈이 내리는 건 당연한 자연현상이고, 또 그래야 한다. 겨울에 눈이 부족하면 봄 가뭄으로 이어져 풀이 제때 성장하지 못한다. 겨울에 적은 양의 눈이 자주 내려줘야 봄의 초원이 비옥해진다. 하지만 단시간에 무릎 높이까지 쌓이는 폭설이 내리면 가축들이 풀을 찾기가 어려워진다. 여름과 가을, 부지런히 풀을 뜯어 살을 찌우므로, 초겨울까지는 그나마 버틸 수가 있다. 하지만 해가 넘어가 늦겨울 혹은 초봄이 되면 저장해둔 지방을 다 써버려 비쩍 마르게 된다. 이 시기에 폭설이 내리면 약한 개체들부터 쓰러지기 시작한다. 혹시라도 강설량이 1미터가 넘는 큰 눈이라도 내리게 되면 한 무리의 양들이 한꺼번에 죽어나가기도 한다. 습지나 강가에 사는 경우가 아니면 대부분의 유목민은 건초를 저장하지 않는다. 아니, 건초를 만들 풀이 아예 없다. 때문에 가축이 굶주려도 비상식량이 없어, 그저 눈이 덜 쌓인 곳으로 이동하는 것이 유일한 방법이다.

흰낮의 기온이 영상으로 오르는 3월 중순이 되면 눈의 표면이 살짝 녹기 시작하는데, 이때 갑자기 혹한이 지속될 때가 있다. 그것이 바로 '하르조드Khar Dzud, 검은 재앙'다. 보통 차강조드보다 하르조드가 더욱 사납다. 녹았던 눈의 표면이 얼어붙은 채 추위가 이어지게 되면 가축들은 필사적으로 얼음을 깨려 한다. 발톱이 부러지고 입술이 찢어진다. 억지로 깬 얼음 아래로 마른풀을 뜯어보지만, 에너지원이 되기에는 턱없이 부족하다. 가축들은 점점 더 야위어가고, 행동도 느려진다. 그러다가 얼어붙은 눈 위에 쓰러지면 그걸로 끝이다. 겨울철 눈 위에 쓰러진 동물에겐 응급조치도 소용이 없다. 어쩌다 살아남았다 해도 뼈와 가죽밖에 남지 않을 정도로 말라버린다. 4월이면 전해에 짝짓기를 한 양과 염소의 출산 시즌이 되지만, 비쩍 마른 어미의 젖 역시 다 말라 갓 태어난 새끼들도 금세 죽어버린다. 보릿고개처럼, 이른바 '젖고개'가 시작되는 것이다. 그렇게 죽은 가축은 건조하고 추운 날씨 때문에 누가 건드리지만 않으면 5월까지 썩지 않아, 늑대와 여우, 독수리와 까마귀에 개들까지, 모든 육식동물의 먹이가 된다. 특히 사냥을 못하는 독수리는 가축 사체에 의지해 새끼를 키운다.

1938년 몽골에서는 이백만 마리의 가축이 굶어 죽었고, 그다음 해인 1939년에는 홍수와 조드로 백오십만 마리가 다시 떼죽음을 당했다. 1999년 여름에는 비가 거의 내리지 않은데다 그해 가을 일찍 찾아온 추위로 인해 제대로 먹지 못한 가축들이 쓰러지기 시작했다. 다음 봄까지 백만 마리가 넘는 가축들이 죽었고,

몽골의 식탁 위에서는 고기는 물론 우유와 유제품마저 찾아볼 수가 없게 되었다. 땔감으로 쓰는 가축의 똥이 부족해서, 게르에서 생활하는 유목민들은 심지어 난방조차 할 수 없었다. 오십만 명의 유목민들이 생사의 갈림길에 서게 되자, 결국 몽골 정부는 유엔에 긴급 구호를 요청했다.

푸른 초원 위에 한가로이 풀을 뜯는 양떼들…… 농경사회에서는 흔히들 유목생활을 낭만적인 시선으로 바라보지만, 목숨줄을 하늘에 저당잡힌 건 농경사회나 유목사회나 매한가지다. 몽골과 티베트를 비롯한 중앙아시아의 유목지대에서는 늑대의 공격보다 자연재해로 죽는 가축이 훨씬 많다. 그럼에도 불구하고 늑대를 더 미워하는 것은, 극복할 수 있는 대상이라고 생각하기 때문이다. 가뭄이나 홍수, 폭설과 혹한 같은 천재지변은 인간의 힘으로는 어쩔 수 없지만, 늑대는 잡아 죽일 수도, 튼튼한 울타리를 쳐서 막을 수도 있으니까.

가오중신 교수는 1997년에 발표한 논문에서 네이멍구 후룬베이얼멍呼倫貝爾盟, '盟'은 자치구와 치旗의 중간에 해당하는 행정구역에 이천 마리 이상의 늑대가 산다고 보고했다. 후룬베이얼멍의 면적은 한반도보다 조금 더 넓은 278,000제곱킬로미터인데, 그렇다면 가로세로 10킬로미터100제곱킬로미터 안에 0.72마리의 늑대가 살고 있는 셈이며, 22,000제곱킬로미터인 이곳 신바얼후쥐치에는 백오십여덟 마리의 다 사란 늑대가 있다는 계산이 나온다. 생각보다 적은 숫자다. 남한의 오분의 일에 해당하는 면적에 백오십여덟 마리의 늑대뿐이라면, 난 지금껏 늑대를 한 번도 보지 못했어야 맞다. 100제곱킬로미터에 0.72마리라는 숫자는 도시나 네이멍구 제1의 호수인 후룬 호처럼 늑대가 살지 않는 곳까지 포함시켜서 계산한 단순 평균치인 것이다. 100제곱킬로미터에 한 마리 이상의 늑대가 있다고 보면 이 지역에는 이백이십 마리의 늑대가 살고 있는 셈이다.

신바얼후줘치에는 2001년을 기준으로 양과 염소가 백이십만 마리, 소와 말이 이십만 마리가 있다고 한다. 이는 가로세로 1킬로미터 안에 양과 염소가 쉰다섯 마리, 소와 말 아홉 마리가 있다는 뜻이다. 역시 평균값이 그렇다는 얘기고, 실제로는 가축이 한 마리도 없는 곳부터, 백 마리 혹은 이백 마리가 넘는 가축들이 있는 지역도 있을 것이다. 이 숫자대로라면 '과잉 방목' 상태인데, 어쩌면 통계가 과장되었을 수도 있다. 몽골에서 가축이 가장 많았던 2009년에도 1제곱킬로미터당 양과 염소가 스물다섯 마리, 소와 말 세 마리가 전부였다. 신바얼후줘치에 있는 백이십만 마리의 양과 염소 중 1퍼센트를 늑대가 훔쳐간다면 연간 만이천 마리가 늑대의 밥이 되고, 이십만 마리의 소와 말 중에서는 이천 마리가 희생된다. '조드'와 '강'이 아니더라도 봄에는 상당수의 가축들이 굶어 죽는다. '조드'의 피해보다 규모가 적을 뿐이다. 가축의 사체는 늑대의 먹이가 된다. 직접 사냥하는 가축들에 굶어 죽은 가축들까지 더하면 이 지역 늑대들의 먹이는 충분할 것이다.

원래 이 초원에는 양과 염소는 물론 소도 살지 않았다. 이들의 시조가 되는 원종原種 역시 이 지역에는 살지 않는다. 말의 조상인 몽골야생마와 야생당나귀는 수백 년 전에 고비사막으로 쫓겨났고, 대평원의 터줏대감인 몽골영양은 근근이 명맥만 유지하고 있다. 우얼순 강의 갈대 습지에 살던 멧돼지 역시 인간들의 사냥 때문에 한 마리도 남지 않았다. 산림 초원과 구릉성 초원을 좋아하는 초원마못은 늑대의 한 끼 식사로 적당한 사냥감인데, 고기 맛이 좋아 몽골 사람들도 좋아한다. 덕분에 닥치는 대로 사냥을 하는 바람에 이제는 다싱안링 산맥의 오지에서만 발견된다. 노루는 키 작은 관목숲과 초원이 뒤섞인 곳을 좋아하지만, 이제 그런 지역도 가축들의 차지가 되어버리고 모두 깊은 숲속으로 쫓겨났다. 백두산사슴은 다싱안링 산맥 깊숙한 곳으로 숨었으며, 희귀종인 우수리무스사슴 역시 몽골 쪽 다싱안링 산맥에서 넘어온 개체가 간혹 발견될 뿐이다.

이렇게 늑대의 사냥감들이 줄어든 것은 유목민과 가축들이 원주민인 야생동물을 몰아낸 탓도 있겠지만, 지난 백 년 사이 전격전을 치르듯 마구잡이로 잡아들여서이기도 하다. 오래전 인구가 적고 총이 없던 시절, 늑대는 가축들이 나타났을 때 반가웠을 것이다. 기존의 야생동물들에 양과 염소 등까지 더해져 오히려 식탁이 풍성해졌을 테니까. 그때 양과 염수는 몽골영양과 함께 풀

313

을 뜯고, 말과 소는 노루, 백두산사슴과 어울러 돌아다녔다. 지금
도 몽골에서는 그런 모습을 볼 수 있다. 하지만 이제 이곳에서 그
런 장면은 기대할 수가 없다. 이 지역의 늑대들에겐 선택권이 없
다. 가축을 훔치거나 사체를 찾아 헤매는 수밖에 없는 것이다. 유
목민들은 최대한 가축들을 늘리려 하고, 그것이 과잉 방목으로
이어져 초원의 사막화까지 가속화되고 있다. 늑대들은 그 과잉
방목된 가축들의 일부를 가져가는 것이다.

　만두라와 헤어진 뒤, 토흐터 부부와 아들을 데리고 할매네 집
으로 출발했다. 길가에 덩치 큰 말의 사체가 썩어가고 있어서 잠
시 차를 세웠다. 읍내와 가까워서인지 다른 동물들이 전혀 손을
대지 못한 듯하다. 까치와 까마귀가 날아들었지만 녀석들의 부리
로는 말 가죽을 찢지 못한다. 개라도 있어야 어떻게든 해볼 수 있
을 것이다. 라잔뿌라네 집에 잠깐 들렀지만 우리 귀를 솔깃하게
할 새로운 소식은 없었다. 할매네 집에 도착해 채 숨을 돌리기도
전에 박선생이 다쳤다. 오토바이 운전을 연습하다가 넘어져서 오
른쪽 발목 부위가 찢어진 것이다. 조금 절뚝거리긴 했지만 다행
히 뼈에는 이상이 없는 듯하다. 모처럼 친정 나들이를 한 토흐터
의 아내가 요리한 음식으로 만찬을 즐겼다. 나와 진쨩은 알코올
을 이기지 못하고 결국 쓰러지고 말았다.

6월 24일

할매의 큰손자 보쭈가 깨우러 와서 아침을 먹으라 한다. 좀 더 자고 싶지만 억지로 일어나 눈곱을 떼며 밖으로 나선다. 목덜미에 와 닿는 햇살이 벌써 따갑다. 정신을 좀 차리자 싶어 강가로 가서 세수를 한 후 할매 집 주변을 천천히 한 바퀴 돈다.

양 우리 바닥에 딱딱하게 굳은 똥을 파내던 토흐터가 웃어 보인다. 진짱과 손자들이 늘 하는 일이라 굳이 하지 않아도 될 것 같은데, 일부러 일을 찾아서 하는 듯하다. 외양간에서는 토흐터의 아내가 우유를 짜며 외손자를 안고 있는 할매와 이야기를 나누고 있다. 장모와 데면데면한 사이라 그런지, 아내와 장모의 대화에 함께하지 못하고 혼자 양 똥을 치우는 토흐터가 안됐다는 생각보다 괜히 웃음이 난다. 식구들은 먼저 식사를 끝낸 뒤라, 우리끼리 보쭈가 차려주는 밥상 앞에 앉았다. 지난밤 과음을 하기도 했지만 몸 안의 기운이 계속 빠져나가는 듯한 기분이다. 밥을 먹고 다들 한숨 더 자기로 한다.

날씨는 한여름인데 기분은 늦가을이다. 우리의 일정에서 메인 요리는 다 끝난 셈이다. 그래프를 그리자면 정점을 찍고 급격하게 하강하고 있는 중이다. 여행의 끝이 보이기 시작한 것이다. 이제 남은 것은 후식뿐이다. 늑대와 여우, 오소리, 초원마못은 불가능한 메뉴다. 몽골영양이 가장 적합할 것이다. 상에 올리기가 상대적으로 쉬울 것이다.

지난번처럼, 나는 진짱 오토바이의 뒷자리, 완호는 보쭈 오토바이의 뒷자리에 올라탔다. 오토바이는 먼지를 가르며 대평원을 질주한다. 깜짝 놀란 몽골종다리가 오토바이 양쪽으로 날아오른다. 풀이 짧은 초원이라 브란트밭쥐나 표범장지뱀보다 큰 동물이 있다면 금방 눈에 띌 것이다. 시력이 좋아 쌍안경도 필요 없는 두 운전사는 엔진을 식히기 위해 잠깐씩 멈추어 설 뿐 속도를 줄이지는 않는다. 자를 대고 그은 듯 깨끗한 지평선 멀리 뭔가가 작게 솟아 있다. 가까이 다가가자 커다란 새 한 마리가 마치 천 조각처럼 엎드려 있다. 다 자란 큰말똥가리 세 마리다. 덩치가 보통의 어른 새들보다 큰 것 같다. 어미가 가져다주는 대로 다 받아먹어 제대로 살이 찐 것이다. 오늘내일 어미를 따라나설 수 있을 만큼 자란 놈들이다. 사진을 찍으려고 좀 더 가까이 다가가자, 한 녀석이 서투르게 날아오르려다 이내 바닥으로 처박힌다.

진짱이 얼른 달려가 녀석을 잡아올려서는 둥지에 올려놓는다. 옆에 있던 한 녀석이 깜짝 놀라 또다시 날아오르자, 역시 진짱이 잡다가 둥지 안쪽으로 밀어넣는다. 우리는 둥지에서 멀찌감치 떨어져 앉았다. 오토바이 기름만 허비하고 별 소득이 없다. 그나마 몇 마리씩 보이던 몽골영양도 전혀 눈에 띄지 않는다. 그래도 꼭 놈들을 찾아서 촬영해야 한다는 부담이 없기에 크게 실망하거나 하지는 않는다. 마치 가벼운 마음으로 소풍이라도 나온 듯하다. 우리는 왔던 방향의 반대편으로 커다랗게 빙 돌아 할매네 집으로 돌아간다.

어차피 노는 거, 뭐라도 잡아보자 싶어 무거운 몸을 억지로 일으켜세운다. 중독자가 마약이라도 찾듯 물을 건너고 갈대숲을 헤집고 들어간다. 별다른 나만의 방법은 따로 없다. 단지 살쾡이처럼 살금살금 걷는 것이 비결이라면 비결이지만, 그것도 생각과는 달라서, 내 움직임은 공기에 큰 파장을 일으키며 숲 사이를 지나간다. 자갈 위를 걷거나 낙엽 위, 눈밭이라도 걸을라치면 금세 들통이 나고 만다. 늑대나 여우는 멀리서도 내 움직임과 소리를 알아챈다. 고물 비행기와도 같은 내 움직임은 녀석들의 고성능 레이더에 어김없이 걸리고 마는 것이다. 그럼에도 불구하고 가끔씩 녀석들과 마주칠 때가 있는데, 그것은 녀석들이 다른 데 정신이 팔려 있을 때다. 사냥감을 노리고 있거나, 먹이를 먹고 있을 때, 또 짝짓기를 하는 시기에 특히 그렇다. 갈대숲이나 관목숲을 헤집고 다니다가는 쉬고 있던 동물들을 깜짝 놀라게 해서 마주치게 되기도 한다. 어느 경우든 네발짐승을 만나는 건 복권에 당첨되는 것과도 같은 행운이라 할 수 있다.

솔개와 개구리매를 쫓았지만 둥지를 찾지는 못했다. 녀석들은 나뭇가지에 앉지도 갈대숲 속으로 들어가지도 않고 멀리 날아가 버렸다. 물가에 도착해서 잠시 망설이다가 물이 흐르는 방향을 따라 북쪽으로 걷는다. 민물가마우지 한 마리가 물가에 옆으로 쓰러진 버드나무 가지에 앉아 있다. 날개를 펴서 몸을 말리고 있던 녀석은 몇 번 멈칫거리더니 결국 먼 곳으로 날아가버린다. 물속 먹잇감을 노리고 있던 왜가리도 나와 눈이 마주치자 그대로 동작을 멈추어버린다. 내 무심한 걸음에 위협을 느낀 왜가리는 흠칫 놀라며 망설이다가는 부채를 펼치듯 날개를 펼치고 날아오른다. 내 뒤쪽으로 날아가며 녀석은 꽤액 꽤액, 짜증 섞인 소리로 울어댄다. 민물가마우지의 날갯짓은 왜가리를 놀라게 했고, 심술궂은 왜가리의 목소리는 모래밭의 청둥오리들을 깨웠다. 녀석들은 뒤뚱뒤뚱 몇 걸음 걷다가는 낮게 날아 물을 가르며 수면 위에 올라앉는다. 오리들이 일으킨 마찰음은 깝짝도요와 꼬마물떼새를 긴장시킨다. 녀석들은 고양이라도 마주친 병아리마냥 종종걸음으로 내게서 더 떨어진다. 짧고 가냘픈 새들의 소리가 마치 불평이라도 늘어놓는 듯하다. 갈색제비와 제비갈매기만이 내 움직임에 별 반응을 보이지 않는다.

이곳에서 나는 어디까지나 불청객일 뿐이다. 나의 출현으로 인한 파문은 강물을 따라 퍼져나가 한가로운 동물들의 시간에 균열을 일으켰다. 지금까지 나는 한 번도 내가 상상했던 풍경을 만나지 못했다. 나는 내가 보고 싶은 것에만 관심이 있었다. 내 눈앞에 펼쳐지는 풍경들, 그 풍경을 이루고 있는 각각의 요소들은 모두 저만의 언어로 말을 걸어온다. 그 풍경들을 바라보는 사람들 역시 저마다 다르게 받아들일 것이다. 자연에서 느끼는 것들을 말로 혹은 글로 제대로 표현해내기란 쉬운 일이 아니다. 대개는 몸으로 느낄 뿐이다. 한데 내 눈에는 늑대밖에 보이지 않는다. 늑대를 볼 욕심으로만 가득 차서 나무와 풀들과 새들이 전하는 신호는 하나도 알아듣지 못하고 또 알아내려 애쓰지도 않는 것이다.

갈림길을 만나면 언제나 망설이게 된다. 왼쪽은 버드나무숲 사이로 난 길, 가운데는 마른 물길, 오른쪽은 갈대숲 사이로 갈라진 길이다. 평소 같으면 쪼그려앉아 사냥개처럼 단서를 찾은 다음 늑대의 흔적이 있는 길을 택했을 것이다. 하지만 오늘은 달랐다. 주저 없이 가운뎃길로 들어선다. 걷기 편한 길이었다. 하지만 모래 반 자갈 반이었던 마른 물길은 곧 진창으로 변한다. 그사이 비가 한 차례 지나간 모양이었다. 신발에 진흙이 매달려 모래주머니라도 달고 있는 듯한 기분이지만, 떼어내기도 귀찮아 그냥 천천히 그렇게 걸음을 떼어놓는다. 이제 조금 이 지역에 대해 알 만해졌는데, 어느새 떠나야 할 시간이다. 언제나 시간은 이렇게 금세 지나가버린다. 늘 그것이 아쉽다. 하지만 시간이 많을 때라고 뭘 제대로 했나 하면 그 역시 자신있게 대답할 수가 없다.

아끼고 아꼈던 필름을 갈아끼우고는 닥치는 대로 셔터를 누르기 시작한다. 눈길이 닿는 곳마다 사진을 찍고 또 찍는다. 아마도 이곳에 다시 와보지는 못할 것이다. 그렇게도 늑대와 여우를 보려고 애썼지만, 어떻게든 녀석들의 사진을 찍으려고 발버둥을 쳤지만, 그 사진들이 다 무슨 의미일까. 사진 속의 동물들은, 사진이 담고 있는 것들은 마치 영혼이 빠져나간 듯 아무 생명이 없다. 그 것들이 의미를 가지는 것은, 내가 녀석들을 찾아 헤매는 그 시간 속에, 그 체험 속에 녹아 있다.

할매네 집으로 돌아간다. 소 뼈들이 널려 있다. 아직 어른이 되지 못한 송아지의 뼈다. 뼈는 동물들이 남기는 마지막 흔적이다. 갈비뼈가 꽤 많이 남아 있는 것으로 보아 올봄쯤에나 죽었을까, 그리 오래지 않은 듯하다. 어떻게 죽었는지는 알 수 없지만 여러 동물들을 배부르게 했을 것이다.

서쪽에 해를 머리에 걸치고 있는 바오거더냐오라包格德鳥拉 산이 자꾸 나를 부르는 듯하다. 늑대가 많으니 와보라고 손짓을 하는 것 같다. 이제 다 끝났어. 집으로 가야지. 혼잣말을 중얼거려본다. 마치 해 질 녘 석양이 드리우면 그만 집으로 돌아가는 일곱 살짜리 어린아이처럼.

6월 25일

할매네 집 마당에 검둥개 다섯 마리가 모두 모여 빈둥거리고 있다. 그 앞을 지나가도 물러서지 않고 멀뚱하니 쳐다보기만 한다. 갑자기 사람들이 많아지니 저희들에게 뭐라도 떨어질까 기대하는 것이다. 강 쪽으로 다시 나간다. 물가에 쪼그리고 앉아 기름때에 찌든 모자와 장갑, 조끼를 빨기 시작한다. 비누칠을 한 모자를 주물럭거리는데 등 뒤로 개들이 모여든다. 생선을 다듬는 줄 알았을까. 아니면 고기라도 씻는 줄 알았을까. 녀석들은 손에 묻은 비누거품과 옆에 놓인 빨랫감에 코를 대고 몇 번 킁킁거리다가는 이내 돌아선다. 물이 탁해, 세탁을 하는 건지 빨랫감에 황톳물을 들이는 건지 모르겠다.

작은손자 톄쭈가 오토바이 위에 올라탄 채 나를 지켜보고 있다가, 내가 윙크를 해 보이자 들켰다는 듯 씩 웃으며 고개를 돌린다. 톄쭈는 내 모자를 노리고 있었다. 어제저녁 밥을 먹으며 톄쭈는 자신은 양치기로 살지 않을 거라고 했다. 말보다 오토바이가 더 좋은 것처럼, 큰 도시로 나가 살고 싶다고 했다. 하이라얼은 작은 도시라 별로고, 큰고모가 사는 네이멍구의 서울 후허하오터로 갈 거라 했다.

텔레비전만 켜면 나오는 도시의 풍경들은 이 지역 젊은이들의 열등감을 부추긴다. 양과 염소에게 풀을 뜯기는 생활이 마치 다른 사람들보다 뒤처지는 삶인 듯 느껴지는 것이다. 혈기왕성한 젊은이들에게 유목민들의 생활은 마치 시간이 멈춘 듯 답답할 것이다. 톄쭈와 같은 청년에게 유목생활은 낡고 오래된 유산일 뿐이다. "그래, 도시로 나가서 살다가 안 되면 다시 할매 옆으로 오면 되지 뭐." 톄쭈에게 그렇게 얘기해줬던가. 어차피 남의 일이라 그냥 편하게 생각하고 듣기 좋은 답을 준 것이다. 이곳 네이멍구의 시골도 이제 머지않아 산부인과 의사보다 장의사가 더 바빠질 것이다. 그때가 되면 늑대굴을 파서 새끼를 꺼내는 일도 거의 사라질 것이다. 젊은 사람이 거의 남아 있지 않을 테니까. 늑대와 야생동물이 살 만한 땅 역시 더욱 줄어들 것이다. 중국의 인구는 계속해서 빠르게 증가하고 있고, 생활수준이 높아지면서 고기와 유제품의 소비도 폭증하고 있기 때문이다.

짐 정리를 끝낸 후 깡패와 어벙이를 데리고 별채 밖으로 나왔다. 강가든 멀지 않은 초원이든 가볍게 산책이라도 시켜볼까 싶었지만, 그것 하나 마음대로 되지가 않는다. 개들이 빠른 걸음으로 몰려왔다. 깜짝 놀란 깡패와 어벙이는 납작 엎드려서 꼬리를 흔들고, 개들은 서로 냄새를 맡느라 모두 뒤엉켜버린다. 박선생이 절뚝거리며 다가오자, 진짱과 보쭈, 톄쭈도 뒤따라온다.

다들 한마디씩 묻는다. 도망치지 않느냐, 그동안 어떻게 데리고 다녔느냐, 덩치가 꽤 커졌는데 하루에 얼마나 먹느냐, 정말 한국으로 데리고 갈 거냐…… 깡패와 어벙이를 여기서 키우면 어떻게 될까. 아마 금방 적응해서 개들과 한 무리를 이룰 것이다. 하지만 내년 초겨울, 시베리아 북서풍이 초원을 하얗게 얼려버릴 때쯤이면 상황은 달라질 것이다. 그때면 녀석들은 이십 개월쯤이 된다. 육체적으로 완전히 성장하는 것이다.

늑대의 무리는 계급사회를 이루고 있다. 남성호르몬이 최고로 치솟는 초겨울이면 언제 터질지 모르는 긴장감이 무리를 감싼다. 무리의 우두머리 자리를 놓고 투쟁이 시작되는 것이다. 최초의 방아쇠를 누가 당길지는 알 수가 없다. 이 투쟁에서 개들은 배제된다. 개들의 사회는 느슨하고 계급구조 역시 수시로 바뀐다. 검둥개들은 들러리 역할만 할 것이다. 지배권을 둘러싼 거칠고 집요한 싸움에서 개는 늑대의 상대가 안 된다. 물리적인 힘만을 말하는 게 아니다. 늑대보다 싸움을 잘하는 개는 얼마든지 있다. 중요한 건 권력에 대한 의지다. 개들은 그런 계급투쟁에 목숨을 걸 정도로 깡이 세지 않다. 당연히 핵심은 깡패와 어벙이 두 녀석이다.

지금 상태로만 보면 깡패가 어벙이를 무리에서 쫓아낼 것이다. 혼자 떨어져나간 어벙이는 할매네 집 주변을 맴돌다가 점점 먼 곳으로 떠돌게 될 것이다. 그렇게 혼자 떠도는 어벙이는 오래 살아남지 못할 것이다. 몸은 늑대지만 능력은 개들 정도밖에 안 될 테니까. 어벙이뿐 아니라 깡패도 크게 다르지 않을 것이다. 타고

난 사냥 본능은 강할지 모르나, 녀석들은 아무 기술도 배우지 못했다. 주린 배를 채우려 망아지를 공격하다가 어미 말의 앞발에 밟혀 갈비뼈가 부러지거나 뒷발에 채어 턱뼈가 부러질 수도 있고, 눈치 없이 양떼를 공격하다가 양치기의 몽둥이에 맞아 죽을 수도 있다. 어찌어찌 살아남았다고 해도 이 지역에 살고 있는 늑대 무리에게 공격을 받을 수도 있다.

어벙이가 깡패에게 맞서지 않는다면 어떻게 될까. 일찌감치 우두머리로 인정하고 깡패에게 납작 엎드린다면? 그렇게 되면 때때로 견제를 받기는 하겠지만 쫓겨나지는 않을 것이다. 하지만 짝짓기를 해서 번식을 하거나 할 수는 없을 것이다. 물론 이건 모두 내 상상 속의 이야기다.

할매를 포함해서 이 집 식구들 모두가 늑대를 좋아하고, 그래서 먹이를 계속 챙겨준다고 해도 녀석들을 키울 수는 없다. 녀석들은 머지않아 양과 염소를 공격하게 될 것이다. 할매네 집 가축들은 건드리지 않는다고 해도 다른 집의 양떼들은 언제나 공격의 대상이 될 것이다.

늑대는 개들과는 다르다. 개들은 살아 있는 가축은 먹이로 보지 않는다. 유목생활을 하면서 가축들에게 손을 대는 개들은 가차없이 제거해왔기 때문이다. 지금도 가끔 양을 공격하는 개들이 나올 수도 있지만, 그런 개들은 그 자리에서 죽임을 당한다. 아예 싹을 자르는 것이다.

등 뒤에서 할매가 부르는 소리에 보쭈가 얼른 달려간다. 잠시 후 돌아온 보쭈의 손에는 비닐봉지 하나가 들려 있다. 비닐봉지 안에는 마른 쇠고기가 들어 있다. 우리가 먹어도 되지만 안 먹을 거면 새끼 늑대들에게 주라고 준비한 거라고 박선생이 말해준다. 모레면 우리는 한국으로 떠난다. 나는 속으로 이별 연습을 하고 있었는데, 할매는 오히려 점점 더 친아들을 대하듯 한다. 서울에 서라면 나는 아파트에 틀어박혀 한 뼘도 안 되는 벽 너머에 있는 옆집 사람과 한마디도 하지 않고 몇 년이라도 지낼 수 있다. 그만 큼 나는 혼자 있기를 좋아한다. 하지만 여행을 하면 나 역시 달라 진다. 달라져야 버틸 수 있다. 여행을 하게 되면 눈앞의 것만 보던 좁은 시야가 훨씬 넓어지게 된다.

할매의 말대로 점심을 먹고 가기로 한다. 우리를 생각해서라 기보다는 딸과 사위 때문일 것이다. 완호는 몽골영양을 카메라 에 제대로 담지 못한 것을 못내 아쉬워한다. 없는 시간이라도 좀 더 짜내보기로 하고 어제 갔던 초원보다 더 멀리, 북동쪽을 훑어 본다. 지평선까지 달려나가다가 거기서 곧장 아래로 떨어질 것 만 같은 평평한 초원이다. 삼십 분을 달렸지만 풀밭 말고는 아무 것도 보이지 않는다. 혹시나 하는 마음은 역시나로 끝이 나는 듯 했다.

멀리 양떼가 보이자, 진쫭은 그쪽으로 오토바이를 몰았다. 반 가운 얼굴이었다. 라산뿌라기 양을 몰고 나온 것이다. 라잔뿌라

말로는 이 지역에는 원래 몽골영양이 몇 마리 없었으며, 그나마도 다 떠났다고 한다. 사람들이 별로 없는 몽골 국경 쪽으로 가야 볼 수 있을 거라는 것이었다. 숨을 곳이 전혀 없는 이런 평원에는 늑대굴도 거의 없다고 덧붙인다.

할매네 집으로 돌아가는 길, 멀리 앞서 가던 보쭈가 오토바이를 세운다. 방금 여우들이 굴 앞에 있다가 도망쳤다는 것이었다. 새끼는 굴속으로 숨고 어미는 멀리 사라졌다고 했다. 초원과 사막에 사는 코삭여우였는데, 오토바이를 본 새끼 한 마리가 입에 물고 있던 걸 떨어뜨리고는 굴속으로 뛰어들어갔다고 한다. 여우가 떨어뜨리고 간 것이 브란트밭쥐나 생토끼일 거라 짐작했지만, 놀랍게도 그것은 쇠족제비였다. 쥐만한 크기지만 아주 사나운 포식자라 '작은 악마'라 불리는 놈이었다. 희귀한 동물은 아니어도 보기가 쉽지는 않은 녀석이다. 박제를 제외하면 처음 보는 것이라 얼른 주워 대가리부터 만져봤다. 손끝으로 더듬어보니 아쉽게도 두개골이 바스라진 듯하다. 어미가 잡아온 쇠족제비를 새끼들이 서로 물고 잡아당겼을 것이다. 그 바람에 두개골도 깨지고 몸도 두 동강이 난 것이다.

완호는 코삭여우의 새끼를 찍기 위해 굴 입구에서 50미터쯤 떨어진 곳에 앉았다. 우리는 멀찍이 물러났다. 한 시간이 채 안 되어 완호가 그만 포기를 하고 우리 쪽으로 걸어온다. 마냥 여유를 부리고 있을 수가 없었다. 또 더이상 여분의 시간을 낼 수도 없다.

점심을 먹으면서 톄쭈의 머리에 내 모자를 씌워주었다. 진쫭에게는 장갑을, 조금 늦게 도착한 어부 쑨밍에게는 그가 원하는 대로 손전등을 주었다. 완호는 자신의 모자를 큰손자 보쭈에게 선물했다. 할매에게는 약간의 현금으로 감사를 표시했다. 그리고 언젠가는 다시 오겠다고도 했다.

읍내로 가는 길에 할매의 셋째딸 우융을 차에 태웠고, 길에서 차를 세운 할아버지 한 분과 아주머니 두 분도 태웠다. 여자와 노인 들을 태우다보니 나와 완호는 화물칸으로 옮겨야 했고, 덕분에 미숫가루 같은 먼지를 곱게 덮어썼다.

토흐터가 자신의 식당으로 우리를 초대했다. 앞에 나란히 앉은 부부의 얼굴이 좋은 일이라도 생긴 듯 환하다. 몽골 사람답지 않게 토흐터가 술을 마시지 않다보니 술잔이 내 쪽으로 몰렸다. 이곳에 와줘서 고맙다며, 토흐터가 뜬금없이 입을 연다. 우리가 할매네 집에 머문 덕분에 장모인 할매와 다시 대화가 시작되었다는 것이었다. 우리가 할매네 집에 머물면서 숲속을 헤집어놓고, 또 손목시계를 빼앗겨 경찰을 출동시키고 하는 과정에서 이것저것 궁금해진 할매에게 답을 줄 수 있는 사람은 토흐터뿐이었던 것이다. 토흐터의 아내 역시, 이번에 친정에 가서 엄마가 남편에게 먼저 말을 거는 것을 처음 봤다며 환하게 웃어 보인다. 두 사람의 인사는 이번 여행에서 얻은 또 하나의 커다란 선물이었다.

6월 26일

만두라와 통화를 끝낸 박선생이 이 지역에서 초원마못을 보기는 힘들다 한다고 전한다. 이미 짐작하긴 했지만 그래도 혹시나 했는데 아쉬운 마음이 크다. 중국에서 나온 동물도감 역시 수십 년 전의 것이라, 지금의 상황에 대해서는 정확하게 알 수가 없었다.

박선생이 병원에 간 사이 나는 텔레비전을 켜놓은 채 침대에 누웠다 일어났다 빈둥거린다. 점심을 먹다가 갑자기 박선생과 완호가 다투기 시작한다. 그저 조금 서운했던 마음에 갑자기 불이 붙어버린 것이다. 다리를 다쳐 병원에 가는 박선생에게 위로는커녕 커피 심부름을 시켰다는 데서 시작한 이야기가 열악한 보급품과 보수 문제로 확대된 것이다. 작은 모닥불은 금세 커다란 산불이 되었다. 길고 불편한 여행에 흔히 뒤따라오는 일이기도 했다. 두 사람의 말다툼은 내가 옆에 있어 더 격해지는 듯했다. 지켜보고 있는 사람이 있다보니 어느 누구도 양보하려 들지를 않는 것이다. 마치 생중계되는 정치토론의 정치인들처럼.

담배에 불을 붙이며 식당 밖으로 나왔다. 돈 문제는 처음부터 둘이서 상의한 일이니 둘이서 해결할 일이다. 지금 내 앞의 이 사람들은 어떤 사람들일까. 다른 세계에서 이들은 또 다른 사람이 되어 있겠지.

몸 상태가 좋지 않다. 긴장이 풀린 탓인지 몸살기가 있다. 냉랭한 분위기 속에서 침대 위에 쪼그리고 누워, 자는 둥 마는 둥 오후가 지나갔다.

해가 서쪽으로 기울기를 기다려 읍에서 멀지 않은 초원으로 나갔다. 석양을 배경으로 새끼 늑대들과 내가 어울려 노는 모습을 촬영했다. 바람이 차다. 갑자기 낯선 곳에 내려놓아서인지, 두 녀석이 각자 다른 방향으로 달려나간다. 한참 동안 녀석들과 술래잡기를 하다보니 어느새 몸이 땀으로 흠뻑 젖는다. 고열과 몸살로 밤잠을 설쳤다. 뭔가 잘못되어가고 있었다.

6월 27일

출발이 하루 미뤄졌다. 오늘 관용차를 쓸 수 없어 내일 출발하기로 했다. 박선생이 병원에서 지어다준 약을 먹고 내내 누워 있는다. 오늘은 그냥 침대에서 빈둥거리며 시간을 보내기로 했지만 종일 누워 있으려니 허리가 아프다. 왠지 약도 듣지 않는 것 같다. 중국제가 다 그렇지 뭐. 괜히 투덜거리며 일어나 앉는다. 머리맡에 볼펜과 노트, 지우개가 아무렇게나 놓여 있다. 설거지는 미룰수록 더 하기 싫어지는 법, 그동안 미뤄두었던 이야기들, 기억들, 생각들을 정리해야겠다 싶지만, 열이 높으니 머리도 아프고 몸살로 인한 근육통까지 신경이 쓰여 제대로 뭘 쓸 수가 없다.

하늘 아래 새로운 건 없다. 최대한 머리를 굴려 쓴다 한들 다 부질없는 일인 것만 같다. 찾아보면 자료는 얼마든지 있을 것이다. 왜 이렇게 미련을 두고 있을까. 볼펜을 집어던지고 다시 자리에 누워버린다.

돌아보면 하루하루 즐거웠다. 때로 힘이 들기도 했지만, 눈길 닿는 모든 것이 새로운 기분이었다. 하지만 내가 직접 보고 경험한 그 모든 것이 진정 재미있고 아름다워서였을까. 그동안은 건강했기에 다 견딜 수 있었고, 다 긍정적으로 보였던 것이다. 지금은 아름다운 것도, 좋은 것도, 궁금한 것도 없다. 그냥 모든 게 귀

찮기만 하다. 일단 빨리 낫고만 싶다. 무뎌지고 약해진 몸이 정신
까지 갉아먹고 있었다.

6월 28일

아침 일찍 만두라가 차를 몰고 왔다. 군청 관계자 몇 사람이 식당
으로 나와 낯선 아침 만찬이 이루어졌다. 의례적인 건배 제의에
한 모금 삼켰더니 금세 속이 울렁거린다. 비좁은 뒷자리에 새끼
늑대들이 담긴 상자를 안고 앉는다. 박선생이 들고 가겠다고 하
는 걸 괜히 오기를 부린다. 흔들리는 차에 몸을 맡긴 채 눈을 감
는다.

　이제 만저우리滿州里 시로 가서 저녁이면 하얼빈으로 가는 기차
를 탈 것이다. 우얼순 강이 후룬 호와 만나는 즈음에서 잠시 쉬었
을 뿐, 차는 속도를 늦추지 않고 내리 달렸다. 만저우리 외곽의 리
조트에서 저녁 자리가 마련되어 있었지만 앉아 있는 것 자체가
고문이었다. 곧 만저우리 역으로 갔지만, 새끼 늑대들을 어떻게
기차 객실 안까지 데리고 가느냐가 문제였다. 완호의 여행용 가
방 하나를 풀어 각자의 배낭에 짐을 나누어 담고, 빈 가방에 녀석
들을 넣었다. 이곳에선 열차를 탈 때도 짐을 검색한다. 어차피 탄
로가 날 일이었다. 역무원들이 검색대 위를 통과한 가방을 열어
본다. 박선생과 만두라가 우리의 상황을 길게 설명하자 한참 만
에야 허락을 한다.

　하얼빈에서 하이라얼로 올 때는 특실 침대칸이었지만 이번엔

일반실이었다. 객실 좌우의 2층은 침대칸, 아래는 좌석으로 되어 있다. 객실 안은 물론이고 복도까지 사람들이 가득하다. 닭장 속에라도 들어간 듯한 기분이다. 수시로 침대칸을 오르내리는 사람들, 복도를 헤집고 다니는 사람들 때문에 잠깐 눈을 붙이기도 힘들다. 설상가상 깡패와 어벙이 녀석이 가방을 물어뜯고 고개를 내민다. 가방 속이 답답하니 어찌 보면 당연한 일일 텐데, 몸이 아프니 짜증이 나서 녀석들을 억지로 가방 안으로 밀어넣는다. 그럴수록 녀석들은 더욱 밖으로 나오려 발버둥을 친다. 자꾸만 가방 밖으로 고개를 내미는 두 마리의 늑대. 주변 사람들의 구경거리가 되어 더욱 힘이 든다.

6월 29일

아침 7시, 초주검이 되어 하얼빈 역을 벗어났다. 박선생 집에 잠시 누워 있다가 어벙이와 깡패를 데리고 하얼빈 동물원으로 갔다. 이미 알고 지내던 원장과 부원장을 만나 두 녀석을 맡겼다. 곧 한국으로 데려갈 테니 그동안만 좀 키워달라고 부탁을 했다. 다시 박선생 집으로 가서 하얼빈에서 구한 약을 먹고 누웠다. 몸이 회복되는 기미가 없다.

6월 30일

집에 도착하니 'Be The Reds', 붉은 악마 티셔츠를 입은 딸과 아들이 반긴다. 열은 조금도 내리지 않았지만 덜 아픈 기분이다.

7월 1일

한·일 월드컵 4강 진출 기념 임시공휴일이다. 동네 병원에 가서 링거를 맞고 누웠다. 의사가 고개를 갸우뚱거리며 열이 사십 도 가까이 오르는 게 단순 몸살이 아닌 것 같다며 내일이라도 큰 병원으로 가서 정밀검사를 받아보라 한다. 그래도 집으로 돌아오는 길, 몸이 한결 가뿐한 느낌이다.

7월 2일

자고 일어나니 컨디션이 영 좋지가 않다. 다시 처음으로 돌아간 듯한 기분이다. 그래도 며칠 지나면 낫겠지 하며 집을 나섰다. 슬라이드 필름을 현상해야 했다. 현상소에 필름을 맡기고 가까운 카페로 갔다. 필름을 찾으려면 두 시간은 기다려야 한다. 커피에 얼음을 많이 넣어달라고 부탁을 했다. 체온이 더 오르는 듯했다. 시간이 지날수록 몸이 더 뜨거워지고 그만큼 고통도 심해졌다. 얼른 필름을 찾아 먼 곳에서 겪은 일들을 다시 돌아보고 싶은 욕심에 참고 버텼지만, 지금 생각해도 어리석기 짝이 없는 행동이었다. 얼음물을 부탁한 뒤, 단숨에 물을 마시고는 각얼음을 하나씩 가슴속으로 넣었다. 얼음 조각 몇 개로 열이 내려갈 리가 없었다.

더이상 참을 수가 없어 카페를 나왔다. 이러다 죽겠다 싶은 공포가 엄습했다. 큰길로 나가 택시를 잡으려 했지만, 택시들은 나를 그냥 지나쳐간다. 평소 같으면 엄두도 못 낼 모범택시를 세우고 집에서 가장 가까운 종합병원의 응급실로 갔다.

의사가 묻는 질문에 하나하나 대답을 했다. 네이멍구에 다녀왔다고 하니, 의사가 설사를 하거나 모기에 물렸는지 묻는다. 내게 이것저것 물어보던 의사가 옆에 있던 다른 의사에게 말라리아 어쩌고 하는 것 같았다. 혈액검사를 위해 피를 뽑고 응급실 침대에 누워 있는데 다시 극심한 고통이 몰려온다. 직장에 있는 아내는 당장 나오지 못하고 아이들을 보고 있던 어머니가 병원으로 와서 입원실로 옮겼다.

밤새 정신을 잃었다가 다시 정신이 들기를 반복했다. 헛소리도 했다고 한다. 태어나서 처음으로 입원을 하고, 병원 밥을 먹고 병원에서 잠을 잤다. 그렇게 일주일을 병원에 있었다. 입원 첫날 밤은 정말 위험했다고 한다. 다행히 다음 날부터 조금씩 열이 내리기 시작했고, 조금씩 고통도 줄어들었다.

입원한 다음 날 아침 의사들이 다시 이것저것 물어왔다. 내 직업을 이야기하고 네이멍구에서 어떤 일들이 있었는지를 설명했다. 위생을 신경쓸 상황이 아니었고, 야생동물들의 똥을 만졌고, 몸에서 개벼룩을 털어내기도 했다고…… 나중에 들어보니 검사를 위해 뽑았던 피는 한 대학의 기생충 연구실로 보내졌다고 한다.

7월 8일, 퇴원할 때까지도 의사는 병명은 알아내지 못했다고 했다. 다만 설치류에 붙어사는 기생충들이 옮기는 유행성출혈열이나 쯔쯔가무시병과 유사한 풍토병 정도로 추정할 뿐이라 한다. 그날 이후로도 탐사를 나가거나 할 때 나의 위생관념과 야외생활 방식은 달라지지 않았다. 하지만 두 번 다시 열이 치솟는 일은 없었다. 아마도 어떤 항체가 생긴 모양이었다.

깡패와 어벙이는 어떻게 되었을까

에필로그를 대신하여

여행에서 돌아온 뒤 나는 한동안 자리에서 일어날 수가 없었다. 정말로 큰 병이 났던 건지 여독이 그렇게도 심했던 건지 알 수 없었다. 그저 몽롱한 상태로 여러 날이 지났다.

여행 전부터 자주 듣곤 했던 사라 브라이트만의 노래를 틀어놓고 나는 계속 그렇게 누워만 있었다. 눈을 뜰 수조차 없었다. 어떤 환상 속에서, 나는 지난 사십여 일 동안 헤매고 다녔던 네이멍구의 초원과 사막 골짜기만을 간절히 원했다. 지금 여기가 그곳이었으면 하는 마음, 그것뿐이었다. 사라 브라이트만의 〈고향으로의 여행Journey home〉이 흘러나오던 어느 순간, 문득 다싱안링 산맥의 아침 이슬이 눈앞에 생생하게 떠올랐다. 다시 짐을 꾸려야겠다는 생각에 겨우 몸을 일으켰다.

어느 정도 몸을 추슬렀을 때, 박인주 선생에게서 전화가 왔다. 대뜸 깡패와 어벙이를 언제 데려갈 거냐 한다. 하얼빈 동물원에서 재촉하는 모양이었다. 녀석들 둘을 한국으로 데려오는 데 드는 경비도 만만치 않을 것이다. 동물구조관리협회에 말을 해봤지만 기다려보자는 말뿐 뾰족한 수가 없이 뭉그적거리더니, 이듬해 협회는 야생동물 구조와 사육을 포기하겠다는 결정을 내렸다. 그와 함께 나는 협회를 떠났다. 야생동물을 받아들이지 않는 곳에 내가 있을 이유가 없었다. 구조센터에서 키우던 늑대들마저 서울 동물원으로 보내는 상황이었다. 깡패와 어벙이를 데려오기란 전혀 가망 없는 일이었다. 결국 녀석들을 하얼빈 동물원에 기증한 셈이었다.

어르글러 집 모래구덩이에서 처음 녀석들을 만났을 때 모른 척했어야 했다. 어차피 제가 늑대인 줄도 모르는 녀석들이니 하얼빈 동물원에서 잘 지내겠지, 그렇게 위로도 하고 자책도 하는 사이 녀석들은 희미하게 지워져갔다.

이 여행은 늑대를 찾아 떠난 나의 첫걸음이었다. 그 뒤로 일 년에도 몇 번씩 몽골을 드나들고, 카자흐스탄과 타지키스탄 초원과 사막을 헤매고 다녔지만 깡패와 어벙이는 여전히 목에 걸린 생선 가시만 같다. 그럼에도 아직 하얼빈 동물원에 가보지 못했다. 갈 수가 없었다. 전에는 알지 못했지만 다행히 지금은 늑대와 얼마쯤 떨어져 있는 이 거리가 주는 편안함을 안다. 부디 녀석들이 건강하게 잘 지내기만을.

네이멍구 후룬베이얼 사구지대의 새벽.

어르글러가 잡아놓은 새끼 늑대. 나는 수컷 두 마리를 사서 여행 내내 데리고 다녔다.

태어난 지 40일쯤 된 깡패와 어벙이는 나를 대장으로 생각하고 부르면 달려온다.

우얼순 강가 할매 집 전경.

처음으로 마주친 야생 늑대. 그 가운데 한 녀석이 도망가다 내가 오는지 돌아보았다.

늑대굴 둘레에는 어미와 새끼들의 발자국이 무수히 많다.

늑대굴.

새끼 늑대들은 나를 무시하고 장난을 치거나 잠을 잤다.

늑대굴 뒤편 그늘에서 쉬다가 우리 인기척을 듣고 일어선 어미 늑대.

파미르 고원에서.

몽골 헨티 산맥에서 만난 늑대.

여행 밖
이야기

우리에게 온 여섯 마리 늑대 이야기

"형이 좋아하는 살쾡이도 있고 독수리 고라니 너구리 같은 다른 야생동물들도 있으니 가봅시다."

후배 말에 홀딱 넘어가서 한국동물구조관리협회에서 운영하는 동물구조센터에 갔다가 얼떨결에 이사를 맡았다. 1998년이었다. 그리고 이듬해, 동물구조센터에 늑대가 들어왔다. 협회를 지원하던 재단에서 멸종위기종을 복원해보는 게 어떻겠냐고 제안했고, 나로서는 거절할 이유가 없었다. 늑대를 볼 수 있다는 것만으로도 일단 좋았고, 종 복원까지는 안 되더라도 새끼를 낳게 하다보면 그다음 길이 열리겠거니 하는 기대도 있었다. 늑대를 키운다는 사실이 알려지면 회원도 늘고 지원 단체도 많아지지 않을까 하는 얄팍한 계산도 없지 않았다. 그렇게 해서 중국 하얼빈 동물원에서 암수 각 두 마리씩, 창춘 동물원에서 각 한 마리씩, 모두일 년생 늑대 여섯 마리가 나에게 왔다.

창춘 동물원에서 들여온 수컷 길림이와 암컷 장춘이를 부부로 합사하고, 하얼빈 동물원에서 온 네 마리는 각각 다른 부모에서 태어난 두 남매였는데, 늑돌이는 애랑이와, 참랑이는 늑순이와 짝을 지어주었다. 길림이는 늑대가 저 정도는 돼야지 싶을 정도로 덩치도 크고 잘생긴 녀석이었지만, 어쩐지 나와는 맞지 않

았다. 오히려 덩치도 작고 생김새도 그다지 볼품없는 늑돌이에게
자꾸 마음이 갔다. 길림이는 구조센터 사육장에 적응을 하지 못
했다. 철망 사이를 불안하게 오가며 정형행동定型行動을 보였고, 암
컷 장춘이와 한 번도 교배를 하지 않았다. 녀석은 나와 눈도 마주
치지 않았다. 나는 유달리 늑돌이가 좋았다. 늑돌이는 나에게 위
협을 가하지도, 또 주눅이 들어 꼬리를 말거나 하지도 않았다. 늘
당당하고 늠름했다. 게다가 다른 사람들에게는 무신경했지만, 내
가 휘파람을 불거나 신호를 보내면 반응을 보였다.

길림이와 장춘이 부부는 새끼를 낳지 않았지만 늑돌이와 애랑
이, 참랑이와 늑순이 부부는 2000년과 2001년에 각각 한 번씩 모
두 네 차례 스물한 마리의 새끼를 낳았다. 그러나 새끼들은 한 마
리를 빼고 모두 죽고 말았다. 살아남은 한 마리는 애랑이가 마지
막에 낳은 여섯 마리 가운데 암컷 '하나'였다.

극심한 스트레스 때문이었다. 구조센터에는 수백 마리의 유기
견들이 함께 있었다. 개들은 밤새 짖어대고 몰려다녔다. 늑대들
은 예민할 대로 예민해졌을 것이다. 새끼들의 사체를 부검해보
니 뱃속이 거의 비어 있었다. 어미 늑대들은 새끼를 품고만 있을
뿐 젖조차 물리지 않았던 것이다. 늑대들은 새끼를 낳으면 그 자
리에서 최소한 이틀은 꼼짝도 않고 새끼에게 젖을 물린다. 하지
만 우리가 키우던 늑대들은 새끼를 낳은 후 불안한 듯 이리저리
돌아다녔다. 스트레스를 심하게 받은 집토끼들은 새끼들을 모두

잡아먹어버리기도 한다. 그 정도로 동물들은 스트레스에 약하다. 구조센터는 야생동물을 키우기에는 너무도 열악한 환경이었다. 늑대를 위해 배려를 해줄 만한 형편이 안 되었다.

또 다른 원인은 전염병이었다. 유기견들 중에는 병에 걸린 녀석들이 꽤 있었다. 하지만 전담 수의사도 사육사도 없는 구조센터에서, 계약직으로 고용된 임시 사육사들은 동물들에 대한 전문적인 지식이 없었다. 각 동물들에 대한 엄격한 규칙조차 없는 형편이었다. 유기견들의 온갖 병균들이 그대로 늑대들에게 옮겨갔을 것이다. 갓 태어난 새끼 늑대들에게 병균들을 막아낼 면역력이 있을 리 없었다. 새끼들은 모두 태어난 지 이삼 일 만에 죽어버렸다. 사체를 부검한 수의사는 허피스바이러스에 감염된 것 같다고 했지만, 수의과학검역원에까지 부검을 의뢰할 만한 엄두는 내지 못했다. 새끼 늑대 몇 마리에게까지 신경을 써줄 것 같지 않았다. 구조센터의 사육 여건은 너무나도 열악했다. 재정도 지원도 얼마 안 되는 NGO 단체에서 할 수 있는 일이 아니었다.

가로 6미터 세로 8미터의 작은 우리에서 암수 한 마리씩을 키우다보니, 늑대의 습성이나 생태적인 지식을 얻는 데에도 한계가 있었다. 감옥에 갇힌 늑대 관찰이었으니 감옥일기라 할 수밖에. 사태가 그 지경에 이르니, 후회되는 일뿐이었다. 새끼를 빨리 낳도록 작은 우리에 나누어 넣지 말걸. 좀 더 넓은 우리에 여섯 마리를 한데 넣어 살게 했더라면. 그러면 서열을 정하는 과정이나 먹이를 먹는 순서 같은 생태와 습성 정도는 파악할 수 있지 않았을까(인근 양계장에서 얻은 노계를 늑대들 먹이로 주었는데, 이 노계를 노리고 우리에 들어온 고양이들이 늑대들에게 물려 죽는 일도 많았다).

늑대 발자국의 폭을 잴 때였나, 참랑이가 살금살금 등 뒤로 와서 조끼 주머니를 물었다. 다른 늑대들은 그런 적이 없었다. 나를 공격한 유일한 녀석이 참랑이였다. 그때는 버릇을 고쳐주겠다며 혼을 냈는데, 나중에 생각해보니 공격하려던 것이 아니라 장난을 치려던 것이 아니었나 싶다.

2001년 6월 13일, 길림이가 우리를 탈출했다. 공사비를 아낄 생각에 싼 자재를 쓴 것이 문제였다. 허름한 철망 사이 용접이 떨어져서 그 틈으로 빠져나간 것이었다. 곧바로 생포하지 못하자 언론까지 알게 되어 어쩔 수 없이 수렵협회에 도움을 구했고, 길림이는 다음 날 사냥꾼에게 사살되었다. 그해 12월 6일에는 참랑이와 늑순이가 크게 싸웠는데, 그 후유증으로 수컷 참랑이가 죽고 말았다. 사이가 좋은 부부였는데 무엇이 문제였을까. 암컷 치고는 드셌던 늑순이와 그런 늑순이를 제압하려던 참랑이가 끝내 조금도 서로에게 양보할 수 없었던 것일까. 짝짓기 시기라 호르몬이 왕성한 예민한 때였으니 더욱 그랬을지도 모르겠다. 싸움에서 살아남은 늑순이의 외상도 만만치 않았다. 다리를 절며 제대로 걷지도 못했고, 얼굴에는 커다란 흉터가 남았다. 그렇게 구조센터에 늑대가 들어온 지 이 년여 만에 어른 늑대 네 마리와 새끼 늑대 한 마리만 겨우 살아남았다. 늑대 번식도 늑대에 대한 관찰도 모두 실패한 참담한 상황이었다.

2003년 가을, 한국동물구조관리협회 정기 이사회에서 늑대를 포함한 야생동물은 포기하고 그나마 돈이 되는 개와 고양이만 키우는 것으로 결정이 났다. 문화재청이나 환경부의 지원도 거의 없는 상태에서 늘어난 관리 비용을 감당할 수 없다는 것이었다. 그때까지 구조해왔던 참매나 말똥가리 같은 천연기념물 보호종을 구조하고 치료해도 관계기관의 지원이 없으니, 그들마저 포기하자는 결정이었다. 늑대들은 모두 서울동물원에 보내기로 했다. 그렇게 어른 늑대 네 마리와 새끼 늑대 한 마리는 2003년 9월 1일, 서울동물원으로 갔다. 야생동물이 없는 협회에 더이상 남아 있을 이유가 없었다. 나 역시 협회를 떠났다.

늑대를 키워보고 싶었던 내 욕심은 당시의 환경이나 여건에 비해 지나치게 컸던 것이다. 늑대와 함께한 나의 첫 시간들은 그렇게 끝이 났다.

늑순이는 광릉수목원으로 옮겨갔다가 2009년 8월 25일에 탈출해서 다음 날 사살되었다. 늑돌이는 2005년 10월에, 창춘이는 2012년 1월 31일에, 애랑이는 2012년 7월 19일에 서울동물원에서 폐사했다.

윗줄에서부터 늑돌이, 애랑이, 참랑이, 늑순이, 장춘이, 길림이 부부.

늑대 '하나'의 육아일기

늑대 '하나'가 태어났다. 2001년 4월 18일, 저녁 7시 30분에서 11시 30분 사이였다. 여섯 마리 새끼들 중 유일하게 살아남은 녀석이라 이름을 '하나'라고 지었다. 한국동물구조관리협회에서 운영하는 구조센터로 들어온 두 쌍의 늑대들이 그전에 세 번 새끼를 낳았지만 모두 실패한 뒤였다. 애랑이 산실에 몰래 카메라를 설치했다. 처음 이틀간 열심히 젖을 빨던 새끼들이, 21일 오전부터는 전혀 움직이지 않았다.

새끼를 낳은 어미들은 예민해져서 사람이 산실을 확인하고 나면 더이상 새끼에게 젖을 물리지 않거나 심지어는 물어 죽이는 경우도 있다. 그래도 들어가봐야 할지 어떨지 긴 회의 끝에 애랑이를 밖으로 내보낸 다음 산실에 들어가보니, 새끼들의 몸이 차갑게 식어가고 있었다. 네 마리는 이미 죽은 뒤였고, 다행히 암수 각 한 마리가 아직 희미하게 숨을 쉬고 있었다. 알고 지내는 수의사에게 미리 전화로 사정을 일러두고 얼른 두 마리 새끼들을 데리고 갔다. 늑대들을 살펴본 최영민 수의사는 새끼들이 너무 못 먹어서 당장 생명이 위태롭다고 했다.

다음 날 아침 수컷은 숨을 다했다. 장담은 할 수 없지만 다행히 암컷은 고비를 넘긴 듯하다고 했다. 그리고 24일, 온갖 질병을 앓고 있는 동물들이 드나드는 곳이라 감염이 우려된다기에 결국 내가 살아남은 녀석을 떠안게 되었고, 그길로 연구실로 사용하던 신림동 반지하방으로 '하나'를 데려왔다.

어차피 이렇게 된 일, 세심히 돌보고 자세히 살펴 육아일기를 써보자 싶었다. 걱정스런 마음 위에 묘한 설렘이 더해졌다. 구조센터에서 전자저울과 새끼를 재울 작은 침실, 배변기, 인공 초유와 분유, 소화제와 소독약을 지원해주었다. 단단히 마음먹고 시작했지만, 네 시간마다 꼬박꼬박 우유를 먹이는 일은 쉽지가 않았다. 시간이 되면 자다가도 일어나 우유를 먹여야 했고, 야외 답사를 나가는 것도 포기했다. 나는 하루 종일 하나에게만 매여 있었다. 꼬박 삼 개월, 가끔 집과 연구실을 오가는 것 말고는 다른 어떤 일도 제대로 할 수가 없었다.

하나는 생후 6일부터 스스로 똥을 누기 시작했다. 그전까지는 어미 늑대가 항문을 핥아주듯, 손가락으로 녀석의 항문을 자극해서 배설을 유도해야 했다. 그래도 혼자 똥을 누니 한숨이 놓였다. 가끔씩 마승애 수의사가 와서 진찰을 해주곤 했다.

3일   하나는 4월 18일 만 세 살 된 늑돌이와 애랑이 사이에서 태어난 여섯 남매 가운데 혼자 살아남았다.

6일   소리에 반응하지는 않지만 항문 자극 없이도 똥을 누었다.

8일   우유 냄새에 반응을 했다. 젖꼭지를 갖다대자 코를 벌름

거리다가 혀를 내밀어 젖 빠는 시늉을 했다.

10일   눈을 떴다. 빛을 느끼고 어두운 곳을 찾아 숨는다.

12일   처음으로 수건을 물어뜯기 시작했다. 손가락을 넣어보니 오돌토돌한 게 만져진다. 이빨이 나려는 모양이다.

13일   이빨이 돋기 시작했다. 손가락을 빨게 했더니 앞니가 느껴진다. 입을 벌려 확인해보니 하얀 송곳니와 앞니가 뿌리를 잡기 시작한 게 보인다. 녀석들은 위턱의 앞니가 제일 먼저 난다.

14일   자고 있는 녀석에게 "일어나" 하고 말하거나 찍찍거리며 쥐 소리를 내면, 귀가 살짝 움직이다가 바짝 일어선다. 드디어 소리에 반응하기 시작했다.

16일   구충제를 먹였다. 걸음걸이가 제법 자세를 잡아간다. 방바닥이 미끄러워 비틀거리거나 넘어질 때도 있지만 비교적 잘 걷는다.

17일   어른 늑대와 같은 자세로 똥을 누기 시작했다.

18일   눈으로 사물을 알아보기 시작했다. 귀가 비스듬하게 섰다. 곰 인형을 물고 마치 먹이라도 잡은 듯 좌우로 흔들어댄다.

21일   걸음이 꽤 안정적이다. 시력도 정상인 듯 장애물에 전혀 부딪치지 않는다.

23일   우유를 먹인 뒤 방 안에 풀어놓자, 구석구석을 킁킁거리며 돌아다니더니 어둠침침한 싱크대 옆 널빤지 틈에 자리를 잡고 눕는다. 녀석에게 저만의 쉼터가 필요한 걸까.

25일 고기를 먹기 시작했다. 열육치裂肉齒가 살짝 돋아나 있다.

27일 내 목소리에 반응을 보이기 시작했다.

30일 자는 녀석을 건드려 깨우니 사납게 으르렁거린다. 늑대
들이 원래 자는 걸 건드리면 몹시 싫어한다는데, 사실인
가보다.

32일 분유를 주기 시작했지만 거의 먹지 않았다. 20센티미터
나 되는 문턱을 기어올랐다.

33일 회충이 나왔다.

44일 뒷다리를 잘 움직이지 못한다. 처음으로 살아 있는 먹이
를 먹었다. 마승애 수의사가 진찰하더니 걱정할 필요가
없다 한다.

46일 뒷다리가 나왔다. 걷는 데 지장은 없다.

48일 제한된 공간에서 혼자 햄스터를 잡아먹었다.

53일 남은 먹이를 감추어 저장한다. 젖먹이 시기의 솜털이 빠
지기 시작한다.

56일 닭 뼈를 완전히 씹어 먹을 수 있게 되었다.

57일 높이 37.5센티미터 턱을 기어올랐다.

59일 14분 동안 햄스터 네 마리224.7그램를 먹어치웠다.

61일 내가 앉으면 곧장 달려와 내 손을 핥는다. 서 있을 때는
무서워한다.

63일 구석 작은 틈에 고기를 밀어놓고는 근처에 있던 신문지
조각을 콧등으로 밀어넣어 덮었다. 위턱 앞니가 하나 빠
졌다. 벌써 젖니가 영구치로 바뀌는 것일까?

64일 내가 소리를 내어 주의를 주면 재빨리 행동을 멈추고 눈
치를 살핀다.

68일 손상호가 골든햄스터 서른 마리를 사왔다. 한 마리를 앞
에 놓아주자 하나는 거침없이 머리를 물고는 씹는다. 방
바닥에 핏방울이 떨어진다. 햄스터를 입에 문 채, 녀석은
손상호에게 가져간다. 처음 보는 행동이다. 녀석은 낯선
사람에게 잘 보이는 방법을 알고 있는 듯하다.

73일 손끝으로 등을 긁어주면 아주 좋아한다. 개 사료를 한 움
큼 주자, 예상과 달리 삼분의 일 정도를 먹었다.

78일 63센티미터쯤 되는 울타리를 타넘었다.

83일 닭고기 458그램을 한 번에 먹어치웠다. 위턱 앞니 두 개
     가 빠지고, 송곳니가 다시 올라오고 있다. 개 목걸이를 해
     주었더니 어색한 듯 마구 긁는다.

89일 딸 자영이, 아들 경윤이와 함께 하나를 데리고 아파트 놀
     이터에서 놀았다. 우려했던 것과는 달리 녀석은 새로운
     장소에 대한 두려움이 없었다. 넓은 놀이터 공터가 마음
     에 드는지 힘차게 뛰어다녔다.

90일 앞다리에 희미하게 검은 무늬가 만들어지고 있다. 아이
     들과 하나를 데리고 뒷산에 올랐다. 이젠 어디든 잘 따라
     다닌다. 며칠 후엔 양주 한국동물구조센터로 하나를 보
     내야 한다. 아이들과의 추억을 만들어주고 싶었다.

100일 구조센터에 하나를 보냈다. 삼 개월을 사람 손에 컸으니
     당연하겠지만, 사람들을 잘 따른다.

별문제 없이 잘 지내고 있었는데, 어느 날 하나가 사육사에게 달려드는 일이 생겼다. 새로 온 사육사가 우리 안에 있는 하나를 나무막대기로 찌르며 놀려대기에, 그러지 말라고 주의를 준 참이었다. 그러고는 동물 방사장에서 나와 하나가 놀고 있는 모습을 촬영하고 있을 때였다. 사육사와 구조센터의 직원 둘이 옆에서 구경을 하고 있는데, 잘 놀고 있던 하나가 갑자기 달려나와 사육사의 다리를 물었다. 사육사는 비명을 질렀고, 나는 얼른 목줄로 녀석을 내려치며 사육사에게서 떼어놓았다. 하지만 그게 끝이 아니었다. 잠시 뒤에 나랑 장난을 치며 잘 놀던 하나는 다시 사육사에게 달려들었다. 철망 위에 걸터앉아 구경하고 있던 사육사의 왼쪽 종아리 인대가 끊어졌다.

왜 계속해서 그 사육사만 공격했을까? 아무래도 사육사가 하나에게 무슨 짓을 한 게 틀림없었다.

"너, 하나한테 그런 게 오늘 처음이 아니지?"

"아니에요. 처음이에요."

더이상 묻지 않았지만, 그럴 리가 없었다. 내가 본 것만도 한두 번이 아니었다. 분명 하나를 놀려대며 괴롭혔을 것이다. 나에게 맞으면서도 다시 공격한 것을 보면, 하나도 벼르고 별렀단 얘기다. 녀석에게도 늑대의 공격 본성이 있었던 것이다. 생후 2개월쯤엔가도 녀석은 함께 키우던 애완용 족제비 페럿에게 달려들어 등을 물고 흔들어댄 적이 있었다. 두 녀석이 같이 어울려 노는 모습을 찍으려고 잠시 풀어준 참이었다. 하나는 움직이는 작은 생물을 보면 곧장 달려들어 물려 했다. 2학년인 큰아이, 여섯 살인 둘째와도 별탈없이 잘 놀던 녀석이, 산에 가서 다람쥐나 까치처럼 살아 움직이는 작은 동물을 만나면 잡으려고 했다.

2001년 가을 구조센터로 옮겨졌던 하나는, 2003년 다른 어른 늑대 네 마리와 함께 서울동물원으로 다시 옮겨졌다. 하나를 만나러 갈 때면 마음이 불편했다. 가까이에서 먹이 하나 줄 수도 없는데, 우리에 갇혀 있는 녀석을 보고 돌아오는 것이 영 내키지 않았다. 정을 떼야겠다 싶어 자주 찾지 않았지만, 은연중에 하나는 내 거야, 라는 생각도 있었을 것이다. 다 잊고 싶었다.

그러다가 문득, 혼자서 하나를 찾아갔다. 2004년 겨울이었다. 늑대 우리는 청계산 북사면의 외진 그늘에 있었다. 하나는 혼자였다. 겨울이라 관람객도 거의 없어서, 나와 하나 단둘만 그곳에서 서로를 마주했다.

철망 앞으로 다가서니 녀석 역시 꼬리를 흔들며 다가왔다. 낑낑거리며, 녀석은 철망에 몸을 비비며 앞발을 내밀었다. 만져달라는 것이었다. 나를 알아보는 것이 틀림없었다. 마음이 좋지 않았다. 괜히 왔다 싶었다. 후회스러웠다. 녀석을 집으로 데려갈 수도, 밥을 줄 수도, 물을 먹일 수도 없었다. 녀석의 사진만 몇 장 찍고는 걸음을 돌렸다.

그렇게 돌아서는데, 할아버지 몇 분이 늑대 우리 쪽으로 다가

가는 것이 보였다. 궁금한 마음에 돌아보니, 하나는 나에게 했던 것과 똑같이 할아버지들에게 애정을 구하고 있었다. 사람 손에 크다보니 사람을 다 좋아하는 것이었다. 역시 그랬구나, 서운하고 실망스러운 한편 다행이다 싶기도 했다. 그것이 마지막이었다. 하나를 직접 만난 것은.

이듬해인 2005년 어느 날, 서울동물원 관계자한테서 전화가 왔다. 적응 기간 동안 잠시 격리시켰던 하나를, 고모인 늑순이와 같은 우리에 넣었는데, 늑순이가 하나를 물어 피투성이가 되었다는 것이다. 곧바로 응급처치를 했고, 생명에는 지장이 없다고 관계자는 덧붙였다.

역시 동물원에서 키워지긴 했지만, 다른 늑대들은 자기들끼리 의사소통하는 법을 터득했을 것이다. 하지만 하나는 태어나자마자 곧장 사람 손에서 길러진데다, 긴 시간 혼자였기 때문에 늑대들의 언어를 배우지 못했다. 하나가 공격받은 것은 늑대들의 언어를 알지 못해 벌어진 일이 아닐까 싶었다. 이를테면, 힘이 센 녀석부터 먹이를 먹는 게 그들만의 자연스러운 규율인데, 늑순이의 먹이를 탐냈을 수도 있는 것이다. 게다가 늑순이는 남편까지 물어 죽인 대가 센 녀석이 아닌가.

2006년, 하나는 청주동물원으로 갔다. 그때까지 늑대가 없던 청주동물원의 요청 때문이었다. 그리고 2007년 4월 25일, 청주동물원에서 하나는 병에 걸려 죽었다. 너무 이른 병사였다.

야생에서 늑대는 십오 년쯤 산다. 좋은 환경에서 사육하면 이십 년까지도 살 수 있다. 두 번 다시 야생동물을 키우지 말아야지, 마음속으로 다짐하고 다짐했다. 야생동물을 집에서 키우는 것은 죄악이다. 그런 녀석들은 야생으로 돌아갈 수도 없고, 개처럼 우리와 함께 섞여 지낼 수도 없다. 그때는 왜 그런 생각을 못 했을까.

멀리서 지켜만 보겠다고, 그것만으로도 충분하다고 스스로를 다독인다. 늑대를 만나러 길을 나설 때는.

영주 늑대 이야기

나는 한동안 한반도의 사라진 늑대들을 찾아다녔다. 아니, 사라진 늑대들의 마지막 흔적을 찾아다녔다는 것이 정확한 표현일 것이다. 한반도에는 늑대보다 호랑이가 많았다. 호랑이가 많은 곳에 늑대는 없거나 드물다. 최종 포식자들의 경쟁 때문이다. 구한말, 호랑이 사냥이 시작되어 개체수가 급격히 감소하면서 한반도에도 잠시 늑대가 늘어났으나 일제강점기를 지나면서 늑대는 종의 유지가 불가능할 정도로 감소했다.

19세기 중반 개척사업이 본격화되기 전에는 일본 홋카이도에 늑대가 많았다. 1870년 개척이 시작되면서 홋카이도에는 대규모 경작지와 축산단지가 생겼고, 늑대가 소와 말을 잡아먹는 일도 잦아졌다. 1876년 히다카니이갓푸日高新冠 목장에서 아흔 마리의 말이 늑대에게 떼죽음을 당한 것이 계기가 되어, 늑대 포획 장려 정책이 시행되자 일본의 늑대는 멸종되었다. 1873년부터 1889년까지 2,431~2,499마리의 늑대가 잡혔다. 1896년에 사살된 늑대가 홋카이도의 마지막 늑대였다. 그리고 다시 구 년 뒤, 간사이 지역 나라에서 일본의 마지막 늑대가 잡혔다. 이제 일본에 늑대는 없다.

이러한 현상은 한반도에서도 그대로 재현되었다. 조선총독부는 1915년부터 이 년 동안, 그리고 1933년부터 1942년까지 십년 동안 1,369마리의 늑대를 잡았다. 이때는 군인과 경찰을 동원한 사냥이었지만, 실제로는 일제강점기 내내 늑대가 포획되었다. 1945년 이후 남은 늑대들이 근근이 무리를 이루어 살았으나, 북한에서는 1959년 "늑대를 해로운 짐승으로 규정하고 허가 없이 잡을 수 있도록" 했다. 한반도 늑대들의 수난은 일제강점기를 정점으로 해서 한국전쟁 이후 십여 년 뒤까지 계속 이어졌다.

한반도의 마지막 늑대는 언제 어떻게 사라졌을까?

한반도의 마지막 야생 늑대가 궁금했다. 이를 공부하는 것은 한반도에서 살다가 사라진 늑대에 대한 '나만의 작별의식' 같은 것이었다. 1967년에 출간된 《한국동식물도감 동물편》에는 1965년 경북 청송에서 늑대를 포획한 기록과 함께, 청송과 삼척, 문경과 수안보에 늑대가 산다고 되어 있다. 수안보에서 잡힌 늑대의 머리 표본은 동국대학교 혜화관 벽에 걸려 있었다. 1992년만 해도 찾아가서 사진을 찍었지만 지금은 다른 곳으로 옮겨졌다. 박제와 기록을 보면 한반도 일부 지역에서 늑대는 1960년대까지는 살고 있었다.

이후의 기록으로는 1981년 한국야생동물보호협회가 산림청의 위탁을 받아 한반도 희귀 동물을 조사한 내용에 포함되어 있다. 당시 늑대는 충북 진천과 경남 창녕에 각 다섯 마리, 경남 김해와 밀양, 산청, 진양에 각 두 마리, 함양과 합천에 각 한 마리, 모두 스무 마리가 살고 있었다. 하지만 이 기록을 뒷받침할 만한 사진이나 박제는 어디에도 없었다. 그 기록을 믿을 수가 없었다. 어쩌면 들개를 보고 늑대라 기록한 것은 아닐까. 의심을 거둘 수가 없었다.

1980년 혹은 1981년, 고등학생이던 내가 스크랩해놓은 〈서울신문〉의 기사에는 "경북 문경에 사는 임원규씨가 회색 빛깔 늑대 한 마리를 여섯 시간 동안 보호하다가 숨졌고, 야생 늑대로 밝혀져 대구 달성공원으로 옮겨 보관 중"이라고 되어 있다. 이 기사에 나온 늑대가 마지막일 수도 있겠다 싶었다. 1992년 봄, 나는 스크랩한 신문을 들고 달성공원으로 갔다. 하지만 기록보관함을 찾아본 담당자는 당시 늑대 사체가 들어온 기록은 없다 했다. 혹시 개인적인 취재라 대충 답하는 것은 아닐까 싶어 나중에 서울동물원 어경연 원장에게 공식적으로 문의해줄 것을 부탁했지만, 그 기사에 대해 아는 직원도 서류도 없다는 답변이 돌아왔다. 알고 지내는 기자에게 상황을 얘기했더니, 극히 드문 일이지만 마감에 몰린 기자가 기사를 지어내거나 엉터리 기사를 쓰는 경우도 있다 한다.

기사를 아직 믿고 있었을 때, 그러니까 야생동물구조센터에서 일하던 시절 인터넷에 이 기사를 올린 적이 있는데, 그것이 회자되어 인터넷에는 지금도 한반도의 마지막 늑대가 경북 문경의 늑대라고 나온다. 그저 한숨이 나올 뿐이다.

결국 확인된 바로는, 1964년에서 1967년 사이에 창경원 동물원에 들어왔던 영주 늑대들이 남한의 마지막 늑대가 된다. 영주 늑대를 빼고 우리나라 늑대를 이야기할 수는 없을 것이다.

오창영 선생이 쓴《한국 동물원 80년 창경원편》에 보면, 늑대 새끼 일곱 마리가 창경원 동물원에 처음 온 것은 1959년이었다. 그중 두 마리는 늑대보다 개에 더 가깝게 자라서 다들 늑대가 아니라고 생각했고, 나머지 다섯 마리도 의심스럽긴 했으나 누구도 늑대를 직접 본 적이 없어서 결론을 내리지 못하고 있었다. 그런데, 1964년 경북 영주에서 최기철씨가 잡아온 암컷 어른 늑대를 본 순간, 그 다섯 마리도 늑대가 아니라고 확신하게 되었다는 것이다.

영주 늑대에 대해 더 자세히 알고 싶었다. 2002년 10월 오창영 선생을 만나러 안양으로 갔다.

"당시 동물원에서 늑대를 찾고 있었는데, 경북 영주에 사는 최기철이라는 사람이 찾아와서는 우리에 있던 녀석을 가리키며 '저건 늑대가 아닙니다' 하더라고요. 그러고는 자기 과수원에 자주 나타나는 늑대를 잡아와서 보여주겠다더니 1964년 11월 6일에 정말로 다 자란 암컷 늑대를 잡아왔어요. 녀석을 본 순간 아, 이제껏 길렀던 놈들은 모두 들개였구나 싶더라고요."

그뒤로도 최기철씨는 늑대 네 마리를 더 잡아왔다고 했다. 최기철씨의 연락처를 물었으나 오래전에 잃어버려서 알지 못한다고 했다. 난감하던 차에 몇 년 전 〈한국의 늑대〉 다큐멘터리가 생각나 곧장 담당 피디에게 최기철씨에 대해 물었는데, 그의 대답이 의외였다. 늑대를 잡은 사람이 최기철씨가 아니라 전학수씨라는 것이었다. 최기철씨는 단지 늑대를 가져왔을 뿐, 실제로 늑대를 잡아서 키운 사람은 전학수씨라며 그의 연락처를 알려주었다.

2006년 9월 8일, 나는 경북 영주로 갔다. 영주시 북동쪽 변두리 지역, 봉화읍과 경계를 이루고 있는 상망동이라는 동네였다. 간단한 인사 후 전학수 선생에게 내가 찾아온 이유를 설명했더니, 최기철씨는 그의 고종사촌이고, 자신은 당시 서울에서 대학교를 다니고 있었는데, 그의 아버지인 전규진 선생이 늑대를 키웠다고 했다. 전규진 선생은 1998년에 돌아가셨다며 그는 아버지에게서 들은 이야기를 전해주었다.

"1963년 봄에 동네 할머니가 산나물을 뜯으러 갔다가 강아지 네 마리를 바구니에 담아왔다네요. 동네 사람들은 다들 강아지라 했는데, 늑대 새끼인 걸 알아본 아버지가 돈을 주고 사셨다고 해요. 집에서 철망에 가두어 키우다가 동물원에서 늑대를 찾고 있다는 얘기를 듣고 사촌형에게 부탁해서 동물원에 팔았다는 거예요. 한꺼번에 팔면 값이 떨어질까봐 한 마리씩 나누어 팔았다더군요. 그러고도 1965년에 노루를 잡으려고 설치한 덫에 다 큰 수컷 늑대가 걸려서 녀석까지 모두 다섯 마리를 동물원에 팔았다고 합니다."

전학수 선생은 그후로는 더이상 늑대를 보거나 잡았다는 소문은 듣지 못했다 한다. 그를 따라 늑대 새끼를 데려왔다는 산으로 가보았다. 늑대골이라 불리는 야트막한 야산이었다. 남한의 마지막 늑대는 1963년과 1965년에 포획되어 1964년에 한 마리, 1965년에 한 마리, 1967년에 세 마리가 창경원에 팔린 것이다.

1965년에 잡힌 다 큰 늑대도 별개의 늑대가 아니다. 어른 늑대가 그리 쉽게 덫에 걸렸을 리는 없다. 늑대는 일 년이면 몸이 다 자라니, 아마도 전해에 태어나 잡힌 네 마리의 동생일 것이다. 그러니까 네 마리 새끼 늑대와 이 년 뒤에 잡힌 늑대는 남매인 것이다.

그렇게 창경원에 들어온 다섯 마리는 수컷 둘에 암컷이 셋이었다. 녀석들은 1969년부터 1974년까지 다섯 차례에 걸쳐 스물한 마리의 새끼를 낳았다. 그 가운데 다섯 마리는 대구 달성공원 동물원으로, 두 마리는 광주 사직공원 동물원으로, 한 마리는 부산 동래공원 동물원으로, 또 세 마리는 용인 자연농원 동물원으로 각각 흩어졌고, 여덟 마리는 동물 교환의 일환으로 일본의 동물원으로 보내졌다.

그리고 1997년 6월 11일, 서울대공원 동물원에서 마지막 영주 늑대가 죽었다. 수컷인 녀석은 대구 달성공원, 광주 사직공원, 광주 우치공원의 동물원으로 옮겨다니다가 서울대공원 동물원에서 마지막을 맞았다. 나는 1996년 4월 10일과 11일 이틀 동안 우치공원 동물원에서 녀석을 지켜본 적이 있었다. 녀석은 콘크리트 바닥에 엎드려 고개도 못 들고 눈만 끔뻑거리고 있었다. 다음 날

1996년 4월 13일 찍은 우리나라 마지막 늑대로 광주 우치동물원에서 찍었다.

사육장 안으로 들어갔을 때도 녀석은 마지못해 일어나 비틀거리며 철망 쪽으로 걸어갔다. 이미 한참 노쇠한 상태였다. 그것이 내가 본 녀석의 마지막이었다.

우리나라 늑대는 거기서 대를 멈추었다. 근친상간으로 더이상 번식이 불가능했고, 창경원을 벗어나서는 유일하게 번식한 곳이 대구 달성공원이었다. 다른 곳으로 간 녀석들은 암수 한 쌍이 아니었다. 남한에서 늑대가 발견될 가능성이 아주 없는 것은 아니다. 몇몇 사육업자가 몽골이나 러시아에서 밀수한 늑대를 키우고 있으니까. 혹시 그중 한두 마리가 탈출해 산에서 발견되기라도 하면 온갖 미디어들이 수십 년 만에 토종 늑대가 발견되었다며 호들갑을 떨겠지.

한반도에서 다시 야생 늑대를 볼 수 있을까. 다른 나라에서 데려와 백두대간에 풀어놓지 않는 한은 불가능할 것이다. 원래 한반도 늑대의 고향은 동북아시아다. 땅이 나누어져 있지 않던 그 옛날 늑대들은 남쪽으로 내려왔다.

대형 포식 동물의 입장에서 볼 때 남한은 섬과 같다. 네이멍구의 늑대들은 박해를 받아 북쪽 몽골로 옮겨가고 있다. 러시아와 우수리 강을 따라 남하하는 떠돌이가 있다지만 호랑이들의 장벽에 막혀 정착할 수도 없다. 네이멍구와 압록강 사이에 생태통로가 마련되지 않는 한, 남과 북을 가르는 철조망이 걷히지 않는 한, 남한에서 야생 늑대를 볼 수는 없을 것이다.

지금 늑대들은 안녕하신가?

전 세계에는 약 200,000마리의 늑대들이 살고 있다. 개와 고양이, 소와 돼지 같은 가축이나 사람들에게 묻어다니는 쥐들을 제외하고는 가장 넓은 지역에 퍼져 살던 포유동물이 바로 늑대였다. 지금은 붉은여우가 그 자리를 차지했지만 적어도 이백 년 전에는 그랬다. 늑대는 인도 남부와 동남아시아를 제외한 유라시아 대륙과 북아메리카 전역에 살았다. 북극권의 바다가 얼면 북위 80도의 세베르나야젬랴 제도까지 건너갔고, 모래 표면의 온도가 90도에 이르는 아라비아 사막에서도 늑대는 발견되었다. 파미르 고원과 캐나다 밴쿠버 주변 다도해의 자잘한 섬에도 흩어져 산다. 스페인과 이탈리아, 루마니아에서는 대도시 근처에서도 늑대가 나타나고, 원전사고가 있었던 우크라이나의 체르노빌에도 여전히 살고 있다. 그만큼 늑대는 적응력이 뛰어나서, 사람들이 포획하거나 사살하지만 않으면 어디서나 살 수 있다.

개체수가 많기로는, 캐나다에 약 60,000마리, 러시아와 카자흐스탄에 각각 30,000마리, 몽골과 중국과 미국에 각각 15,000마리 정도다. 3,890여 마리가 남아 있다고 추정되는 호랑이와 최소 7,766마리에서 최대 7,996마리 정도로 추정되는 눈표범에 비하면 아주 큰 숫자지만, 전 세계에 넓게 분포해 있으므로 지역 단위로 보면 결코 많다고 할 수가 없다.

늑대의 멸종은 유럽에서 시작되었다. 1500년경 잉글랜드를 시작으로, 1743년 스코틀랜드에서, 1770년 아일랜드에서 마지막 늑대가 죽었다. 유럽에서는 1772년 덴마크에서 한 마리가 사살된 후 한동안 늑대를 볼 수 없다가, 1813년 한 마리가 나타났다가 사라졌다는 기록이 남아 있다. 스위스에서는 1872년에 마지막 늑대가 잡혔고, 오스트리아와 벨기에, 네덜란드에서도 19세기가 지나는 사이 모두 자취를 감추었다.

20세기 초, 제1차 세계대전이 일어나기 전에 이미 독일과 프랑스, 체코와 슬로바키아에서도 멸종 상태였고, 이후 북유럽에서도 서서히 늑대는 사라졌다. 1966년 스웨덴에서, 그리고 1973년 노르웨이에서 마지막 늑대가 잡혔다.

1990년대로 접어들면서 유럽에서 늑대가 늘어나기 시작했다. 루마니아, 폴란드, 우크라이나 같은 동유럽의 늑대들이 서유럽으로 이동하기 시작한 것이다. 현재 유럽에서 늑대가 발견되지 않는 곳은 섬나라인 영국과 아일랜드뿐이다.

아시아에는 모두 31개 나라에 늑대가 살고 있다고 보고되고 있는데, 몽골과 중앙아시아의 카자흐스탄, 키르기스스탄, 타지키스탄 그리고 인도를 제외한 다른 나라들에서 늑대는 감소하고 있다. 늑대 사냥을 장려하거나 밀렵을 방조하기 때문이다. 특히 쿠웨이트, 카타르, 방글라데시를 비롯한 6개 나라에서 늑대는 멸종

되었거나 멸종 위기에 처해 있고, 우리나라와 일본에서 늑대는
이미 멸종 상태다.

늑대들의 수난사

개와 고양이 외에 늑대만큼 사람들의 입에 오르내린 동물은 없을 것이다. 그만큼 흔하기도 했고, 사람들과 멀지 않은 곳에 산데다 다른 동물을 잡아먹는 포식자여서일 것이다.

늑대라고 하면 가끔 지혜롭고 의리 있는 동물로 묘사되기도 했지만, 대부분은 두려움과 혐오의 대상으로, 교활하고 흉포한 이미지로 그려지곤 한다. 늑대에 대한 이런 부정적인 이미지는 지금까지 이어져, 나쁜 사람을 곧잘 늑대에 비유하곤 하는데, 여기에는 책이나 미디어의 영향도 적지 않을 것이다.

늑대는 어쩌다가 이런 억울한 누명을 쓰게 되었을까?

인류가 사냥과 채집을 하던 시기, 사람과 늑대는 직접 충돌할 일이 없었다. 어쩌다 마주친다 해도 다른 동물들과 비슷한 정도였다. 잡식동물인 인간과 육식동물인 늑대는 생태적 지위가 달라 경쟁관계가 아니었다. 갈등은 인류가 가축을 기르면서 시작되었다. 사람들은 야생동물을 힘겹게 사냥하는 대신, 동물을 직접 기르기 시작했다. 사냥을 할 때 동물들은 누구의 것도 아니었지만, 가축을 기르면서 소유의 개념이 생겨났다. 양치기에게 양떼는 곧 '내 것'이다. 하지만 늑대가 양치기와 양떼의 관계를 이해할 순 없다. 늑대에게 사람이 기르는 양과 다른 가축들은 손쉽게 얻을 수 있는 먹잇감일 뿐이다. '내 것' '내 재산'을 훔쳐가는 늑대가 미울 수밖에 없다.

양과 염소에 이어 소와 말, 당나귀, 야크, 순록도 가축이 되어 갔다. 늑대가 유라시아 전역으로 퍼진 것은 가축의 확산도 그 영향이 크다. 가축의 먹이는 오직 초원과 숲의 생산력에 달려 있었다. 가축이 늘어나면서 같은 초식동물인 사슴과 영양, 산양 같은 늑대들의 사냥감은 줄어들 수밖에 없었고, 야생의 먹이가 줄어든 만큼 늑대는 가축을 노릴 수밖에 없었다. 악순환의 반복이었다.

기원전 2000년 무렵, 갑작스런 습한 날씨에 유럽에는 무성한 숲이 만들어졌다. 울창한 숲은 인간에게 목재와 식량을 제공하는 삶의 터전인 동시에 자칫 목숨을 앗아갈 수도 있는 공포의 대상이기도 했다. 숲이 가지고 있는 이로움과 두려움의 양면성은 곧 일종의 신앙이 되었다. 사람들은 숲을 신이 깃들어 있는 곳이라고 믿기 시작했다.

그리스인과 로마인에게 숲은 신성한 곳이었으나, 기독교가 확산되면서 숲에 대한 신비는 깨지기 시작했다. 숲을 숭배하는 것은 곧 미신이 되었다. 숲을 두고 악마가 사는 집이라고 규정하기도 했고, 16세기 영국에서는 숲을 숭배하는 것은 곧 악마를 숭배하는 것으로 여겨지기도 했다. 게다가 목장과 경작지가 더 필요해진 사람들이 숲을 베어 제멋대로 개간하면서 숲은 점점 파괴되었다.

숲에는 때로 사람의 목숨을 위협하는 야생동물이 살고 있었고, 그중에서도 늑대는 유럽인들에게 가장 두려운 공포의 대상이었다. 유럽에는 호랑이나 표범 같은 맹수들이 없었다. 발칸 반도 남부와 그리스에 살았다던 사자는 예수가 태어나던 시기 이미 사멸했고, 불곰 같은 맹수는 숫자가 적은데다 마을로 내려오는 일이 거의 없었다. 그나마 겨울에는 동면에 들어가니 더욱 무서울 것이 없었다. 그렇게 늑대는 숲속의 최고 포식자인 동시에 두려움의 대상이 되었다.

성경에서 간혹 선인은 양으로, 사탄과 악한은 늑대로 표현되는 것도 이런 상황과 무관하지 않을 것이다. 칼이나 활 같은 무기로 늑대를 없앨 수는 없다보니, 사람들은 때때로 숲을 베어내거나 불태워버리기까지 했다. 급기야 늑대를 잡는 사람은 영웅이 되기도 했는데, 카를 대제는 지방의 귀족들에게 늑대 사냥꾼을 두 명씩 따로 양성하도록 지시하기도 했다. 9세기 유럽에서 젊은 귀족들은 늑대를 잡는 것으로 사냥 훈련을 했으며, 1427년 스코틀랜드의 제임스 1세는 늑대를 잡는 사람에게 남작의 지위를 내리기도 했다. 1805년 나폴레옹도 늑대토벌지휘관 제도를 만들어 늑대 박멸에 온 힘을 기울였다. 이렇게 긴 수난의 시기를 지나는 동안 유럽에서는 늑대들이 거의 사라졌다가 1990년대에 와서야 조금씩 늘어나기 시작했다. 그동안은 늑대 사냥을 하지 않았던 것이다. 유럽에서의 이런 늑대의 수난은 미국으로 이어졌다. 신대

류으로 건너간 유럽인들은 늑대를 죽이기 시작했고, 1960년대 미네소타 주 북부를 뺀 미국 전역에서 늑대가 사라졌다.

늑대의 부정적인 이미지에는 '식인 늑대 이야기'도 한몫했을 것이다. 늑대에게 사람고기는 희귀한 먹거리가 아니었다. 인간의 역사는 곧 전쟁의 역사였고, 수많은 전쟁터에 남겨진 주검들은 청소부 동물들의 잔칫상이 되었다.

바이킹족의 전투가 끝난 자리에는 수많은 주검들을 쫓아 큰까마귀가 나타났다. 때문에 바이킹족은 큰까마귀를 승리의 상징으로 여겼다. 늑대는 큰까마귀떼가 소리를 지르는 곳을 찾는다. 반대로 늑대가 사냥을 해도 큰까마귀가 찾아온다. 둘은 완벽한 공생관계를 이루고 있다.

1812년, 나폴레옹 군대가 러시아 원정에서 대패했을 때, 육십만 명이 넘는 군인들 가운데 집으로 돌아간 사람은 고작 이만 명 남짓이었다. 유럽 인구의 2퍼센트를 감소시켰던 페스트와 삼천만 명이 죽어나간 중국의 대기근…… 곳곳에 버려진 시신들에 개와 늑대가 모여들었다.

사냥과 무기가 발달함에 따라 늑대들은 점점 사람을 피하게 되었지만, 정작 늑대들이 사람을 공격하는 일은 거의 없다. 그런데도 전쟁이 끝난 뒤 주검에 모여들던 늑대에 대한 편견은 온갖 과장과 왜곡으로 덧칠되어 지금까지도 이어지고 있다. 늑대들은 몹시 억울하다.

개와 늑대 사이

어린 시절, 다들 개를 풀어서 키웠다. 주로 부엌 앞에 엎드려 있던 누렁이는 온 동네를 헤집고 다니며 서로 다투기도 하고 자유롭게 짝짓기도 했다. 녀석들에게 따로 밥을 챙겨주는 일은 많지 않았다. 먹다 남은 음식이 있으면 주고, 없으면 스스로 해결했다. 녀석들은 이리저리 어슬렁거리다가 똥이 있으면 그것도 주워먹었다. 우리나라 개들이 소위 '똥개'로 살던 시절 얘기다.

지금도 몽골과 중앙아시아, 인도와 동남아시아의 개들은 사람의 똥이나 가축의 사체를 먹고 쓰레기장을 뒤진다. 그런 나라들에서는 굳이 떠돌이 개들을 잡지도 않는다. 거리의 개들을 모두 없애버리면 거리에 뒹구는 인분과 음식 찌꺼기들을 감당할 수가 없기 때문이다. 반면 일부 유기견들을 제외하면 우리나라의 개들은 완벽하게 통제된 상태에서 살고 있다.

몽골의 개들 역시 끼니를 챙겨주는 일은 거의 없다. 양이나 염소를 잡을 때 버려지는 내장이나 얼마간의 고깃덩어리로 포식하는 날을 빼면 녀석들에게 남는 음식이라곤 골수까지 다 빼먹은 뼈다귀들뿐이다. 몽골의 개들은 인분을 먹는다. 겨울에 태어난 강아지도 집 안으로 들이지 않고, 아픈 개들도 밖에서 지내게 한다. 제 이름을 가진 개도 드물어 녀석들을 부를 때면 휘파람 신호를 보낸다.

이렇게 푸대접을 받으면서, 개들은 왜 사람과 사는 걸까?

몽골에서는 개가 집을 나가든 말든 신경쓰지 않는다. 녀석들은 아주 자유롭다. 어디든지 갈 수 있다. 하지만 놈들은 야생으로 돌아가지 않는다.

몽골의 초원이나 숲속을 헤매다보면 대자연 안에서 자유롭다는 것은 그리 간단한 문제가 아니라는 것을 금세 깨닫게 된다. 사람의 손이 타지 않은 대자연을 낭만적인 눈으로 아름답게만 보는 것은 순진한 태도일 것이다. 저 자연 안에서 자유롭다고 생각하는 것 자체가 잘못된 생각일지도 모른다. 자연 안에서 우리는 결코 자유로울 수가 없다. 그곳은 생태계라는 숨 막히는 질서가 톱니바퀴처럼 맞물려 있는 곳, 용서와 배려와 관용 따위는 처음부터 없는 곳이다. 잠자리가 모기를 잡아먹는 것부터 늑대가 사슴을 물어뜯는 것까지, 초 단위 분 단위로 사냥과 죽음이 벌어지는 곳이다.

개들은 그 안에서 할 수 있는 것이 거의 아무것도 없다. 아직 몸속 어딘가에 남아 있을 늑대의 DNA 덕분에 흉내는 낼 수 있을지 모르지만, 겨울이 오면 제 몸 하나 간수하지 못하고 진짜 늑대의 밥이 될 게 뻔하다.

개들은 늑대의 야성을 잃었다. 아니 스스로가 버렸다. 놈들은 인간 사회에서 함께 살기로 한 것이다. 30,000년 전 중동과 티베트, 중국 남부에 살던 일부 늑대들이 개로 진화하기 시작했다. 아니, 진화라기보다는 변화라고 해야 할 것이다. 긴 시간을 두고 사람과 늑대는 천천히, 거리를 좁혀왔다.

늑대의 삶은 우아하지도 파워풀하지도 않다. 놈들의 삶은 늘 고달프다. 엄격한 계급구조와 힘겨운 사냥, 이웃 무리와의 갈등…… 육식동물의 세계는 초식동물의 그것보다 훨씬 버겁다.

인류가 수렵과 채집을 하던 시기, 개는 늑대에 더 가까웠다. 가축을 기르고 농경생활이 시작되면서 늑대는 지금 개의 모습으로 바뀌기 시작했다. 잉여 생산물과 그 찌꺼기로 생존이 가능했던 것이다. 그 과정에서 사람이나 다른 가축들에게 공격적인 녀석들은 모두 제거되었고, 녀석들에게 남아 있던 늑대의 본성 역시 철저하게 억제되었다. 그러면서도 늑대의 특성 중 일부는 교묘히 이용했는데, 제 영역과 무리를 지키려는 성질이 그것이었다.

사람들은 늑대에게서 가축을 지키기 위해 개를 이용했고, 그렇게 늑대와 개는 전혀 다른 존재가 되었다. 같은 늑대에서 출발했지만 개들이 사람 편에 서게 되면서 늑대와는 천적이 된 것이다. 늑대는 인간 세계로 들어오길 거부했지만, 개들은 인간 사회에 완벽하게 적응했다. 개들은 그 어떤 노동이나 대가를 지불하지 않아도 인간의 보살핌을 받는 존재가 되었다.

안내견이나 마약 탐지견처럼 특별한 목적에 이용되는 경우를 제외하면 사실 개가 하는 일은 거의 없다. 30,000년 전, 늑대의 무리에서 이탈한 녀석들의 최종 목표가 기생동물이 되는 것이었다면 녀석들은 목적을 달성한 셈이다. 어찌 보면 아주 영리한 선택일지도 모르겠다. 개들은 몸이 다 커서 어른이 되어도 새끼 때의 습성이 크게 바뀌지 않는다. 인간의 보살핌을 받기에 가장 완벽한 상태의 기생동물이 된 것이다. 그것은 사람들이 가장 원하는 상태의 진화이기도 할 것이다.

추천사

머나먼 중국 내몽골 초원에서 밤이나 낮을 가리지 않고 풍찬노숙하며 늑대를 쫓아다니던 그날이 어제 같은데, 어느덧 십오 년이란 기나긴 세월이 흘러서야 우리 이야기가 책으로 나오게 되었구나. 축하라기보다 다행이라 함이 더 적절한 말인 듯하다. 잊지 못할 고생도 굶주림도 다 순간이고 다 지나가고 만다. 남는 것은 기억뿐이다. 책은 기억을 품고 너와 나보다 더 오래오래 이 세상에 남아 있을 것이다. 나는 이 책을 통해서 우리가 한 순간이라도 놓일세라 쫓아다니던 그 어미 늑대를 다시 찾았다. 우리 사진첩 속에서 잠자고 있던 그 늑대가 다시 살아나 우리에게 그리고 아마도 우리의 후손들에게도 자기 이야기를 하며 인간에 못지않은 협동 정신과 자기희생정신을 지녔음을 당당하게 알려줄 것이다. 갑자기 그 어미 늑대의 새끼 일곱 마리도 궁금해지는구나. 어미 늑대는 늙어서 이미 사라졌을까? 하지만 그 새끼들은 오늘도 험한 환경 속에서 굳건히 살아가고 있으리라 믿는다. 인류가 자기 잘못을 돌아보고 작은 공간이라도 그들에게 내주었으면. 이 책이 그날을 하루라도 앞당겨주었으면 한다.

박인주 중국동북임업대학 야생동물자원학과 교수

그를 만나면 행복해진다. 그와 함께 있을 때면 몽골의 드넓은 초원과 알타이의 바위산 그리고 히말라야와 파미르의 설산이 펼쳐진다. 그곳에 살고 있는 늑대와 눈표범도. 나는 반복되는 일상에 지칠 때면 그를 만나러 간다. 서준 EBS 다큐프라임 PD

늑대를 사랑하는 사람, 늑대를 닮아가는 사람, 늑대와 인간의 공존을 꿈꾸는 사람. 생명의 존엄과 경이로움으로 늘 야생에 머무는 사람. 그가 가는 길은 들꽃처럼 자유롭다. 박그림 설악산 산양 지킴이

나는 최현명이 왜 사람으로 태어났는지 이해할 수 없다. 늑대나 개로 태어났어야 하는데, 신의 실수 같다. 배제선 녹색연합 자연생태팀장

그의 옷이나 신발에는 숲에서 걸어 나온 흔적이 고스란히 묻어 있다. 거칠고 수줍어 무리에 합류하기를 거부하지만 정작 그의 주변에는 사람들이 모인다.
최현명이 들려주는 야생동물 이야기는 몽골 초원처럼 넓고 숲의 소리처럼 깊다. 정미경 녹색교육센터장

서울에서 곤충 모임이 기분 좋게 끝나고 지독한 숙취와 함께 눈을 떴다. 방 한가운데 커다란 책상이 있고 책꽂이에는 수십 권의 취재노트가 빼곡하다. 키 높은 진열장에 있는 야생동물의 하얀

골격들이 나를 내려 보고 있다. 주섬주섬 버너를 꺼내 라면을 끓인다. 밖에 나가면 형수 때문에 위험하다면서.

형님 집에서 처음 잤던 날이다.　　　　애벌레 지리산 야생동물, 곤충 연구가

최현명 선생의 경상도 말투가 섞인 강의는 투박하다. 그런데 말과 함께 칠판에 그리는 야생동물 그림을 보면 아이들은 금세 빠져든다. 아날로그 감성이 디지털 시대 아이들에게 스며든다. 선생님의 강의 늘 그립고 기다려진다.　　　　이동철 상주 낙운중 과학교사

책에는 현재 한반도에서 멸종한 야생 늑대를 찾아 네이밍구로 떠난 여행 이야기가 맛깔스럽게 녹아 있다. 내 친구 최현명은 초등학교 다닐 때부터 동물 그림을 잘 그려서 늘 부러웠다. 어려서부터 동물을 좋아했던 그는 야생동물의 마음을 가장 잘 읽어내는 사람이다.　　　　이은주 서울대 생명과학부 생태학 교수

어떤 생명을 이해하려면 그들의 시각에서 바라보고 느끼는 것이 중요하다. 그들의 감정을 느껴보고 더 나아가 행동까지도 직접 따라해본다면 그들의 삶과 생태 습성을 더 깊이 이해할 수 있지 않을까? 늑대를 이해하는 데 가장 특화되고 진화한 사람이라면 단연 최현명이다. 늑대의 입장에서 보고 느낀 그의 책이 더 기대되는 이유다.　　　　허위행 국립생물자원관 연구관

불광불급不狂不及, 어떤 것에 미친 듯이 몰두하지 않으면 이루기 힘
들다. 늑대에 미쳐서 결국 늑대 이야기를 모은 책이 출판된다는 소
식을 듣고 기뻤다. 오랫동안 한반도에 우리와 함께 살아왔지만 야
생에서 더 이상 볼 수 없게 된 늑대. 이들에게 어떤 일이 있었기에
멸종되었는지, 늑대에 대한 오해와 진실 같은, 저자가 온 몸으로
찾고 조사한 이야기가 애틋하고 따스하다. 동물을 이야기하고 있
지만 우리들 이야기이기도 하다.　　　　　어경연 서울대공원 동물원장

최현명 선생과는 가리왕산과 설악산을 함께 일주일 정도 다닌 적
이 있다. 그와 다니며 아는 만큼, 관심 갖는 만큼 보인다는 것을
절감했다. 혼자 다녔으면 알지 못할 야생동물의 많은 흔적들을
그는 찾아냈다. 어디는 누가 뿔질했던 흔적이고, 어디는 멧돼지
가 일 년쯤 전에 집을 지었던 곳이라고 설명했다. 설악산 케이블
카 노선에 '산양'이 없다는 양양군의 주장을 반박하기 위해 우리
는 산양의 흔적도 찾았다. 배설물, 털, 뿔질같은 흔적만으론 안 믿
을 것 같아서 산에 CCTV를 설치했다. 그때 그는 산양이 이 정도
키라며 적당히 구부려 네발로 걷기 시작했다. 그가 움직이는 동
선에 맞춰 카메라를 설치했고, 결국 그 카메라로 산양을 찍었다.
동물의 시각으로 산과 숲을 보려 했던 그가 쫓았던 늑대 이야기
가 나온다니 설레고 기쁘다.　　윤형중 전 한겨레신문 기자, LAB2050 연구원

최현명 선생을 처음 만난 것은 1999년 한반도의 마지막 늑대를 찾기 위해 〈늑대는 사라졌는가?〉를 제작할 때다. 그뒤로도 〈한강 철책선〉, 〈원흥이방죽 두꺼비〉를 찍었는데, 그는 야생을 뛰어다니며 흔적을 찾고 둥지를 찾아왔다. 처음 만났을 때나 지금이나 그의 행색은 늘 같다. 낡은 조끼 주머니에는 나침반과 칼, 줄자와 비닐봉지, 수첩과 볼펜 그리고 담배 몇 개비가 불룩하게 들어 있다. 야생동물을 만나기 위해 늘 준비된 사람이다.   심광흠 KBS 편성국장

교육방송에서 〈이것이 야생이다〉를 하며 최현명 선생을 만났다. PD는 그를 늑대라고 소개했다. 잠복 텐트에서 밤을 새며 들려준 이야기, 야생의 흔적을 찾는 동물적 감각. 그는 세상보다 야생에 더 가까운 사람이었다.
"그는 사람이 아니무니다. 늑대이무니다."   김국진 방송인

그는 아침이면 몽골 초원이나 야생의 숲으로 사라지고 없다. 한밤중에 돌아온 그의 배낭에는 동물 뼈나 배설물, 짐승 털이 가득하다. 우리는 낮에 찾은 여우굴이나 검독수리 둥지 이야기를 듣노라 새벽이 되어서야 잠자리에 들었다.   잉크볼트 몽골통역 가이드

최현명은 타고난 이야기꾼이고, 탁월한 야생동물 그림쟁이다. 디지털 시대에 칠판에 그림을 그려가며 구수한 입담으로 풀어내는

동물 이야기는 아날로그 감성을 자극한다. 이야기들이 문헌이나 연구실에서 나온 것이 아니라 오랜 야생 경험에서 녹아나온 것이기에 생동감이 넘친다. 늑대와 삵, 담비 같은 포식동물들을 얘기할 때 눈이 반짝인다. 그래서 우리는 그를 늑대라는 별명으로 부른다. 그와 함께 야생동물을 찾아 몽골 대평원을 달릴 때 온몸을 흔들어대던 덜컹거림이 그립다. ___양경모 에코샵홀씨 대표

꿈 많던 이십대 초반. 나를 가장 설레게 한 말은 '자연'이었다. 자연다큐멘터리 방송 연출을 하며 최현명 선생을 만났다. 그는 뜨거운 여름날 종일 풀밭을 헤매며 야생동물의 흔적을 귀신같이 찾아내고 심지어 누구의 배설물인지를 후각과 시각, 촉각을 동원해 알아맞혔다. 그때마다 나는 흔적의 주인들보다 그가 더 궁금할 정도였다. 남들은 평생 한 번 가보기도 힘든 몽고나 러시아 오지를 찾아다니며 늑대와 표범, 호랑이를 연구하고 기록하고 그 무용담을 들려주는 이가 과연 몇이나 있을까. 게다가 늑대와 함께 살기까지 했다니. 자연은 정복하고 개척해야 할 대상이 아니라는 것을 그는 몸소 증명할 것이다. ___류일용 전 1박2일 PD, MBN PD

최현명 선생과 둘이서 야생동물을 찍으러 간 적이 있다. 그는 늘 아침 일찍 야영지를 떠난다. 그리고 저녁 8시에 만나기로 했지만, 약속을 지키는 경우는 거의 없다. 한밤중에 돌아오는 그를 기

다리며 처음에는 걱정을 많이 했다. 그런데 나중에는 익숙해져서 그냥 그러려니 했다.

다큐를 찍을 때도 혼자서 일찍 나간다. 혼자 위험하다고 말리면, 야생동물은 예민해서 작은 소리에도 도망가니 혼자 간다 한다. 그가 다녀오면 동물 굴이나 둥지 같은 촬영할 거리가 생긴다. 누구보다도 야생동물을 잘 이해하는 사람이다. 그는 술을 좋아하지만 다음 날 아침에는 멀쩡하게 일어나서 달랑 물 한 병만 들고 나갔다가 저녁에 돌아오기도 한다. 그와는 2010년부터 스무 번 넘게 함께 여행했다. 나는 지금도 다음 여행에서 만날 그를 기다리고 있다. 바야르후 몽골 통역 가이드

나는 최현명 선생 강의를 듣고 포유동물을 알게 되었다. 몽골 생태여행을 할 때도 그를 따라갔다. 그는 숲을 사랑하고 동물을 좋아하는 우리들의 알파 늑대이자 영원한 대장이다. 김승미 숲 해설가

늑대가 온다

1판 1쇄 | 2019년 6월 19일

글쓴이 | 최현명
펴낸이 | 조재은
편집부 | 박선주 김명옥 육수정
영업관리부 | 조희정 정영주

편집 | 조연주　디자인 | 표지·박진범 본문·육수정

펴낸곳 | (주)양철북출판사
등록 | 2001년 11월 21일 제25100-2002-380호
주소 | 서울시 마포구 양화로8길 17-9
전화 | 02-335-6407　팩스 | 0505-335-6408
전자우편 | tindrum@tindrum.co.kr
ISBN | 978-89-6372-298-6 03810　값 | 16,000원

이 책은 464명의 독자들이 함께 참여하여 만들었습니다.

강경호 강다영 강명희 강민우 강선희 강성태 강수선 강연섭 강정용 강현욱 강혜란
고대현 고원경 고재관 고현의 공영찬 공영훈 곽성숙 곽호경 구미정 구미홍 구지은
구태경 권경숙 권대근 권범진 권정미 권희중 금미향 김경준 김규린 김규섭 김기석
김길형 김나모 김남석 김다빈 김도언 김동석 김두림 김　롯 김명선 김명희 김묘정
김문정 김문정 김미란 김미정 김미진 김미희 김민서 김민석 김민준 김민지 김보림
김봉균 김상미 김상인 김선아 김수연 김수홍 김승미 김영남 김영범 김예찬 김용규
김용재 김유권 김유진 김은애 김은주 김은주 김인기 김재한 김재환 김재훈 김정화
김정훈 김종식 김준연 김지연 김지연 김지연 김지영 김지혜 김지혜 김　진 김진금
김진수 김춘미 김태식 김태이 김택수 김한나 김해선 김　현 김현정 김현희 김혜미
김호준 김효선 김효주 김희정 나명희 나은미 남종영 노치웅 류대우 모미라 문미선
문선영 문영아 문학배 문혜진 민경일 민병훈 민양식 민점호 민현규 박경화 박경훈
박그림 박근덕 박동수 박만호 박명현 박미애 박미연 박병삼 박선근 박성만 박성옥
박세라 박송이 박승권 박신영 박영미 박유리 박은영 박임자 박준우 박지예라 박태진
박한슬 박현수 박혜영 박혜정 박희복 배한국 백승천 백원주 서명순 서영신 서지연
서한별 서효준 설황수 손상봉 손장익 손지영 송민복 송분헌 송선향 송은희 송정훈
송준은 송준환 신다슬 신민영 신상금 신순자 신연희 신혜정 심광흠 심진규 안국진
안윤숙 안정언 양경모 양경술 양수빈 양수진 양영우 양윤승 양율화 엄형민 오은경
오중훈 오희영 우동걸 우서희 원연희 유경희 유광희 유용우 유현정 육경숙 윤병열
윤상혁 윤소영 윤은경 이걸우 이경미 이경원 이계숙 이기선 이대현 이도한 이동철
이동현 이명철 이미남 이미정 이상규 이상미 이상순 이상진 이상희 이선미 이　설
이성민 이성숙 이송희 이순옥 이연경 이영희 이예순 이용재 이　웅 이은숙 이은재
이은진 이재희 이정란 이정우 이정진 이정현 이정현 이제선 이종호 이지원 이지혜
이진숙 이참슬 이창미 이창수 이태영 이한준 이헌주 이혜숙 이　호 이화수 이후남
임명애 임설희 임윤규 임윤정 임정민 임지만 임지영 장명주 장문선 장세영 장현주
전나영 전미경 전소현 전연임 전옥진 전주현 정경옥 정경희 정광진 정대수 정명희
정명희 정미경 정서현 정성희 정수빈 정영욱 정영희 정옥식 정　욱 정유정 정준호
정현경 정현이 정호연 조경미 조선일 조영자 조영현 조윤숙 조은영 조은희 조인영
조진회 조현혜 주종훈 주태호 진소언 진현경 차욱진 차인환 천은영 최광임 최보미
최봉석 최상두 최수라 최수찬 최영란 최용석 최유리 최은경 최은희 최인렬 최정선
최준석 최준숙 최지상 최지희 최진욱 최태영 최평순 최한빈 최해정 최행자 최현정
탁동철 하성민 하정옥 한명숙 한서희 한승철 한예분 한뮤성 한성내 한주영 암내훈
함형복 허위행 허재웅 허　준 현지연 홍봄이 홍석종 홍성옥 홍양기 홍연지 홍은영
홍정민 황경선 황　윤 황재웅 황정환 황혜란

가나다 순서입니다. 후원자 가운데 허락하신 분들의 이름만 실었습니다.
같은 이름은 나란히 실었습니다.